现代动漫教程

3ds Max应用教程

◎ 主　编　房晓溪
◎ 副主编　刘春雷
◎ 编　著　房晓溪　卢　娜
　　　　　黄　莹　马双梅

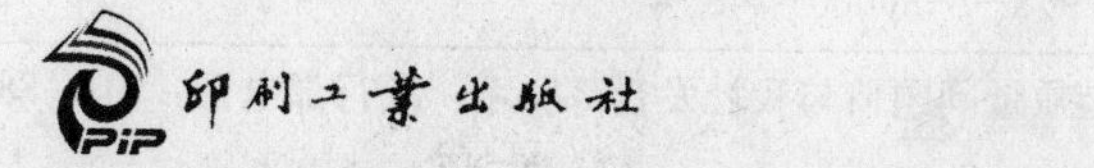
印刷工业出版社

内容提要

本书共分八章，详细讲解了3ds Max游戏制作三维空间和形体的创建、3ds Max二维形体的创建以及向三维形体转换的方法、3ds Max放样的编辑和修改、贴图坐标和贴图展开、游戏材质的编辑和基本类型、制作游戏道具实例的方法和技巧、灯光和摄影机的定位以及操作、3ds Max中动画界面有关动画制作的方法和技巧。每章后面都附有思考与练习题，以加深读者对所学内容的理解。

本书结构清晰、内容全面、实例丰富，可作为相关设计院校动画专业的教材选用，还可供对动画感兴趣的人员自学使用。

图书在版编目（CIP）数据

3ds Max应用教程／房晓溪主编.—北京：印刷工业出版社，2008.11
现代动漫教程
ISBN 978-7-80000-748-4

Ⅰ.3… Ⅱ.①房…②刘… Ⅲ.三维－动画－图形软件，3ds Max－教材 Ⅳ.TP391.41

中国版本图书馆CIP数据核字（2008）第162521号

3ds Max 应用教程

主　　编：房晓溪
副 主 编：刘春雷
编　　著：房晓溪　卢　娜　黄　莹　马双梅

策　　划：陈媛媛
责任编辑：刘积英
出版发行：印刷工业出版社（北京市翠微路2号　邮编：100036）
经　　销：各地新华书店
印　　刷：三河市国新印装有限公司

开　　本：787mm×1092mm　1/16
字　　数：370千字
印　　张：14.625
印　　数：1～3000
印　　次：2008年11月第1版　2008年11月第1次印刷
定　　价：33.00元
ＩＳＢＮ：978-7-80000-748-4

如发现印装质量问题请与我社发行部联系　发行部电话：010-88275707　88275602

现代动漫教程

编委会名单

现代动漫教程

动画概论

Flash CS3 从基础到应用

3ds Max 应用教程

Maya 应用教程

动漫美术鉴赏教程

Flash MV 制作

Flash 动画实战教程

视觉艺术绘制教程

非线性编辑教程

动漫后期合成教程

After Effects 教程

动画运动规律

视听语言

动画场景

动画角色设计

序

21世纪，以创意经济为核心的新型文化产业已经成为发达国家的经济发展支柱，而在这个产业队伍中，动画产业异军突起，已经成为和通信等高科技产业并行的极具发展潜力和蓬勃朝气的生力军。相比较之下，我国的动画产业存在从业人员数量不足的缺点，尤其是中高级的创作型人才更是奇缺；动画作品缺乏鲜明的民族特色；对宝贵的民族文化资源发掘利用不足；动画、漫画的自主研发和原创能力相对较低。针对目前这一现状，国家在政策、资金等方面对于动漫创意产业加大了扶持力度。不仅推出一批动画产业基地科技园区，还建立了一定数量的民营动画公司大规模参与制作，积极寻找民族化的动画产业振兴之路。全国各地高等院校纷纷成立动画学院和创办动画专业，制订了中长期的人才培养计划，并为国产动画创作培养艺术与技术结合的复合型专业人才。尽管如此，动画理论研究的严重滞后，一定程度上制约了动、漫画作品艺术水平的提高，影响了动、漫画产业化的进程，因此急需一批高质量的动画理论著作进行学理化的规范和对创作实践的指导。

《现代动漫教程》在充分认识动画发展历史的基础上，紧密结合创作实际，对动、漫画的本质特征和创作思维特点进行了深入的探讨和研究，清晰梳理了动、漫画理论体系，对于动、漫画的创作，教学工作具有一定的指导意义和学术价值。

房晓溪

2008年5月

前 言

3ds Max是当今世界上应用领域最广、使用人数最多的三维动画制作软件。本书采用实例引导的方式，循序渐进地讲解了3ds Max软件的功能和使用方法。全书共分为八章，通过多个经典实例详尽介绍了3ds Max的用户界面、各种设计概念、对象的基本操作、创建简单的平面对象、创建三维参数几何体、放样建模、NURBS建模、创建简单的三维动画、布置场景灯光效果、为动画添加摄像机、空间扭曲与环境效果、粒子系统与空间扭曲、编辑与应用、对象贴图以及动画的渲染与输出等内容。

本书图文并茂，实例丰富，实用性强，在每一章后面都配有相应的习题，使读者在学完后能及时复习。该书的特点是针对性强，可以帮助3ds Max的初级学习者掌握科学的学习方法。既可作为高等院校计算机专业、动画专业教材，又可供相关人士参考和社会相关领域培训班用作教材。

由于本书编写时间仓促，书中难免有疏漏，敬请广大读者提出建议和意见。

编 者

2008年10月

目录
contents

第1章
3D 游戏制作基础

本章将讲解有关 3ds Max 游戏制作中三维空间和形体的创建。

三维空间中形态结构的特点，3ds Max 的基本操作。

能够掌握 3ds Max 中基本三维造型的绘制，样条曲线和立体转换的理念和方法，贴图的绘制和动作的编排。掌握 3D 游戏形象制作的特点。

美术是基础，软件是工具，对于游戏画面制作过程，这两者缺一不可。而要想成为一个优秀的游戏美术制作人员，除了必须有深厚的美术功底以外，掌握好软件运用就显得非常重要了。在当今大部分游戏制作公司中，3D美术制作采用的三维软件都是3ds Max，这一章主要讲述的就是3ds Max软件运用的基础。

1.1 空间维度和形体结构

在学习3ds Max之前，有必要了解一下空间维度和形体结构。游戏形象制作是整个游戏开发过程中负责视觉形象传达的重要组成部分，包括角色形象、道具形象和场景形象三部分。其制作过程是使用三维软件将模型塑造起来，然后才是贴图的绘制和动作的编排。在学习三维软件的基本操作之前，先理解三度空间的概念是很有必要的。

在几何学里，一个形体（比如说立方体）是由8个点、12条棱边（线）和6个面组成，那么点、线、面就是构成这个立方体的基本元素，这是一个观念性的概念。在现实的空间中看不到任何真正的点、线、面的存在，给人有实在感受的就是“体”的存在，我们无法找到没有任何厚度的东西，大到宇宙中的星系、星云，小到原子，甚至夸克，这是一切物质在其空间范围的真实属性，即三维实体。其表现方式是具有高度、长度和纵深度，是实实在在的物体。比如手中的书本，是可以被触摸的，不仅仅是几何学中体的概念。

如果去掉其中的一个表现方式，或者说减少其中的一个元素，它就不再是一个方体了，而会转变成为只具备两个元素特征的空间属性，只存在于人的观念中。真实的空间根本没有二维的“物体”，很显然，二维空间的表现特征是“面”，即只具备长度和宽度的形式。接着再继续去掉一个元素，只有其长度特征时，就是“线”，因此只能叫一维空间。如果再把仅有的这个元素去掉，那就是零维空间了，其表现方式就是“点”，其特征是没有大小，只有位置。

现在不妨反过来整理一下思路，表示出空间元素之间的关系，如表1-1所示。

表1-1　空间元素之间的关系

空间元素	空间维度	特征	与其他元素的关系
点	零维空间	只有位置	
线	一维空间	只有长度	点的运动轨迹
面	二维空间	长度、宽度	线的运动轨迹
体	三维空间	长度、宽度、纵深度	面的运动轨迹、点的放大

一般认为，在三维空间的基础上加上时间轴，就成为第四维度空间。除此之外还有弦理论和膜理论的观点，在此就不具体阐述了。

以上是从几何学的角度来认识点、线、面、体，以及它们之间的关系，对理解形体结构的普遍规律是很有必要的。而视觉艺术中的点、线、面，以及体积的含义就与几何学有所区别，它是要把所有的元素视觉化，即要观者看到，感知其存在。

再来了解一下“结构”这个名词，到底什么是“结构”呢？从物质形态的本质属性来说，结构就是物质形态的单位元素之间的结合与构成，包括元素的大小、位置等空间状态及其各个元素之间的关系，如图1–1所示。从图1–1可以看出形成一个结构状态必须具备两个以上的形体元素，而两个形体元素之间有一圈并不存在的“线”，是这个形体组合重要的结构衔接地带，这条“线”的变化所带来的影响比其他“线”的更大，它的变化直接导致了两个形体元素结构的质变，更具有“结构线”的本质意义。

在建模过程中，经常有这样的问题，即添加一些毫无意义的线，不但没有改变形体特征，反而还增加了面数。所谓无意义的线是指对形体结构变化没有起到作用的线，所建立的模型中有3个以上的点在一条直线上，2个poly之间是平角，为了加线而加线，其原因就是对所用到的poly建模知识没有和形体结构的本质规律联系起来，没有对所要表达的事物有一个比较全面的认识，如图1–2所示。

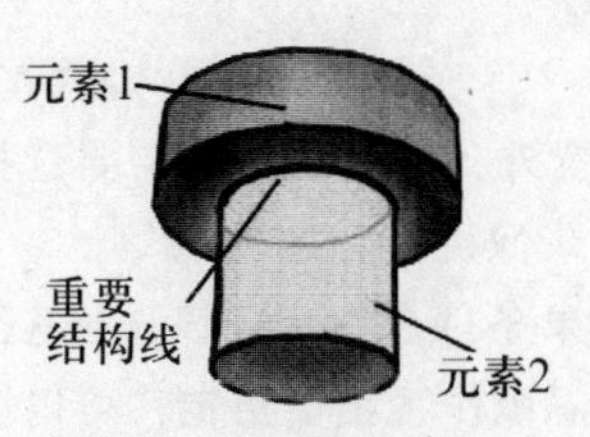

图1–1　形体结构示意图

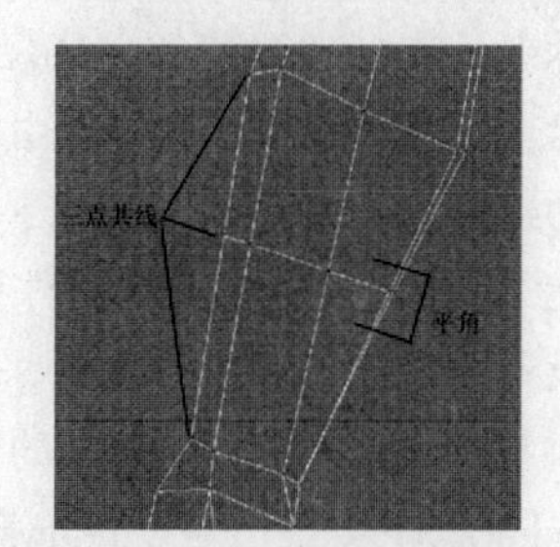

图1–2　对形体结构没有清楚的认识

为了加强对形体结构的认识，有必要从空间维度的点、线、面的基础了解起，逐渐过渡到形体结构的点、线、面及其之间的关系。要记住三维软件只是塑造形体的工具，学习三维软件的终极目标不是为了学习很多的操作命令而是为了学习科学的造型方法。

1.2 3ds Max简介

1.2.1 软、硬件配置和需求

其实任何高端配置对于3ds Max来说都不会觉得大材小用，下面是一台适合3ds Max运行的基本配置。

（1）CPU：建议采用Pentium Ⅲ或更高的处理器。

（2）内存：至少要256MB的内存，推荐1GB以上的内存。

（3）显示卡：支持1024×768，16位真彩色，显存至少32MB以上。

（4）硬盘：至少有2GB以上的自由空间。

（5）驱动器：没有什么特殊要求，最好有CD-ROM。

以上是运行3ds Max所必需的硬件条件，除了这些配置外，还可以根据需要选择一些其他的三维动画设备，例如扫描仪、实时采集录制卡及广播级录像机等。

使用哪种操作系统对于3ds Max的运行尤为重要，如果条件允许，应该选择Windows 2000（SP4）或Windows XP（SP1）。Windows 2000比其他Windows操作系统更稳定，可以避免在长时间操作的过程中系统崩溃。此外，Window 2000对计算机的资源（如内存）利用更为有效，并且Windows 2000允许同时运行多个3ds Max。

1.2.2 3ds Max的界面元素

3ds Max的界面元素，如图1-3所示。

界面元素的构成如表1-2所示。

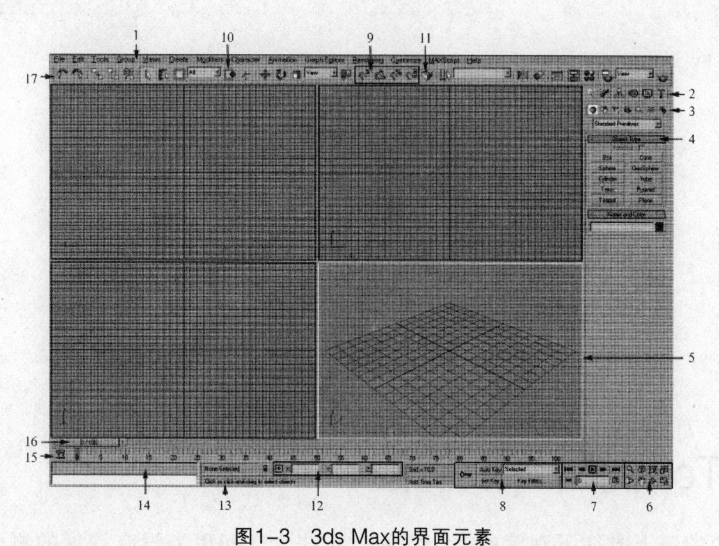

图1-3　3ds Max的界面元素

表1－2　3ds Max界面元素构成

序号	模块名称	序号	模块名称	序号	模块名称
1	菜单栏	7	动画播放控制	13	提示行和状态栏
2	命令面板	8	动画关键帧控制	14	3ds Max Script 显示区
3	物体分类	9	捕捉	15	轨迹栏
4	卷展栏	10	窗口/穿越选择模式切换	16	时间滑块
5	激活的视图	11	键盘快捷键全局控制	17	主工具栏
6	视图导航控制	12	绝对/相对坐标切换和坐标显示		

在我们所接触的软件当中，如文字处理软件、绘图软件等，提供的都是二维空间的图像，它们的操作比较简单，但是在空间感觉上不直观。而3ds Max则不然，它提供一个全三维的界面，假如使用者的空间感觉不强，就有可能在这个三维空间里迷路。而借助主界面中的四个视图，则可以解决这一问题。

1.3 视图操作

1.3.1 Top视图（顶视图）

即从对象的正上方往下观察的一个空间，在这个空间里，没有深度的概念，只能编辑对象的上表面。用坐标语言来说，即它只存在X轴和Z轴，要移动长方体，只能在XZ平面上移动，而不能在Y方向上移动，如图1–4所示。

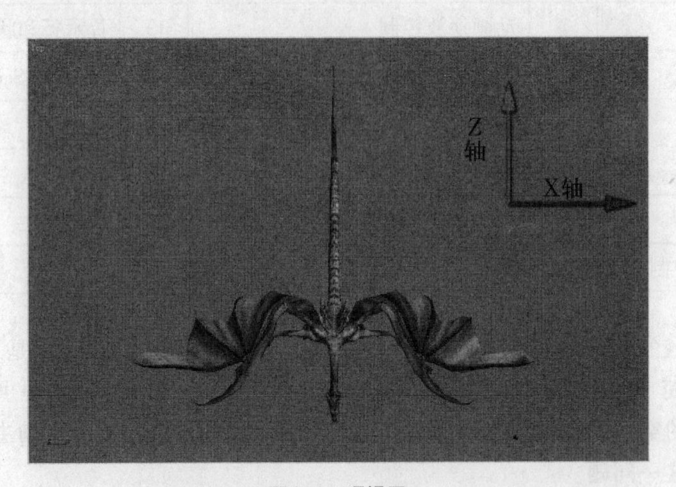

图1–4　顶视图

1.3.2 Front视图（前视图）

也称正视图。它相当于从物体的正前方看过去的一个空间，如图1–5所示。在Front视图中，没有宽度的概念，即物体只能在XY平面内移动。

图1-5　前视图

1.3.3 Left视图（左视图）

同理，从物体的左方看过去，就有一个Left视图空间。在这个空间中，没有长度概念，物体只能在YZ平面内移动，如图1-6所示。

图1-6　左视图

1.3.4 Perspective视图（透视图）

通常所讲的三视图就是上面的三个。在一个三维空间里，操作一个三维物体比操作一个二维物体要复杂得多，于是人们设计出三视图。在三视图的任何一个视图窗口之中，对于对象的操作都像是在二维空间中一样。但是只有这三个视图，就体现不出3D软件的精妙，Perspective视图正是为此而存在的，如图1-7所示。

图1-7　透视图

透视使一个视力正常的人看到空间物体的比例关系。比如观察一栋楼房时，总是感到离观察者远的地方要比离得近的地方矮一些，而实际上是一样高的，这就是透视效果。因为有了透视效果，才会有空间上深度和广度的感觉。

Perspective视图加上前面的三个视图，就构成了计算机模拟三维空间的基本内容。

1.3.5 设置视图窗口

3ds Max的视图窗口是最重要的用户界面之一，它能够从不同的角度观察场景。如果没有这些视图窗口，就无法选择对象、变换对象或是应用材质等。启动3ds Max后的4个默认视图窗口为：Top（顶视图）、Front（正视图）、Left（左视图）和Perspective（透视图），正常情况下被激活的窗口边框为黄色，如图1-8所示。

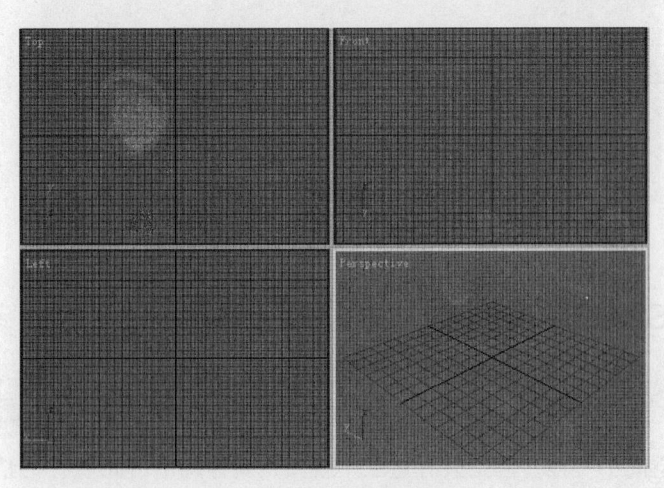

图1-8　默认的4个视图窗口

3ds Max的视图窗口支持许多不同类型的设置，有两种方法可以设置3ds Max的视图窗口，一种是在视图左上角的视图名称上单击鼠标右键，在弹出菜单中选择视图类型和视图中模型的显示方式，如图1-9所示。

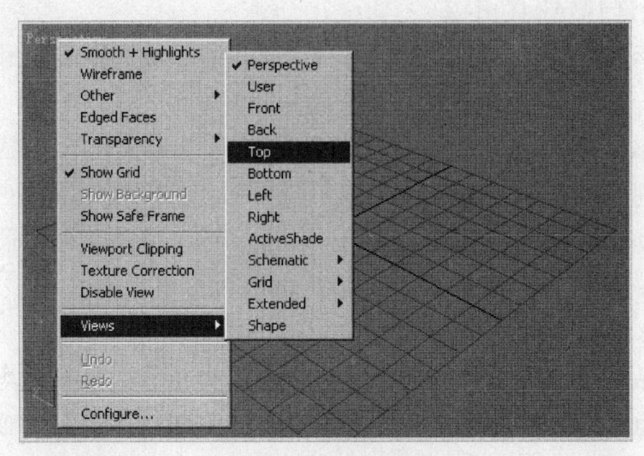

图1-9　视图下拉菜单

除了可以在右键菜单中改变视图窗口之外，还可以使用快捷键来切换视图窗口。比如按“T”键就可以将当前激活窗口切换到Top视图，视图窗口快捷键一般是其英文名称的首字母。如“T”键=Top（顶视图），“B”键=Bottom（底视图），“L”键=Left（左视图），“R”键=Right（右视图），“K”键=Back（后视图），“P”键=Perspective（透视图），“F”键=Front（前视图），“C”键=Camera（相机视图），“U”键=User（用户视图）。其中，只有相机视图和透视图具有透视效果，其他的视图，包括用户视图都没有透视效果。

1.3.6 使用视图调节工具

视图调节工具位于3ds Max界面的右下角，如图1-10所示。图1-10显示的是标准3ds Max视图调节工具，根据当前激活视图的类型，视图调节工具会略有不同。当选择一个视图调节工具的时候，该按钮呈黄色显示，表示对当前激活视图窗口来说该按钮是激活的，在激活窗口中单击鼠标右键可关闭按钮。

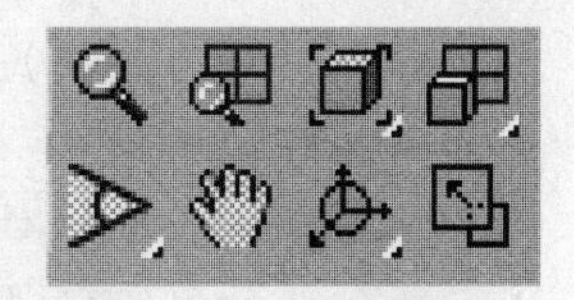

图1-10　视图调节工具

1. Viewport Navigation Controls（视图控制区）> Zoom（放缩）

Keyboard（快捷键）：Z

可以在激活的视图中按住鼠标左键，通过上下拖动来调节视图显示的大小。向上拖动放大视图，向下拖动缩小视图，也可以使用“Ctrl+Alt+middle（鼠标中键）”来完成相同操作。

使用键盘的“[”“]”两个快捷键可以按等比例渐渐放大或缩小视图的视野。

2. Viewport Navigation controls> Zoom All（同步放缩）

可以调整除摄像机视图以外的所有视图大小。在任意一个视图中进行放大或缩小操作时，除摄像机以外其他视图将跟随放大或缩小同步改变。向上拖动放大视图，向下拖动缩小视图。

按住Ctrl键，单击 Zoom All命令按钮，放大或缩小视图将不影响Perspective（透）视图显示的大小。

3. Viewport Navigation controls>Zoom Extents（最大化显示）

Keyboard（快捷键）：Alt+Ctrl+Z

Zoom Extents浮动面板中包含两个命令，Zoom Extents命令按钮和Zoom Extents Selected命令按钮。

（1）Zoom Extents将激活视图中的所有物体，并以最大化方式显示在视图中，也就是说将视图的视角拉远到将场景中所有物体全部可见（被隐藏的物体除外）。这项功能常用于观察整个场景的大致结构。如果想在使用Zoom Extents命令时，忽略对场景中某个模型的影响，可用鼠标单击此模型，然后单击鼠标右键选择Properties（属性）选项，勾选Ignore Extents under Display（忽略此物体更新显示）。

（2）Zoom Extents Selected将所选择的物体以最大化方式显示在当前激活的视图中。当场景中拥有多个模型物体时，要想对其中某一个需要的模型物体进行单独操作，此项功能显得非常重要。

4. Viewport Navigation controls> Zoom Extents All（全部视图最大化）

Keyboard（快捷键）：Shift+Ctrl+Z

Zoom Extents All 浮动面板中包含两个命令，Zoom Extents All 命令按钮和Zoom Extents All Selected（全部视图最大化当前选择）命令按钮。

（1）Zoom Extents All将所有物体以最大化的方式显示在非摄像机视图中。允许使用Ignore Extents under Display（忽略此物体更新显示）。

（2）Zoom Extents All Selected将所选择的物体以最大化方式显示在非摄像机/灯光视图中。

5. 仅应用在Perspective或 Camera viewport（摄像机视图）中，Viewport Navigation controls>Field-of-View（视野）。Viewport Navigation controls > Region Zoom（区域放大）

Keyboard（快捷键）：Ctrl+W。

将 Field-of-View、Region Zoom两个视图控制命令按钮放到一起来讲，是因为前者属于Perspective及Camera viewport的专用控制命令按钮，而当转变到其他视图中此命令将变为 Region Zoom命令。它们有各自的使用范围，大家可以在转换视图中观察视图控制区域内的变化。

（1）Field-of-View改变的是视图的FOV（镜头）值。向下拖动，视图的FOV将变宽（增加镜头角度，减小镜头的长度，显示场景内更多的空间）；向上拖动，视图的FOV将变窄（减少镜头角度，增大镜头的长度，显示场景内更小的空间）。

（2）Region Zoom在视图中框选想要放大的区域，松开鼠标后，此区域将被放大显示。区域的框选方式有三种，我们将在以后的练习中详细讲解。如果需要在Perspective中使用此命令，可以进行如下操作。

①按“U”键，将Perspective（透）视图转换为User（用户）视图。

②使用 Region Zoom放大想要操作的区域。

③按“P”键，返回Perspective（透）视图。

如果场景中有两个Perspective（透）视图，当按“P”键时，它的操作对象被默认设置为第一个。可以将Perspective（透）视图状态存储，以便需要时随时调用。具体操作步骤：使用Views Save（存储视图）命令保存视图显示，通过Restore active viewports（恢复激活的视图）命令可以将存储的视图显示再次应用到当前透视图中。在以后章节中将介绍视图的存、取操作的具体过程。

6. Viewport Navigation controls> Pan（平移）

Keyboard（快捷键）：Ctrl+P

按住鼠标左键不放，四处拖动，完成对视图平移的操作。

按住“Shift”键再单击 Pan命令按钮，视图将只在此时选定的轴向上进行平移操作。

按住“Ctrl”键再单击 Pan命令按钮，将加快视图的平移速度。

此命令提供对鼠标第三键（即鼠标中键）直接进行该操作的支持。

7. Viewport Navigation controls> Arc Rotate（弧形旋转）

Keyboard（快捷键）：Ctrl+R

Arc Rotate浮动面板中包含三个命令：Arc Rotate（弧形旋转）、Arc Rotate Selected（弧形旋转选择物体）和 Arc Rotate Sub-Object（弧形旋转选择物体中的次级物体）。

（1）Arc Rotate围绕视图中的模型物体进行视点的旋转。在进行弧形旋转时，视图中会出现一个绿色圆圈，在圈内拖动时视图将进行360°的全方向旋转，这种旋转方法难于控制，不提倡使用；可将鼠标放置圆圈上，在四个控制点上对视图进行左右或上下单轴向的旋转，具体操作将在练习中详细介绍。

（2）Arc Rotate Selected作用同上，只不过是以所选择的物体为中心进行视角旋转操作。

（3）Arc Rotate Sub-Object作用同上，以物体的次级物体为中心进行视角旋转操作（对于次级物体的概念将在相关章节中详细讲解）。

Arc Rotate命令支持Tools bar （工具栏）> Grid and Snap panel（栅格和捕捉面板）>Angle Snap（捕捉角度）数值的设置，也就是说旋转视角的度数将根据Angle Snap的设置而改变。

使用“Shift”键，再单击 Arc Rotate命令按钮，视图将只在此时选定的轴向进行旋转视角操作。

此命令提供“Alt+鼠标第三键（即鼠标中键）”直接进行该操作的支持。

当单击 Arc Rotate控制命令按钮后，只有选择其他视图控制命令或单击鼠标右键结束当前弧形旋转操作，此命令才能被取消或改变，否则视图中那个绿色圆圈将一直显示。

8. Viewport Navigation controls> Min/Max Toggle（最小化/最大化显示）

Keyboard（快捷键）：W

将当前激活视图切换为全屏显示；或将全屏显示恢复到全屏显示操作之前的原始显示状态。

所有涉及视图的放大、缩小、旋转等命令的使用都称为视图操作，但并不是每次进行视图操作之后的显示结果都能让人满意，所以恢复视图操作的概念应运而生。方法是在视图左上角的视图名称标示处，单击鼠标右键，选择Undo View Zoom Extends（恢复视图最大化）命令，可恢复到上一步视图操作以前（注意：只有进行了视图操作以后，才能使用视图恢复操作，Undo后面的名称会根据上一步具体使用的视图控制命令的不同而改变）。

1.3.7 摄像机视图的应用

看到“摄像机”这三个字，大家自然而然地就会联想到电影及影视制作。真实世界中的摄像机使用镜头聚焦，场景中的灯光通过镜头反射到一个聚焦平面上，它就会产生一个灯光感光表面。

焦距就是从摄像机到反光表面的距离，而且焦距是以毫米为单位的。50 mm的镜头是标准摄像机镜头，如果一个镜头小于50 mm，则被称为广角镜头，使用的镜头越小看到场景中的物体就越大；如果一个镜头大于50 mm，则被称为长镜头，使用镜头越长看到场景中的物体就越小。

Field of View（FOV）视野在摄像机中属于很重要的概念，它以视野的度数作为标准。比如一个镜头为50 mm，它显示水平46°空间中的大小。镜头越长，视野越窄；镜头越短，视野越宽。

大家完全可以用现实世界中的摄像机的作用原理来理解3ds Max这项命令。它比现实中的摄像机应用更为广泛，操作更为简单。能够模拟现实中不具备的镜头范围，更换镜头瞬间完成，无级变焦更是真实摄像机无法比拟的。

摄像机分为Target Camera（目标摄像机）和 Free Camera（自由摄像机）两种。

这两种摄像机类型参数完全相同，用法也差不多，唯一不同的是Free Camera（自由摄像机）在视图中只能进行整体调节，不能完成摄像机目标点和投影点的单项调整操作。

只有当在场景中设置了摄像机，用户才能转换到摄像机视图中去，这时会发现视图控制区随视图类型的改变而改变，如图1-11所示。

1. Viewport Navigation Controls>Dolly Camera（推/拉摄像机）

Dolly Camera沿视线移动摄像机和它自己的目标点，如果拖过目标点，摄像机将翻转180°。浮动面板中包含两项命令，Dolly Target（推/拉目标点）命令按钮和Dolly Camera+Target（推/拉摄像机和目标点）命令按钮。

图1-11 摄像机视图控制区

(1) 使用Dolly Target（推/拉目标点），可以完成摄像机视角的翻转操作。

选择这项命令在对摄像机视图进行操作时，拖动鼠标仅使目标点在视线与摄像机间来回移动。这种方式不会使视图中的效果有多大的改变，除非拖动的目标点通过摄像机到达其他的边，摄像机将随着新点的变化而翻转。

(2) Dolly Camera+Target可同时移动摄像机和目标点。

2. Viewport Navigation Controls> Perspective（透视）

以推拉方式来改变摄像机的镜头值。向上拖动，摄像机将接近它的目标，FOV（镜头）值变宽，Perspective视角被扩张。向下拖动，摄像机将远离它的目标，FOV（镜头）值变窄，Perspective视角被缩小。

3. Viewport Navigation Controls> Roll Camera（旋转摄像机）

沿水平方向旋转摄像机。在Target Camera视图中使用该命令将沿水平方向旋转目标摄像机。在 Free Camera视图中将沿自由摄像机自己的Z轴进行旋转操作。

4. 作用同标准视图控制区

5. 效果同Perspective+ Dolly Target

6. Truck Camera功能同标准视图控制区

7. Viewport Navigation Controls> Orbit Camera（环游摄像机）

浮动面板中包含两个命令，Pan Camera（摇摆摄像机）命令按钮和 Orbit Camera（环游摄像机）命令按钮。

(1) Pan Camera固定摄像机的出发点，对视图沿目标点的X、Y轴进行自由的旋转操作。按住“Ctrl”键并在水平方向拖动，则视图沿Y轴进行操作。按住“Ctrl”键并在垂直方向上拖动，则视图沿X轴进行操作。

(2) Orbit Camera固定摄像机的目标点，并以它为中心旋转出发点进行观测。在Free Camera视图中为不可见目标。在Camera Parameters（摄像机参数）卷展栏中可以指定目标距离。

8. 同标准视图控制区

下面将通过实例操作来讲解如何在场景中架设摄像机，以及如何使用摄像机视图控制区中的命令来调节视图，以了解它们的具体用法。

1.3.8 聚光灯视图的应用

聚光灯属于3ds Max Lights（灯光）面板下的一种灯光类型，由一点向外发射锥形光柱，随着照射点的远近变换，光柱也会随之进行强弱的变化。与其他灯光类型相比，只有聚光灯拥有自己的专用视图。有关灯光的具体应用及建立方法将会融于以后的实例中进行具体讲解。在这里主要学习如何为场景加入一盏聚光灯，并学会使用聚光灯视图控制项对其进行操作。

聚光灯视图控制区，如图1-12所示。

聚光灯视图控制工具与摄像机控制工具大体相同，只不过聚光灯不存在FOV（镜头）的概念，而变为 Light Hotspot（灯光聚光区）和 Light Falloff（灯光衰减区）。其他控制命令及操作则大致相似。

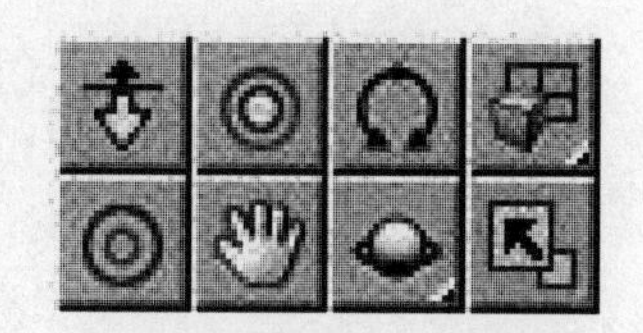

图1-12　聚光灯视图控制区

图1-13显示了三盏具有不同衰减区域的Target Spot（目标聚光灯）在地面上的投影效果。请大家仔细观察聚光灯的边缘位置，可以发现中间最亮，边缘逐渐模糊，而没有照射的地方则依然被黑色笼罩。这就是Target Spot的聚光区过渡到衰减区的灯光渐变效果。

(1) Light Hotspot用于控制灯光聚光区范围的大小。

向下拖动鼠标，灯光聚光区将变大，从而照亮更多的场景空间。灯光聚光区的增大也将导致灯光衰减区面积的增大，默认设置下，灯光衰减区始终比灯光聚光区大两度。向上拖动鼠标，则目标灯光聚光区变小，灯光投影面积也随之减少。

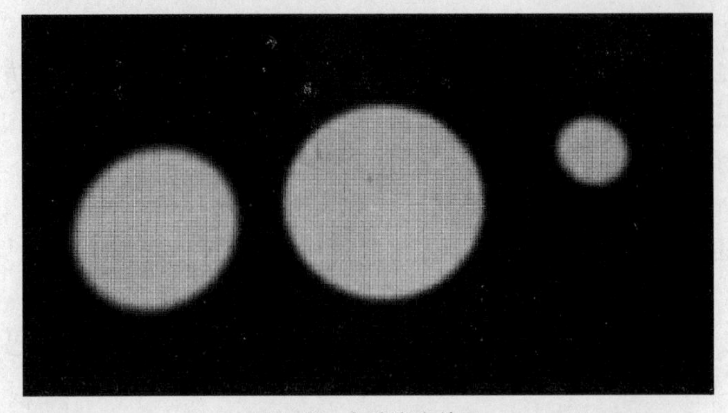

图1-13　灯光渐变效果

在调整聚光区范围的过程中，按住“Ctrl”键，将保持灯光聚光区与灯光衰减区之间的数值差异。

(2) Light Falloff可以调节灯光衰减区的大小，向下拖动鼠标，灯光衰减区将增大，并照亮更多的场景空间；向上拖动鼠标，则灯光衰减区减少。

1.4 界面介绍

1.4.1 工具栏介绍

默认情况下，3ds Max中只显示主要工具栏，主工具栏工具图标按钮包括选择类工具图标、选择与操作类图标、选择及锁定工具图标、坐标类工具图标、着色类工具图标、连接关系类工具图标和其他一些诸如帮助、对齐、阵列复制等工具图标，如图1-14所示。当前选中的工具按钮呈黄底显示。

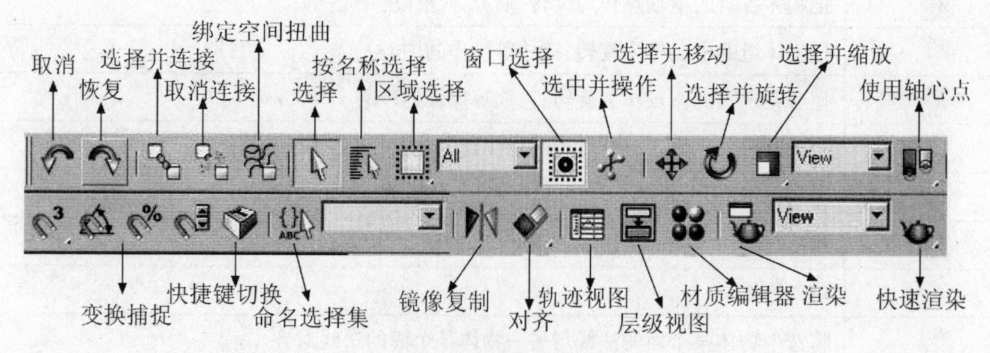

图1-14　3ds Max主工具栏

在3ds Max中，一些工具只能在工具栏中找到，当鼠标指针在某一个工具按钮上停留片刻时，系统将自动出现此工具按钮的功能提示文字。

在分辨率较低的屏幕上，工具栏不能完全显示，可以将鼠标指针从按钮上移开（指针变为手形），按住鼠标拖动光标可以看到隐藏的工具按钮。这个操作同样可以应用到命令面板、材质编辑器和其他无法完全显示的命令窗口中，如表1-3所示。

表1-3　工具栏按钮功能列表

按钮	功能
	取消上一步操作
	重复最后被删除的一步操作
	选择并连接，在制作动画时用于将子物体与父物体连接

续表

	断开父物体与子物体的连接
	将物体绑定到空间扭曲
	选择物体
	在场景中,用物体的名字来选择物体
	区域选择,用鼠标框出矩形来选择物体
	区域选择,用鼠标框出圆形来选择物体
	区域选择,用鼠标框出任意多边形来选择物体
	在窗口模式和切换模式之间切换
	修改操纵器
	旋转物体
	XYZ 方向均匀缩放
	沿某一约束轴非均匀缩放
	挤压,在保证体积不变的条件下压扁物体
	把物体各自的枢轴点作为旋转、缩放等操作的中心
	把物体组的中心作为旋转、缩放等操作的中心
	把所在视图的原点作为旋转、缩放等操作的中心
	按下此键可以进入打开类型的快捷键
	命名选择集合
	将所选物体作镜面翻转
	对齐物体
	将选中物体某个面的法线与另一物体某个面的法线对齐
	选择高光点
	把摄像机的拍摄方向与某物体的面对齐
	视图对齐
	打开 Layer 管理对话框,用于设置层是否渲染、是否隐藏等
	打开轨迹视图窗口
	打开层级视图窗口
	打开材质编辑器,快捷键为 M
	渲染选定的视图,快捷键为 F10
	使用上一次的设置快速渲染视图,快捷键为 F9

续表

	草稿渲染
	ActiveShade 快速渲染
	按上一次的设置渲染
	ActiveShade 渲染

1.4.2 主菜单介绍

默认的菜单栏位于窗口的顶部，它包括File（文件）、Edit（编辑）、Tools（工具）、Group（组合）、Views（视图）、Create（创建）、Modifiers（编辑修改器）、Character（角色）、Reactor（反应堆）、Animation（动画）、Graph Editors（图形编辑）、Rendering（渲染）、Customize（定制）、MAXScript（3ds Max脚本）和Help（帮助）菜单。

1. File菜单

File（文件）菜单主要用于对3ds Max场景文件的管理，包括打开、保存、输入和输出文件、路径配置、合并对象、重设界面和退出等命令，如图1-15所示。

（1）打开和保存场景：所有3ds Max的文件都是以.3ds.max或.chr格式保存的。Open用于打开场景；Save用于保存当前场景；Save As用于给当前场景重新命名；Save Selected命令只将选定的对象保存到3ds Max文件中。

（2）重设界面：Reset命令可以将运行环境设置成3ds Max刚刚启动时的界面，而New命令则不会重设所有设置。

（3）导入和导出文件：Import（导入）和Export（导出）命令可以使用不同的格式打开或是保存场景。而Merge（合并）命令则只用于添加3ds Max格式的对象。

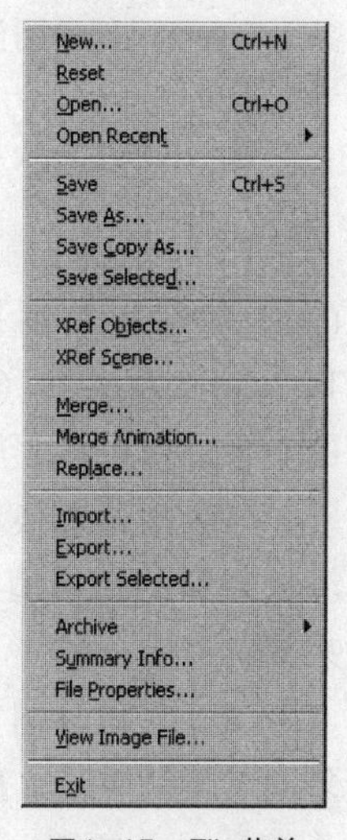

图1-15 File菜单

2. Edit菜单

Edit（编辑）菜单用于选择和编辑场景中的对象，它包括3ds Max的一些重要命令，如恢复、暂存文件、删除、复制和选择对象，如图1-16所示。

（1）从错误中恢复：使用Undo Scale命令可以撤销最近的几次操作。

（2）删除对象：Delete命令用于从场景中删除选定的对象，使用键盘上的Delete键也可以达到同样的目的。

（3）复制对象：Edit菜单不包括普通的剪切、复制和粘贴命令，但是使用菜单中Clone（克隆）命令可以复制一个选定的对象。当执行克隆命令时，会弹出一个克隆属性对话框，利用这

Undo Scale Ctrl+Z
Redo Ctrl+Y
Hold Alt+Ctrl+H
Fetch Alt+Ctrl+F
Delete Delete
Clone Ctrl+V
Select All Ctrl+A
Select None Ctrl+D
Select Invert Ctrl+I
Select By
Region
Edit Named Selection Sets...
Object Properties...

图1-16 Edit菜单

个简单的对话框可以选择副本、实例或是参考复制等三种Clone方式。副本会产生独立的对象，而实例和参考会保持和原始对象的关联。

（4）选定对象：Select All用于选定场景中的所有对象；Select None用于取消已经选定的对象；Select Invert用于取消当前所有的正被选定的对象，反而选定当前未选定的对象。

3. Tools菜单

Tools（工具）菜单提供了一些可以对场景中对象进行操作和使用的设置工具，包括克隆和对齐对象等，如图1-17所示。其中的Transform Type-In（输入变换坐标）命令可以利用键盘精确地对所选择的对象进行位移、旋转和缩放等操作，其快捷键为F12。

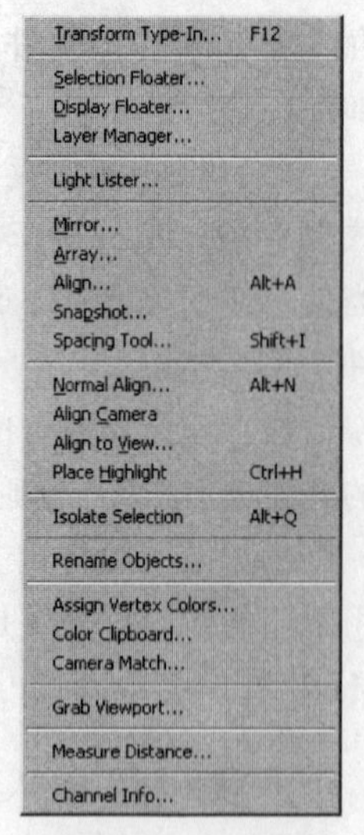

图1-17 Tools菜单

（1）精确变换对象：使用Transform Type-In可以输入移动、旋转和缩放对象的精确值，这个命令提供了比鼠标拖动更为精确的控制方法来变换对象。

（2）其他复制方法：除了Clone之外，Tools菜单还提供了其他几种复制对象的方法。Mirror（镜像）命令用于根据指定的轴创建对象的镜像；Array（阵列）可以创建一个对象的多个实例，而且每个实例相互偏移一定的距离或是角度；Snapshot（快照）用于在一段时间内多次复制对象。

（3）对齐对象：Align（对齐）命令可以按轴、边或是中心对齐对象；Normal Align（对齐法线）命令可以对齐两个对象的面的法线。

4. Group菜单

Group（组合）菜单包括处理群组和非群组物体对象的功能，用户可以通过使用与组合相关的命令来实现对多个物体的操作。此菜单可以创建、编辑和删除已命名的组合对象，如图1-18所示。

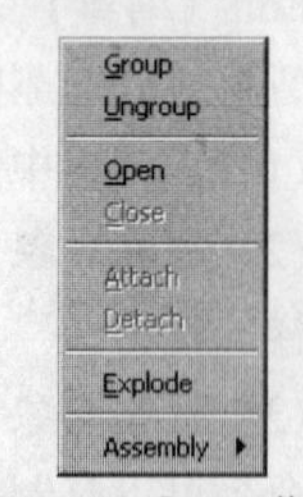

图1-18 Group菜单

（1）创建组合：选定几个对象并使用Group命令可以打开一个简单的对话框，在这个对话框中可以为组合输入名称。

（2）打开组合：Ungroup和Explode命令都可以打开组合。

5. Views菜单

Views（视图）菜单包括3ds Max视图的建立和控制功能，如图1-19所示。对于视图区域显示特性的设置主要是通过Views（视图）菜单所提供的工具来完成的。此外还可以调入背景图片、撤销视图修改等只对视图起作用的命令。

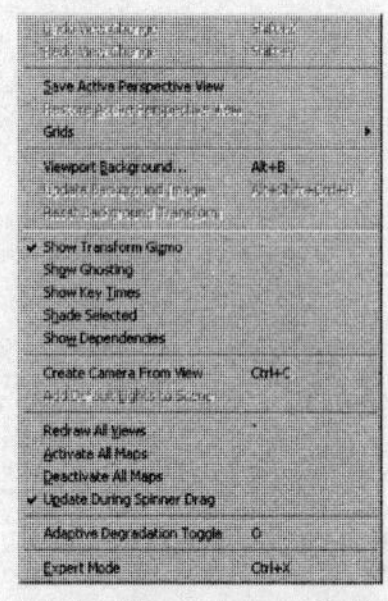

图1-19　Views菜单

（1）控制视图显示：在Grids（栅格）命令中有一个子菜单，选择Show Home Grids用于显示/隐藏视图中的栅格。

（2）显示背景：Viewport Background命令可以打开一个对话框，从中可以选择一幅出现在视图中的图像或动画，显示的背景对于对齐场景中的对象很有帮助，但不能被渲染。

（3）专家模式：使用Expert Mode（专家模式）可以从界面中去掉菜单、工具栏等，从而最大化视图，其切换使用的快捷键为Ctrl+X。

6. Create菜单

Create（创建）菜单将控制面板中比较常用的创建对象封装在菜单选项中，例如标准和扩展对象，以及灯光和粒子系统等，如图1-20所示。

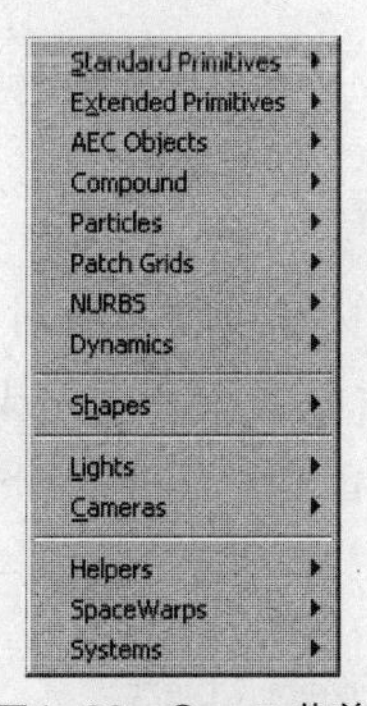

图1-20　Create菜单

7. Modifiers菜单

与Create（创建）菜单一样，Modifiers（编辑修改器）菜单将控制面板中的几乎所有编辑修改器都封装在Modifiers菜单中，如图1-21所示。

8. Character菜单

Character（角色）菜单是3ds Max新增的菜单选项，它用于管理角色的创建、删除、保存

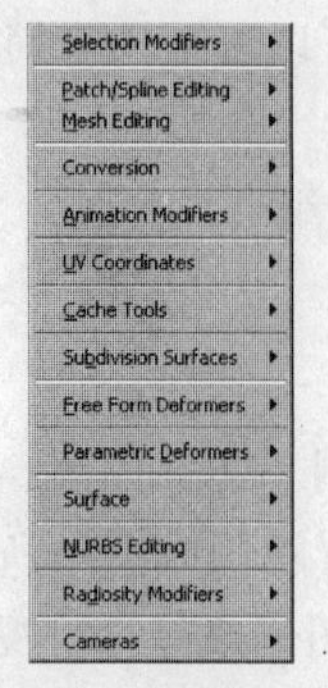

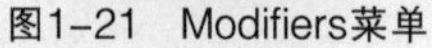
图1-21 Modifiers菜单

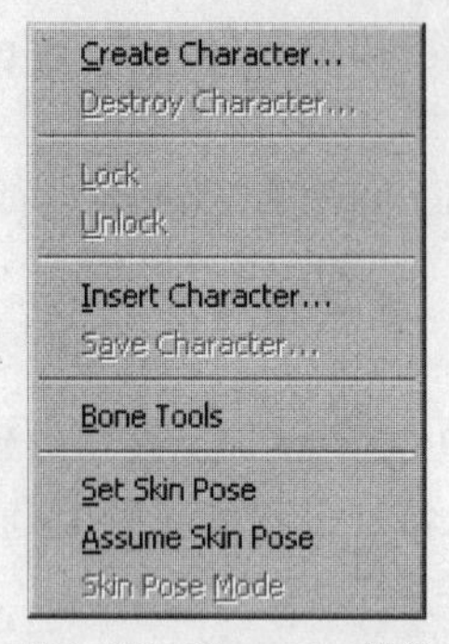

图1-22 Character菜单

以及角色动画制作等，如图1-22所示。

(1) 创建角色：要建立一个角色，首先选择角色对象所包括的部分（骨骼、网格、IK解算器以及其他部分)，选择菜单 Create Character，一个角色的图标就会自动被创建。

(2) 删除角色：Destroy Character命令用于移除角色的图标，这样将角色的各部件独立出来，角色就不复存在了。

(3) 锁定角色：Lock命令用于锁定角色，当角色被锁定后，就不能操作角色中的各构成部分，而只能将角色作为一个整体操作。当设置好一个角色后不需要再改变时最好锁定它，如果想重新改变角色的构成部分，可以在选中角色的情况下选择菜单Unlock解除对角色对象的锁定。

(4) 保存角色：选择角色的图标，然后选择菜单命令Save Character保存这个角色，角色的每个部分都将被保存到角色文件中（扩展名为*.chr)。如果想插入保存的角色对象，可以选择菜单命令Insert Character来完成操作。

9. Reactor菜单

Reactor（反应堆）菜单集成了创建力学反馈系统对象、创建动画等功能，但这些功能一般都用于CG动画制作，在游戏中主要是由游戏引擎来完成物理学中的动力学模拟，比如CS2中的动力学效果就是靠引擎来实现的，而且已经达到了一个前所未有的高度，如图1-23所示。

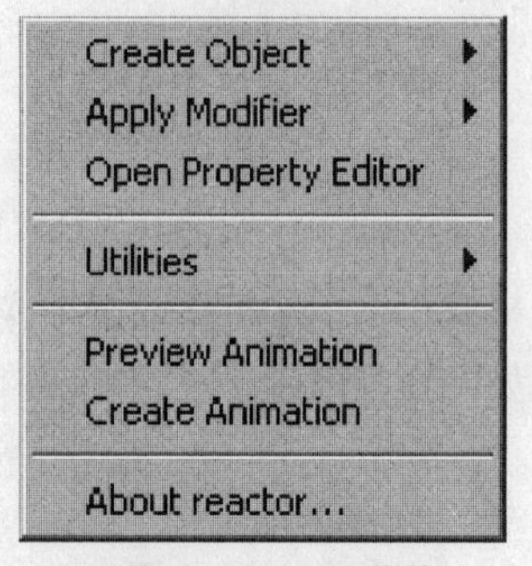

图1-23 Reactor菜单

10. Animation菜单

Animation（动画）菜单将动画控制面板中的组件封装在Animation菜单中，利用它可以更方便地进行动画制作。其中包括正向运动、反向运动、骨骼的创建和修改、虚拟物体的创建等功能，如图1-24所示。

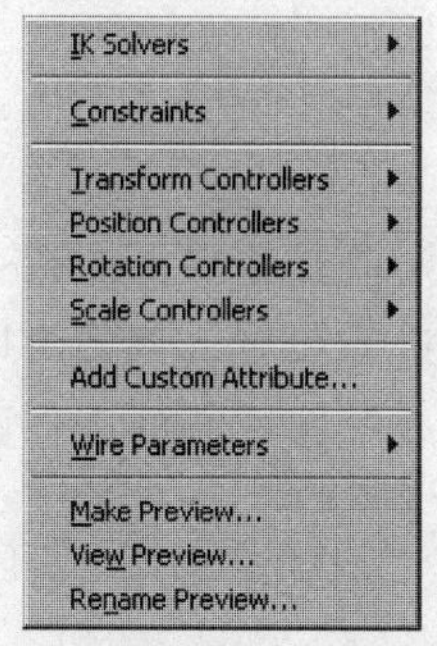

图1-24 Animation菜单

11. Graph Editors菜单

Graph Editors（图像编辑）菜单包括Saved Track View（保存为轨迹视图）和Saved Schematic View（保存为概要视图）两个子菜单，如图1-25所示。轨迹视图用来查看和控制对象运动轨迹、添加同步音轨等；概要视图可以使用户很容易地观察到场景中所有对象的层级和链接关系。

图1-25 Graph Editors菜单

12. Rendering菜单

Rendering（渲染）菜单提供着色渲染场景的功能，用于设置环境参数、添加渲染元素、设置高级灯光渲染，以及使用Video Post视频后期处理来合成场景和图像，如图1-26所示。

（1）渲染场景：Render命令用于最终生成图像或动画。Show Last Rendering用于显示最近一幅被渲染的图像。

（2）设置环境：Environment用于打开环境设置对话框，从中可以制定背景色或图像、全局照明设置，还可以指定雾、燃烧等大气效果。

(3) 后期制作：选择Video Post命令打开后期合成对话框，用于规划和控制所有后期处理的工作，包括一些特殊效果，如发光、透镜效果和模糊效果。

(4) 编辑材质：Material Editor（材质编辑器，快捷键为M）和Material/Map Browser（材质/贴图浏览器）可以打开相应的对话框，以用于创建、定义和应用材质。

图1-26 Rendering菜单

13. Customize菜单

Customize（定制）菜单提供用户定制操作界面的相关命令，用户可以在这里对当前所使用的工作环境进行设置，例如可以加载系统提供的不同风格的用户操作界面，还可以配置系统的工作路径、设置视图的属性等，如图1-27所示。

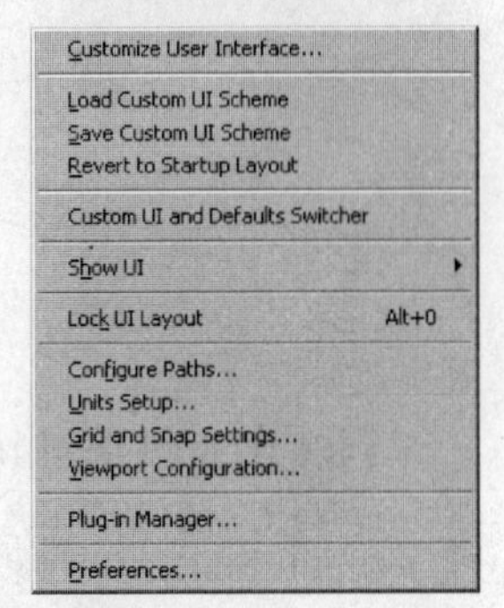

图1-27 Customize菜单

14. MAXScript菜单

MAXScript（3ds Max脚本）菜单提供脚本操作的相关命令，用户可以通过编辑相应的脚本语言来实现一些直观上难以实现的操作。对于没有编程基础的用户来说，不会使用脚本语言并不影响使用3ds Max，因为3ds Max的功能已经非常强大，对于一些特殊的命令还可以通过插件来完成，如图1-28所示。

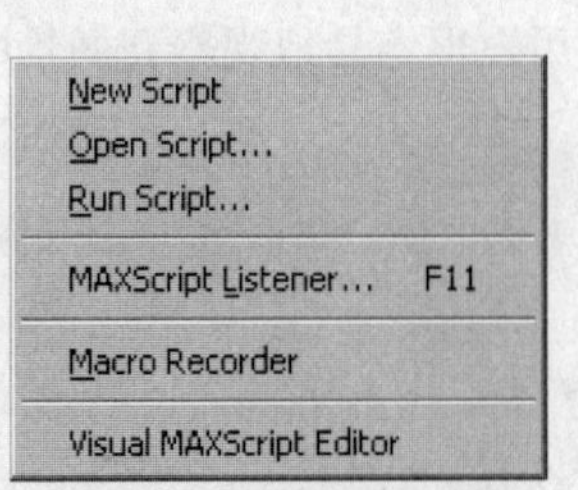

图1-28 MAXScript菜单

15. Help菜单

Help（帮助）菜单提供3ds Max中的一些帮助菜单命令，包括在线帮助系统、系统中的插件信息以及版本信息等。

使用Tutorials命令可以打开软件自带的教程文件，而Additional Help命令则用于打开插件的帮助文件，如图1-29所示。

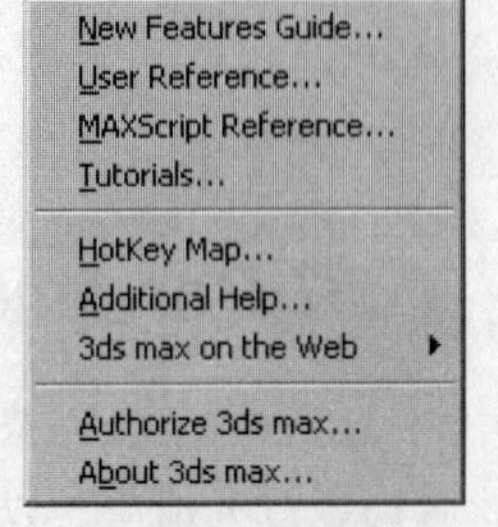

图1-29 Help菜单

1.4.3 命令面板介绍

在3ds Max主界面的右侧是命令面板区域，可以通过控制按钮Create（创建）、Modify（修改）、Hierarchy（层级）、Motion（运动）、Display（显示）、Utilities（实用程序）在不同的命令面板中来回切换，如图1-30所示。

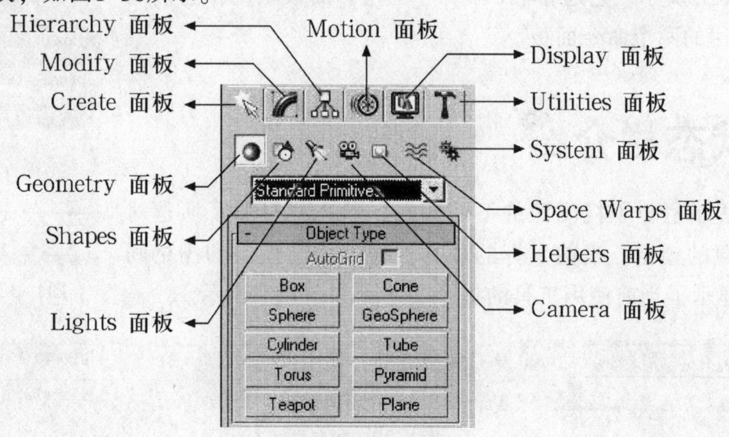

图1-30　命令面板

3ds Max是面向对象的操作软件，当制作一个对象时，例如一个立方体，首先应用鼠标选择一个制作立方体的工具去制作它。然后可以选择修改工具来编辑、修改所做对象的形状，并且可以通过已经建立的参数去编辑该对象。

1. Create面板

Create（创建）控制按钮在命令面板的最左侧，如图1-31所示。Create（创建）面板用于在视图中制作各种物体对象，如三维模型、二维图形、摄像机、灯光等。

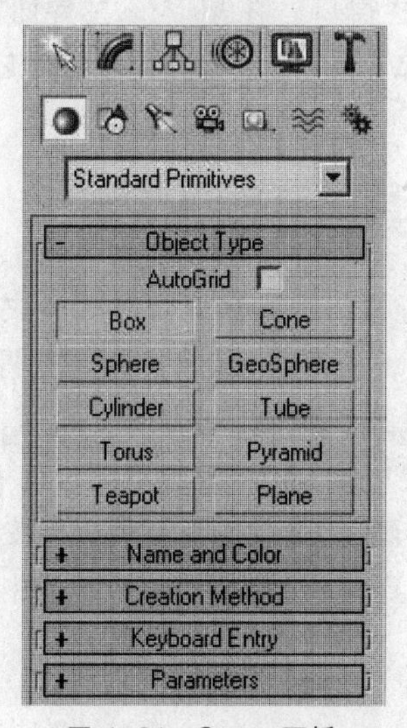

图 1-31　Create面板

2. Modify面板

Modify（修改）面板用于存取和改变被选定对象的参数，并且可以给对象应用不同的编辑

修改器，如图1-32所示。它通常和Create（创建）面板联用，它们是3ds Max中最常用的两个命令面板。

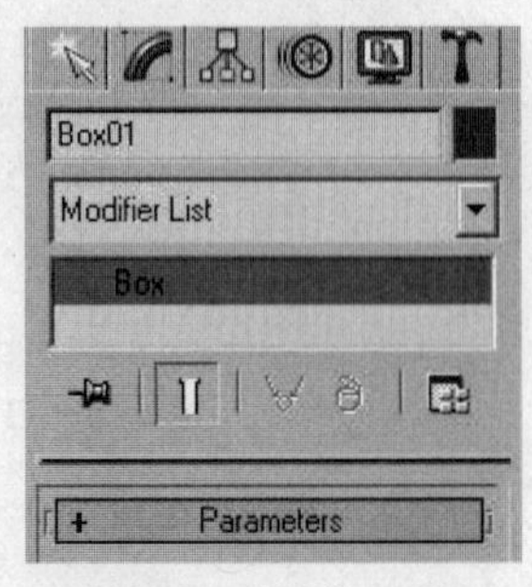

图1-32 Modify面板

1.4.4 状态栏介绍

状态栏和提示栏位于视图区的下部偏右，状态栏显示了所选对象的数目、对象的锁定、当前鼠标的坐标位置、当前使用的栅格间距等。提示栏显示了当前使用工具的提示文字，如图1-33所示。

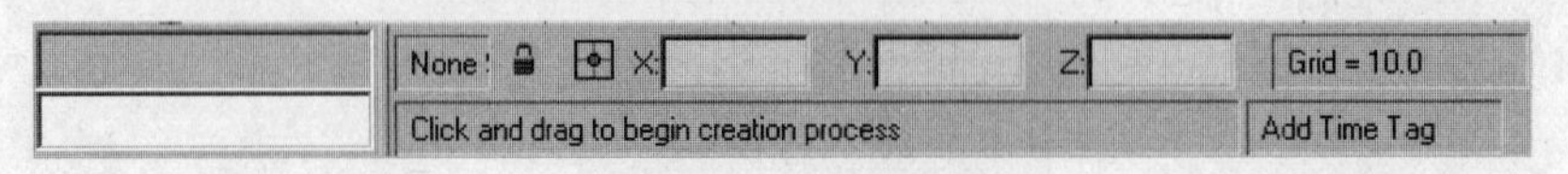

图1-33 状态栏

(1) Lock Selection（锁定选项）按钮 用于锁定选择。当对一个物体或选择集进行操作时，按空格键锁定选择集，使用起来极为方便。记住在进行其他操作时，不要忘记再次按空格键关闭它。

(2) 坐标数值显示区。在锁定按钮的右侧是坐标数值显示区，如图1-34所示。

图1-34 坐标数值显示区

(3) 提示行。在锁定按钮的下面是提示行，它对正在进行的操作进行提示。

(4) MAXScript（脚本）状态栏窗口。在3ds Max主界面的左下角有两行MAXScript（脚本）窗口，右键单击可以打开Listener Window对话框，用于查看Listener记录当前的所有命令。

1.4.5 动画播放工具

动画播放工具用于对动画进行帧编辑和预览。时间滑块上的1/100表示该场景共100帧，当前处在第1帧。一个新的场景其默认长度是100帧，如果觉得不满意，可以在 上单击鼠标右键，并在弹出的对话框里改变场景的长度和起止帧数。

值得注意的有两点：第一，要区别 和 的不同，前者是播放整个场景中所有物体的动画，后者则只播放选中物体的动画；第二，当Auto Key按钮被按下时，系统处于动画制作状态，这时候如果把动画滑块移到某一帧并修改了场景中的物体，则这一帧将被自动设为关键帧。

1.5 体的选择与变换

1.5.1 三维坐标概念

在3ds Max中需要经常对物体进行变换操作，这些操作都是基于一个坐标轴的，如果不了解坐标的概念就无法对物体进行任何变换操作。三维空间中的坐标与数学中的三维坐标概念基本上是一致的，不同的是3ds Max有四个视图，每个视图都是不同的坐标平面，但是它们的坐标体系是一致的，如图1-35所示。

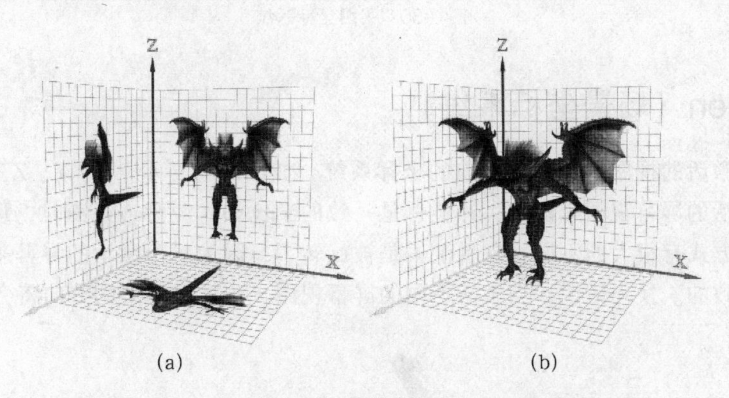

图1-35　三维坐标

图1-35是一个游戏角色模型在3ds Max空间坐标系统中的示例，创建的每一个物体都会对应到3ds Max中的坐标系统中，这将有利于对物体进行各种变换操作。在平面视图中，只能对物体进行平面中两个方向上的变换操作，如果想要对三个方向进行操作就必须用到两个平面视图，或者也可以在透视图中直接进行三个方向上的操作。

在现实中，无论从任何一个角度或方向看物体都是有透视效果的，这是由人类的眼睛所决定的，但在3ds Max的平面视图中，看到的是一个绝对平面，没有任何透视效果。就像图1-35（a）一样，顶视图是一个平面，无法看到它的侧面和正面，只能通过其他视图来表现。在建模的时候会经常对各个视图进行操作，因此理解3ds Max的视图和坐标系统将会给以后的学习带来很大的帮助。

3ds Max提供了几种坐标系统，它们分别是：View、Screen、World、Parent、Local、

Gimbal、Grid、Pick。

1. View（视图坐标系统）

这是3ds Max默认的坐标系统，如图1-36所示。在所有的视图中，X、Y、Z坐标的指向都是一样的，当用这个坐标系统在视图中移动一个物体时，物体将会相对于视图空间进行移动，而且这也有助于操作，因为，可以不必理会它的坐标方向，而只要知道是向哪个方向移动。

图1-36 视图坐标系统

2. Screen（场景坐标系统）

它是使用激活的视图屏幕作为当前的坐标系统，如图1-37所示。X、Y、Z三个坐标指示的方向由当前激活的屏幕视图来决定，并且总是一致的。比如，激活透视图时，顶视图的坐标方向将会与View方式有很大的不同，它看上去是被旋转了，因为对于激活的屏幕来说坐标三角架的方向总是一致的。换句话说，当激活不同的屏幕视图，坐标三角架的方向将会不同。

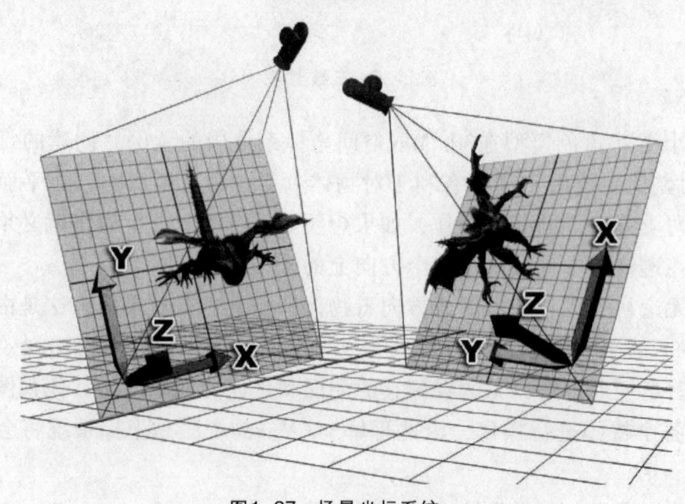

图1-37 场景坐标系统

3. World（世界坐标系统）

这个坐标系统的坐标总是有固定的指向，不会因视图不同而变化，也不会因激活的屏幕而变化。使用此坐标系统，不论在什么时候都知道坐标方向，尤其在对物体进行旋转或阵列复制的操作时，不会因为不同的视图而采用不同的旋转或阵列的方向。

在此坐标系统下，X轴总是指向右面，Z轴总是指向上面，Y轴总是指向纵深面，如图1-38所示。

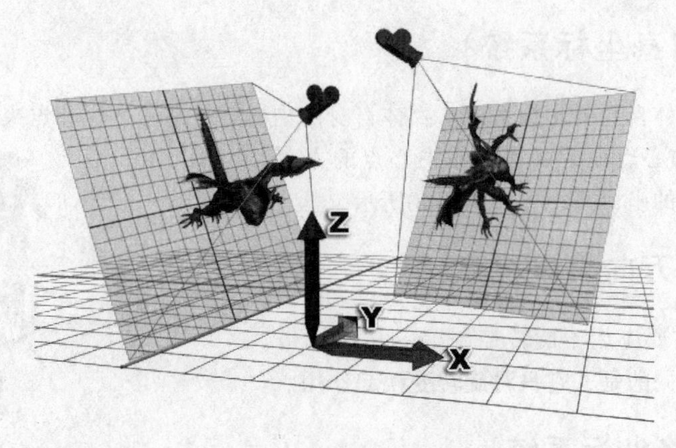

图1-38　世界坐标系统

4. Parent（父级坐标系统）

它是使用被选择的物体的父物体的坐标系统作为当前选择物体的坐标系统，如果物体没有被链接到一个指定的物体上，系统就默认将它作为世界空间的子物体。也就是说，用世界坐标系统作为它的坐标系统，图1-39可以很好地解释这种坐标系统的用法和作用。

图1-39　父级坐标系统

在图1-39的场景中，怪物作为小球的子物体运动，它的坐标系统是参考小球的坐标系统的，因而，怪物的移动方向根据小球的运动方向而发生变化。如果让怪物去跟随小球移动，用这个坐标系统将会非常容易做到。

一个更好的实例就是当一个游戏角色在一辆飞驰的火车车厢中运动，角色的所有移动操作都是相对于车厢的，角色运动的同时，火车也在运动，而在车厢内看到的只是角色相对于车厢的运动变化，没有人关心它相对于地面是如何运动的。尤其是当火车转弯的时候，采用这个坐标系统就可以省去很多麻烦。

5. Local（自身坐标系统）

它使用选择的物体自身的坐标系统。物体自身的坐标系统是通过轴心点来定义的。可以使用层级面板的调节轴心点命令调节物体中心点的方向和位置，从而影响它的坐标系统，如图1-40所示。

图1-40　自身坐标系统

6. Gimbal（万向节坐标系统）

这种坐标系统主要应用于旋转控制器，与Local坐标系统很类似，所不同的是，它只对旋转变换起作用。

7. Grid（栅格坐标系统）

3ds Max中有一个默认的栅格，创建的所有物体的坐标系统都是基于这个网格的坐标系统的，当在场景中创建了另外一个栅格后，就可以使用这个坐标系统，使物体的所有变换操作都转移到这个栅格所在的坐标系统内，如图1-41所示。

8. Pick（拾取坐标系统）

这是一种非常特殊的坐标系统，它是建立在其他物体上的，当前选择的物体以什么坐标系统进行变换是依赖另外一个物体坐标的，如图1-42所示，如果想让小鸟围绕着“兽人”飞翔的

图1-41　栅格坐标系统

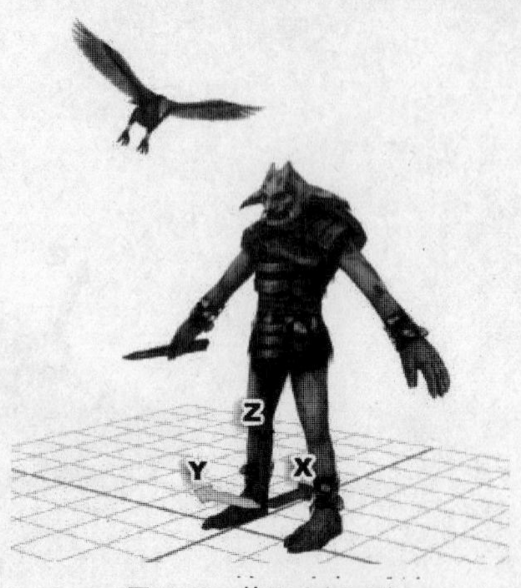

图1-42　拾取坐标系统

话，就可以将“兽人”的坐标拾取出来，让小鸟以拾取的“兽人”的坐标系统作为它旋转的坐标系来运动。

1.5.2 对象的选择

3ds Max是一种面向对象的动画工具，几乎所有的命令和操作都是要首先选择一个对象，然后才能对它进行操作。熟悉并掌握这些方法和命令将会对以后的学习带来很大的便利。选取对象是一种相当直观的概念，简单地讲就是指定对象的意思。

1. 直接选取的几种方式

在3ds Max中提供了4种直接用鼠标选择对象的方式，如图1-43所示，每一种方式都有各自的特点与用法，在工作中，可能会使用到其中的任何一个。

图1-43　4种直接选取方式

在3ds Max中，可以一次选择一个或多个对象，也可以通过加选或减选的方式来改变当前的选择集合，方法是按下键盘上的Ctrl键，然后再用鼠标去选择。已经被选择的对象会从当前集合中减去，没有被选择的对象会被加选到当前集合中。利用键盘上的Alt键也可以减选对象，但是它只能起到减选的作用，不能加选。

2. 名称选择

在3ds Max中建立一个对象后，软件会自动给这个对象命名，如Box01、Box02等，一个好的习惯就是在进行建模时，最好养成一个给物体命名的习惯，这将对以后的选择操作带来极大的便利。

按名称选择的方法是按下键盘上的H键，在弹出的对话框中对物体进行选择操作。尽管在3ds Max中可以很好地支持中文名称，但还是建议不要使用中文进行命名，因为，大多数的游戏引擎都不能支持中文名称。在给对象进行命名的时候可以使用拼音字母，而且要给同一类的对象用相同的前缀，比如创建一个游戏的室内场景时，就可以用jiaju_zhuozi、jiaju_yizi等进行命名，这样当想要选择室内的家具时，就可以在名称列表中方便地进行选择。

3. 选择集的设定

当场景中的物体过多时，无论用上面所讲的任何一种方法来选择物体都会显得非常麻烦，为了解决这个问题，3ds Max提供了一个将某些指定的对象放入到选择集的方式来管理场景中的对象。设置选择集的命令按钮，如图1-44所示。

在选择了几个物体后，在此空白栏中输入选择集的名称就可以为当前选择的所有对象建立一个选择集，以后在调用这些对象的时候就可以直接在下拉列表中选择这个选择集，该方法对

图1-44　选择集的设定

子物体同样有效，而且效率会更高，如图1-45所示的是一个已经建立好的选择集设置。

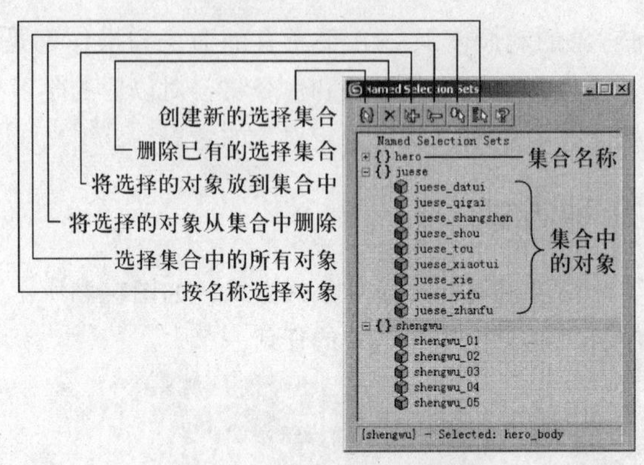

图1-45　建立好的选择集设置

4. 选择过滤器

当场景中的对象类型比较多时，可以通过使用选择过滤器来过滤不想选择的对象类型。比如，在场景中有三维物体、二维线条物体、骨骼物体等，而现在要做的工作是调整骨骼的运动，那么其他的对象类型就会影响选择的骨骼，这时，就可以使用选择过滤器将其他类型的对象过滤掉，这样就不会影响操作了。

3ds Max提供了如图1-46所示的几种过滤类型。

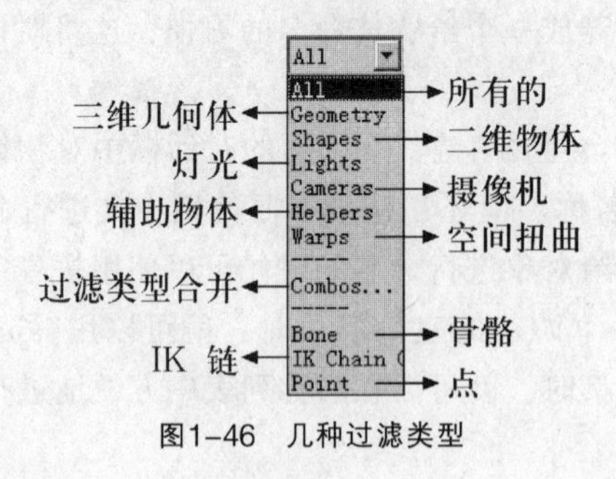

图1-46　几种过滤类型

1.5.3 基本变换

在3ds Max中使用最多的操作命令就是变换命令，一个物体包含三种变换，它们分别是移动、旋转和缩放。在建模的时候，会非常频繁地使用变换命令来建造想要的模型。掌握并熟练使用变换命令将会使工作变得更加有效，如图1-47所示。

图1-47　物体的三种基本变换

在平面软件中想要移动一个元素的时候，只能操纵平面上的两个方向，但是3ds Max却有三个方向，因此，必须要有一个比较形象、比较容易控制的方法。在一个三维空间中，如果仅凭感觉来识别移动的方向，那一定会把物体的方位变换得乱七八糟。为了解决这些问题，3ds Max提供了一个非常直观的变换控制器，使用它可以在三维空间中导航。

1. 移动

当在场景中选择一个对象并使用移动工具后，在对象上就会出现一个如图1-48所示的控制器图标，使用这个控制器可以对三维空间中的移动进行导航。比如，想让对象只沿X轴移动，就可以把鼠标指针放到控制器的红色X轴上，这时，红色的X轴会变成黄色，然后按住鼠标左键就可以沿X轴移动了。其他轴向的操作方法与此类似。

如果想让对象在一个平面内移动，先假设是XY平面，需要将鼠标指针移动到控制器中心附近的小方框上，此时，控制器图标会变成图1-49的样子，单击鼠标左键来锁定移动轴向，这时就可以在XY平面内对物体进行两个方向的平移了。

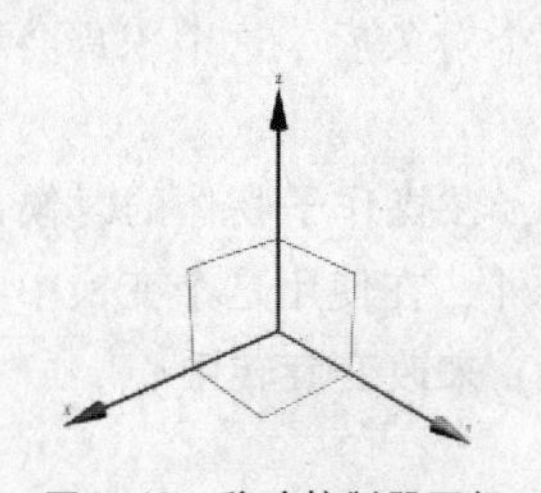

图1-48　移动控制器图标

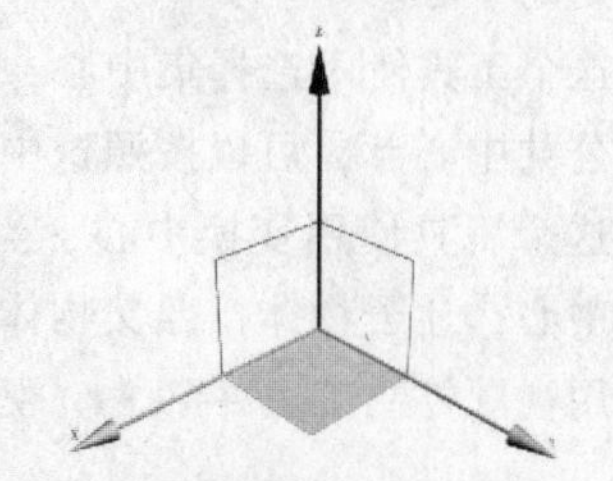

图1-49　平面内移动控制器图标

2. 旋转

在3ds Max中旋转对象的方法如图1-50所示。

旋转控制器的样式也同样很形象，如图1-51所示。

在旋转对象时，可能更关心的是旋转的轴向。在前面已经讲解过3ds Max中的几种坐标系，这些坐标系在使用旋转命令的时候就会显得非常有用，尤其是Local和Pick。在这里再向大家介绍几个改变旋转中心的小工具。

工具的位置如图1-52所示。

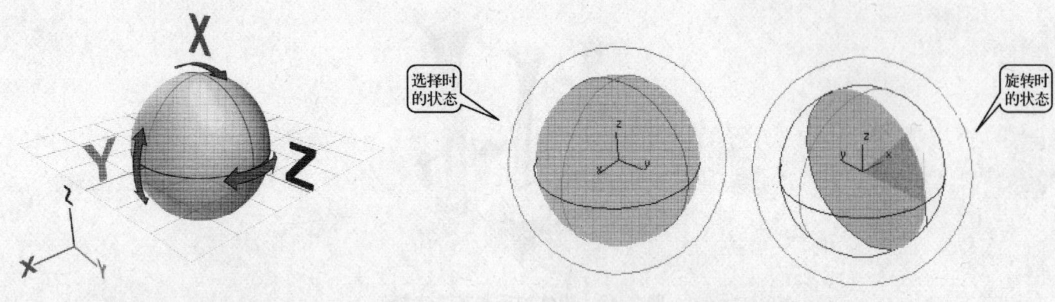

图1-50 旋转方法　　　　图1-51 旋转控制器的样式

每个对象都有3个方向上的旋转轴，如图1-53所示，图中坐标三角架所在的位置就是物体的旋转中心。每个物体在创建出来的时候就有一个默认的坐标中心点，但这并不表示这个物体的中心点就被固定了。改变中心点的方法有以下几种。

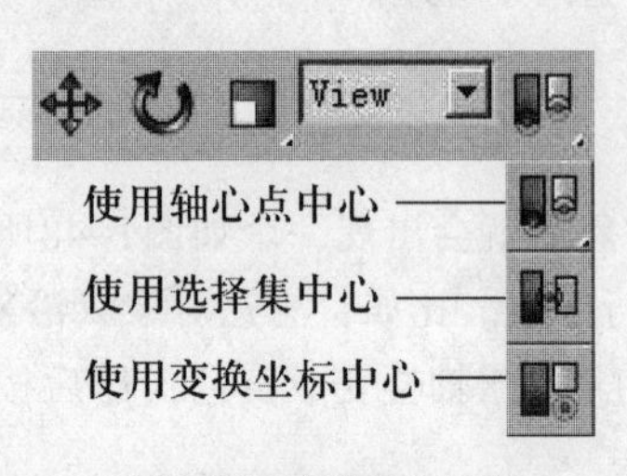

图1-52 旋转中心工具

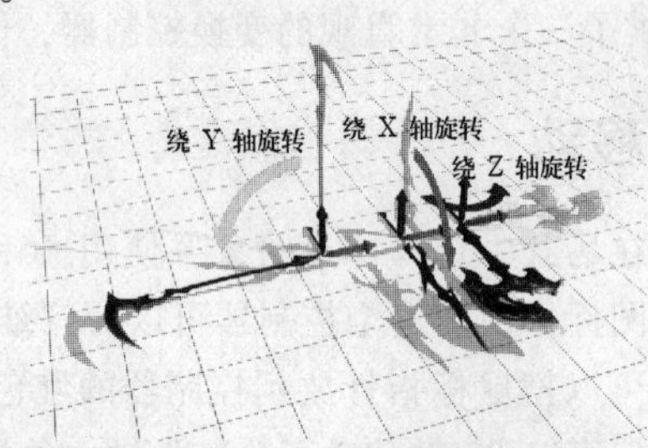

图1-53 3个方向上的旋转轴

(1) ：这是最常用的也是默认的变换中心，它以物体的重心位置作为变换中心，也就是创建物体时确定的中心。

(2) ：这个工具使用选择集中心，当在场景中选择了几个对象后，这个工具会帮助找到这几个对象的公共中心点，可以按照这中心点来旋转物体。

(3) ：这个工具使用变换中心，当使用Parent坐标系时，在操作子物体的时候，就可以选择这个变换中心，让子物体按照父物体的坐标系来变换。另外，在使用这个变换中心进行旋转时，可以使用视图控制工具—— (视图摇移，或鼠标中键) 来改变旋转中心。

3. 缩放

缩放控制器样式如图1-54所示。

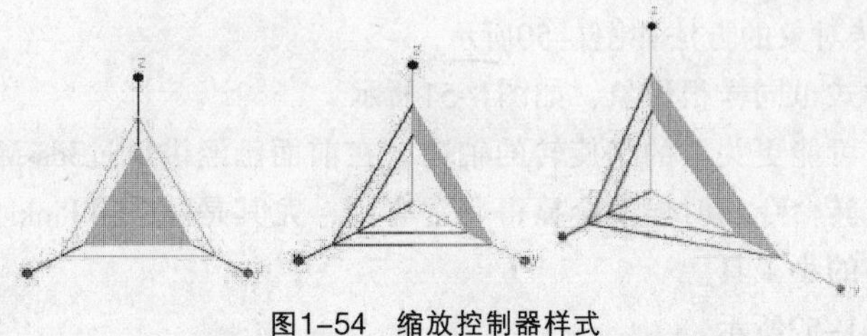

图1-54 缩放控制器样式

缩放控制器也有三个轴向，可以用鼠标左键选择一个轴向，然后对物体进行单轴向的缩放。图1-54中的灰色区域也可以用鼠标进行选择，不同的选择区域表示对不同的轴向进行旋转，左图是对三个轴向同时缩放，中间的图表示对两个轴向进行均匀缩放，右图表示对两个轴向进行不均匀缩放。

缩放工具有三个子工具，如图1-55所示。

(1) 是在三个方向上同时进行缩放，不需要进行特殊的控制。

(2) 是在两个方向上进行缩放，可以通过对控制器的操作来决定对哪两个轴缩放。

(3) 是挤压工具，它的特点就是保持物体的体积不变，对物体的某一个轴向进行缩小操作，那么在另外两个轴向就会相应地进行放大操作。

这三种缩放工具的示意图如图1-56如示。

图1-55 缩放工具

图1-56 缩放工具示意图

1.6 创建对象

在熟悉了3ds Max的用户界面后，就可以开始建模了。建模顾名思义就是构建模型，可以选择使用内部建模工具和各种外挂模块来进行建模，还可以使用其他兼容软件来构建模型。

单击Create（创建）命令面板的Geometry（几何体），在下拉列表框中选择Standard Primitives（标准几何体），单击面板中的按钮，然后在视图中拖动鼠标即可直接生成10种三维基础造型，包括长方体、球体、圆柱体等，如图1-57所示。

如图1-58所示的是3ds Max提供的标准几何体。如果要查看各个造型对象的参数卷展栏，则会看到许多用于设置对象大小（半径、长度、宽度或高度）、线段数量等属性的参数，这些参数能够使用户以更简便的方式完成对象的修改工作。例如，对于球体对象可以简单地通过修改参数来创建出半球体或部分球体。

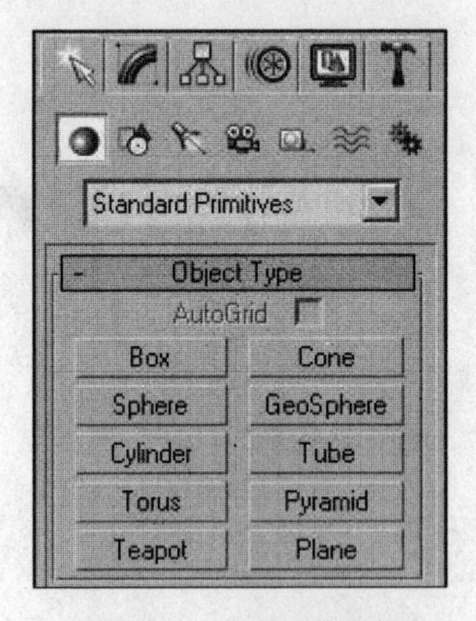

图1-57 创建对象面板

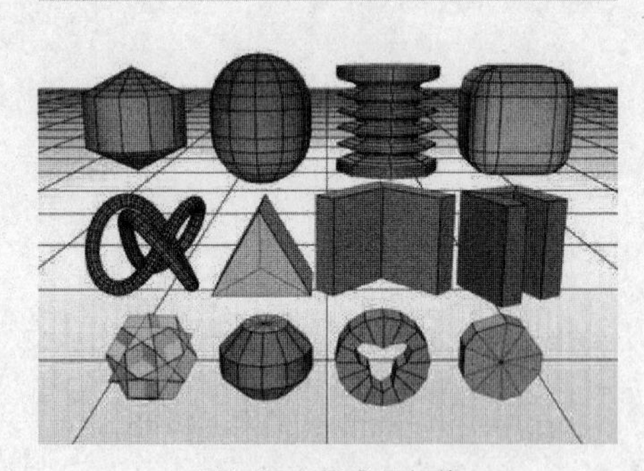

图1-58 标准几何体

1.6.1 创建立方体

1. 创建立方体

在Create命令面板中单击Box按钮，以默认参数状态建立一个立方体造型。将鼠标移至命令面板左侧的视图区，在其中任一视图中单击鼠标左键并沿对角线方向拖动鼠标，这时一个矩形会出现在视图中。松开鼠标左键，向上拖动鼠标挤出立方体的厚度，再次单击左键完成立方体的创建，如图1-59所示。

3ds Max还提供了一种更为精确的创建方式，那就是键盘输入“Keyboard Entry”。也就是用键盘在Keyboard Entry卷展栏中输入立方体的长、宽、高以及立方体中心的位置之后，在Keyboard Entry卷展栏中单击Create按钮，立方体就会出现在视图中。

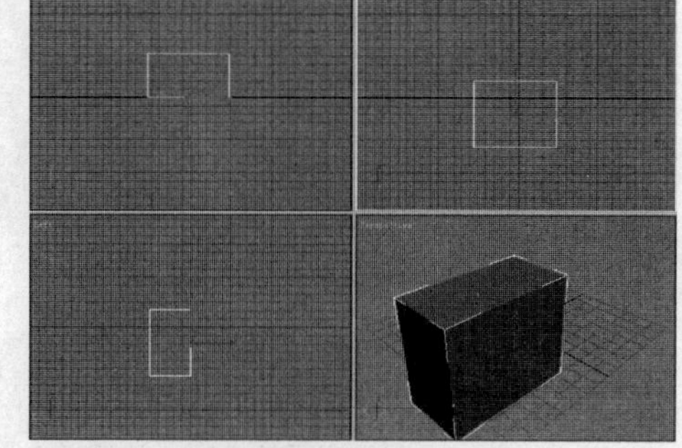

图1-59 创建立方体

2. 调整立方体参数

（1）用鼠标单击Modify（修改）命令面板，在Parameters参数卷展栏下对立方体造型的参数进行设置，如图1-60所示。在Parameters卷展栏下修改所选定立方体的长、宽、高参数的值，视图中的立方体对象的形状将会随之变化大小。

（2）增加立方体的段数，在参数卷展栏中设置Length Segs=5、Width Segs=8、Height Segs=4，视图中的立方体如图1-60与图1-61所示。

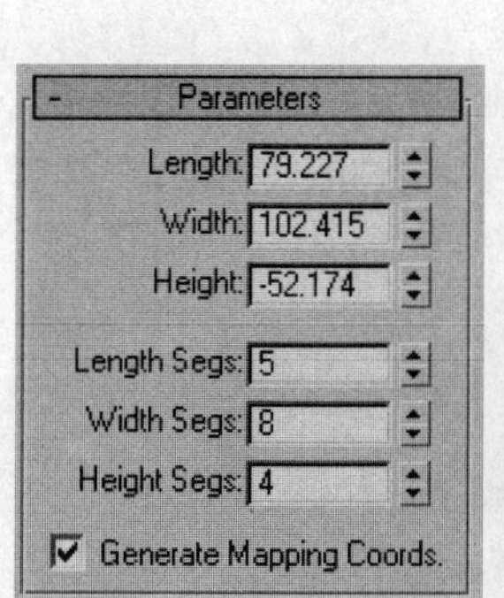

图1-60 立方体参数

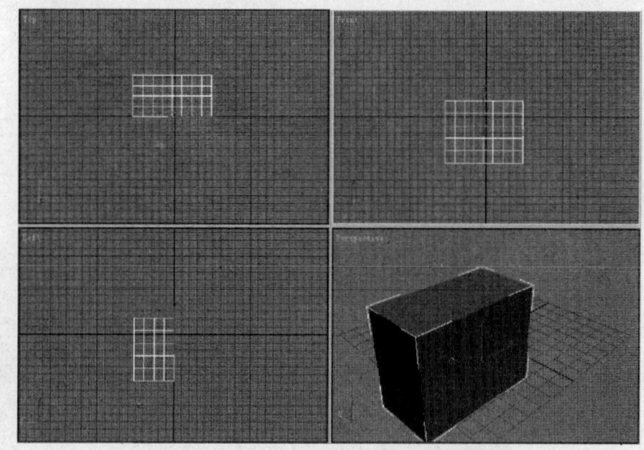

图1-61 设置立方体参数后的放置

1.6.2 创建球体

在3ds Max中可创建两种球体：Sphere（经纬球体）和Geosphere（几何球体），Sphere球体是由四边形组成的，而Geosphere则是由三角形组成，如图1-62所示。

在创建部分球体时，Sphere球体是从球心开始切除一部分，Geosphere则只能创建半球，如图1-63所示。

（1）在Create（创建）命令面板中，单击GeoSphere按钮，在弹出的卷展栏中设置几何球体的Radius（半径）、Segments（段数），如图1-64所示。

（2）在命令面板左侧的视图区中选择Top视图，建立已设置好参数的球体。球体Segments的值越高则球体表面越光滑。在Modify（修改）命令面板中的Parameters卷展栏中，将

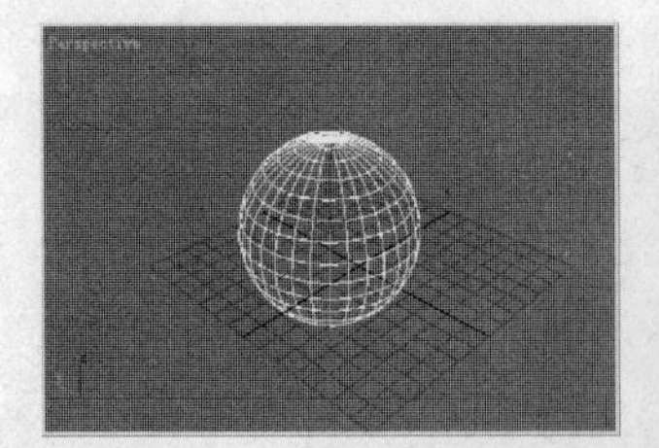

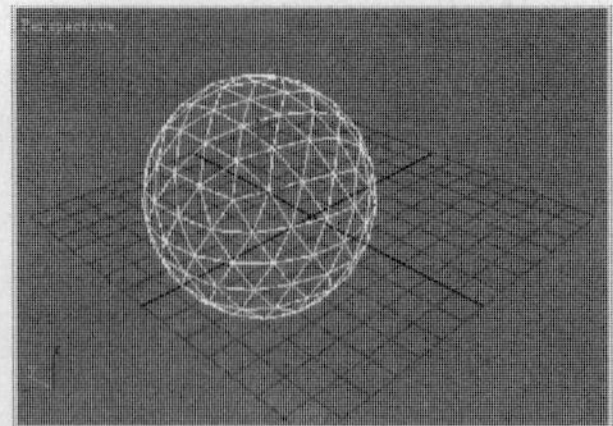

图1-62　创建球体　　图1-63　创建部分球体

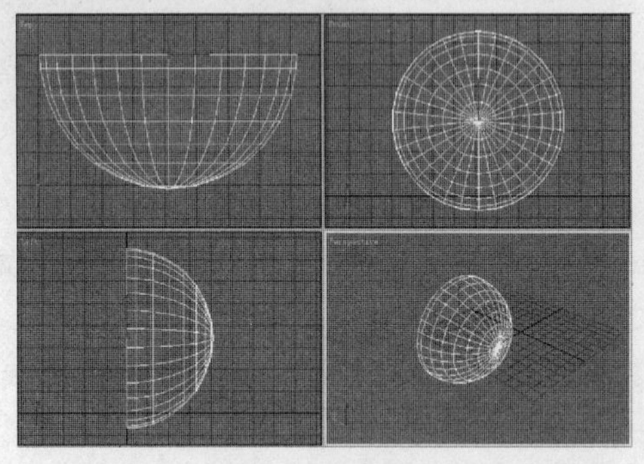

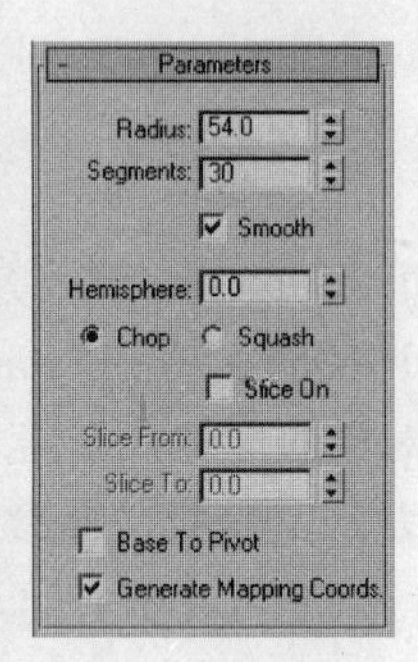

图1-64　球体段数设置

Hemisphere（半球）设置为0.5。

（3）在Create（创建）命令面板中，单击Sphere按钮，在Front视图中创建一个经纬球体，在经纬球体的参数卷展栏中激活Slice On（限幅）选项，然后设置Slice From（限幅开始）= 0，Slice To（限幅结束）=93，球体造型如图1-65所示。

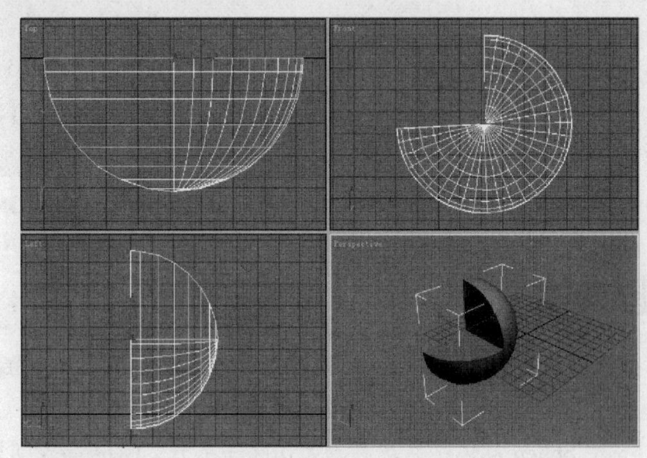

图1-65　球体限幅设置

1.6.3 创建锥体

锥体（Cone）也是圆柱体的一种，只不过锥体的半径非定值，而是呈线性变化的。

（1）在Create（创建）命令面板中，单击Cone（锥体）按钮。

（2）在Modify（修改）命令面板中，在Parameters卷展栏中调整锥体的参数可得到不同效果的造型。设置Sides（边数）=3时，锥体造型如图1-66所示。

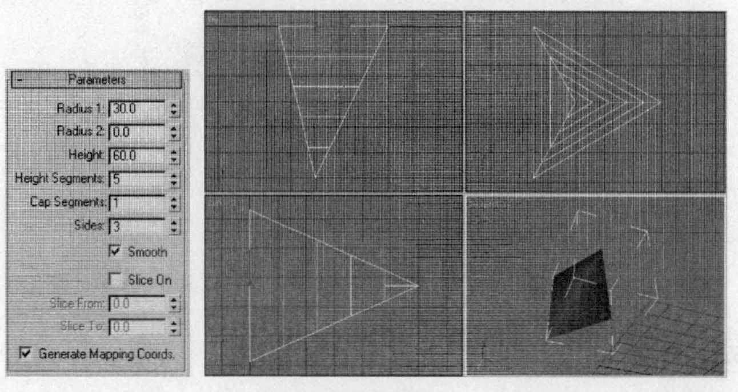

图1-66　创建锥体

（3）重新设置Sides（边数）的值为30，然后激活Slice On（限幅）选项，设置Slice From（限幅开始）=0，Slice To（限幅结束）=56，得到造型如图1-67所示的锥体造型。

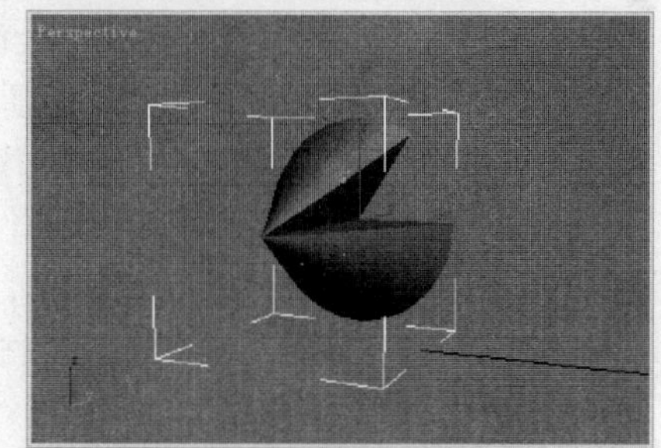

图1-67　锥体限幅设置

1.6.4 创建圆环

在Create命令面板中，单击Tours（圆环）按钮，以默认参数建立一个圆环物体。在Top视图中单击并拖动鼠标，确定圆环一侧的大小。松开鼠标左键，拖动鼠标拉出圆环。单击鼠标左键建立圆环，如图1-68（a）所示。

（1）进入Modify命令面板修改圆环参数，在Parameters参数卷展栏中，设置Sides和Segments的值都为4，则所构建的圆环造型如图1-68（b）所示。

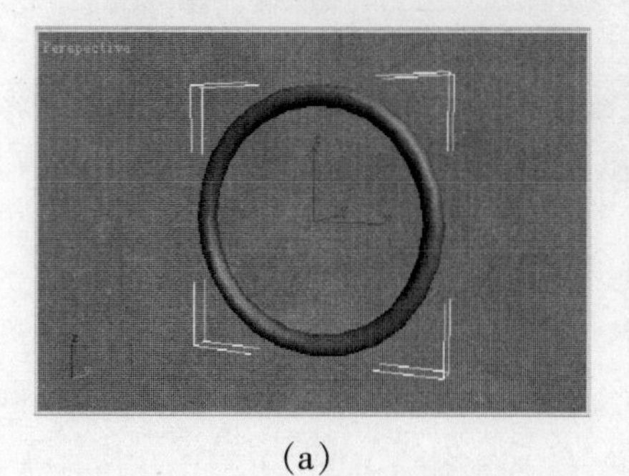

(a)

(b)

图1-68　创建圆环

（2）重新设置Sides和Segments的值都为30，然后激活Slice On选项，并设置参数Slice From=0，Slice To=-5，创建如图1-69所示的圆环造型。

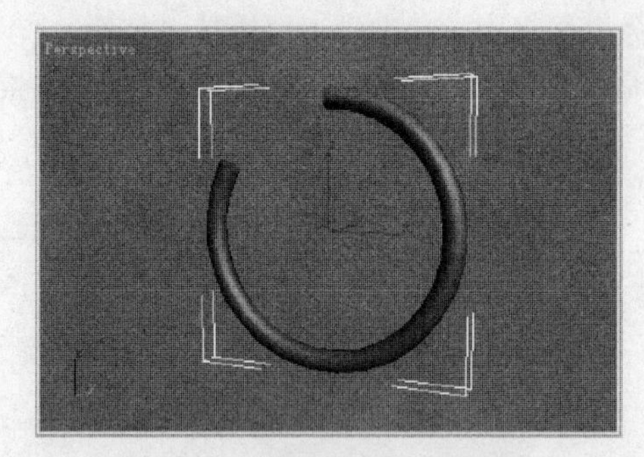

图1-69 圆环段数、限幅设置

1.6.5 创建茶壶

茶壶（Teapot）并不是一个简单的几何体，但是利用茶壶对象可以非常方便地通过修改来创建其他对象，此外还可以只创建茶壶的某一部分。

（1）单击创建面板中的Teapot按钮，在Top视图中从视图中心拖动鼠标指针，当认为茶壶的大小合适时释放鼠标即可。在默认情况下创建的茶壶对象是完整的，在Parameters卷展栏中的Teapot Parts区域将茶壶分解为4个零件，在默认情况下都为选中状态：Body（壶体）、Handle（手柄）、Spout（喷嘴）和Lid（壶盖），如图1-70（a）所示。

（2）若在Parameters卷展栏中只选定Body选项，则茶壶只有壶体对象，如图1-70（b）所示。

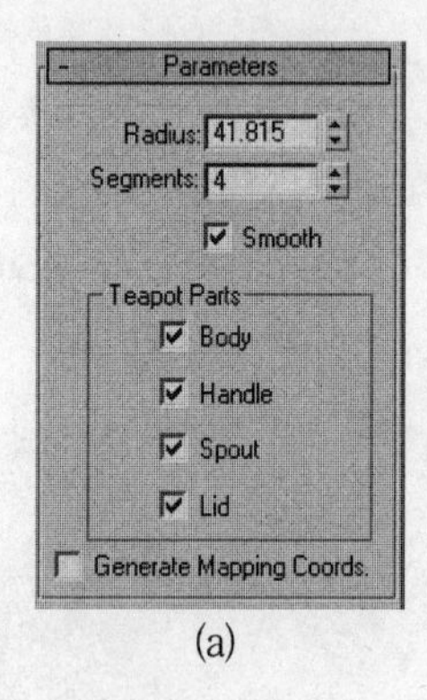

(a)

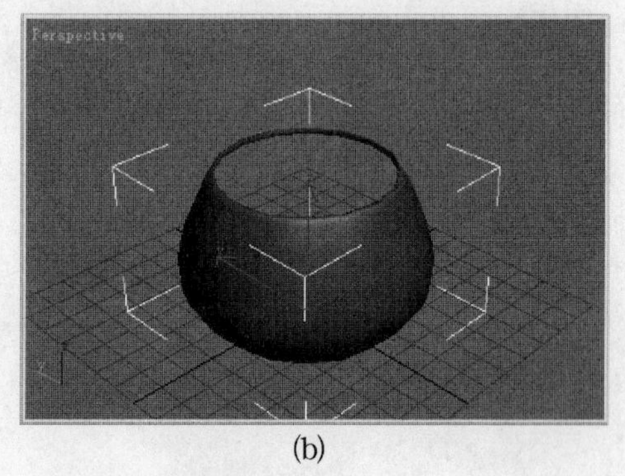

(b)

图1-70 创建茶壶

1.7 创建扩展几何模型

在3ds Max中除了10种标准的几何模型之外，还有13种扩展几何模型。扩展几何模型与标准几何模型的创建方式一样，只是参数相对复杂。运用这些新增的扩展模型可以使建模工作更加快捷简便，在旧版本中要花更多时间创建的对象，现在则可一挥而就，如图1-71所示。

在Create（创建）命令面板中，在Geometry（几何体）面板的下拉列表中选择Extended Primitives（扩展几何体），这时Geometry（几何体）面板上会出现如图1-72所示的卷展栏。

图1-71　扩展几何模型

图1-72　扩展几何模型面板

1.7.1 创建导角立方体

导角立方体在建模中非常有用，有了导角扩展几何模型，可以更方便地完成一些需要导角的造型，如沙发、椅垫等。导角立方体模型如图1-73所示。

在Create（创建）面板中，单击Chamfer Box（导角立方体）按钮进入导角立方体创建模式。在视图中拖动鼠标建立导角立方体，然后在Parameters卷展栏中对其参数进行调整，如图1-74所示，视图中的导角立方体会发生相应的变化。

导角立方体的参数和立方体的参数很接近，只有两个新的参数：Fillet（拐角）和Fillet Segs（拐角段数），这两个参数控制立方体的导角大小。Fillet的值越大，导角的部分就越大；

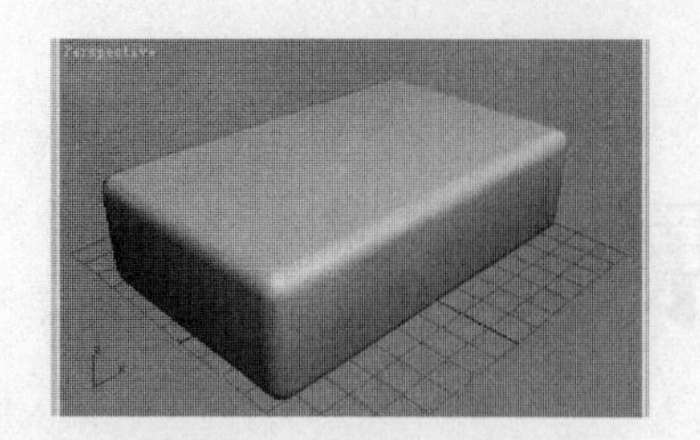

图1-73 创建导角立方体

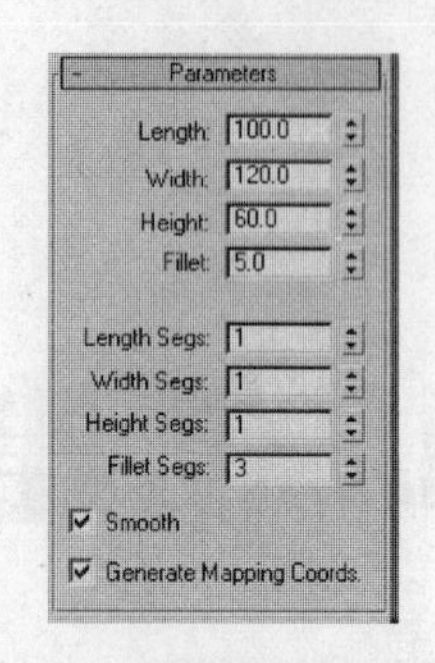

图1-74 Parameters卷展栏

Fillet Segs的值越大，导角就越光滑。

1.7.2 创建导角柱体

在Create（创建）面板中，单击Chamfer Cyl（导角柱体）按钮，在控制面板上出现Chamfer Cyl的参数卷展栏，如图1-75所示。

在视图中拖动鼠标就可以创建导角柱体，然后在Parameters卷展栏中设置导角柱体的参数，导角圆柱体如图1-76所示。

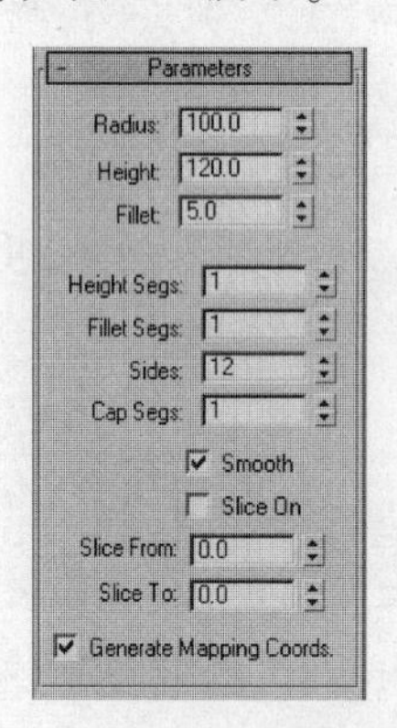

图1-75 创建导角柱体的参数设置

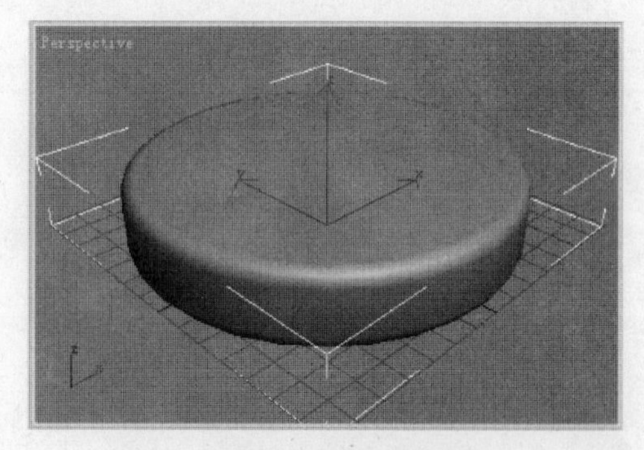

图1-76 创建导角柱体

1.7.3 创建软管造型

Hose（软管）造型是一种灵活的连接器，可以放置在其他两个对象之间，它的动作非常像弹簧弹起的样子，如图1-77所示，但它没有动力学性质。

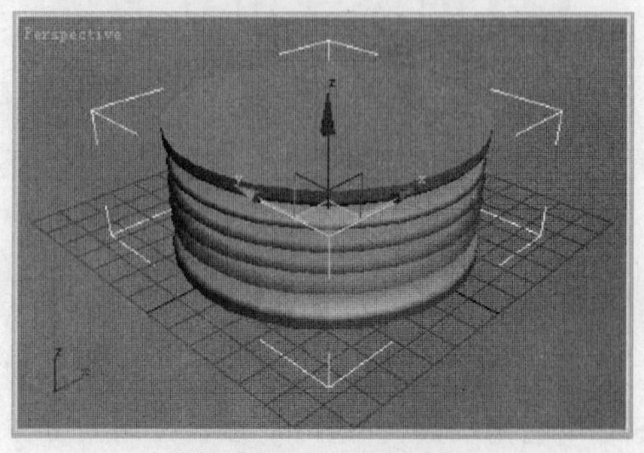

图1-77 创建软管造型

在Hose Parameters卷展栏中可以指定软管的参数，可以通过设置Renderable选项确定软管是否可渲染。此外，在Hose Shape区域还可以将软管设置为Round（圆形）、Rectangle（矩形）或D-Section（D形），如图1-78所示。

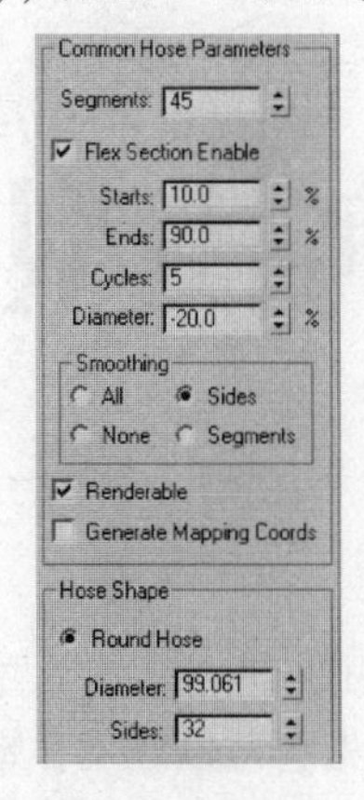

图1-78　创建软管造型

1.7.4 创建环形结

Torus Knot（环形结）和标准几何模型的Torus相似，但是它的横截面是三维曲线，而不是一个简单的圆形。

环形结的参数卷展栏如图1-79所示。

（1）Base Curve区域的P和Q值用来确定环形结蜿蜒缠绕的位置，它们的最大值都是25，如图1-80（a）所示的环形结的参数是P=1，Q=3。

（2）当Base Curve设置为Circle时，P和Q值是无效的，但激活了Warp Count（扭曲数量）和Warp Height（扭曲高度），如图1-80（b）所示的环形结的Warp Count=100，Warp Height=-0.5。

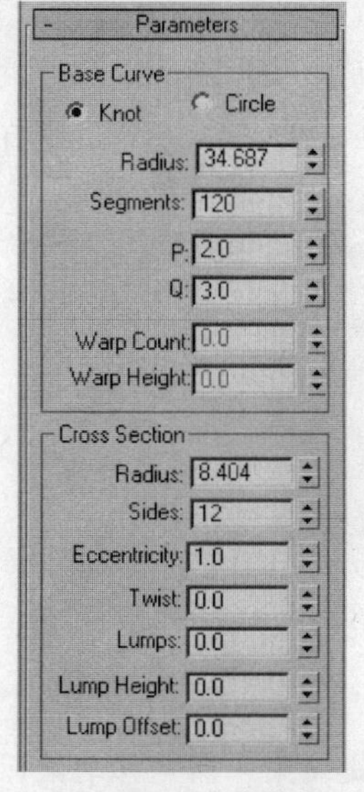

图1-79　环形结的参数卷展栏

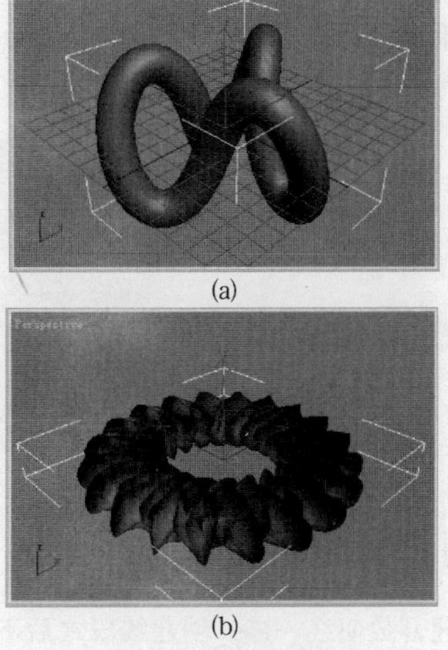

(a)

(b)

图1-80　创建环形结

1.8 创建二维几何模型

在3ds Max中除了提供三维物体的创建命令之外，还提供了一些基本的二维几何模型的创建命令。二维几何模型对象在3ds Max中有着特殊的用途，首先它可以在制作动画的时候作为运动路径，此外还可以将二维几何模型转化为三维模型。

1.8.1 创建曲线

利用画线工具能够从起点到终点定义一系列曲线造型。单击命令面板的Create（创建）命令，然后选择Shapes（造型）面板，在Object Type卷展栏中单击Line按钮就可以开始创建曲线，如图1-81所示。

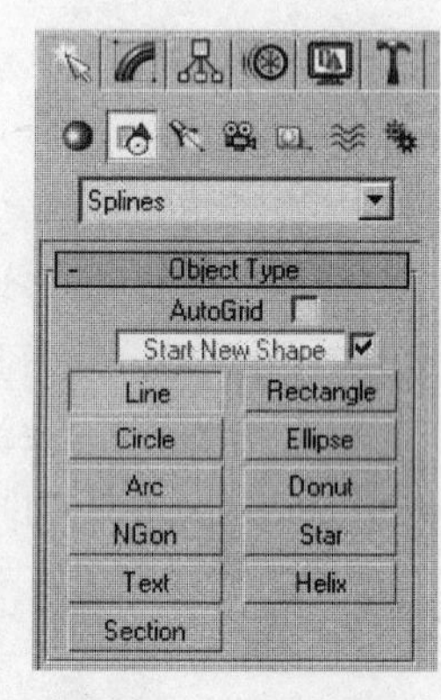

图1-81 创建曲线面板

1. 创建开放曲线

在Create面板的Shapes子面板中单击Line（曲线）按钮。在任一视图中单击鼠标左键，然后松开并移动鼠标指针。再次单击鼠标创建一个顶点，依次类推。创建结束后单击鼠标右键就可以得到一条曲线，如图1-82所示。

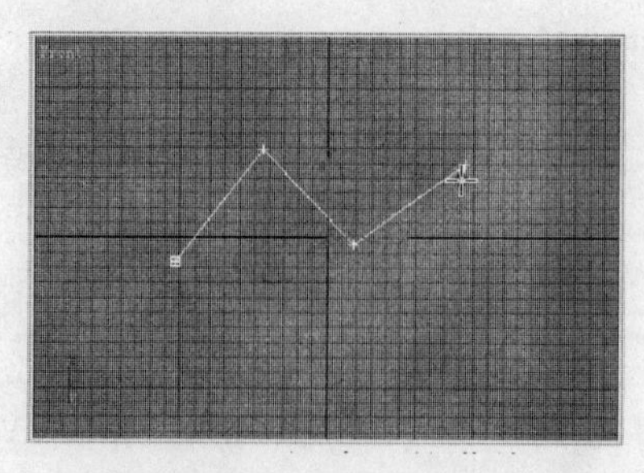

图1-82 创建开放曲线

2. 创建封闭曲线

与创建开放曲线一样，创建线段之后不要单击鼠标右键结束，而是移动鼠标指针到起始点的位置然后单击鼠标左键。在弹出的图1-83所示的对话框中单击【是】按钮，这样就得到一条封闭曲线。

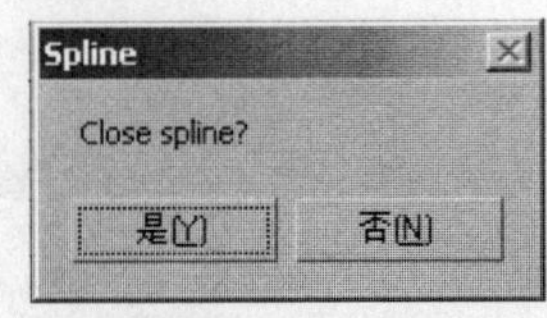

图1-83　封闭曲线

3. 改变曲线创建方式

灵活地使用鼠标可以创建不同的线段，但是使用上面的方法只能得到折线，而无法得到光滑的曲线。通过选择Creation Method（创建方式）卷展栏中的选项可得到光滑曲线，Creation Method卷展栏如图1-84所示。

选择Creation Method卷展栏中Initial Type选项组的Smooth（光滑）选项。选择Drag Type选项组中的Corner（夹角）选项。在Top视图中创建曲线时就可以创建光滑曲线。

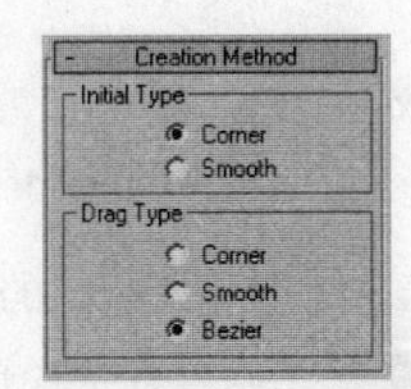

图1-84　改变曲线创建方式面板

4. 修改曲线

虽然使用Line工具可以创建各种曲线，但是通常并不能保证第一次就能准确得到想要的曲线，这就需要在Modify面板中修改曲线的形状。

Vertex（顶点）：任意一条曲线都是由顶点组成的，它是曲线的Sub-Object（次级对象）。通过设置顶点的属性来定义顶点是直角、光滑还是Bezier（贝塞尔）类型，顶点的类型定义了曲线的形状。

切线手柄：当一个顶点被定义成Bezier类型之后，可以通过调整顶点两端的绿色滑块来定义曲线的形状。

Segment（线段）：相邻两个顶点之间的曲线被称作线段，线段也是二维造型的次级对象。

(1) 选择刚刚创建的曲线，然后进入Modify面板，打开Selection卷展栏，在卷展栏上方有三个选项。它们分别代表了曲线的三种次级模式：顶点、线段和线条，单击相应的图标就可进入相应的次级对象模式，如图1-85所示。

(2) 选中刚创建的曲线，在Selection卷展栏中选择Vertex（顶点）选项，然后在视图中选择主工具栏上的Select and Move工具按钮，这样就可以移动曲线中的顶点。如果不选择Vertex选项，则只能移动曲线。

(3) 选择一个顶点，单击鼠标右键，在弹出的菜单中选择Bezier Corner，将顶点类型转换成Bezier Corner型，此时选中的顶点周围会出现两个绿色滑块，移动绿色滑块可以调整曲线的形状，如图1-86所示。

还可以使用同样的方法将其他的顶点转化为其他类型，然后调节曲线的形状。创建不同形状的曲线是3ds Max的基本操作，在以后的制作过程中会经常用到。

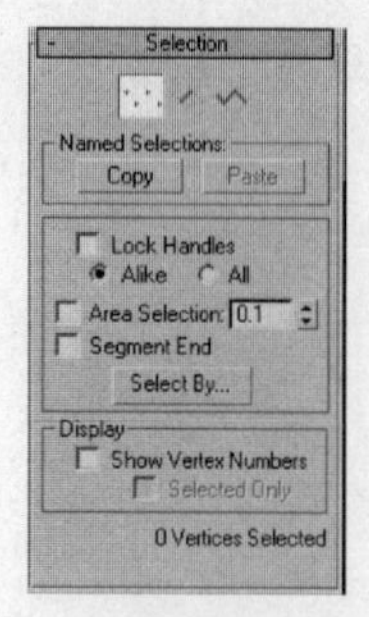

图1-85 Selection卷展栏

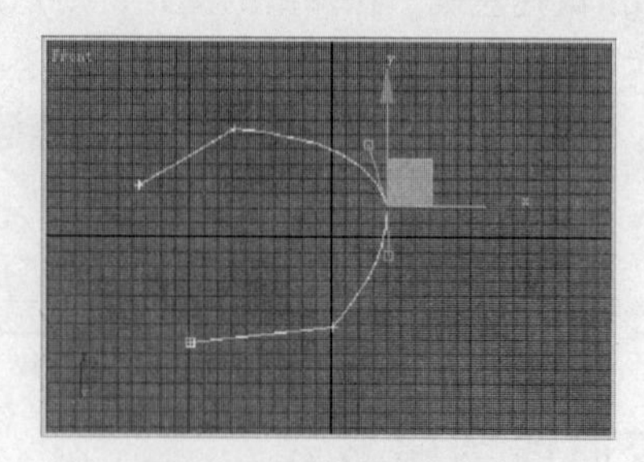

图1-86 调整曲线的形状

1.8.2 圆、椭圆、圆环和圆弧

Circle（圆）的创建十分简单，只需要在视图中按住鼠标左键并拖动鼠标，就可以画出一个圆。圆只有半径这一个基本参数。

Ellipse（椭圆）有两个参数：Length（长轴）和Width（短轴）。

Dount（圆环）有两个参数：内径和外径。先在视图中拖动鼠标拉出一个圆，然后向内或向外移动鼠标指针确定另一个圆，就可以创建圆环。

Arc（圆弧）的创建比圆和椭圆的创建要复杂一些，它需要3个点才能确定。在圆弧的Creation Method卷展栏中有两种创建方法：End-End-Middle（端点—端点—中点）和Center-End-End（圆心—端点—端点）。

1.8.3 螺旋线

Helix（螺旋线）与生活中的弹簧很相似，如果以螺旋线作为放样路径，以圆作为放样截面就可以很容易地制作出一个弹簧。

在Shapes子面板中单击Helix（螺旋线）按钮，在Top视图中单击鼠标左键，然后按住鼠标左键，同时移动鼠标指针到适当的位置，松开鼠标就确定了螺旋线底面的半径。上下移动鼠标指针，在适当的高度单击鼠标左键确定螺旋线的高度。然后移动鼠标指针确定螺旋线顶圆的半径，这样就创建好了一个螺旋线，如图1-87所示。

通过修改螺旋线的参数可以得到更为复杂的螺旋线，选中刚创建的螺旋线进入Modify面板，在Parameters参数卷展栏中设置螺旋线的参数，如图1-88所示。

（1）在参数卷展栏中，Radius 1（半径1）和Radius 2（半径2）的值分别代表螺旋线的上下底面的半径，Height（高度）的值确定了螺旋线的高度。

（2）Turns（圈数）的值确定了螺旋线旋转的圈数，取值范围在0~100之间。

（3）Bias（偏移）的值可以改变螺旋线旋转的疏密程度，取值范围是-1~1之间。Bias的值为0时螺旋线均匀旋转；Bias的值为1时螺旋线的顶部比较密，反之则底部密度较大。

（4）CW（顺时针）和CCW（逆时针）选项决定了螺旋线旋转的方向：CW为顺时针方向，

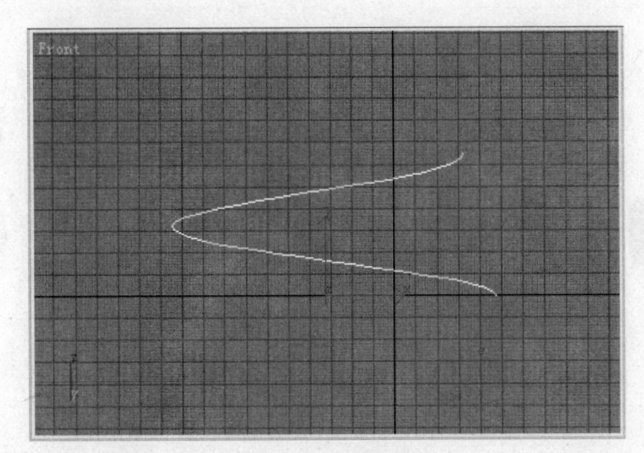

图1-87 螺旋线

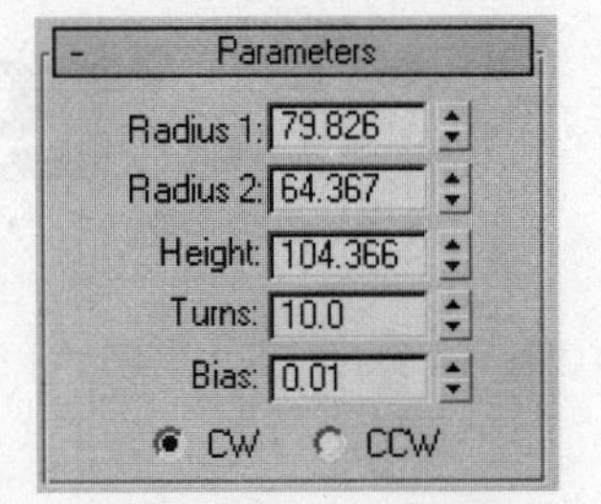

图1-88 Parameters参数卷展栏

CCW为逆时针方向。

1.8.4 建立组合模型

在Object Type（物体类型）卷展栏下方有一个复选开关，名叫Start New Shape（新建图形），其默认状态为打开。当其为打开（即被勾选）时，创建的每一个二维对象都是一个新的独立模型；当关闭它时，所有新创建的二维对象都将是一个二维模型的一部分。下面通过一个具体的操作来了解Start New Shape的功能。

（1）关闭Start New Shape模式，单击Ellipse按钮新建一个椭圆。

（2）单击Rectangle按钮在椭圆内建立一个星形。此时会发现两个对象都为被选取状态，说明星形已经和椭圆成为一个组合曲线。

（3）打开Start New Shape模式，单击Star按钮建立一个星形曲线。

（4）单击Circle按钮在任意处再建立一个圆。

发现后创建的两个曲线是分开的，用Select and Move按钮可以分别选取、移动这两个曲线。而第一次建立的椭圆和星形已经成为一个组合曲线，只能被同时选取并移动。因为椭圆和星形是同一个图形，所以颜色是一样的，而后创建的圆和星形是分别独立的部分，所以颜色不一样，如图1-89所示。

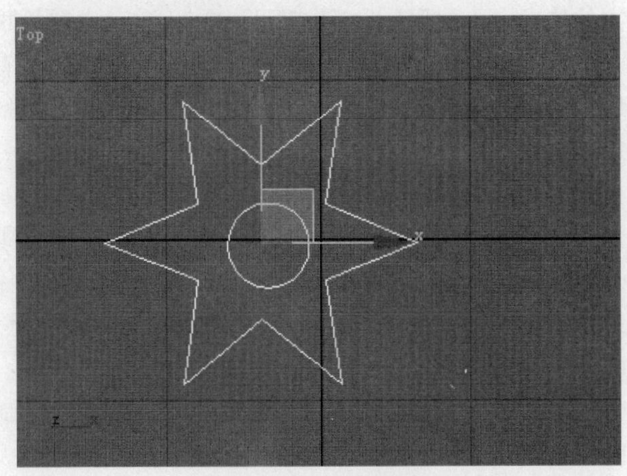

图1-89 建立组合模型

1.9 复制对象

复制对象就是创建对象的副本的过程，这些副本和原始对象具有相同的属性和参数。在3ds Max中，有多种复制对象的方法，最常用的有4种：使用Clone命令；使用镜像复制；创建对象阵列；沿路径等间距复制对象。

1.9.1 Clone（克隆）

（1）选定要复制的剑，然后执行Edit（编辑）→Clone（克隆）菜单命令打开克隆命令复制对象，如图1-90所示。

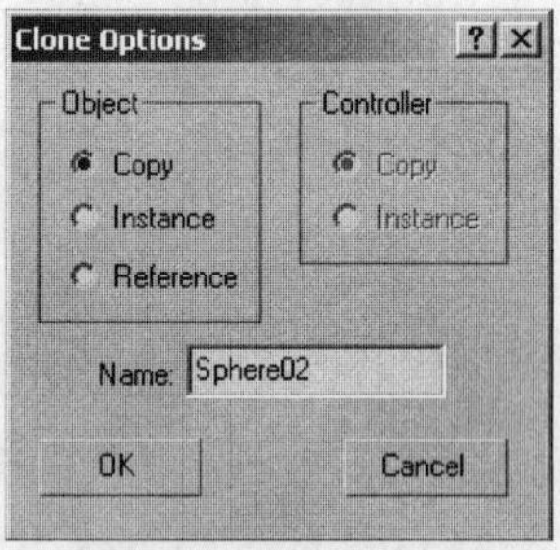

① Copy（副本复制）是把所定义对象复制一份。一旦复制完成，则原始对象和它的复制品就相互独立为两个物体，它们唯一的不同是名称不同。

② Instance（关联复制）是一种把同一个对象定义在多个地方的技术。几乎所有的事物都可以在3ds Max中被关联复制。

图1-90　克隆面板

③ Reference（参考复制）类似于关联复制，但有一个区别，即使用参考复制时，如果改变原始对象，则所有参考物体都将改变，但是修改参考物体，却对原始物体没有影响。

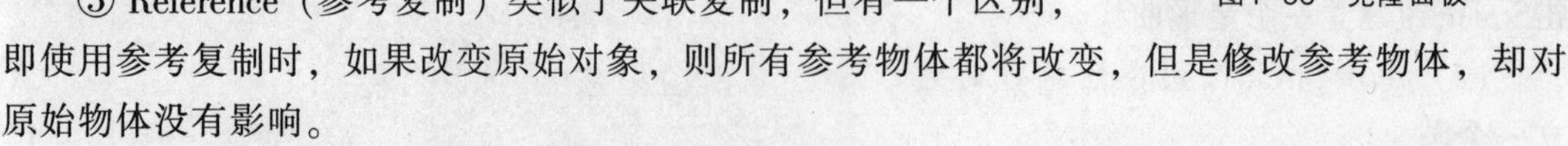

（2）在Clone Options对话框中可以给出复制对象的名称，并指定复制对象为Copy（副本）复制剑，单击OK按钮确定，得到两把重合在一起的剑。

（3）选择主工具栏上的Select and Move（选择并移动）按钮将两把剑分开，并选定复制得到的剑，进入Modify面板，在点子物体级中修改剑体，此时只有复制得到的剑体发生了变化，而原始的剑并没有改变，如图1-91所示。

（4）选定剑，并执行Edit→Clone菜单命令复制剑，在复制对话框中选定复制方式为Instance。

（5）使用移动工具将两个物体分开，选择原始物体，并对其进行修改，结果复制的对象也随之发生改变，修改复制后的物体也同样引起原始对象的变化，如图1-92所示。

（6）删除复制对象，然后再次复制原始对象，在复制对话框中选定Reference（参考复制），

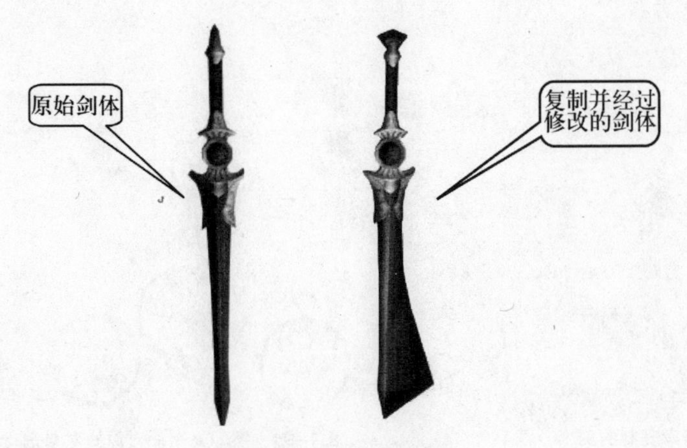

图1-91　复制并修改

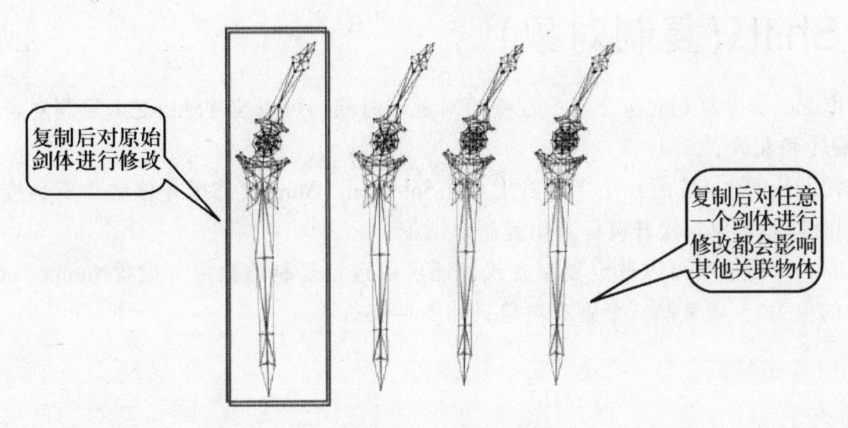

图1-92　关联复制

并使用移动工具将两者分开。

(7) 对复制后的物体进行修改会发现，原始物体也发生了相同的变化，对原始物体进行修改也同样会影响参考物体，感觉这个功能与关联复制是一样的。事实上，参考复制是提供一个参照物，复制的时候，原始物体所携带的所有型体特征（命令堆栈）将会全部“遗传”给参考复制品，对以前的特征进行变化将会影响所有的物体，因为每个物体都具备这些特征。但是当对参考物体应用新的修改命令，原始物体就不会发生任何变化了。参考复制的另一个特点就是不论任何时候，应用给原始物体的任何修改命令都将会影响参考物体。

图1-93中的第一个对象是原始对象，后面的三个都是参考复制品，对这些复制品增加新的修改命令不会对原始对象产生影响，它们彼此之间也不会受到影响。但是，这个时候再对原始对象进行修改（不论是复制前的命令还是新增命令）却会影响到所有的物体，如图1-94所示。

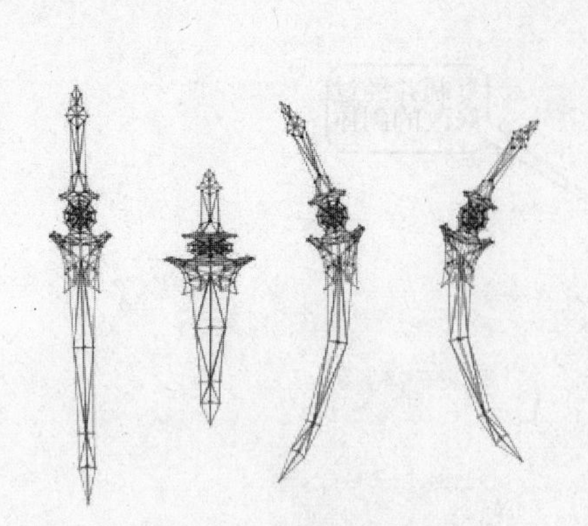

图1-93　参考复制的剑

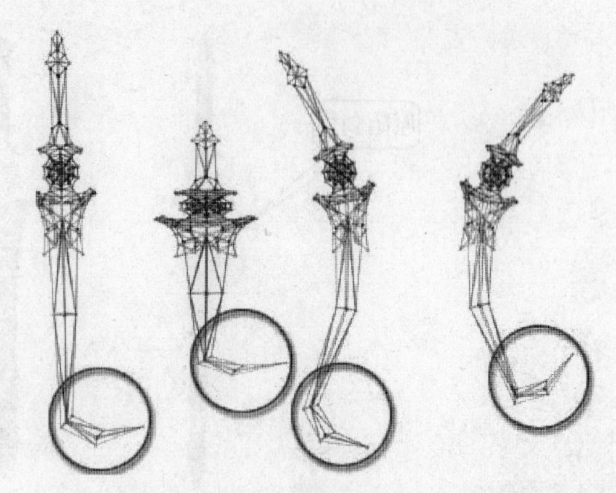

图1-94　参考复制后对原始对象进行修改的反映

1.9.2 Shift（复制对象）

除了使用Clone命令复制对象之外，在变换对象的时候，可以按住Shift键来复制对象，变换包括移动、旋转和缩放。

(1) 选择原始对象，然后在主工具栏上单击Select and Move（选择并移动）工具按钮，按住Shift键的同时移动对象，松开鼠标弹出复制对话框。

(2) 在Clone对话框中可以选定复制方式，还可以选定复制的数量。设置Number of Copies（复制数量）的值为3，则复制三个副本对象，如图1-95所示。

图1-95　Shift复制对象

1.9.3 Mirror（镜像复制）

镜像复制是把所选择的对象用镜像的方式复制出来。虽然使用移动和旋转工具也能达到镜像复制的效果，但是使用Mirror工具按钮更为方便。

(1) 选定要复制的对象，单击主工具栏上的Mirror Selected Objects，或者执行Tools（工具）→Mirror（镜像）菜单命令打开Mirror对话框。

① Mirror Axis（镜像轴）区域的参数用于选择镜像的轴或者平面，默认是X轴。

② Offset（偏移）用于设置镜像对象偏移原始对象轴心点的距离。

③ Clone Selection（克隆选项）区域的参数用于控制对象是否复制、以何种方式复制。默认选项是No Clone，即只翻转对象而不复制对象。

(2) 在Mirror Axis区域选择镜像轴为Z轴，在Clone Selection区域选择复制方式为Copy，此时场景中已经可以看到镜像复制的效果，调节Offset的值可以调节两个对象之间的距离。

(3) 单击OK按钮复制对象，此时复制的对象翻转位于原始对象的下方，在它们中间就像有一面镜子一样，如图1-96所示的是分别在三个坐标轴上得到的镜像效果。

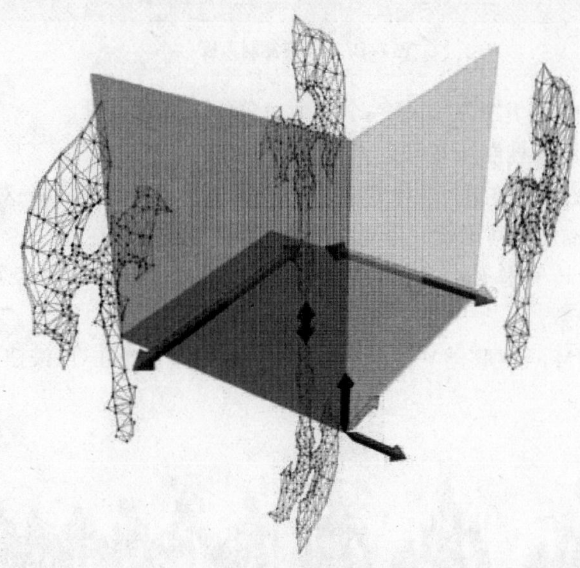

图1-96 镜像复制

1.9.4 Array（阵列）

Array（阵列）命令可以同时复制多个相同的对象，并且使得这些复制对象在空间上按照一定的顺序和形式排列，比如环形阵列。巧妙地利用Array命令，可以使场景变得非常壮观。

1. 移动阵列

(1) 首先打开一个士兵模型。

(2) 选定士兵模型对象，执行Tools（工具）→Array（阵列）菜单命令打开阵列对话框，如图1-97所示。

① Array Transformation（阵列变换）用于控制利用哪种变换方式来形成阵列，通常多种变换方式和变换轴可以同时作用。

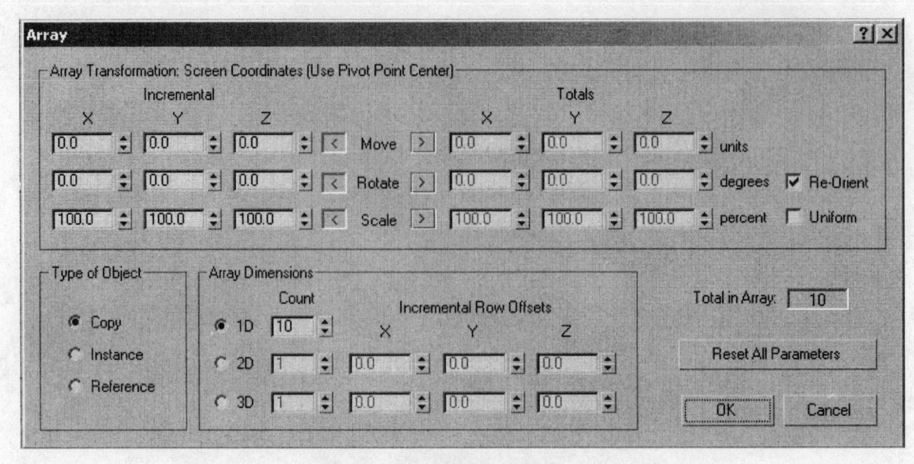

图1-97　阵列复制面板

② Incremental（个体）用来控制每一个阵列对象的相对变换量。

③ Totals（总体）用来控制所有阵列对象的总变换量。

④ Type of Object（对象类型）用于设置复制对象的类型，这和Clone对话框类似。

⑤ Array Dimensions（阵列维数）用于指定阵列的维数。

⑥ Total in Array（阵列总数）用于控制复制对象的总数，默认为10个，通过设置Count的值来改变复制对象的总数。

(3) 在阵列对话框Move（移动）一行中设置X的偏移量，单击OK按钮退出，此时场景如图1-98所示。

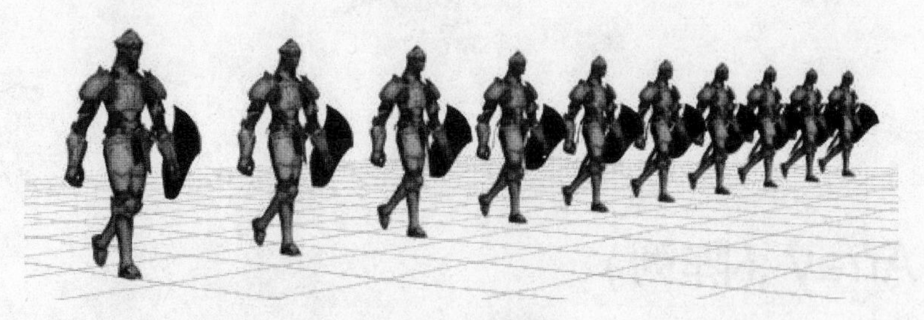

图1-98　阵列复制

(4) 执行Edit（编辑）→Undo（恢复）菜单命令取消阵列复制。再次打开Array对话框，在阵列对话框中的Array Dimensions区域选定2D，并在2D Count（二维数目）中输入40，1D Count（一维数目）设置为20不变，然后在Incremental Row Offset（行偏移）的Y轴输入一个偏移量，单击OK创建20×40的二维阵列，如图1-99所示。现在的场景看上去很有气势，只是因为士兵的数量增多了。这也就是复制功能的魅力所在。

在图1-99的例子中，只用到了两个方向的阵列，第三个维度上的阵列也大同小异，就是在现有的基础上，在Z轴方向再复制出一些模型，如图1-100所示。

图1-99　两个方向的阵列复制

图 1-100　Z轴方向阵列复制

2. 旋转阵列

（1）使用旋转阵列最重要的就是旋转的中心轴，一般情况下，为了达到某种效果，需要将对象的中心轴进行偏移，偏移的方法是单击命令面板的 （层级面板），然后选择Affect Pivot Only（只影响轴心点），这时，就可以在视图中移动对象的中心轴了。

（2）执行阵列命令，在对话框中设置如图1-101所示的参数（具体的参数值根据场景的不同而定）。

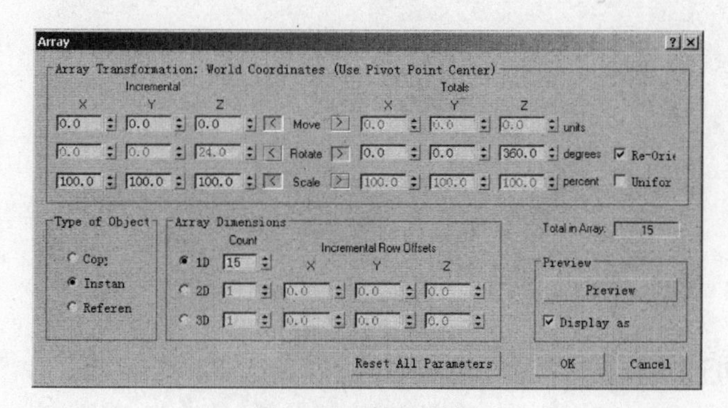

图1-101　阵列对话框

（3）阵列后的结果如图1-102所示。

图1-102　阵列偏移复制

3. 复杂阵列

(1) 先制作一个简单的对象，如图1-103所示。

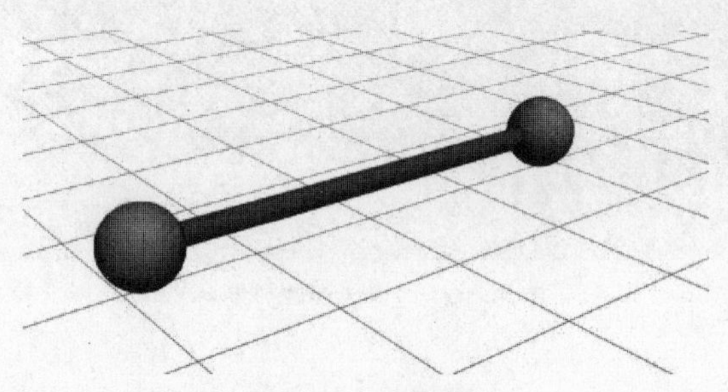

图1-103　简单模型

(2) 执行阵列命令，设置如图1-104所示的参数。

(3) 最终的效果为图1-105所示的一个DNA分子链。

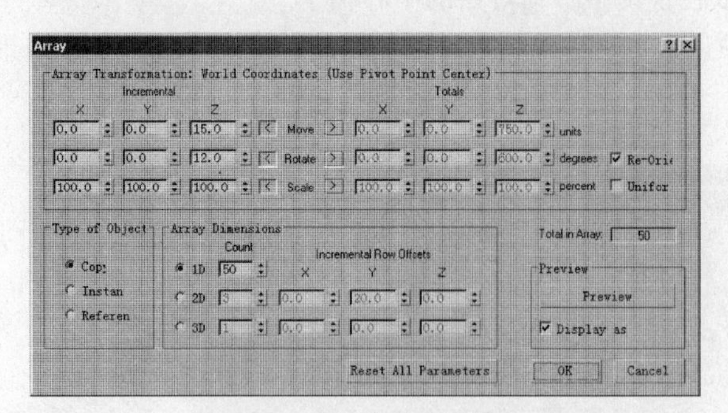

图1-104　阵列对话框

图1-105　阵列复制

1.9.5 Spacing（间隔复制）

尽管使用Array可以均匀地放置克隆对象，但是还有其他工具可以实现该功能。Spacing（间隔）工具就能够沿着一条路径均匀地间隔放置克隆对象，如沿着道路的两旁种树。

(1) 选定士兵对象，然后执行Tools（工具）→Spacing Tool（间隔工具）菜单命令，打开间隔工具对话框，如图1-106所示。

(2) 单击Pick Path（选取路径）按钮，然后在视图中选择曲线对象作为复制路径，单击鼠标左键进行选取。

(3) 在Parameters区域设置复制的数量，将Count的值设置为10，勾选Fellow，然后单击Apply（接受）按钮确定，关闭间隔工具对话框，此时场景如图1-107所示。

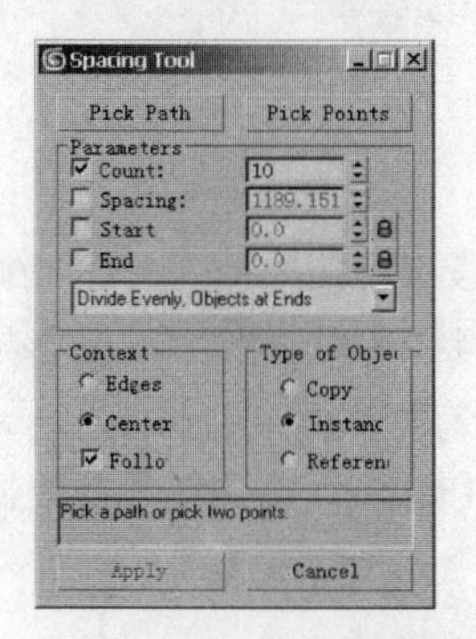

图1-106　间隔复制菜单

图1-107　间隔复制

Spacing是用曲线来作为复制的路径，因此，它并不限制曲线的数量和复杂程度，只要是条曲线就可以，也不论曲线是否封闭，想要什么样的复制效果，只要能够绘制出相应的曲线形状就可以。这个功能几乎可以包含所有的复制命令，如图1-108所示的就是一个复杂的Spacing复制的例子。

图1-108　Spacing曲线路径复制

1.9.6 Symmetry（对称修改器）

对称修改器是唯一能够执行以下三项常用模型任务的修改器。

(1) 围绕 X、Y 或 Z 平面镜像网格。

(2) 切分网格，如有必要移除其中的一部分。

(3) 沿着公共缝自动焊接顶点，如图1-109所示。

使用不同镜像轴对称或移除镜像 Gizmo 的例子。

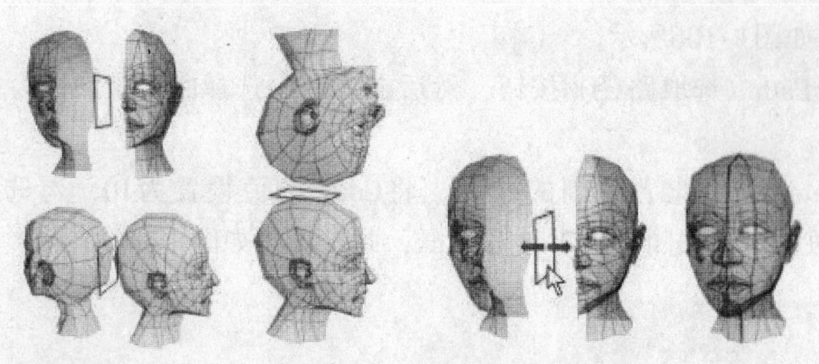

图1-109　不同镜像轴

可以对任意几何体应用对称修改器，并且可以通过设置修改器 Gizmo 的动画来对镜像或切片设置动画。 当对网格应用对称修改器时，任何对于网格一半所做的编辑会与另一半交互显示。 对称修改器在构建角色模型或船只、飞行器时特别有用。

注意：对称修改器将可编辑网格、可编辑面片和 NURBS 对象转换为修改器堆栈中的可编辑网格，然而可编辑多边形对象会仍然保持为多边形。

（1）先制作一个简单的对象，如图1-110所示。

（2）选择刚刚创建的物体，然后进入Modify面板，在Modifier List的下拉菜单中选中Symmetry，打开Symmetry的卷展栏，如图1-111和图1-112所示。

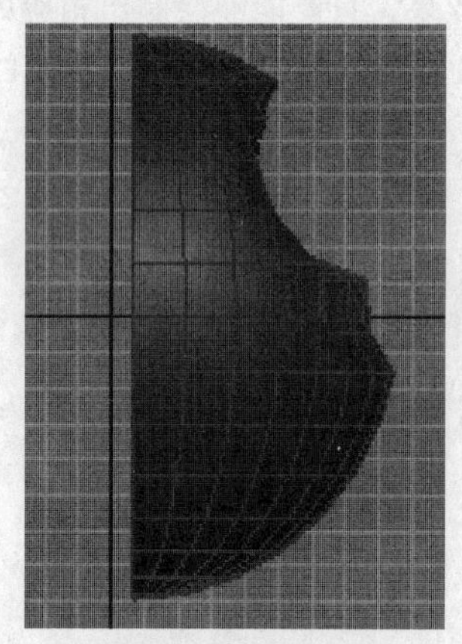

图1-110　简单的物体

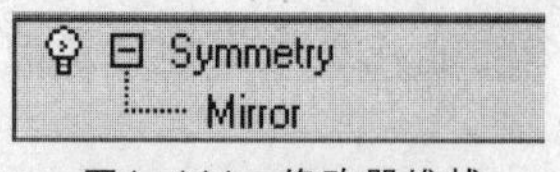

图1-111　修改器堆栈

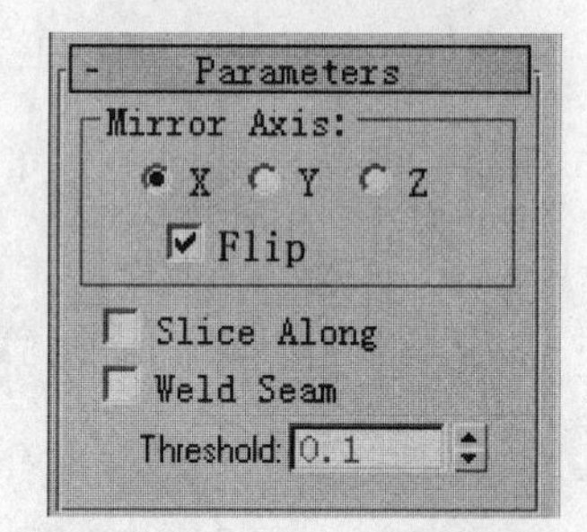

图1-112　Symmetry的卷展栏

Mirror镜像：镜像 Gizmo 的位置代表通过对称影响对象的方式。 可以对其进行移动或旋转，也可以设置 Gizmo 动画。Mirror Axis“镜像轴”组的选项如下。

① X、Y、Z：指定执行对称所围绕的轴。可以在选中轴的同时在视口中观察效果。

② Flip翻转：如果想要翻转对称效果的方向请启用翻转。默认设置为禁用状态。

③ Slice Along沿镜像轴切片：启用“沿镜像轴切片”，使镜像 Gizmo 在定位于网格边界内部时作为一个切片平面。当Gizmo位于网格边界外部时，对称反射仍然作为原始网格的一部分来处理。如果禁用“沿镜像轴切片”，对称反射会作为原始网格的单独元素来进行处理。默认设置为启用。

④ Weld Seam焊接缝：启用“焊接缝”确保沿镜像轴的顶点在阈值以内时会自动焊接。默

认设置为启用。

⑤ Threshold阈值：阈值设置的值代表顶点在自动焊接起来之前的接近程度。默认值为 0.1。

注意：将阈值设置得太高会导致网格的扭曲，特别是在镜像Gizmo 位于原始网格边缘的外部时。

（3）选择X轴，并选中Weld Seam进行中间的公共缝自动焊接，如图1–113所示。

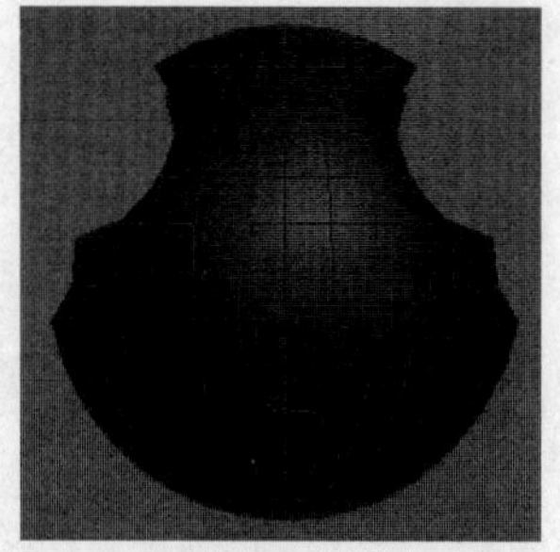

图1–113　镜像复制并自动焊接中间的公共缝

小结

游戏形象制作是整个游戏开发过程中负责视觉形象传达的重要组成部分，包括角色形象、道具形象和场景形象三部分。其制作过程是使用三维软件将模型塑造起来，然后再进行贴图的绘制和动作的编排。在学习三维软件的基本操作之前，先理解三度空间的概念。

思考与练习

一、判断题

1. Smooth的功能是将线条的圆角变成直角。（　）

2. Bezier可以更为自由地调整线条。（　）

二、填空题

1. 立体转换的方法分为（　）、（　）和（　）。

2.（　）、（　）、（　）和（　）是4种不同顶点的编辑方式。

三、选择题

下列表示“封口”的英文单词是（　）。

A. Cap Type

B. Grid

C. End

D. Capping

四、操作题

1. 练习基本样条曲线的创建。

2. 练习三种立体转换的方式。

第2章

2D 形体创建及编辑

本章将讲解有关 3ds Max 二维形体的创建，以及向三维形体转换的方法。

样条曲线和立体转换。

能够掌握 3ds Max 的样条曲线和立体转换的理念和方法。

3D创建过程只是进行形体操作的一小部分，若想继续深入修改二维造型形状的话，就必须使用Edit Spline（编辑样条曲线）修改器来调整顶点、线段并改变曲线的曲率。

2.1 修改对象

当使用Edit Spline修改器修改一个形体时，顶点的值会直接影响到两侧线段的曲率。通过对简单形体（如矩形）的操作，可以清楚地看到曲线编辑的效果。

2.1.1 利用节点修改曲线

当使用Edit Spline修改器编辑修改调整二维形体时，Vertex（节点）的调整控制发挥着重大的作用，因为节点的变化将直接影响到整条线段的外观和弯曲的程度。

（1）在Top视图中创建一个矩形对象，激活Top视图，按W键最大化视图，再次按下W键恢复显示，选择矩形对象，在Modify命令面板中的Modifier List（修改器列表）中选择Edit Spline修改器，在Selection卷展栏中单击Vertex（节点）按钮，此时在矩形的四个节点出现十字标记，其中有一个节点含有一个小白框，标明此节点为此造型的起始节点，如图2-1所示。

（2）选取矩形左上角的节点，此时节点两旁出现两个绿色的小方框和一根连接这两个小方框的两根调整杆，同时可以看到节点的地方出现红色的标记，在十字标记与绿色方框之间的矩形侧边部分变成灰色，如图2-2所示。

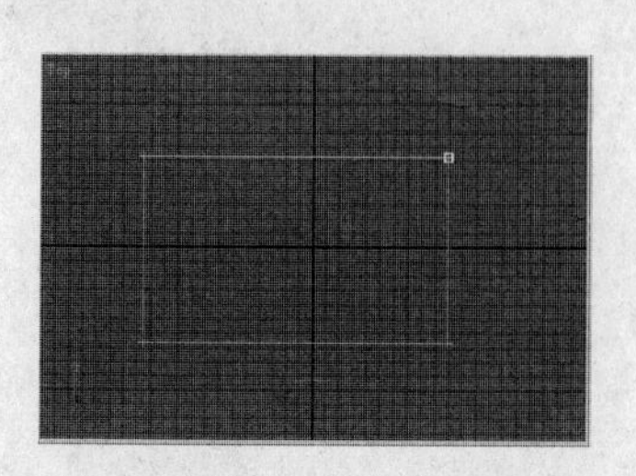

图2-1　矩形线

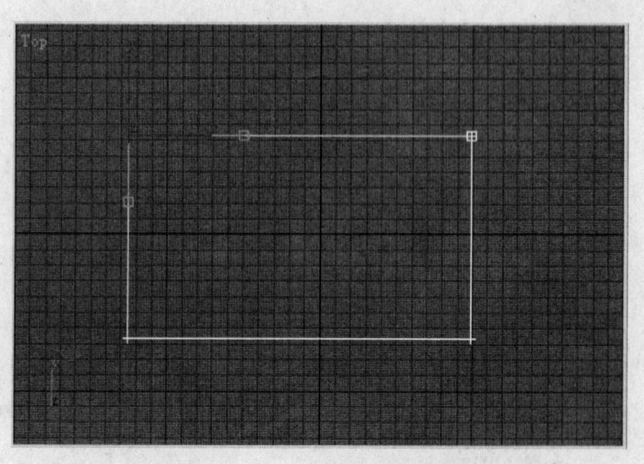

图2-2　Edit Spline编辑曲线

视图中绿色小方框可以调整节点的位置，而每个节点在同样的形体中可用4种不同的形态表现出来。

① Smooth（光滑）方式强制把线段变成圆滑的曲线，但仍和节点成相切状态。

② Corner（夹角）方式让节点两旁的线段能呈现任何的角度。

③ Bezier提供节点的两根角度调整杆，但两根调整杆成一条直线并和节点相切。

④ Bezier Corner方式节点上的两根调整杆不再是一条直线，可以随意更改它们的方向产生任何的角度。

（3）可以随时用鼠标左键单击选取的节点来改变节点的类型。在选取的节点上单击鼠标右键，弹出右键菜单如图2-3所示，通过选定不同的选项来切换节点的类型。

（4）在节点右键菜单中选取Smooth选项将选定的顶点切换为光滑顶点，这些曲线从选取的节点向外弯曲，但是右上角及左下角的节点带有不同的数值而维持原有的角度，如图2-4所示。

系统提供了两种调整节点的方法：一种是拖动调整杆绕节点旋转；另一种是将调整杆的绿色小方框向节点推进或拉近。当旋转调整杆时，改变的是线段到达节点的角度；而当移动绿色小方框时，改变的是线段本身的张力。当调整杆缩成一点和节点重合时，节点两旁的线段成为一条直线。

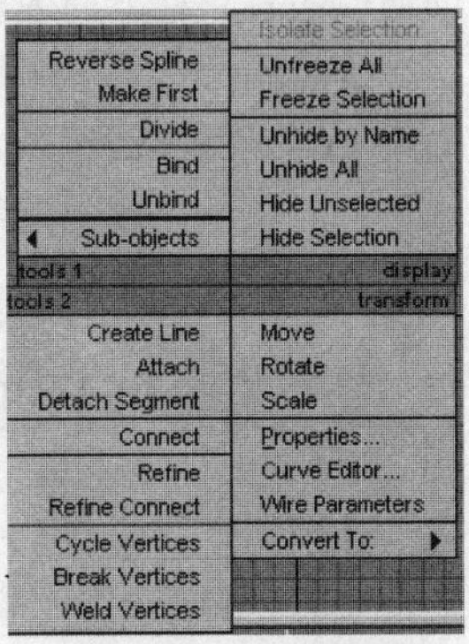

图2-3　顶点的类型

（5）鼠标右键单击节点，将节点转化为Bezier节点，所选节点两旁的调整杆变成了一条直线，并且强制性地将其中一条直线改变成曲线，如图2-5所示。

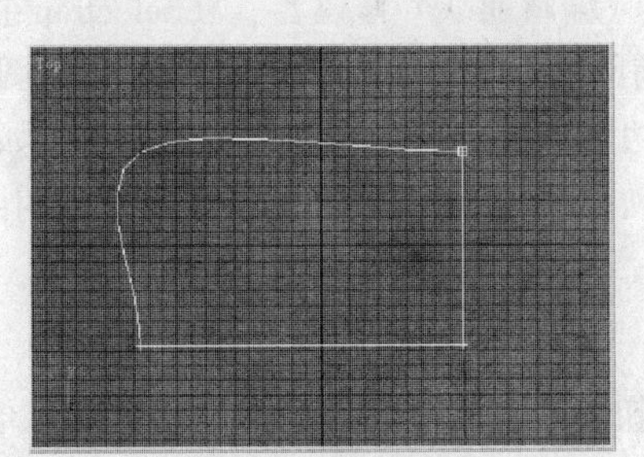

图2-4　光滑曲线

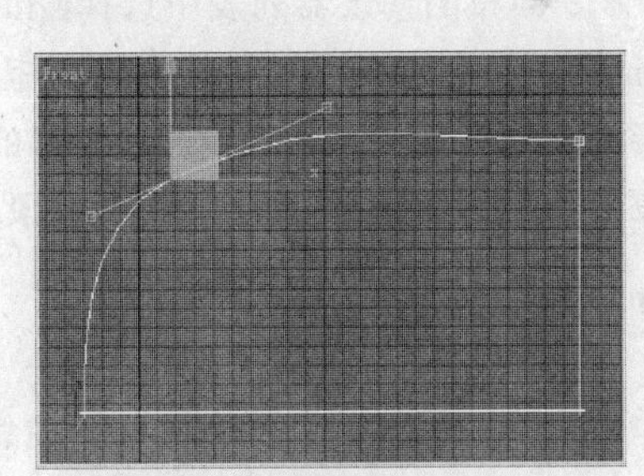

图2-5　调整曲线

不管节点如何移动，调整杆永远为一条直线，可移动、旋转调整杆一端或者改变它的长度。发现不论如何调整，线段永远和节点相切。如果拉长一边的调整杆，另一边跟着被拉长，同时两旁的线段同步弯曲。

当按住Shift键移动选取的调整杆时，相切的状态被打破，并且只影响选取的调整杆一端的线段，而未被选取的调整杆维持不变。可以将Bezier节点上的调整杆锁定成各种固定的角度，以便在编辑修改形体造型时不至于在移动时改变它们的角度。

（6）在Modify命令面板的Edit Vertex（编辑顶点）卷展栏中勾选Lock Handles（锁定手柄）复选框，选取All（全部）选项，如图2-6所示。在

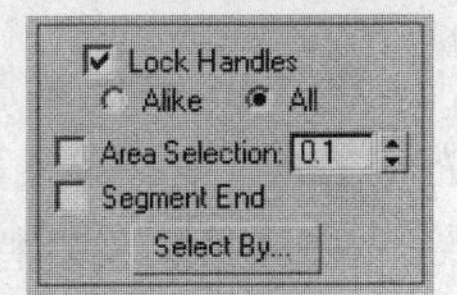

图2-6　编辑顶点

视图中拖动任一边的调整杆，可以看到此时无法改变节点先前形成的角度。

Lock Handles复选框未被选取时，调整杆的角度未被锁定，视图中只有被选取的调整杆会受影响。当选取Lock Handles复选框时，即锁定了调整杆角度，有两种设置供选取。

① Alike（相似）选项只有同为选择集中的节点，在改变其中某一点的调整杆时，其他的节点也会跟着改变。

② All选项在改变其中某一点的调整杆时，其他的所有节点也会跟着改变。

在建立形体时，基本上是由起始点沿着一个方向一直延伸到最后一个节点，对于一条封闭的曲线而言，此方向为顺时针还是逆时针并不重要。

节点两旁的每一个调整杆是不同的，其中一个是用来调整Incoming Vector（入射向量）的，另一个则是用来调整Outgoing Vector（出射向量）。使用时不管选取的是何种调整杆，只要记住选取的和未被选取的功能相对即可。

2.1.2 组合曲线

在用Start New Shape选项和Edit Spline修改器中的Attach（结合）按钮把多个曲线结合成一个整体时，各曲线维持为造型中的独立元素。

1. 矩形和圆的开放曲线

在场景中创建一个椭圆和一个矩形对象，按住Ctrl键，选取场景右边的矩形和椭圆。在Modify命令面板的修改器列表中选择Edit Spline（编辑曲线）修改器，在Selection卷展栏中单击Segment按钮，此时可以对场景中构成矩形和椭圆的线段进行编辑和操作。在视图中框选矩形的下半部和椭圆形的上半部，选取矩形的下侧边和椭圆形的上半部两个曲线段，如图2-7所示。

按键盘上的Delete键删除选中的线段，此时，场景中的矩形和圆变成了开放的曲线。

2. 闭合开放曲线

单击Selection卷展栏中的Spline（曲线）按钮，然后选取场景中的半椭圆形，单击Geometry（几何体）卷展栏中的Close按钮，视图中一条弯曲的线段将半椭圆形的两个端点连接起来，如图2-8所示。

在视图中选取矩形，单击Close按钮，此时一条直线将矩形封闭起来。此时查看视图中矩形和椭圆的节点模式，半椭圆是Bezier节点，矩形是Bezier Corner节点类型。

3. 插入节点

单击Geometry卷展栏中的Insert（插入）按钮，在椭圆上任意一点单击鼠标，结果在端点和光标之间产生一条线段，该线段的曲度由节点的Bezier节点值决定，如图2-9所示。

在Selection卷展栏中单击Segment（片断）按钮进入线段模式，选中椭圆的一条线段，按下Delete键删除线段以创建一个开放曲线。利用Connect（链接）命令用一条直线来闭合开放的曲

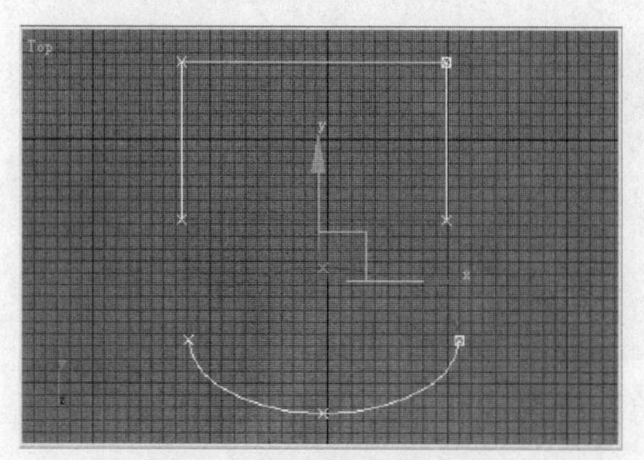
图2-7　矩形和圆的开放曲线

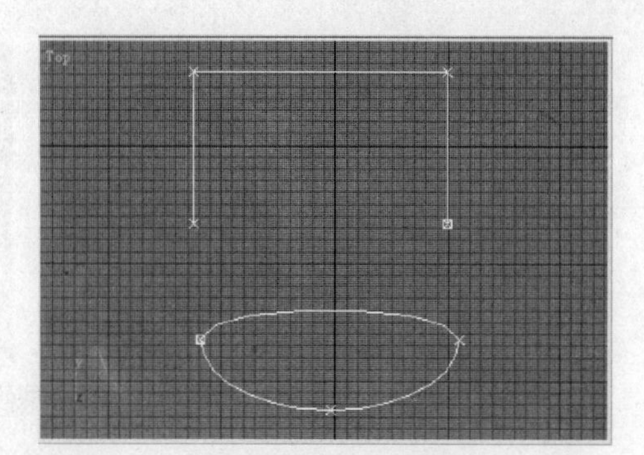
图2-8　闭合开放曲线

线。单击Geometry卷展栏中的Connect按钮，用鼠标将椭圆的一个节点拉向椭圆的另一个节点，节点和光标之间出现一条红白相间的虚线，如图2-10所示。

当光标指向半椭圆的另一端点时，光标改变形状，释放鼠标，一条曲线将两个端点连接起来，如图2-11所示。

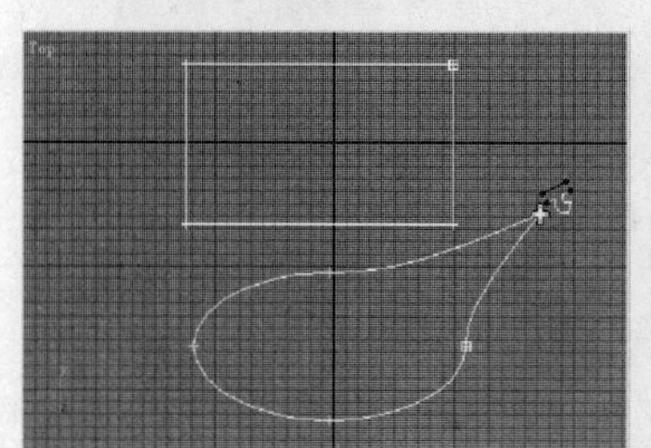
图2-9　插入节点

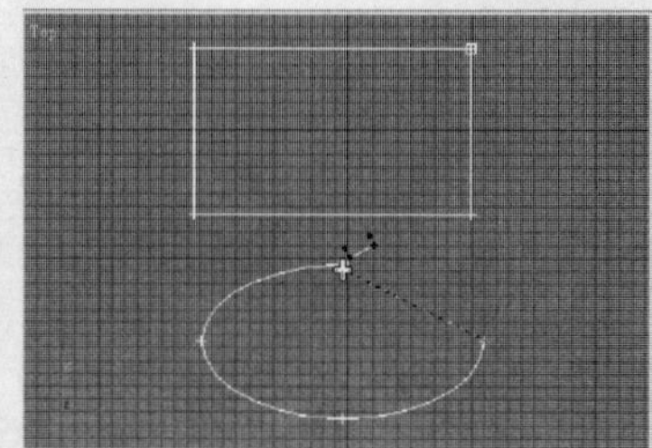
图2-10　编辑开放曲线

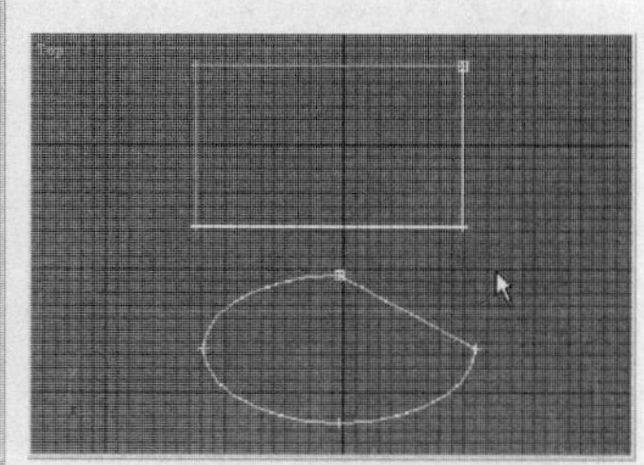
图2-11 连接曲线

2.1.3 二维形体的布尔运算

布尔运算可以让两个交错、重合、封闭的形体，通过数学逻辑运算来产生新的形体。下面是在视图中制作一个由星形和圆组成的场景的步骤。

(1) 选取场景中的圆，在Modify命令面板中选择Edit Spline修改器，在修改器堆栈树形列表中选择Spline选项。

(2) 若要两条曲线合并在一起，需要使用Attach命令，在Geoemtry卷展栏中单击Attach按钮，然后在视图中选取星形对象。

(3) 单击Geometry卷展栏中的Boolean（布尔）按钮，在Boolean按钮变成黄色的前提下单击Union（合并）图标按钮。在视图中移动光标到星形上，此时光标变成两个圆圈勾连的形状，单击鼠标左键，场景中的圆和星形连成一体，如图2-12所示。

(4) 在旁边重建一个圆形和星形，用同样的方法将其合并成一个整体。确定选取了圆，单击Geometry卷展栏中的Boolean按钮，在Boolean按钮变成绿色的前提下单击Subtraction（相减）图标按钮，然后在视图中单击选择星形，场景中的圆减去与星形相交部分后的图形，如图2-13

图2-12 线条布尔运算（合并）

所示。

（5）在旁边重建一个圆形和星形，将其合并成一个整体。选取场景中的星形，单击Geometry卷展栏中的Boolean按钮，在Boolean按钮变成绿色的前提下单击Subtraction图标按钮，然后在视图中单击选择圆，场景中星形减去与圆相交部分后的图形如图2-14所示。

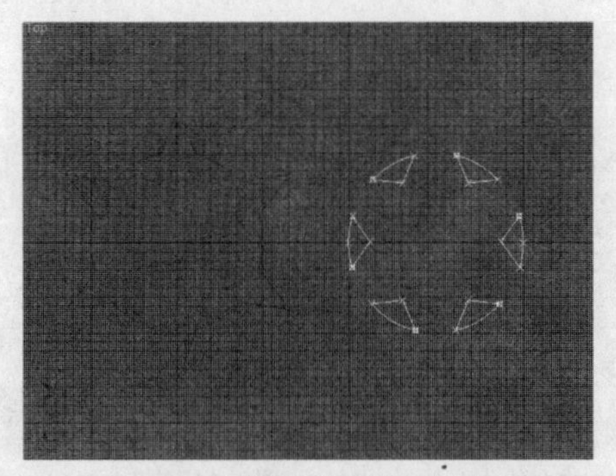

图2-13 线条布尔运算（相减）

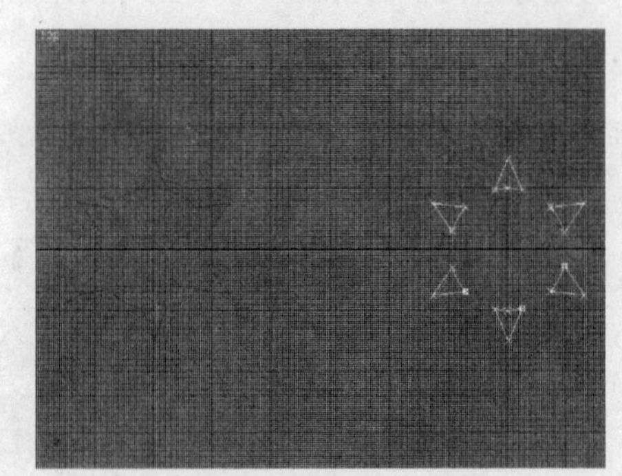

图2-14 线条布尔运算（反相减）

（6）在旁边重建一个圆形和星形，将其合并成一个整体。确定选取了圆，单击Geometry卷展栏中的Boolean按钮，在Boolean按钮变成绿色的前提下单击Intersection（交集）图标按钮，然后在视图中单击，选中显示圆与星形相交部分后的图形，如图2-15所示。

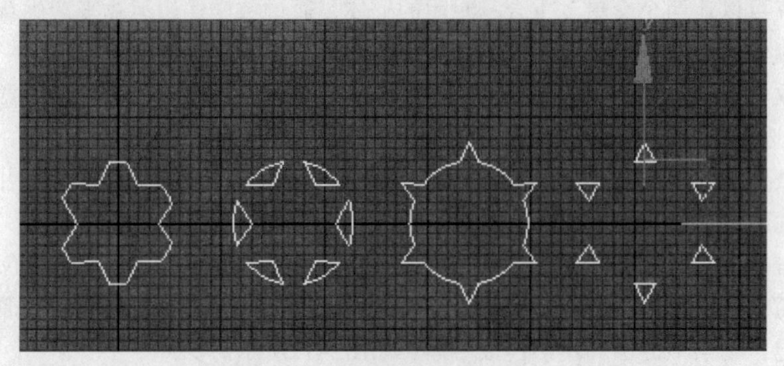

图2-15 线条布尔运算（交集）

2.2 二维转化为三维模型

3ds Max提供了强大的转换工具，可以把二维曲线在三维空间中展开成为3D模型。常用工具有Extrude、Loft、Lathe等。

2.2.1 挤压修改器

Extrude（挤压）修改器增加2D图像的深度，使得2D图像变成3D图像，并通过挤压生成实体模型，使二维的图形成为有一定厚度的物体。在创建物体前首先绘制出对象的二维截面，然后挤出厚度。下面介绍用Extrude修改器制作一个镂空的牌匾的例子。

（1）在Front视图中建立一个椭圆图形和CG文字图形，如图2-16所示。

（2）在视图中选任意一个图形，然后进入Modify命令面板，在编辑修改器列表中选择Edit Spline。在弹出如图2-17所示的Geometry卷展栏中单击Attach按钮，再将鼠标移至视窗中点取需要结合的图形，现在两个图形已结合为一个图形。

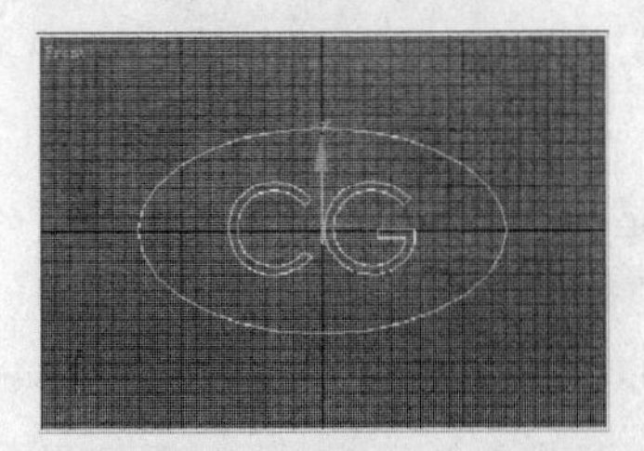

图2-16　挤压修改

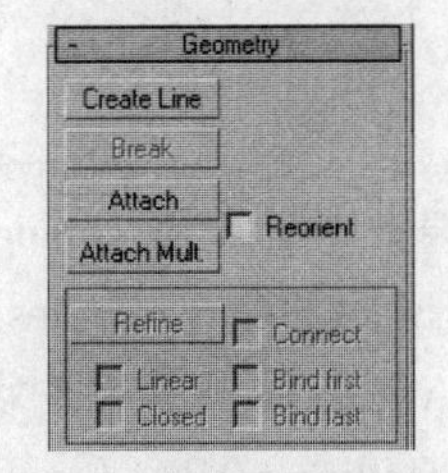

图2-17　编辑样条曲线面板

（3）再为这个图形对象添加Extrude修改器。通过对卷展栏中参数的设置来完成最后的挤压操作，Extrude卷展栏如图2-18所示。

① 该编辑修改器的参数包括Amount（挤压高度）和Segments（高度段数）。

② Capping区域的参数用于设置是否将3D物体的两端封闭。

（4）设置Amount为40，挤压生成镂空牌匾效果如图2-19所示。

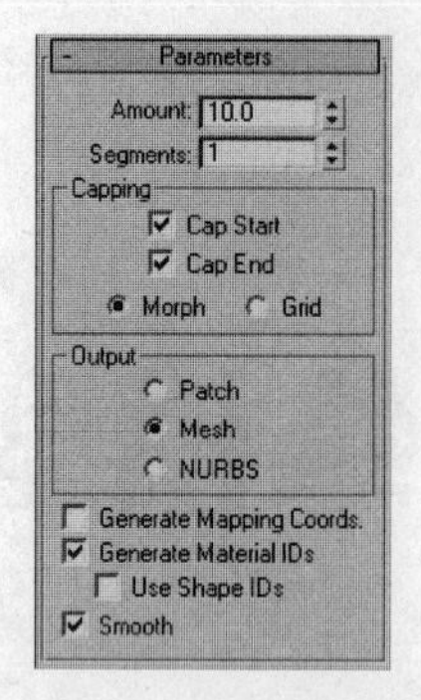

图2-18　挤压修改器面板

图2-19　镂空牌匾

2.2.2 倒角修改器

Bevel修改器通常用来制作具有光滑边沿的立体文字。

（1）在前视图中绘制出文字曲线，进入修改命令面板，给曲线添加Bevel（倒角）修改器，其参数卷展栏如图2-20所示。

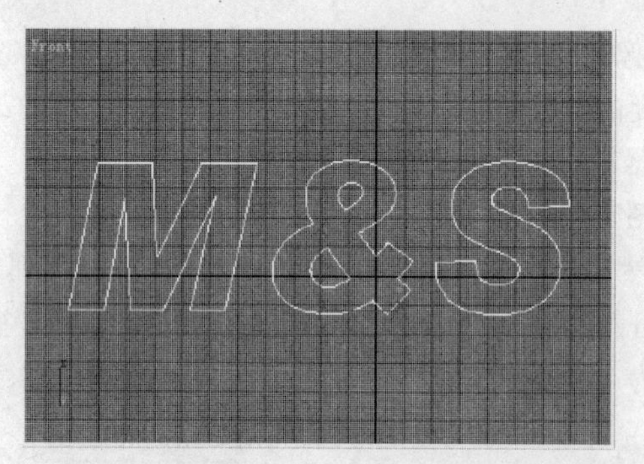

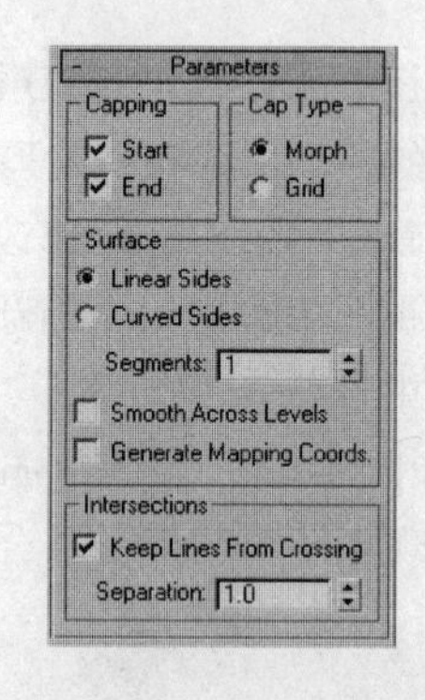

图2-20　倒角修改器面板

① Bevel编辑修改器的Capping选项决定倒角对象是否有端面。

② Linear Sides和Curved Sides用于设置倒角斜面的截面是直线还是曲线。

（2）在Bevel Value卷展栏中设置Level 1.Height=3.0，Level 1.Outline=-1.8，Level 2.Height=4.0，Level 2.Outline =0.0，Level 3.Height =3.0，Level 3.Outline=-2.0。实际建模时这些数值要根据字的大小相应改变，这时往往会发现效果并不如所愿。这是由于倒角的程度过大，或文字曲线的折角过于尖锐造成的，如图2-21所示。

（3）另外，在Parameters卷展栏中有一个较重要的选项Smooth Across Levels（倒角面光滑相交），勾选它可对倒角的各面进行光滑处理，但顶面和底面不会受到影响，效果如图2-22所示。

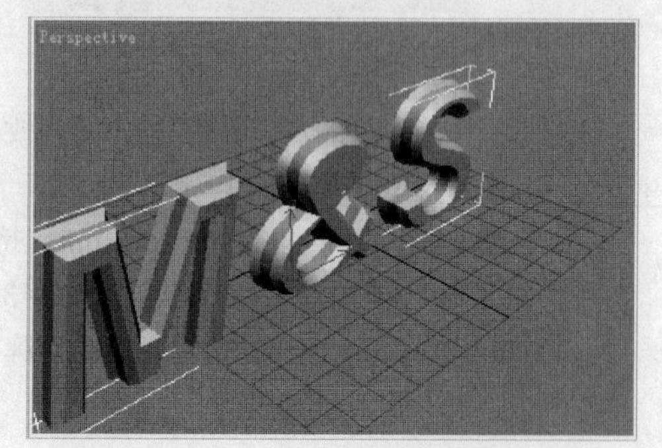

图2-21　Bevel编辑修改后的效果

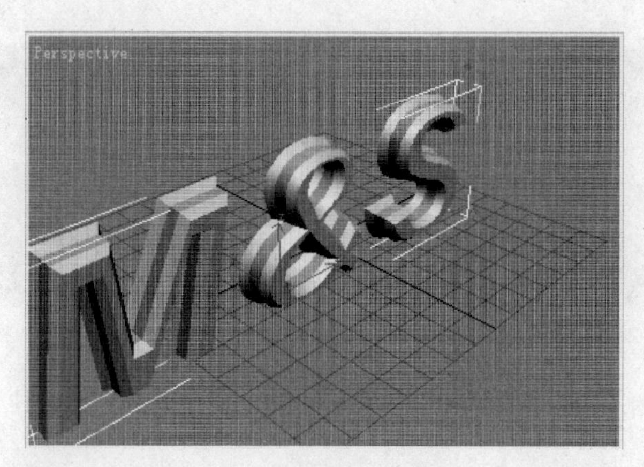

图2-22 倒角面光滑相交

2.2.3 旋转修改器

Lathe（旋转）修改器与Extrude修改器一样都是针对二维图形进行操作的一种修改器。Lathe修改器是通过旋转的方法利用二维截面造型生成三维实体，可以使用这一修改器来构建类似柱子或瓶子的三维实体模型。

（1）如图2-23所示绘出柱子的二维截面造型，然后进入修改命令面板，在编辑修改器列表中选择Lathe修改器，此时将弹出Lathe修改器参数卷展栏，如图2-23所示。

其中，Degrees（角度）用于设置旋转的角度，默认的情况是360°。

① Lathe所得到的对象也有端面，Capping区域的参数和Extrude编辑修改器的Capping区域参数功能类似。

② Direction（方向）用于选择旋转轴；Align（对齐）用于将旋转轴和对象的顶点对齐。

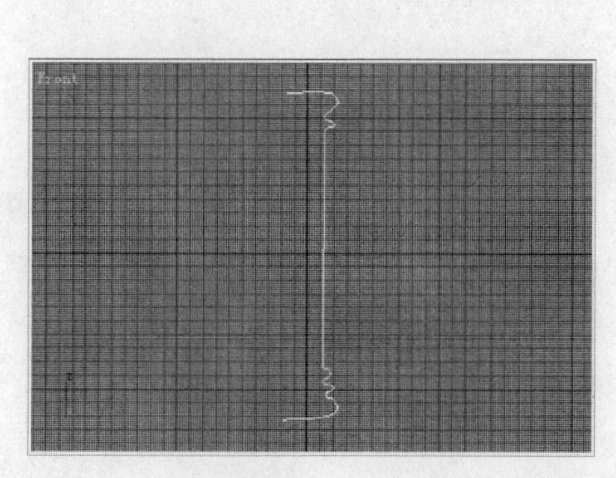

图2-23 Lathe修改器参数卷展栏

旋转完成柱子造型，如图2-24所示。

（2）设置Lathe参数卷展栏中的Degrees=270°，设置后的柱子造型如图2-25所示。

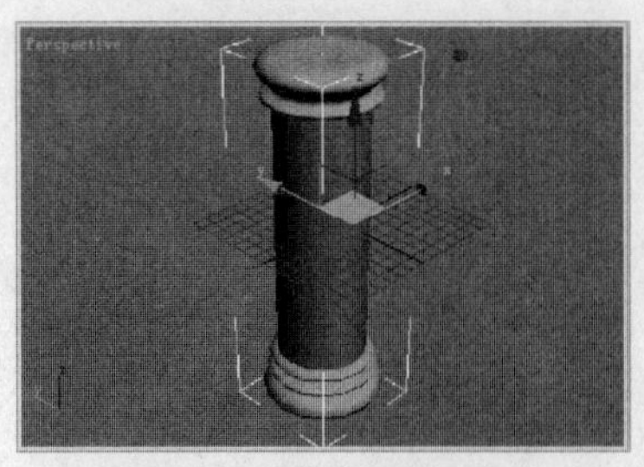

图2-24　旋转完成柱子造型

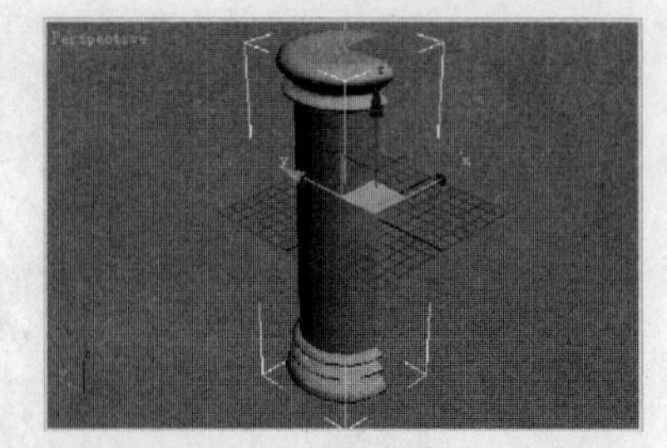

图2-25　旋转一定角度的柱子造型

(3) 在参数卷展栏Align选项中选择Center（中间对齐）选项，此时柱子造型变为如图2-26所示的效果。

(4) 在Align选项中选择Max（最大对齐）选项，柱子生成效果如图2-27所示。

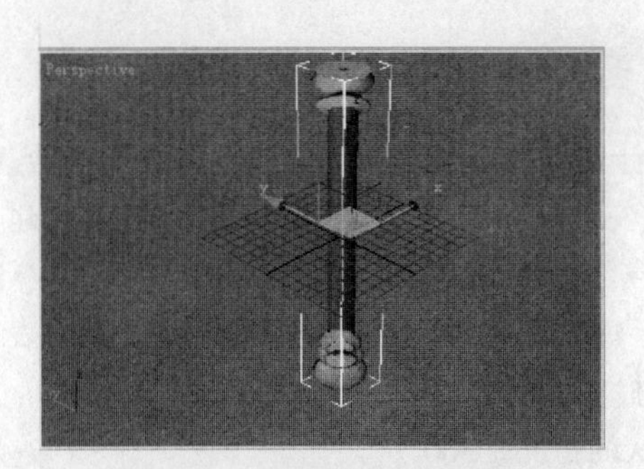

图2-26　旋转中间对齐柱子造型

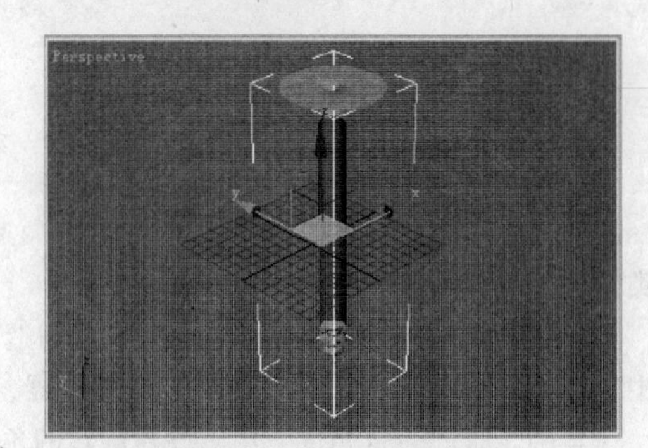

图2-27 旋转最大对齐柱子造型

2.3 放样对象

Loft Object（放样对象）是将一个二维形体对象作为沿某个路径的剖面而形成复杂的三维对象。同一路径上可在不同的位置放置不同的剖面，因此可以利用放样来实现很多复杂模型的构建。而在游戏中，Loft命令主要用于制作复杂的管道或道路模型。需要注意的是，游戏中的模型对面数要求比较严格，因此在使用这个命令的时候一定要想办法把模型面数控制到最低。

2.3.1 创建放样对象

在制作放样物体前，首先要创建放样物体的二维路径与截面图形。

（1）在Create命令面板中选择Shapes子面板。在面板中单击Star按钮，并且在Top视图中创建星形截面。

（2）单击Line按钮，在Front视图中创建一条曲线作为放样路径。放样物体的二维截面与路径形状如图2-28所示。

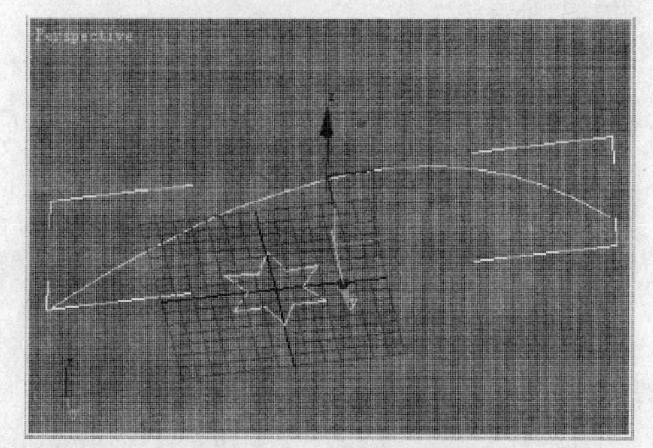

图2-28　创建放样对象

通过以上步骤所创建的截面与路径都是二维的图形，将利用这些二维图形生成三维的实体模型。

Loft（放样）可以通过Get Path（获取路径）、Get Shape（获取截面）两种方法创建三维实体造型。可以选择物体的截面图形后获取路径放样物体，也可通过选择路径后获取图形的方法放样物体。

① 如果剖面图形是作为选取状态的，就单击Get Path，然后选取一个造型作为路径。

② 如果所选取的造型是用来作为路径的，就单击Get Shape，选取一个造型作为剖面。

（3）在视图中选择路径图形。

（4）在Create命令面板的Geometry子面板的下拉列表中选择Compound Objects（复合物体）选项，然后单击Loft按钮。这时命令面板上出现放样参数卷展栏，如图2-29所示。

（5）单击Creation Method卷展栏中的Get Shape按钮，并将鼠标移至视图中，点取星状截面，单击鼠标右键完成放样操作，获得的三维造型如图2-30所示。

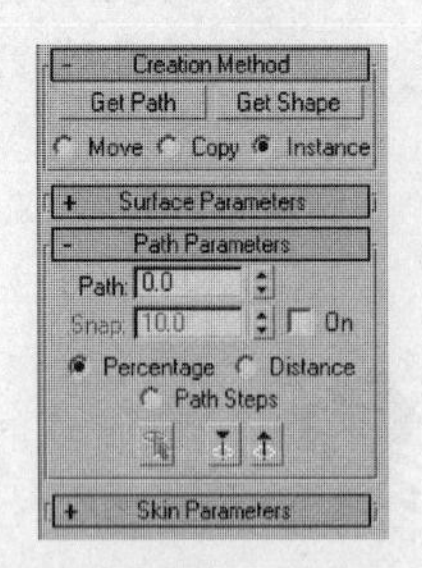

图2-29 放样参数卷展栏

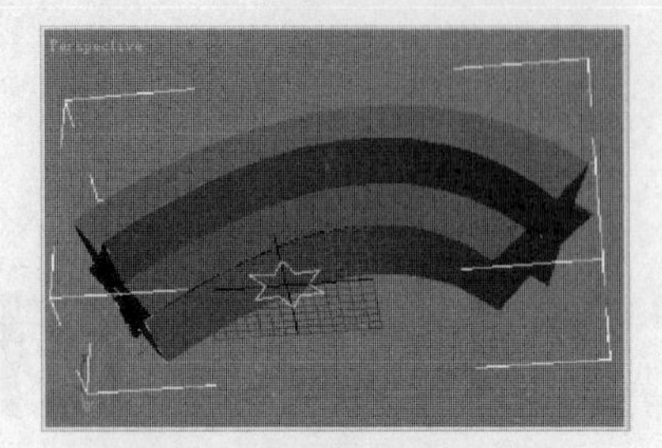
图2-30 放样获得三维造型

2.3.2 放样对象的修改

上一节制作了放样对象，与其他模型一样，放样对象也可以被编辑，通过修改放样对象，可以制作出更加复杂的模型。

1. 修改放样对象的表面

在这一节中试着设置放样对象的表面，有关放样对象表面的控制选项位于Skin Parameters（表面参数）卷展栏中。

（1）选中刚才制作的放样对象，进入Modify命令面板，然后打开Skin Parameters卷展栏，如图2-31所示。

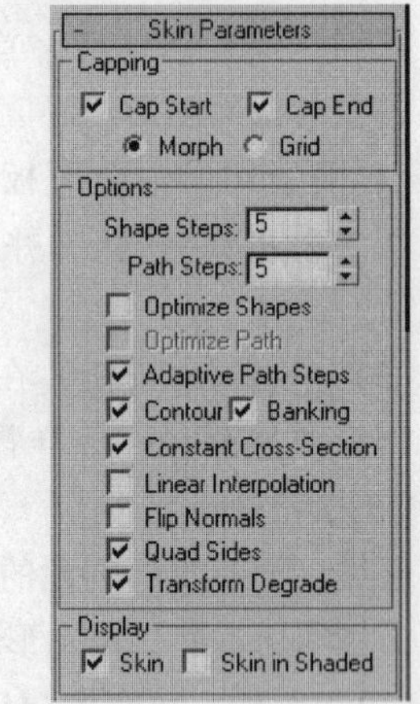

图2-31 Skin Parameters卷展栏

① Capping区域用于指定是否给Loft对象的Cap Start（开始端）和Cap End（结束端）添加端面，端面可以是Morph和Grid类型。

② Shape Steps（截面步幅）设置每个顶点的横截面样条曲线的片段数。

③ Path Steps（路径步幅）设置每个分界面间的片段数，片段数越高，表面越光滑。

④ Optimize Shapes（优化截面形状）和Optimize Paths（优化路径）：删除不必要的边和顶点，降低放样对象的复杂程度。

⑤ Adaptive Path Steps（适配路径步幅）：自动确定路径使用的步幅数。

⑥ Contour（轮廓）：确定横截面形状如何与路径排列。如果选定该选项，则横截面总是调整为与路径相垂直的方向；如果不选定该选项，则路径改变方向时横截面仍然保持原来的方向。

⑦ Banking（倾斜）：选定该选项，当路径发生弯曲时横截面会随之倾斜。

⑧ Constant Cross Section（横截面恒定）：选定该选项，横截面自动缩放，使得它沿着路径的宽度一致。关闭该选项，横截面保持原始尺寸。

⑨ Linear Interpolation（线性插入）：在不同的横截面之间创建直线边。不选定该选项就用平滑的曲线连接各个横截面。

(2) 取消对Capping区域的Cap Start和Cap End选项的选定，则放样对象的两端称为开放表面，如图2-32所示。

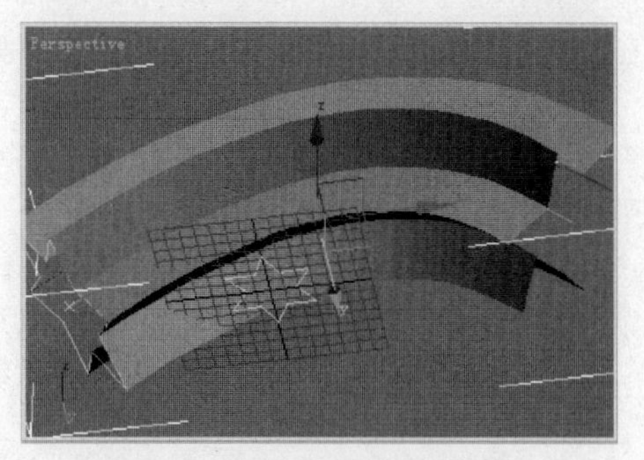
图2-32　放样对象两端为开放表面

2. 增加放样截面

在制作一些如台布、床罩、窗帘等模型时，可以利用一条放样路径，增加多个不同的截面，这样可以减少模型制作的复杂程度，从而节省时间。下面练习制作一个圆形台布，用两条手绘的曲线创建放样造型。

(1) 在Create命令面板中的Shapes项目栏中，单击Circle在Top视图创建一个圆形作为桌布的上截面。

(2) 在Create命令面板的Shapes项目栏中，单击Star在Top视图建立一个Points（顶点）值为24的星形。并在修改命令面板中添加Edit Spline修改器，将这一造型的顶点转化为Smooth（光滑）顶点，并将它作为台布的下截面，如图2-33所示。

(3) 在Front视图中绘制放样所需的直线路径。

(4) 选择直线路径，单击Loft按钮，在弹出的Creation Method卷展栏中单击Get Shape按钮获取顶面截面。

(5) 在Path Parameters卷展栏中，Path（路径）参数设置为100，然后将鼠标移至视图中再次获取底面图形。通过两次获取截面，放样得到的台布造型，如图2-34所示。

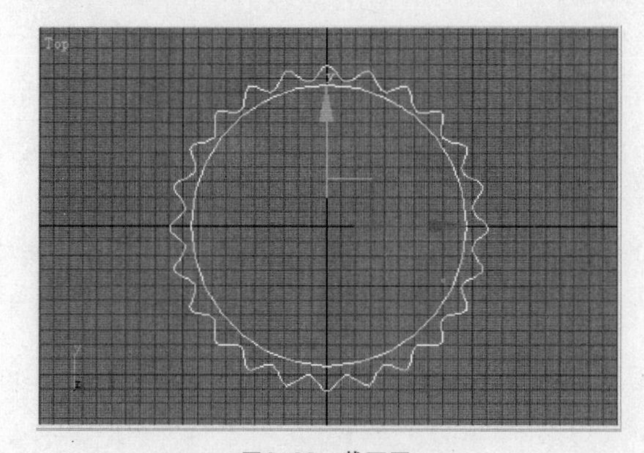
图2-33　截面图

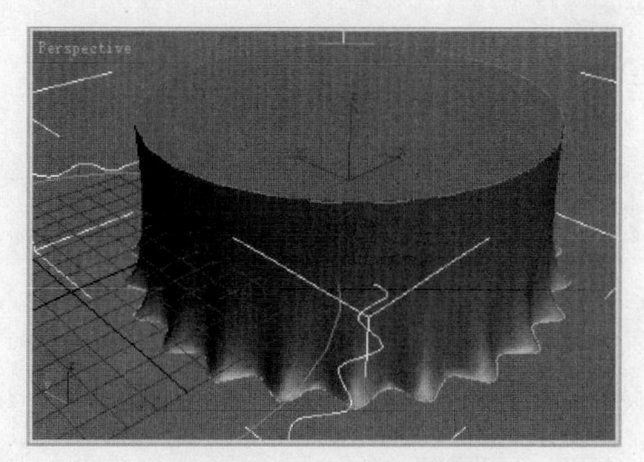
图2-34　放样得到台布造型

用放样操作创建的模型很多，可以通过对路径和截面的分别调整、变形来实现。

小结

通过对线段放样的学习，我们了解和熟悉了用线段创建物体的方法。下面一个章节将要讲解如何修改通过放样这种方法制作的模型。

思考与练习

一、判断题

1. 透视窗的默认快捷键是“P”。（　）

2. 最常用的坐标系统是拾取坐标系统。（　）

二、填空题

1.（　）、（　）和（　）是最基本的变换操作。

2. 选择物体的方式可以分为（　）、（　）、（　）和（　）。

三、选择题

顶视窗的默认快捷键是（　）。

A.“T”键

B.“L”键

C.“V”键

D.“P”键

四、操作题

1. 练习基本的变换操作。

2. 练习基本的视窗操作。

3. 通过二维放样技巧独立制作三维桌子造型。

第3章

放样的编辑和修改

本章将讲解有关 3ds Max 放样的编辑，三维形体的创建及其编辑方法。

形体编辑和复合形体。

能够掌握 3ds Max 基本模型创建的理念和方法。

3ds Max的Deformations（变形控制）工具允许对放样的剖面图形进行变形控制，以产生更加复杂的对象。

3.1 变形修改器

当选择一个放样物体后，在它的Modify命令面板中可以找到Deformations（变形控制）卷展栏，如图3-1所示。

Deformations中包括Scale（缩放）、Twist（扭曲）、Teeter（轴向倾斜）、Bevel（倒角）、Fit（拟合）5种变形控制，下面依次介绍各种变形控制的使用方法和效果。

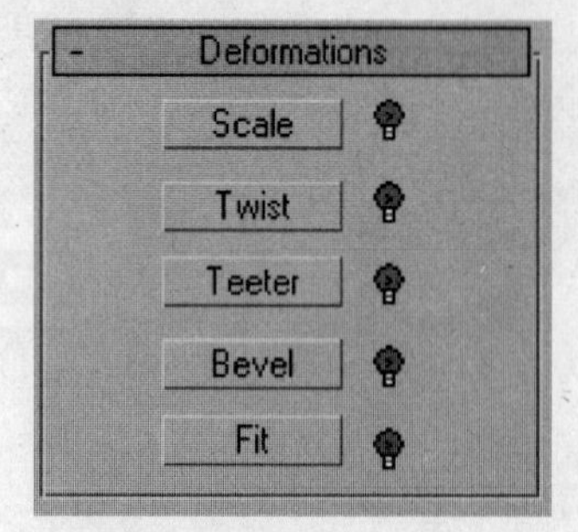

图3-1 变形修改器面板

3.1.1 缩放变形

Scale变形主要是对放样路径上的截面大小进行缩放，以获得同一造型的截面在路径的不同位置大小不同的特殊效果。可利用这一修饰创建花瓶、柱子等类似模型，下面运用Scale变形放样一个花瓶造型。

（1）进入Create面板的Shape子面板，单击Ngon（正多边形）按钮，创建一个正六边形。

（2）然后单击Line按钮创建一条直线，且直线上有六个端点，以便进行变形处理。

（3）选择直线路径，然后在Create面板的Geometry子面板中的下拉列表中选择Compound Objects（复合对象）选项，单击Loft按钮。

（4）在Loft对象的Creation Method卷展栏中单击Get Shape按钮，然后在视图中选择正六边形作为放样截面，将六边形沿直线路径放样得到一个三维造型体并选择它，如图3-2所示。

下面将利用Scale变形将六菱体变形，Scale变形可沿着三维造型物体的局部坐标轴X轴或Y轴对横截面形状进行缩放。变形是通过编辑图形中的一个样条曲线来实现的，其水平方向表示路径的位置，垂直方向表示缩放的大小。

（5）选中六菱体对象，然后打开Modify命令面板中的Deformation卷展栏，单击Scale按钮，出现Scale变形对话框，如图3-3所示。在对话框中，红色水平线代表三维造型物体的路径，路径可以被弯曲、变形或插入控制点。在当前Scale对话框中，路径是用一条水平线表示的。Deformation卷展栏各个按钮图标的功能说明如表3-1所示。

（6）调整控制点，将红线的右端点向下拖动大约50%，三维造型体从中部开始向尾部逐步

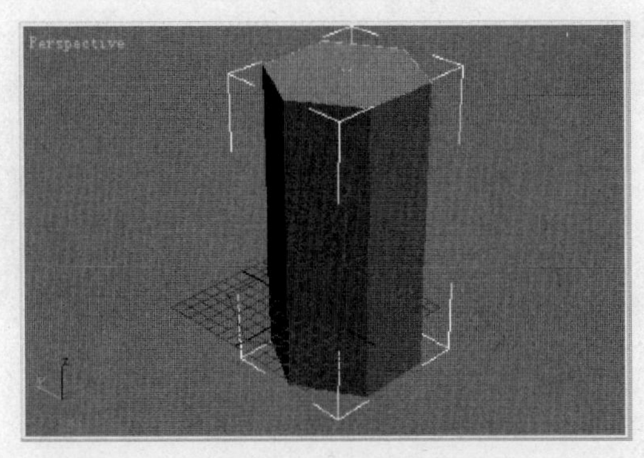

图3-2　三维造型体

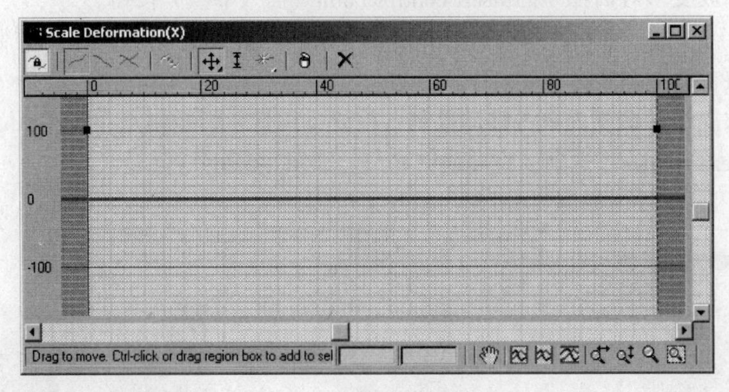

图3-3　Deformation卷展栏

表 3－1　各个按钮图标的功能说明

按钮图标	名称	功能说明
	Make Symmetrical 对称	按钮呈黄色按下状态时，对一条曲线所做的修改器将同时影响X、Y 轴方向的曲线形状
	Display X－Axis 显示 X 轴	显示控制 X 轴方向的曲线可见，它旁边的按钮则控制 Y 轴方向的曲线
	Display XY Axis 显示 X 轴	使得 X、Y 轴方向的曲线都可见，其中，红色的线代表 X 轴，绿色的线代表 Y 轴
	Swap Deform Curve 交换变形曲线	可以使 X 和 Y 轴方向的曲线可见性相互交换
	Move Control Points 移动控制点	使用它可以移动控制点，按住该按钮可以弹出水平和垂直方向的移动按钮
	Scale Control Points 缩放控制点	缩放选定的控制点，通常用于多个控制点同时选定的时候
	Insert Control Points 插入控制点	在变形曲线上添加控制点，按该按钮可以弹出 Insert Bezier Points 按钮
	Delete Control Points 删除控制点	删除当前选中的控制点
	Reset Curve 重置曲线	删除所做的修改

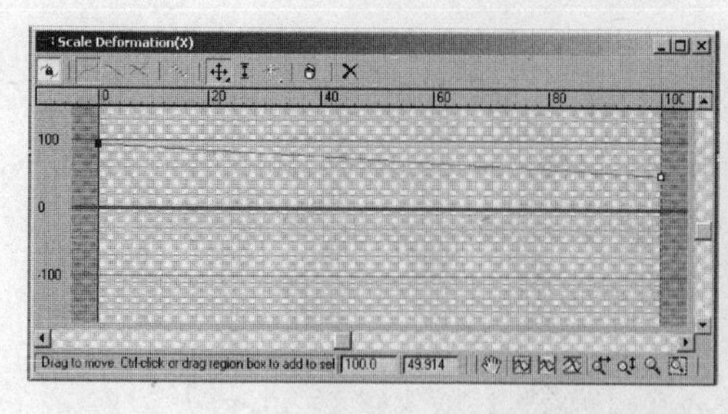

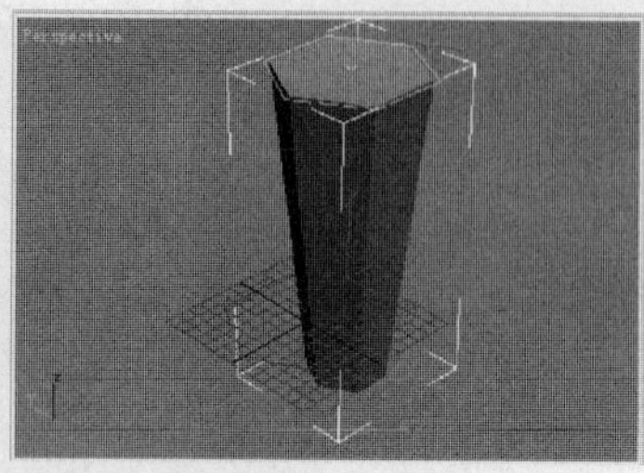

图3-4 放样修改

减小到50%，如图3-4所示。

(7) 单击缩放变形对话框中的Insert control Point（插入节点）按钮。

(8) 在路径的20%、30%、40%、70%位置分别插入控制点。随着路径控制点数的增加，几何体的表面将变得更加复杂。

(9) 在缩放变形对话框内单击移动控制点按钮，调整新的控制点，在30%位置的点上单击鼠标右键选择Bezier-Smooth选项，将曲线变光滑，如图3-5所示。

(10) 最终六棱体变为如图3-6所示的较复杂形体。

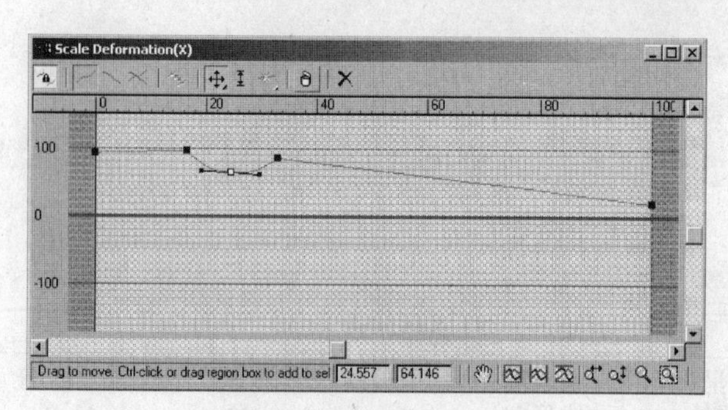

图3-5 调整新的控制点

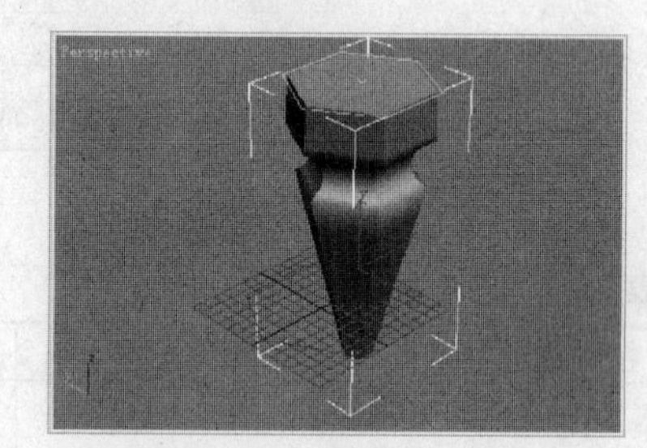

图3-6 放样修改后的三维模型

3.1.2 扭曲变形

Twist变形主要是使放样物体的截面沿路径的所在轴旋转，以形成最终的扭曲造型。对放样物体进行Twist变形可以创建出钻头、螺丝等扭曲的造型。

下面还将利用上一节放样出的变形六棱体造型，对它进行Twist变形，创建出一个钻头造型。

(1) 在Deformations卷展栏中单击Twist变形按钮，打开扭曲变形功能对话框。

(2) Twist对话框内工具栏最前面的5个功能按钮为灰色，表示不可用，这些灰色按钮用来控制X和Y轴切换，因为Twist变形只使用单一轴，所以不需要这些按钮。对话框中的红线表示旋转的角度而不表示缩放比例，可利用这条红线从路径的50%位置开始直到终点对六棱体的锥形部分进行扭曲变形。

(3) 单击Insert Control Point（插入控制点）按钮，在50%处插入一个控制点。

(4) 单击Move Control Point（移动控制点）方式按钮，将最右侧的控制点向下移到250%

处，如图3-7所示。

(5) 六棱体的锥部被扭曲成钻头型，如图3-8所示。

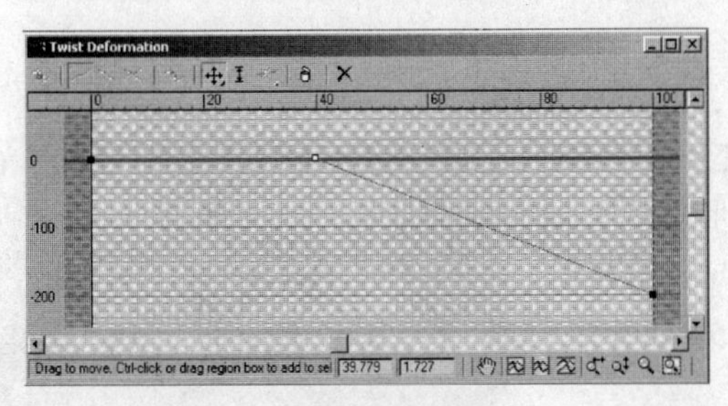

图3-7　移动控制点

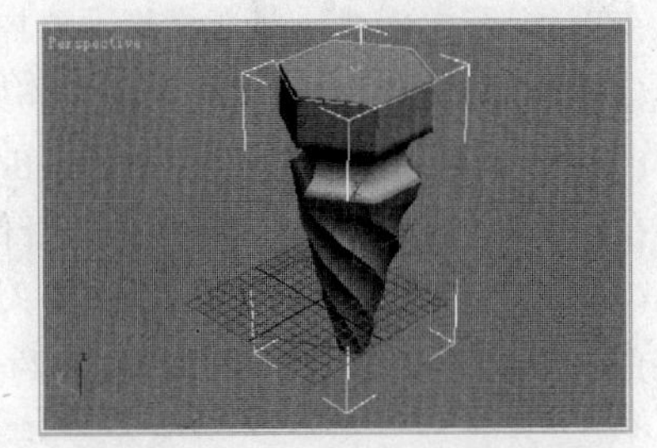

图3-8　放样修改后的三维模型

3.1.3 轴向倾斜变形

Teeter（轴向倾斜）变形是横截面绕X或Y坐标轴旋转，利用它可改变三维造型物体在路径始末端的倾斜度。

现在使用Teeter变形，将这一造型的局部压扁，使原始的钻头成为一个被压扁的铁管。

(1) 在Deformations卷展栏中单击Teeter变形按钮，打开Teeter Deformation变形对话框。Teeter对话框默认时最左边的Make Symmetrical（保持对称性）按钮是按下的，对网格的任何变化都会引起X、Y两个方向上的相应变化。如果只需绕X轴变形，则关闭Make Symmetrical按钮。

(2) 关闭Make Symmetrical（保持对称性）按钮。

(3) 单击Insert Control Point（插入控制点）按钮，在30%位置插入一个控制点。

(4) 单击Move Control Point（移动控制点）按钮，然后将第一个控制点向上拖动到40°，如图3-9所示。

(5) 关闭对话框，六棱体在尖端倾斜40°，最终变为一个钻头，如图3-10所示。

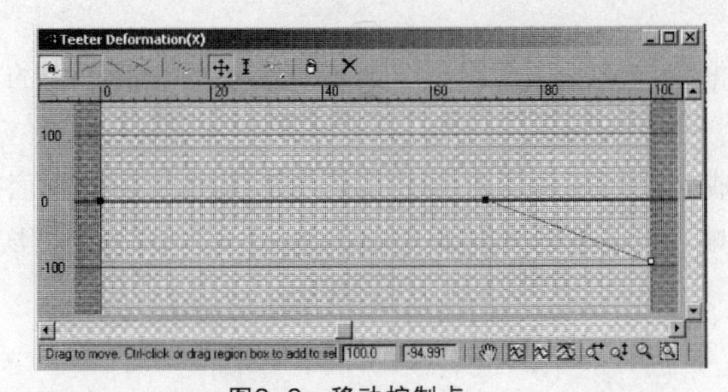

图3-9　移动控制点

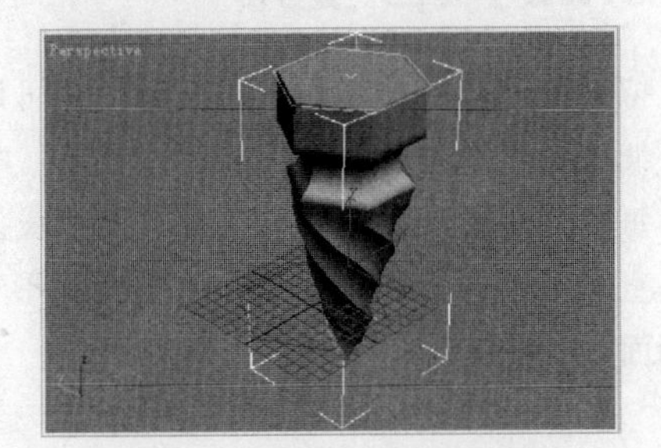

图3-10　放样修改后的三维模型

3.1.4 倒角变形

利用Bevel（倒角）变形功能制作带倒角的文本，可大大增强立体字的金属质感。下面利

用Bevel变形制作一个倒角文本。

（1）在Create面板的Shape子面板中单击Text按钮，在Front视图中创建一个Logo文本对象，然后在Top视图中创建一条直线作为放样路径。

（2）使用文本对象和放样路径制作立体字，如图3-11所示。

（3）打开Modify面板中的Deformations（变形）卷展栏，在卷展栏中选择Bevel变形按钮打开倒角变形对话框。

（4）单击Insert Control Point（插入控制点）按钮，在倒角变形对话框红线上左右两端大约5%和95%处各插入一个点。

（5）单击Move Control Point（移动控制点）按钮，将左右端点向上移1个单位，如图3-12所示。

（6）调整后立体字的效果如图3-13所示。

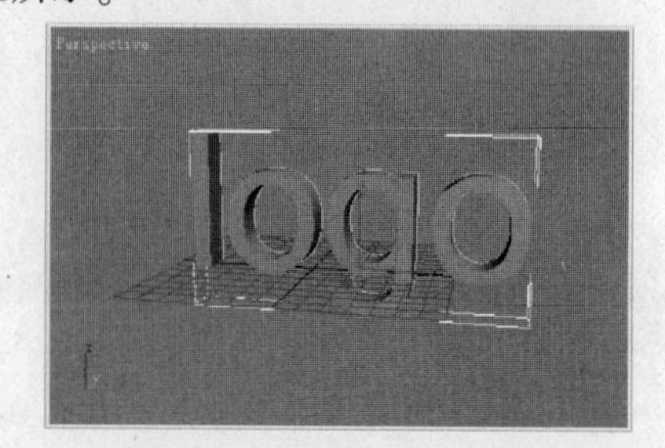

图3-11　使用文本对象和放样路径制作立体字

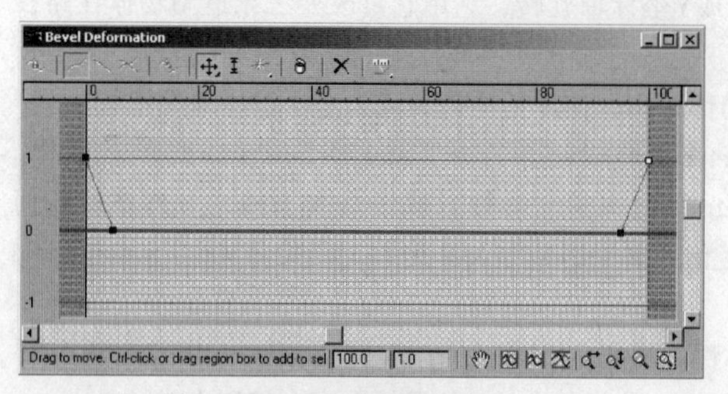

图3-12　移动控制点

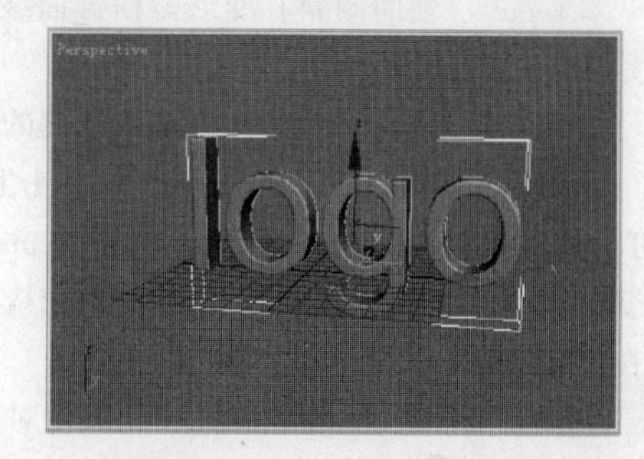

图3-13　调整后立体字的效果

3.1.5 拟合变形

拟合变形（Fit）最强大的功能就是可以根据自定义的剖面图形，而不是用变形对话框中的水平线来产生对象。

每个拟合图形必须由单一且封闭的线条构成。你可以使用单一的拟合图形来同时影响剖面的垂直和水平方向。或者以一个拟合图形来影响剖面在X轴方向的形状，从另外一个图形来影响剖面在Y轴方向的形状。

3.2 三维模型的形状调整

当创建了一个物体后，可随时单击Modify按钮进入修改命令面板。修改命令面板中不仅显示对象的创建参数，而且针对有些放样物体，修改面板中还会显示一些附加修饰命令。

当创建好一个几何对象之后，可以通过修改器的使用将简单的物体修改为复杂的对象。比如可以使用修改命令对物体施加各种变形修改，同时这些命令也可施加于线物体的子一级上，如点、面、线段等。

对一个对象可同时使用多个修改器，这些修改器都存储在修改堆栈中，通过编辑修改器堆栈可随时返回修改参数，也可删除堆栈中的编辑修改器。

3.2.1 修改命令面板编辑物体

在视图中选择一个对象，然后进入Modify命令面板，如图1-21所示。在Modify面板中，单击Modifier List旁的下拉按钮，可在弹出的菜单中选择编辑修改器，选定的编辑修改器将位于编辑修改器堆栈的最上层，如图3-14所示。

图3-14 修改命令面板

修改面板有两个部分：Modifier编辑修改器选择及Modifiers Stack（修改器堆栈）栏；Parameters参数卷展栏，此卷展栏显示对象的可修改参数。

（1）Pin Stack（锁定堆栈），将修改堆栈锁定在当前物体上，即使选取场景中别的对象，修改器仍适用于锁定对象。

（2）Show and result on/off toggle（显示最终结果开关），当按下按钮后，即可观察对象修改的最终结果。

（3）Make Unique（独立）：使选择集的修改器独立出来，只作用于当前选择对象。

（4）Remove modifiers from the stack（从堆栈中删除修改器），将选定的编辑修改器从堆栈中删除。

（5）Configure Modifier Sets（形成修改器设置），单击会弹出菜单，可选择是否显示修改器按钮及改变按钮组的配置。

3.2.2 编辑修改器类型

（1）Max Standard（标准修改器）：主要进行变形修饰，常用的有Bend（弯曲），Twist（扭曲），Extrude（拉伸），Lathe（旋转），Noise（噪声）等几种修改器。

（2）Max Surface（表面修改器）：改变对象的表面特性，如UVW Map，可创建物体贴图坐标。

（3）Max Edit（编辑修改器）：主要修改子物体参数，包括Edit Mash（编辑网格），Edit Patch（编辑面片），Edit Spline（编辑样条曲线）。

（4）Max Additonal（附加修改器）。

（5）Spline Edits（样条编辑）：Pillet/Chamfer（倒圆/倒棱），Trim/Extend（修剪/延伸）。

（6）Space Warps（空间扭曲）。

运用这些修改器可以完成多种复杂造型的构建。下面只介绍几种常用修改器的具体应用方法，希望通过对这些修改器的使用，构建更多的复杂模型。

3.2.3 锥化修改器

Taper（锥化修改器）只在对象的一端同时缩放两根轴对物体轮廓造型进行锥化修改。可以在创建的基础造型上加入Taper修改器，使物体产生新的造型。

1. 创建场景

在任意视图中拖动鼠标建立一个半径为30、高为80、相应的段数为5和1的圆柱体，在透视图的Perspective（透视图）上单击鼠标右键，在弹出的右键菜单中选取WireFrame（线结构）选项，此时透视图中已创建的圆柱体以WireFrame方式显示。

然后再在视图中拖动鼠标建立一个半径为30、段数为32的球体，以WireFrame方式显示的整个场景如图3-15所示。

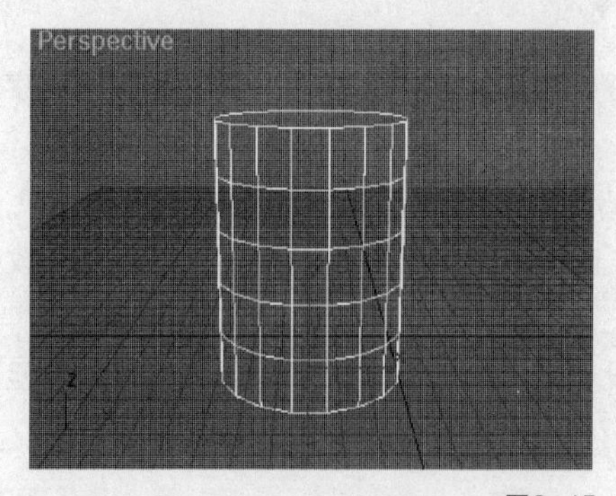

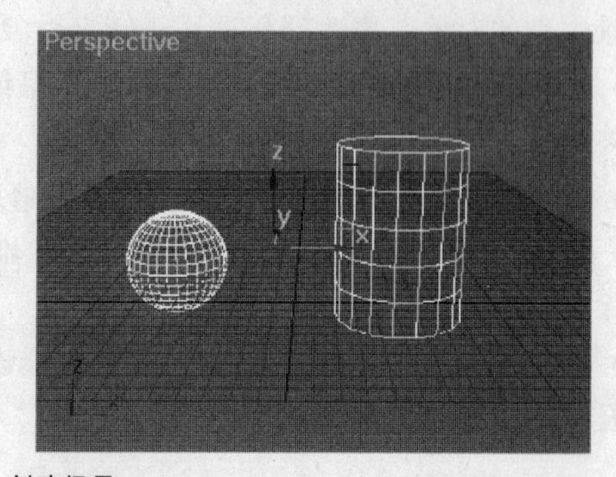

图3-15 创建场景

2. 使用Taper修改器

确定场景中的圆柱体处于选取状态，此时堆栈中仅显示Cylinder，这是因为当前是在堆栈的最底层，也就是创建参数层级，如图3-16所示。

然后在Modify命令面板的编辑修改器列表中选择Taper修改器，此时在修改器堆栈中增加了Taper修改器，并且在修改命令面板中出现Taper修改的参数卷展栏，如图3-17所示。

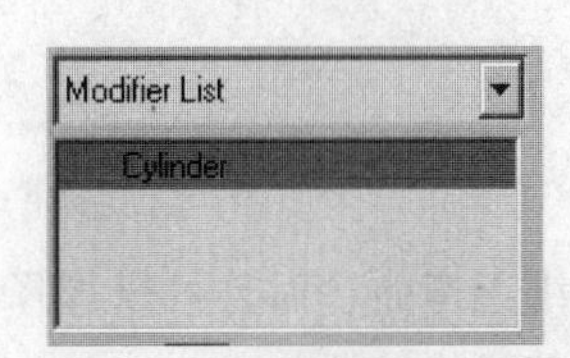

图3-16　堆栈的最底层

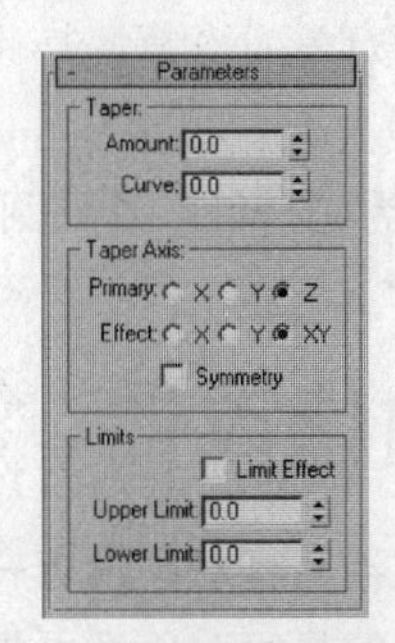

图3-17　Taper修改器卷展栏

（1） Limits包括Upper Limit（上限）和Lower Limit（下限），超出部分则不受编辑修改器的影响。

（2）Taper编辑修改器包括Amount（锥化程度）、Curve（锥化曲线）、Primary Axis（锥化轴）和Effect Axis（影响轴）等参数。

鼠标右键单击透视图的字头Perspective，在弹出的菜单中选择Smooth+Hightlights显示方式，可以看到圆柱体添加Taper编辑修改器后变为膨胀的圆台，场景如图3-18（a）所示。

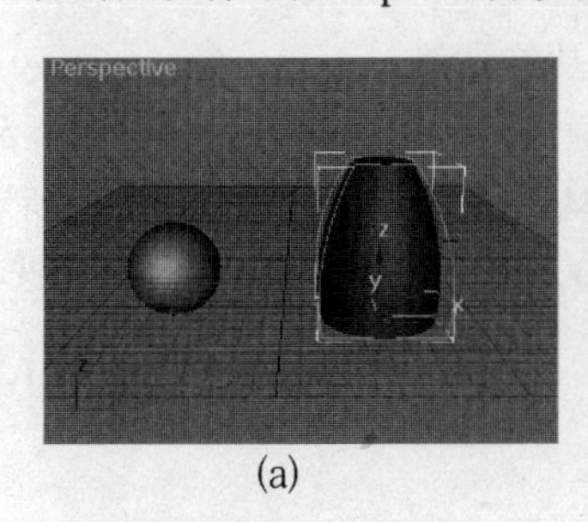

(a)

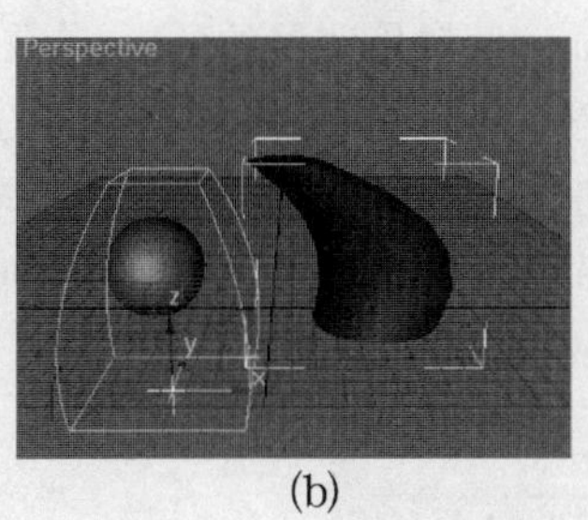

(b)

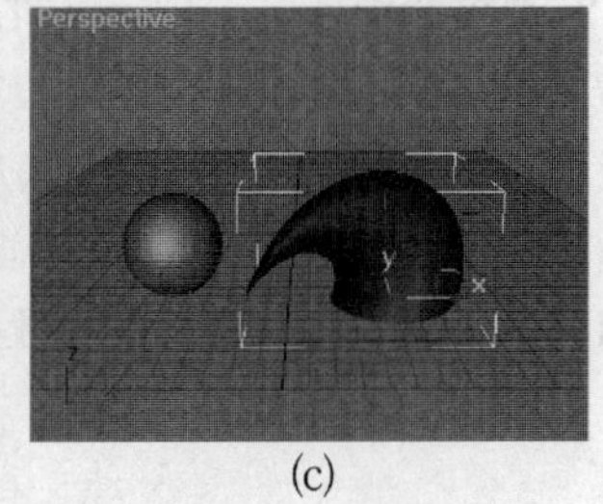

(c)

图3-18　Taper变形模型

3. 调整Gizmo

在3ds Max中对象的编辑修改器也是一种对象，可以通过单击与修改器堆栈相对应的修改器根部的加号，将修改器列表树展开。选择次对象Gizmo，同时，视图中的Gizmo变为橘黄色。

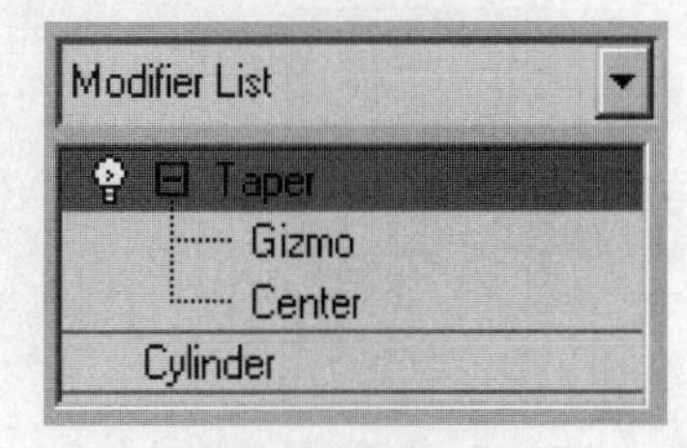

图3-19　调整Gizmo

在树形列表中，有Gizmo和Center两项，如图3-19所示，其中Center是编辑修改器使用的中心点，可以选取并被调整。

激活工具栏的Select and Move按钮和XY轴向约束按钮，在视图中拖动橘黄色的Gizmo对象，可以看到，圆柱体跟随Gizmo同步变形，如图3-18（b）所示。

4. 修改创建参数

每当使用一个编辑修改器，该编辑修改器都会添加到堆栈中的最上一层。在修改器堆栈中可以回到上一层修改对象的参数或是修改器的参数。

单击上面的堆栈列表，选取Cylinder对象，此时命令面板的下方显示圆柱体的创建参数，修改Height Segments为40，可以看到圆柱体边缘已变平滑，如图3-18（c）所示。

3.2.4 弯曲修改器

Bend（弯曲修改器）将对象沿着一根轴在一维或二维上弯曲，而且可以选择物体的一部分进行弯曲修改。构建的几何对象都可根据需要施加Bend编辑修改器。

（1）在Top视图创建一个参数如图3-20所示的立方体，进入Modify命令面板，单击Modifier List（修改器列表）右侧的下拉按钮，然后在下拉列表中选择Bend编辑修改器。现在可在视图中看到圆柱体被加上了一个橘黄色的外框，这个外框就是立方体的Gizmo物体。

（2）在Bend的参数卷展栏中调节参数，观看弯曲效果参数卷展栏，其参数卷展栏如图3-21所示。

① Bend参数包括Bend Angle（弯曲角度）、Bend Direction（弯曲方向）、Bend Axis（弯曲轴），以及Limits（弯曲限制）。

② 卷展栏中的Limits参数和Taper编辑修改器的Limits参数功能类似。

（3）在Parameters卷展栏中设置Angle（角度）=90，此时立方体的弯曲效果如图3-22所示。

（4）然后重新设置Angle（角度）=90，Direction（方向）=45，此时弯曲效果如图3-23所示。

（5）在参数卷展栏中设置弯曲修改器的Angle（角度）=40，激活Limit Effect（限定）选项，设置Upper Limit（上限）=20，效果如图3-24所示。

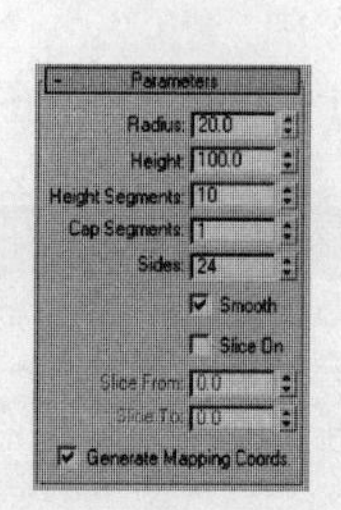

图3-20　立方体参数

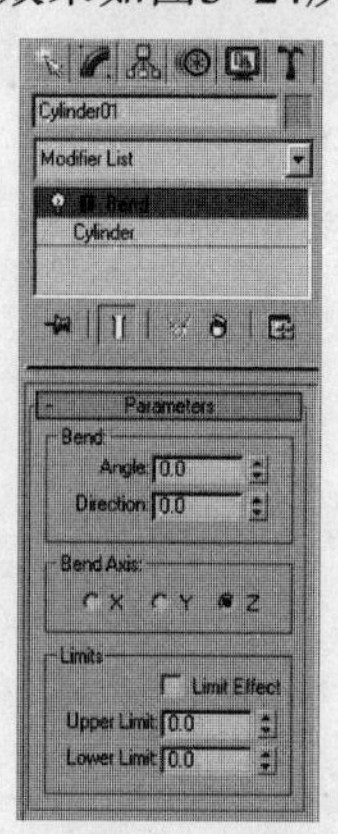

图3-21　Bend 参数卷展栏

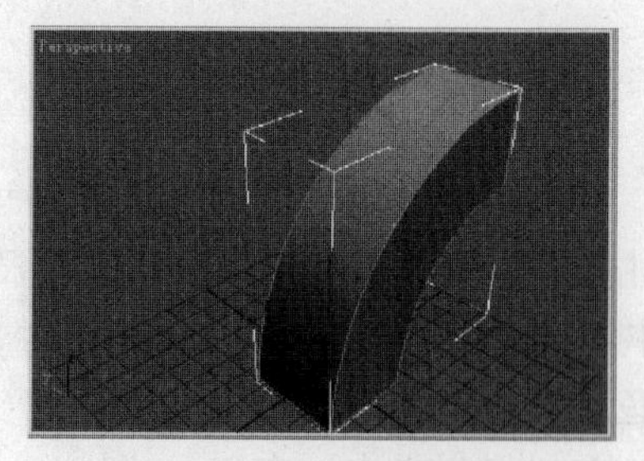

图3-22　立方体弯曲效果

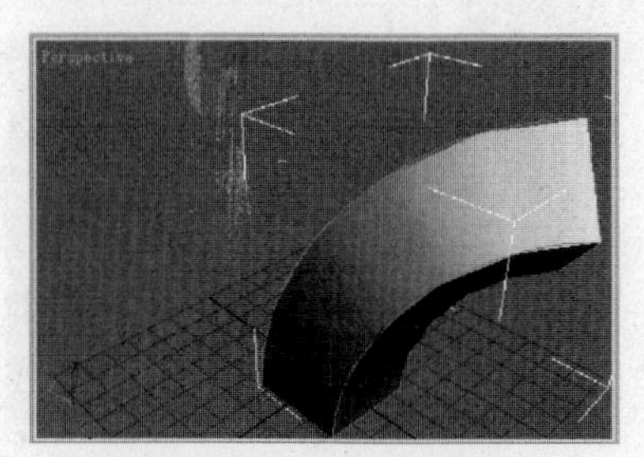
图3-23　立方体弯曲效果

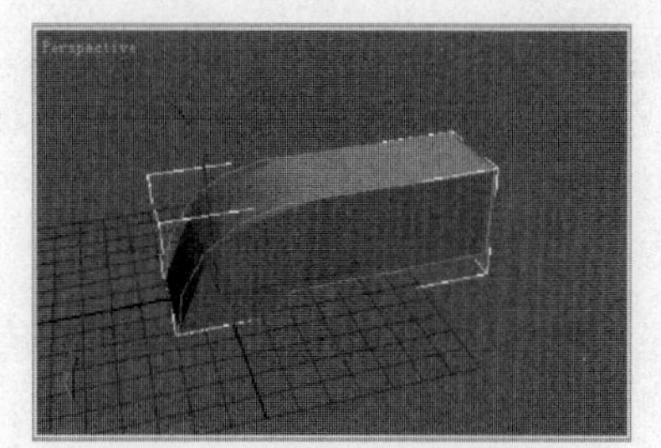
图3-24　立方体弯曲效果

3.2.5 扭曲修改器

Twist（扭曲）修改器在一个方向上选中轴的一端，并在另一个方向上选中轴的另一端，使得对象产生螺旋效果。利用这一修改器可以使物体沿任意轴位进行扭曲变形。

（1）在Top视图中参照如图3-25所示的参数卷展栏设置立方体的参数。

（2）然后选中立方体，进入Modify命令面板，在编辑修改器列表中选择Twist修改器，在图3-26所示的对话框中设置扭曲修改器的参数。

（3）扭曲修改器的参数和Taper修改器的参数类似，只是它们修改对象的方式不同。在扭曲修改器参数卷展栏中设置Angle=120时，立方体扭曲变化如图3-27所示。

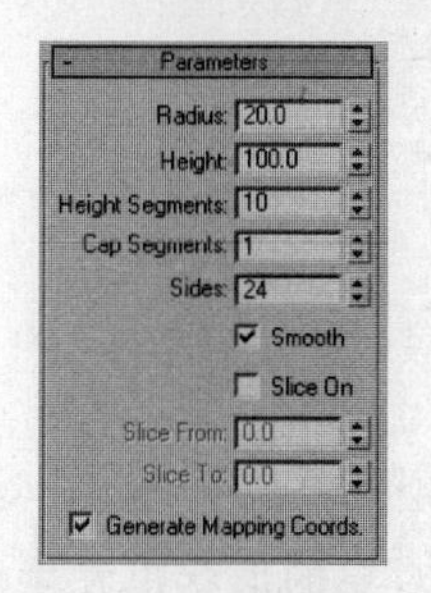

图3-25　立方体的参数设置

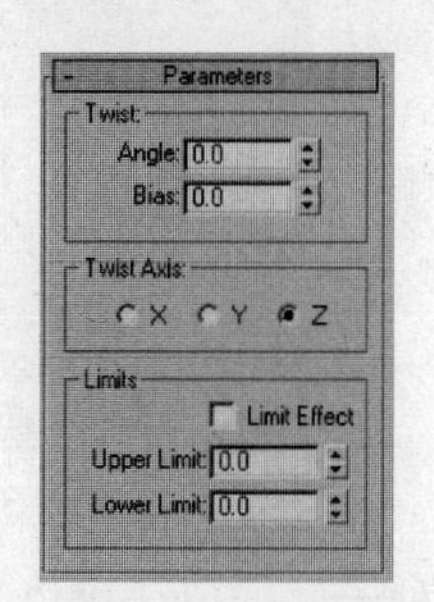

图3-26　扭曲修改器参数设置

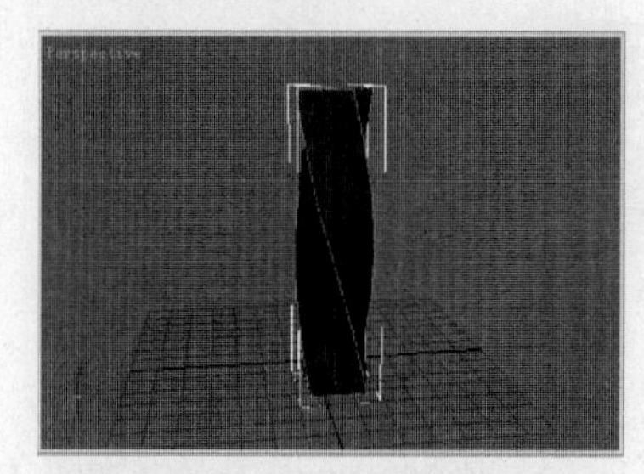
图3-27　立方体扭曲效果

（4）在扭曲修改器参数卷展栏中设置Angle=120、Bias（偏向）=80，立方体扭曲效果如图3-28所示。

（5）在扭曲修改器参数卷展栏中设置Angle=120、Bias=0；激活Limit Effect选项，设置Upper Limit=90、Lower Limit=20，立方体扭曲效果如图3-29所示。

3.2.6 噪声修改器

Noise（噪声）修改器施加于对象之后，系统将随机干扰对象的表面，使对象表面形成凹凸起伏，利用它可以制作出山峦起伏的场景。

（1）在Top视图中创建一个Plane（平面）对象，设置其长宽都为200，长宽的段数都为20，

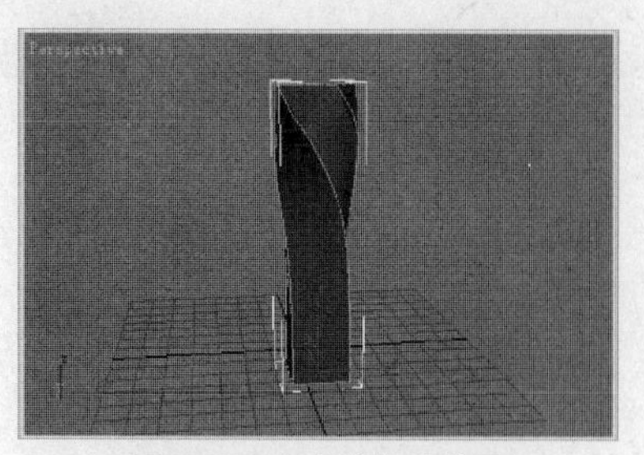

图3-28　立方体扭曲效果

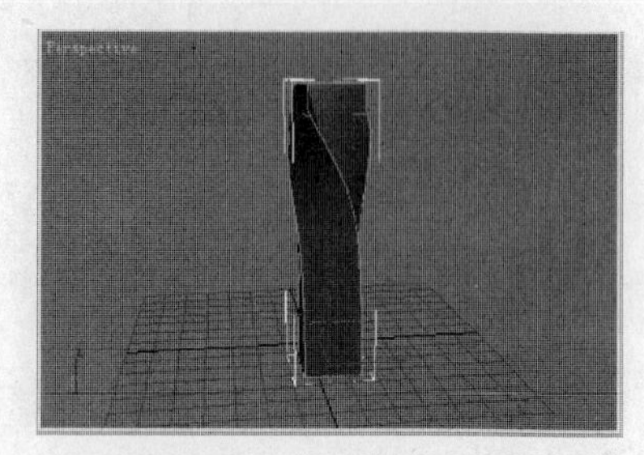

图3-29　立方体扭曲效果

然后在修改器列表中选定Noise修改器，随之Modify面板上出现Noise修改器的参数卷展栏，如图3-30所示。

① Noise区域的参数用于生成随机数序列，Strength（强度）区域用于设置各个方向上的变形强度。

② Animation（动画）用于设置变形动画，勾选Animation Noise（噪声动画）复选框可以直接设置噪声动画。

（2）在Strength区域设置Z轴方向上的起伏强度为60，可以看到平面对象发生了变化，如图3-31所示。

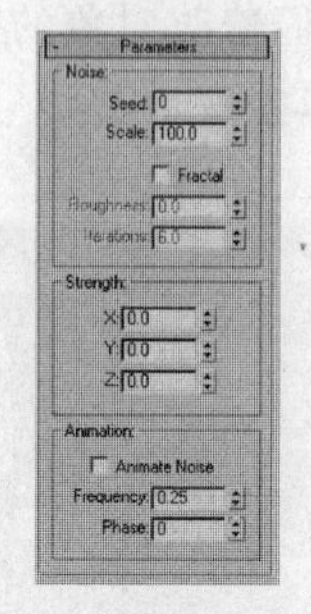

图3-30　噪声修改器面板

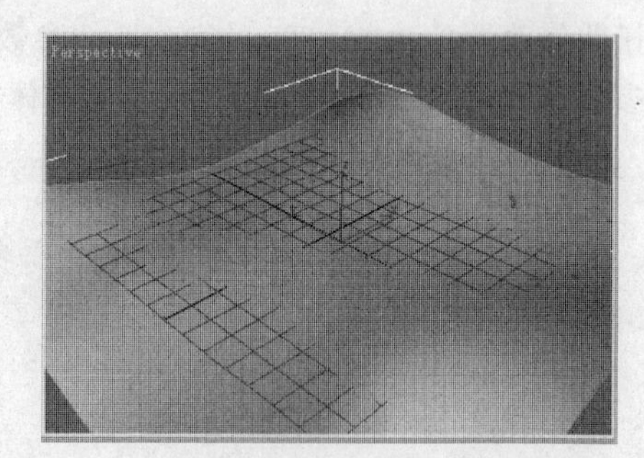

图3-31　平面形成凹凸起伏

（3）在Noise选项中改变Seed（随机数种子）的值，可以看到平面对象的形状也发生了变化，如图3-32所示。

（4）勾选Fractal（分形）复选框，随之平面对象的起伏更为明显，这是因为Fractal复选框激活了Roughness（粗糙程度）和Iterations（计算次数）选项。设置Roughness的值为0.5，设置Iterations（计算次数）的值为8，此时平面对象如图3-33所示，可以看到变形程度明显加强了。

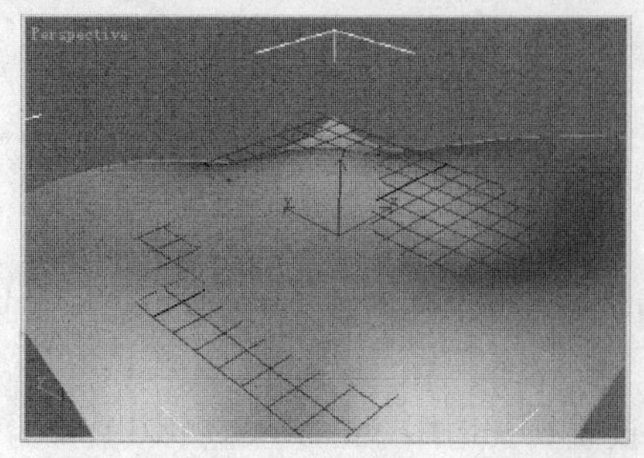

图3-32　平面的形状发生变化

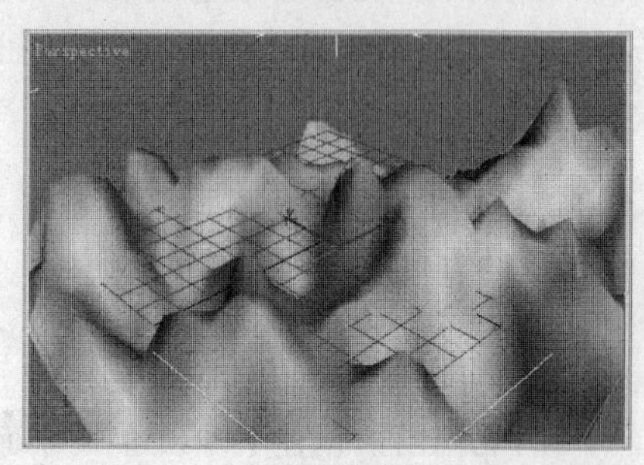

图3-33　变形程度明显加强

3.3 重铁铸刀

重铁铸刀，如图3–34所示，其属性见表3–2。下面制作道具重铁铸刀。

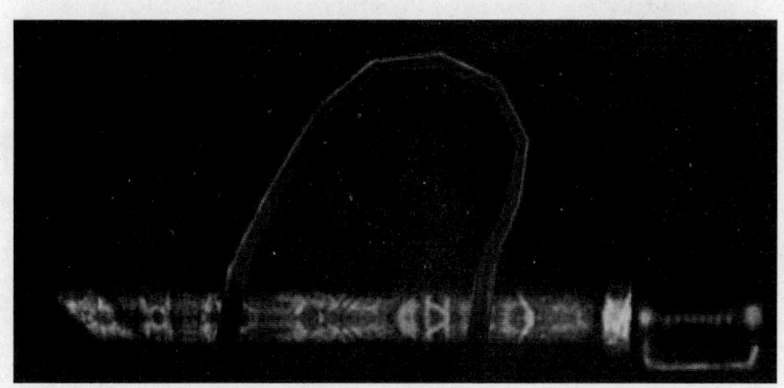

图3–34　重铁铸刀

表 3 – 2　重铁铸刀属性表

名称	攻击	魔法	敏捷	构成
重铁铸刀	5 ~ 7	5	– 5	合金

（1）首先建模，创建刀鞘。单击 创建命令面板中的Box按钮，在前视图中单击鼠标左键，执行拖—推，创建Box，如图3–35所示。

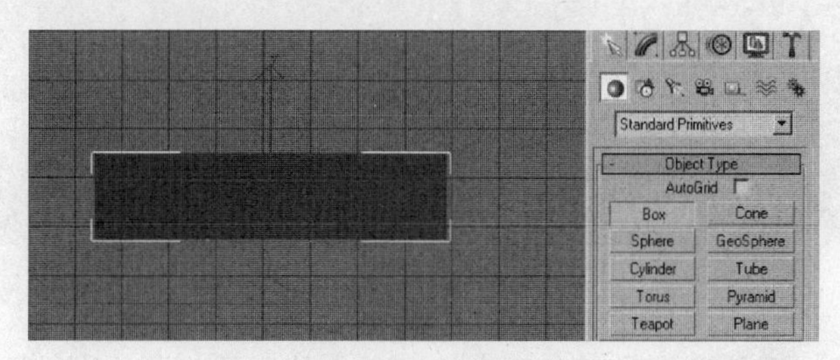

图3–35　创建Box

（2）在选中Box的前提下，单击 按钮，设置参数如图3–36所示，Width Segs 值设置为3。

（3）在视图中，在Box物体上单击鼠标右键，在弹出的菜单中选择Convert to Editable Poly命令，转换成多边形网格物体。这样就可以在修改命令面板中单击 按钮，转换到点次物体，

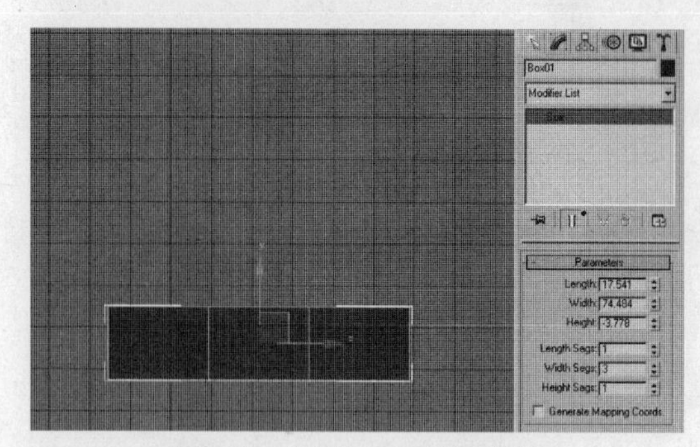

图3-36　Width Segs设置参数

在视图中调节节点，如图3-37所示。

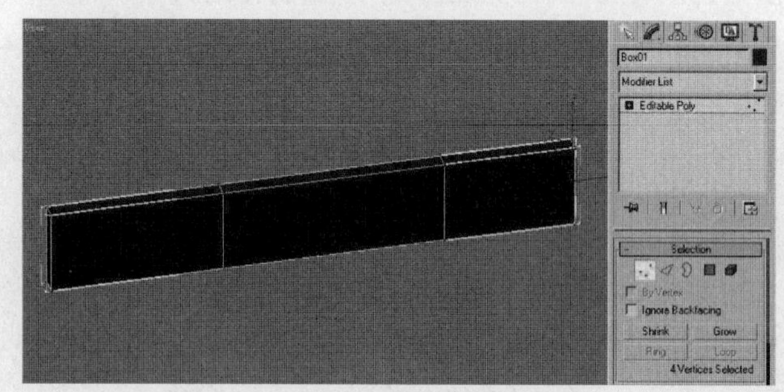

图3-37　调节节点

(4) 单击 按钮，选择如图所示的边。注意，此步骤一定要把工具栏中的 按钮切换到 ，否则选择时比较麻烦，如图3-38所示。

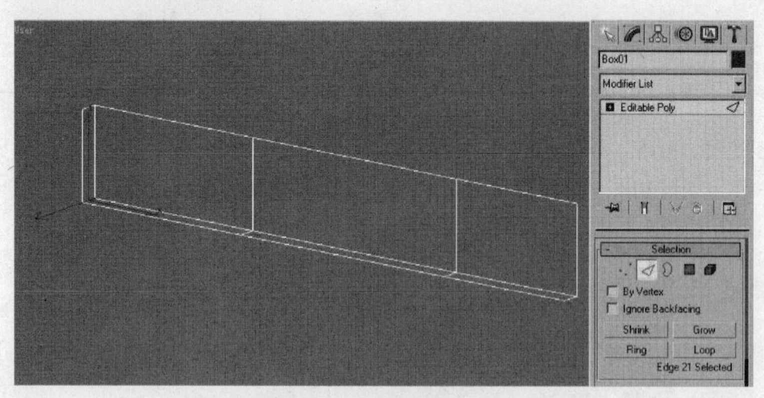

图3-38　选择边

(5) 单击Edit Edges下的Chamfer按钮，在刚刚选中的边的位置，当鼠标变换为 时，按下鼠标拖一段距离，用眼睛观察，只要分开一段即可，如图3-39所示。

(6) 单击 按钮，调节顶点，编辑成刀鞘形状，如图3-40所示。

(7) 下面制作刀柄。单击 创建命令面板中的Box按钮，在前视图中单击鼠标左键，创建

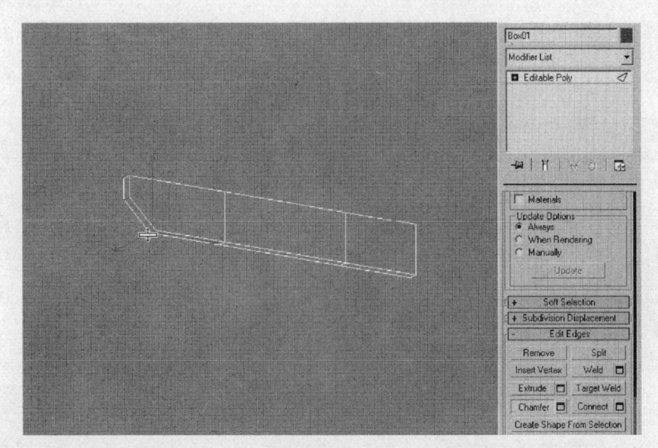

图3-39　分点

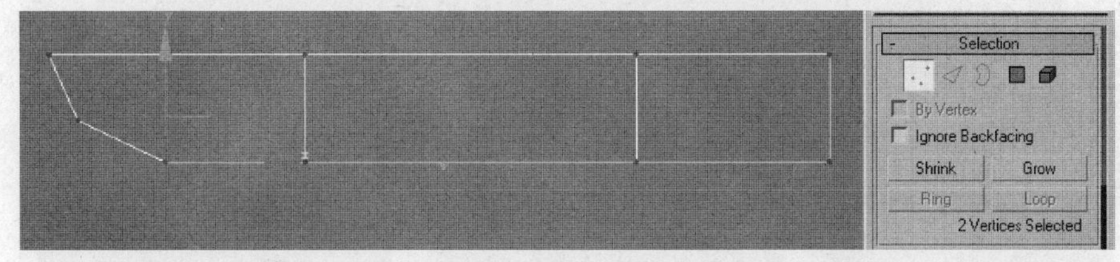

图3-40　调节顶点

Box，如图3-41所示。

图3-41　制作刀柄

（8）在视图中，在新建的Box物体上单击鼠标右键，在弹出的菜单中选择Convert to Editable Poly命令，转换成多边形网格物体。这样就可以在修改命令面板中单击⁘按钮，转换到点次物体。在视图中调节节点，如图3-42所示。

图3-42　调节节点

(9) 单击▣按钮，镜像手柄，并选择关联选项，然后设置Offset参数，移动一段距离，如图3-43所示。

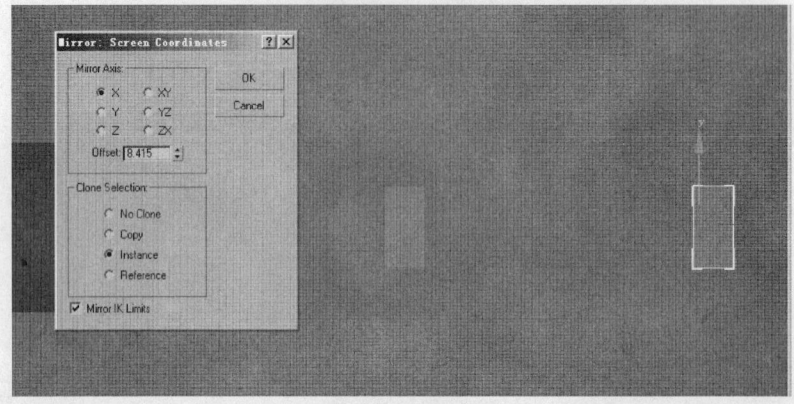

图3-43 镜像手柄

(10) 单击▣按钮，切换到选择方式为▣，在前视图中选中如图3-44所示。

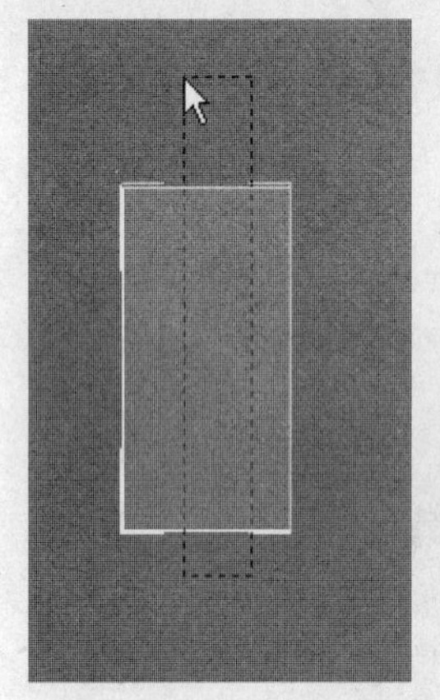

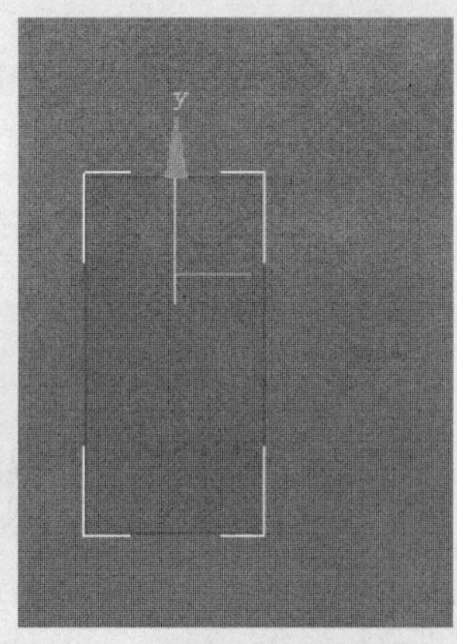

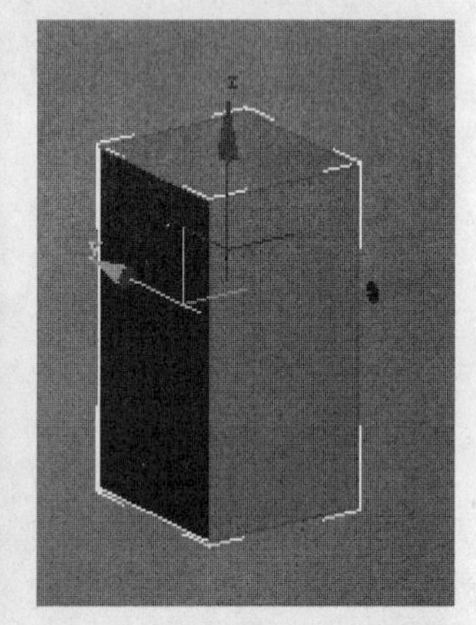

图3-44 选面

(11) 单击Edit Polygons卷展栏下的Extrude按钮后的小方块▣，弹出对话框，设置参数Local Normal和Extrusion Height，挤压高度，可根据视图中显示的模型比例自己设定。最后单击OK按钮，如图3-45所示。

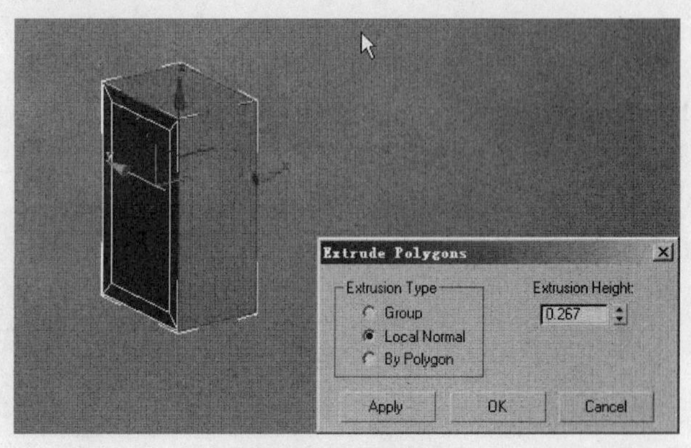

图3-45 挤压高度

(12) 单击▣按钮，在坐标轴的X轴方向，按下鼠标执行缩放命令，如图3-46所示，也就是单轴缩放。

(13) 刀鄂制作：单击▣按钮，调

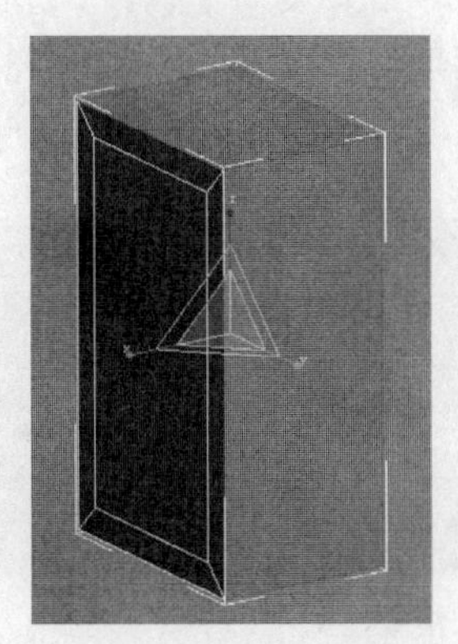
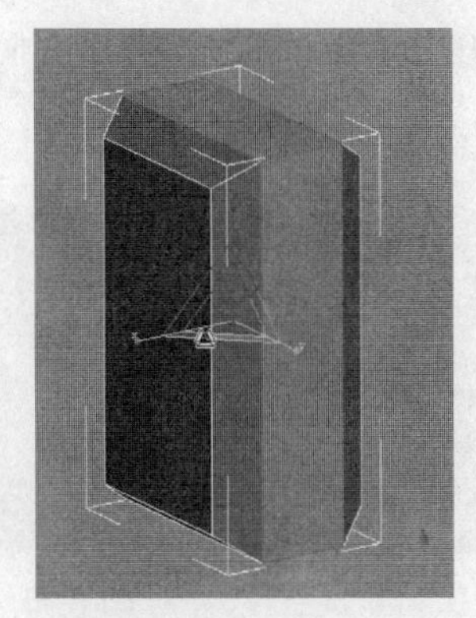

图3-46　单轴放缩

节节点，编辑形状使它接近手柄形状。单击■按钮，选择一个面，然后单击Edit Polygons卷展栏下的Extrude按钮。在视图中选择的面上，鼠标变换为■显示方式时，按下鼠标拖动，挤压出面。注意，此时关联的对象也在同样地变化，如图3-47所示。

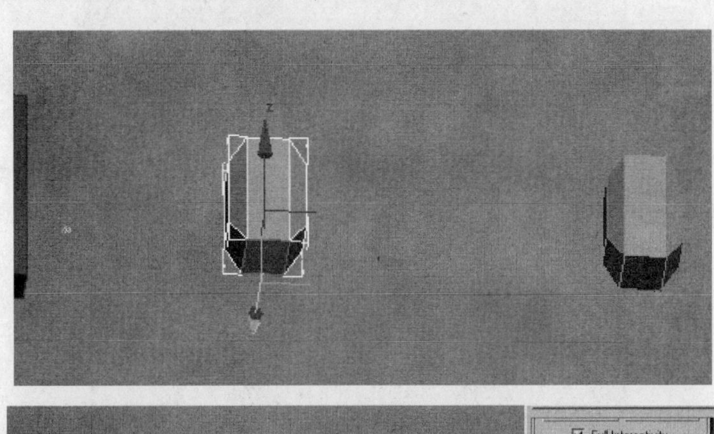
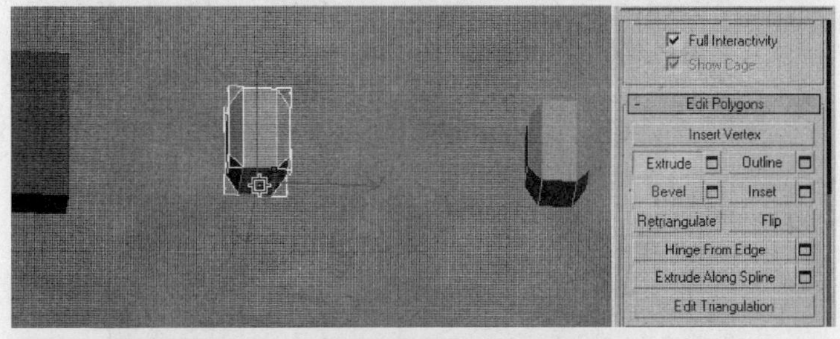

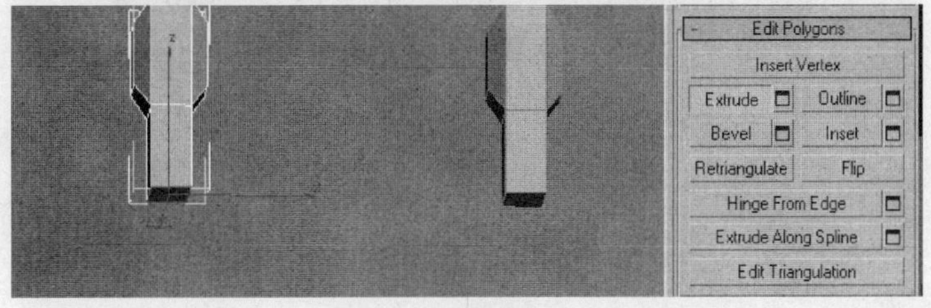

图3-47　刀鄂制作

（14）接着继续挤压，然后再选择另一个方向的面进行挤压，如图3-48所示。

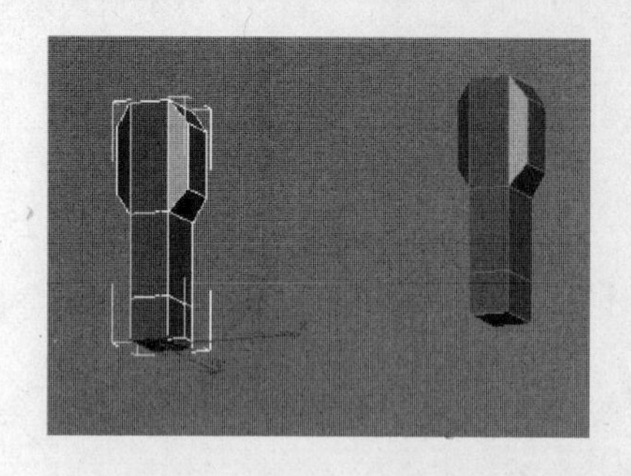

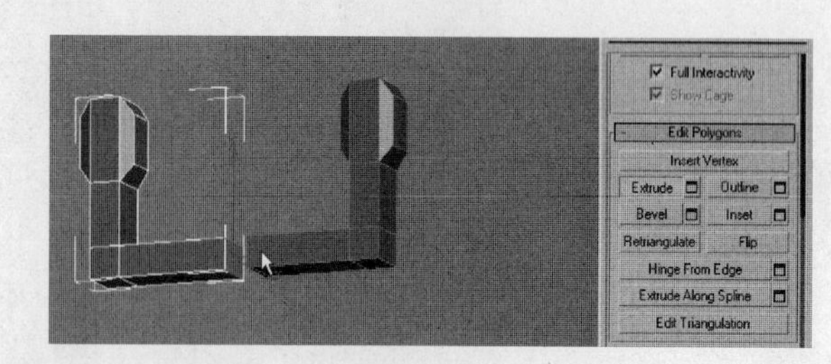

图3-48　挤压

（15）在选中当前面的情况下，按Delete键，删除面，如图3-49所示。

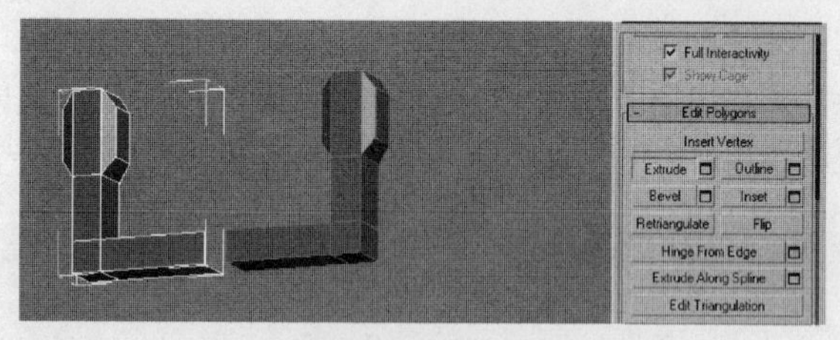

图3-49　删除面

（16）同理制作手柄，单击■按钮，选择图示面，然后单击Edit Polygons卷展栏下的Extrude按钮。在视图中选择的面上，当鼠标变换为■显示方式时，按下鼠标拖动，挤压出面，如图3-50所示，然后删除面。

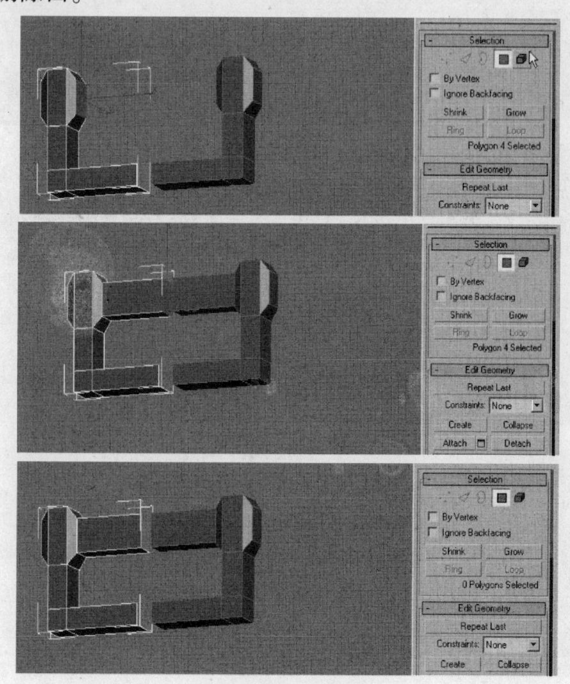

图3-50　编辑面

(17) 单击⬚按钮，然后按F键，切换到前视图中，调节节点，如图3-51所示。

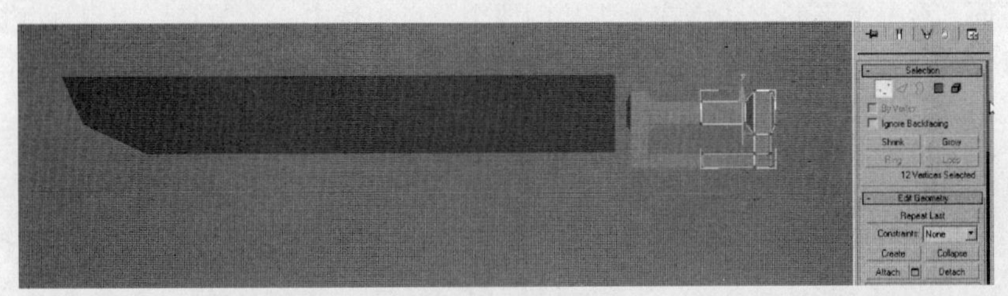

图3-51 调节节点

(18) 注意，此时的刀柄还是分开的，它们不能合并上，因为是关联物体。单击修改功能堆栈上的☒按钮。去掉关联，单击Edit Geometry卷展栏下的Attach按钮，当鼠标变换成小十字形时，单击选择另一半，合并它们使其成为一个物体，如图3-52所示。

图3-52 合并物体

（19）单击⊡按钮，单击Edit Vertices卷展栏下的Target Weld按钮，合并节点。合并节点的目的是节省面。合并节点的方法是在要焊接的两个节点中选中一个节点，当鼠标变成小十字形时，按下鼠标拖动到另一个节点上，焊接完成。同理合并每一个点，如图3–53所示。

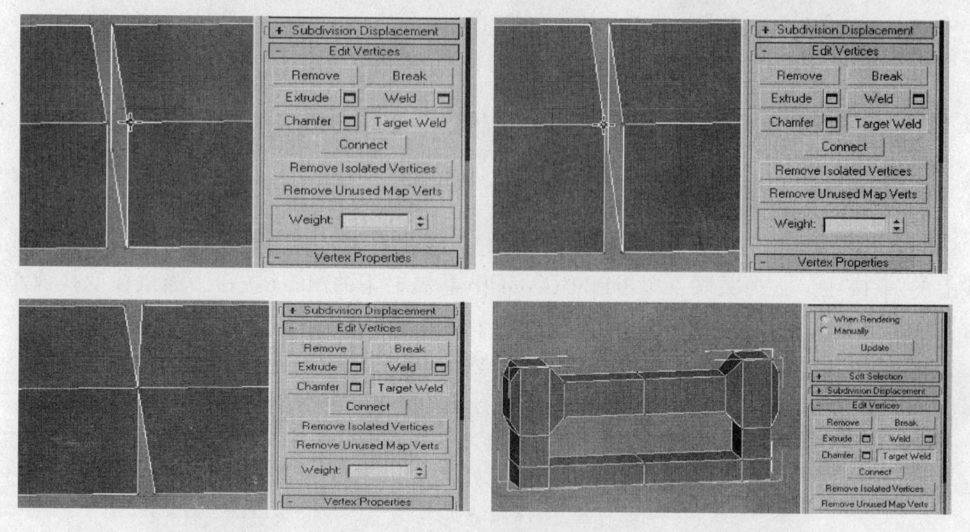

图3–53　焊接点

（20）面数控制：为了更有效地控制面数，进一步合并节点，如图3–54所示。

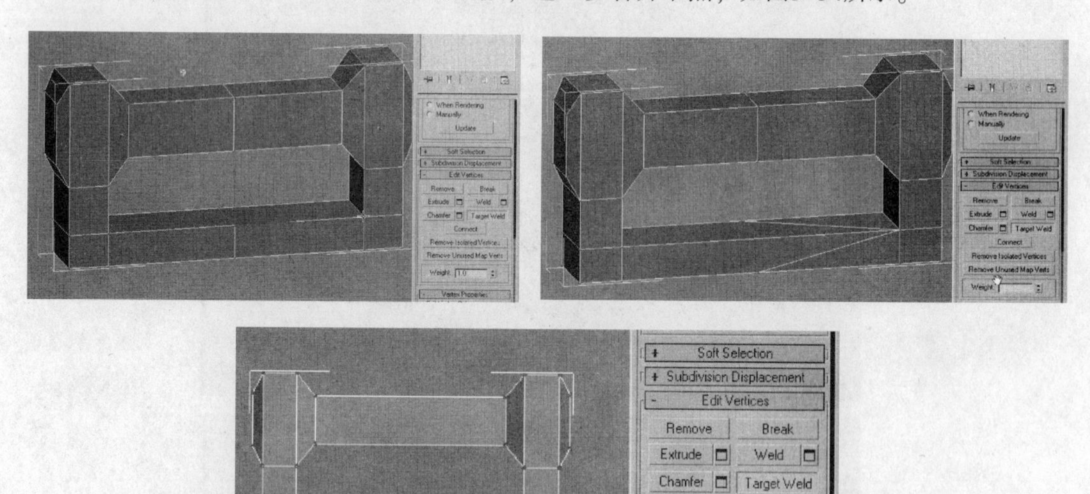

图3–54　合并节点

（21）进一步塑造形状：把角点合并，并调节刀刃与手柄之间的形状，如图3–55所示。

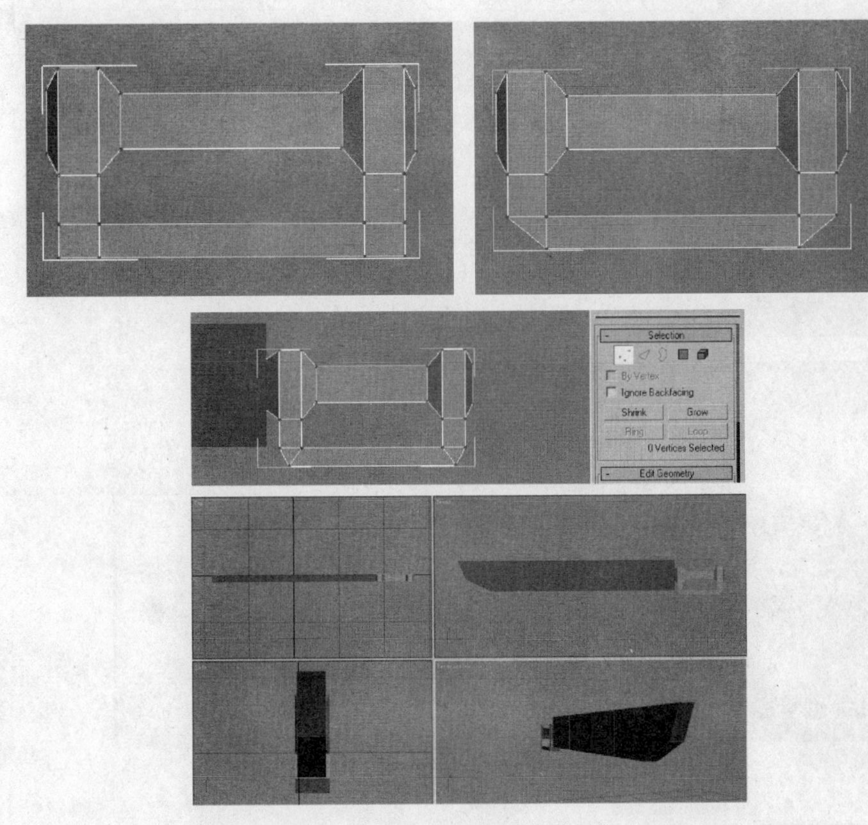

图3-55 进一步塑造形状

(22) 背带制作：单击▣创建命令面板下的▣按钮，单击Line按钮，在前视图中单击鼠标多次，每次创建一个点画出线形，如图3-56所示（注意是单击鼠标，不是拖动鼠标）。

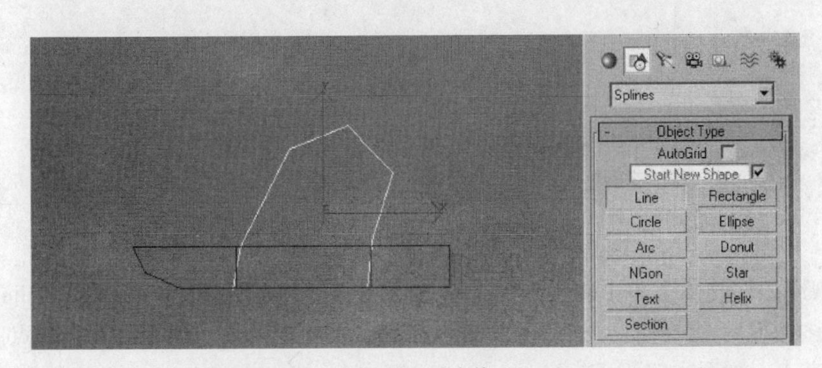

图3-56 画出线

(23) 单击▣按钮，转换到修改命令面板，单击▣按钮，选择图示点，在节点上单击鼠标右键，弹出右键菜单，选择节点的方式为Smooth，如图3-57所示。

(24) 设置修改命令面板中的参数Sides为4，Angle为45，勾选Renderable，勾选Display Render Mesh，设置Steps为1，如图3-58所示。

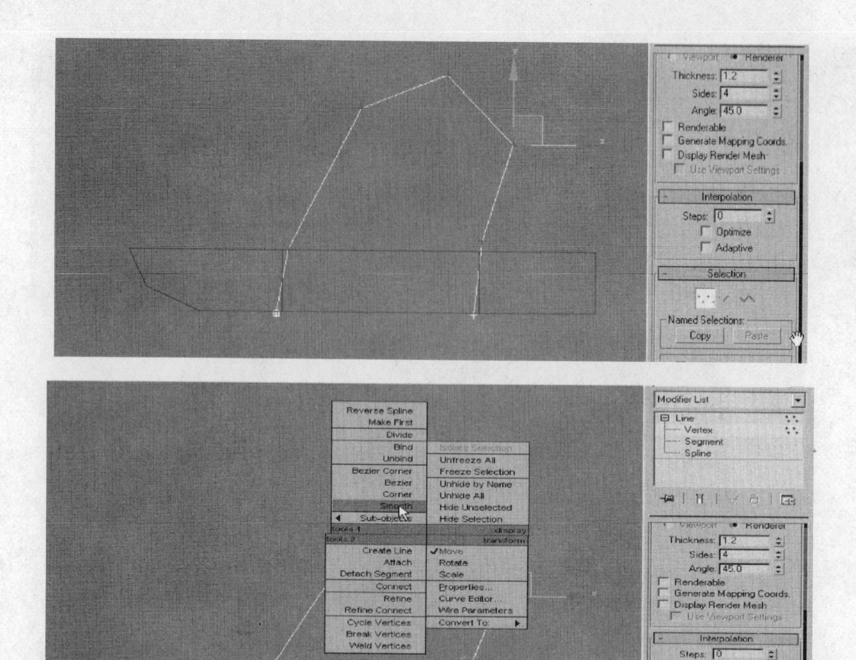

图3-57　编辑线

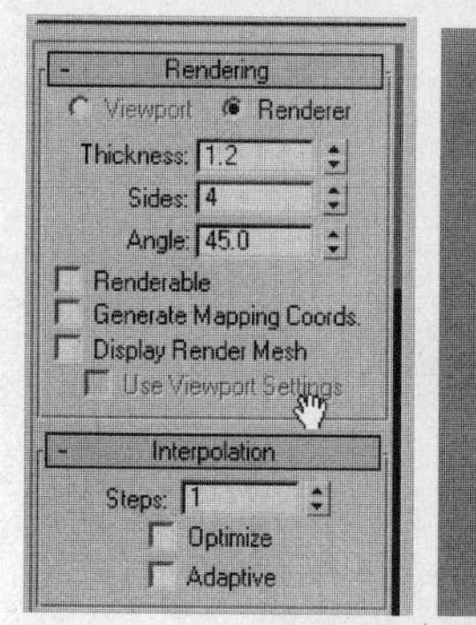

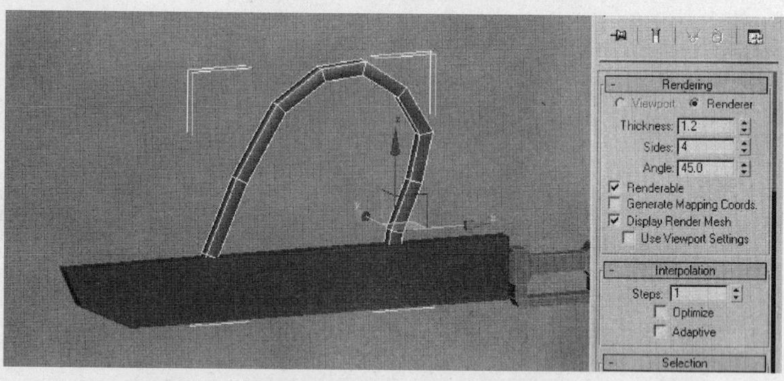

图3-58　设置修改命令面板

（25）在视图中线物体上单击鼠标右键，在弹出的右键菜单中选择Convert to Editable Poly命令，转换成多边形网格物体。这样就可以在修改命令面板中单击 按钮，转换到点次物体。在视图中调节节点，如图3-59所示。

（26）接下来制作背带的扭曲（也就是符合身体，这里没有角色的身体，所以只大致地扭曲一下，掌握方法就可以了），选中一组节点，单击 按钮，更改坐标轴方式为Local，旋转节点如图3-60所示。

（27）同理，配合 旋转， 移动命令，调节结果如图3-61所示。

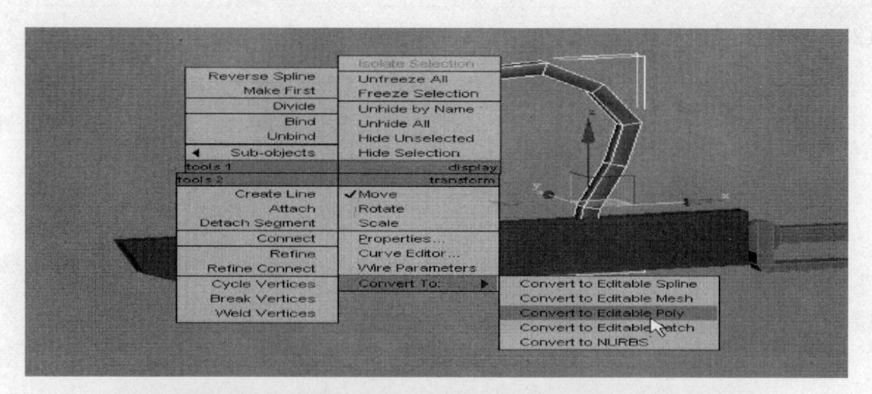

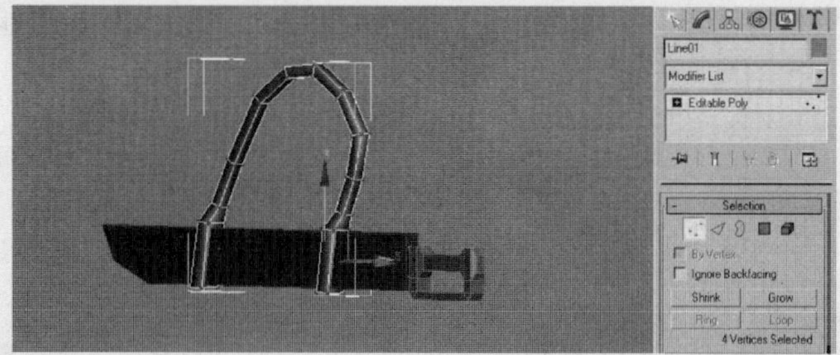

图3-59　调节节点

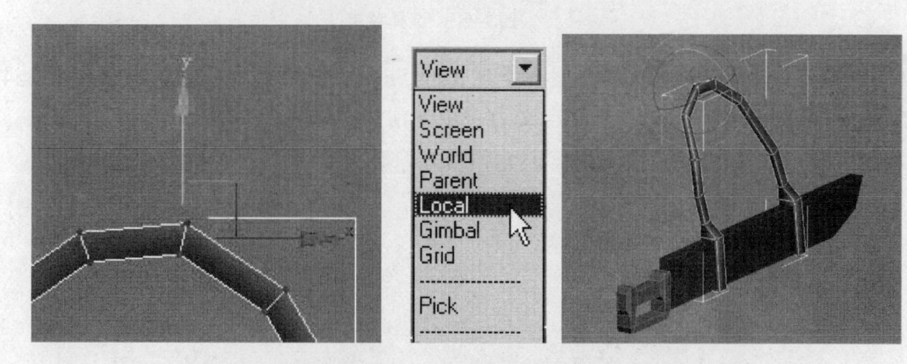

图3-60　制作背带的扭曲

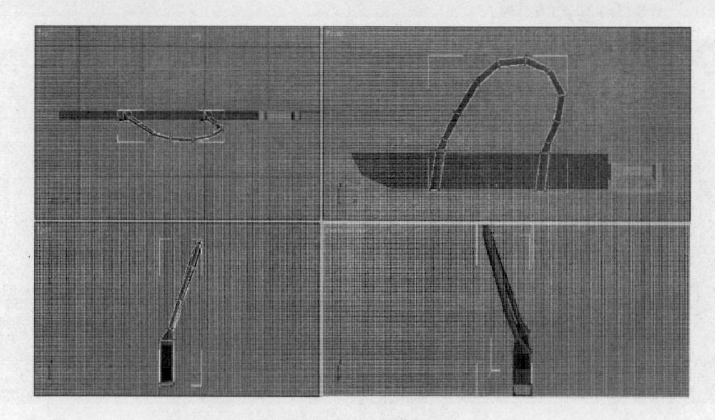

图3-61　编辑面

（28）单击工具栏中的 按钮，渲染视图，结果如图3-62所示。

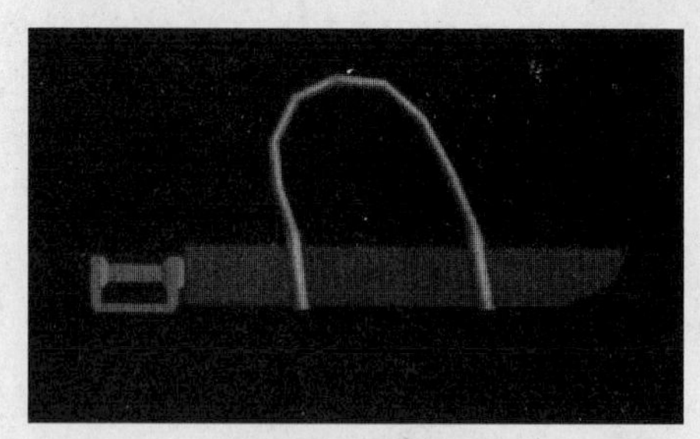

图3-62 渲染图

（29）注意背带有问题，显得圆滑了，是光滑组的问题，单击 按钮，选择背带，如图3-63所示。

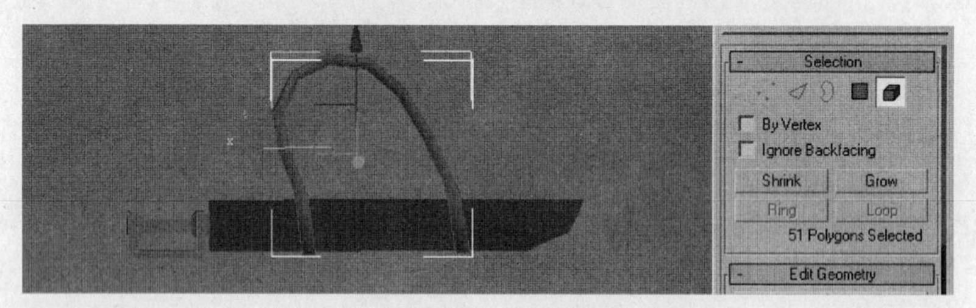

图3-63 选择背带

（30）单击Polygon Properties卷展栏下的Auto Smooth按钮，注意它的默认参数是45°。也就是只要两个面之间的夹角小于45°就定义为一个光滑组，如图3-64所示。

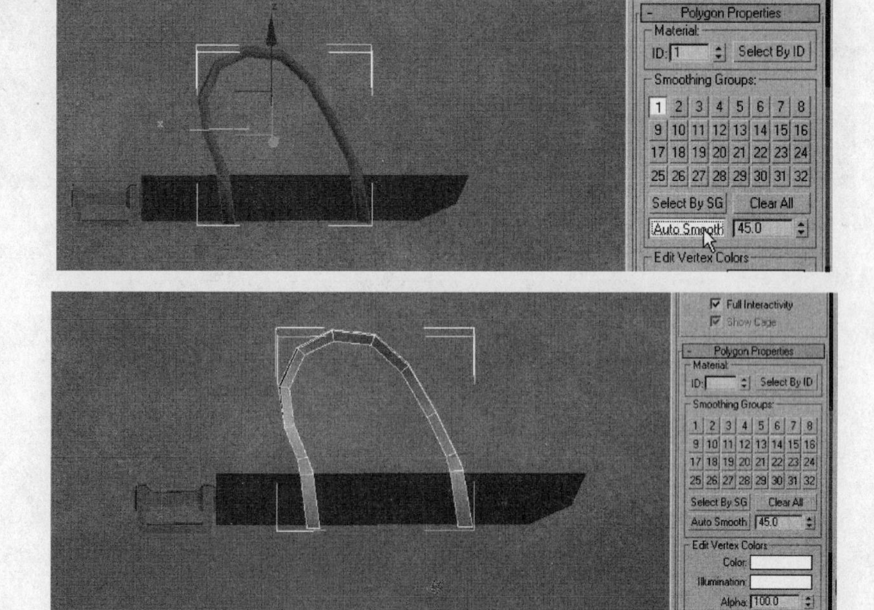

图3-64 45光滑组

(31) 按F3键，选中刀鞘，注意那两条线的方向，编辑一下，这条线很有用，在贴图时用于定位，所以方向要与背带方向一致，这也是保留这两条线的缘由，如图3-65所示。

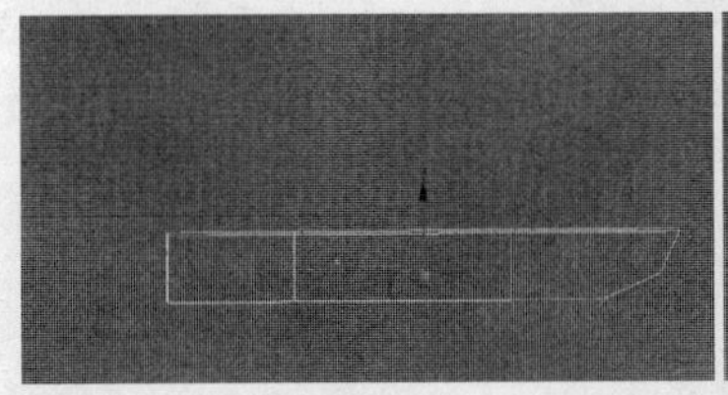
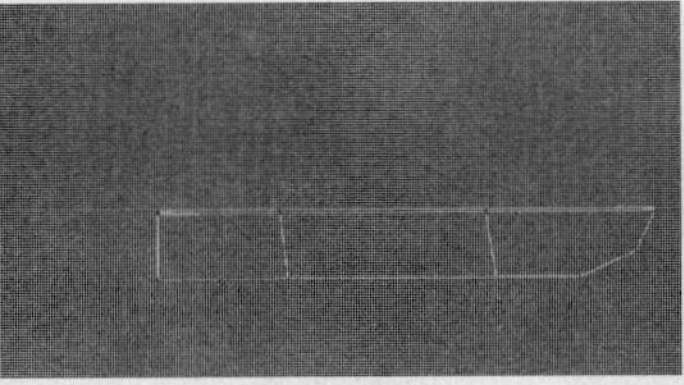
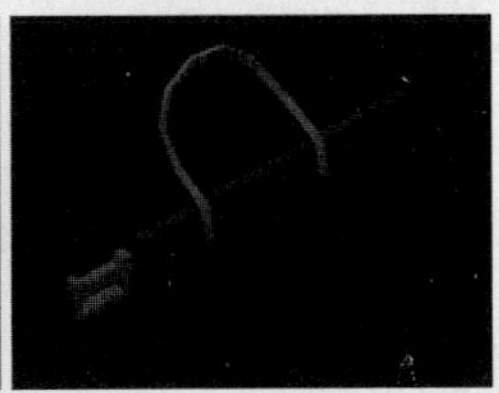

图3-65 完成制作步骤

(32) 最后选中一个物体后，单击修改命令面板中的Attach按钮，依次单击其余全部物体将物体合并，这样重铁铸刀模型就完成了，最终结果如图3-66所示。

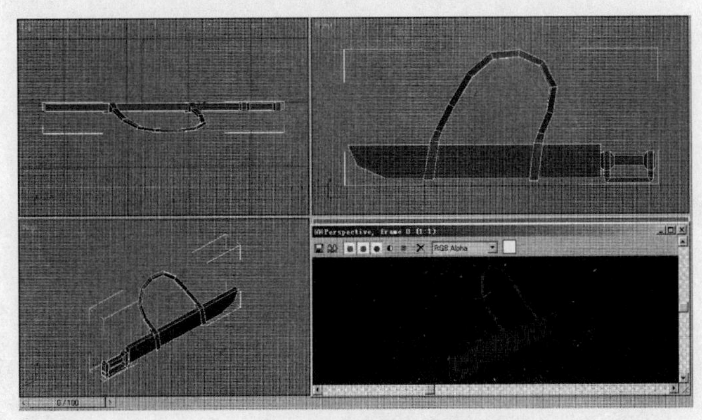

图3-66 刀成一整体

小结

通过简单的放样物体的创建，我们实践了用线段创建、编辑和修改物体的方法，在游戏模型的制作过程中，是否应用放样或者其他的方法来制作，需要我们在实际制作过程中分析和判断，原则是要尽量使用最快和最便捷的方法来建模，以提高效率和工作质量。

思考与练习

一、判断题

1. 基本几何体就是几何图形的加厚。（　　）

2. 在3ds Max中，球体的截面最大可以设置到500。（　　）

二、填空题

1.（　　）、（　　）、（　　）和（　　）等是复合形体的创建方法。

2. 形体编辑的方式分为（　　）、（　　）、（　　）、（　　）和（　　）等。

三、选择题

下列表示“扭曲”的英文单词是（　　）

A. Twist

B. Gizmo

C. Taper

D. Bend

四、操作题

1. 练习基本几何体的创建。

2. 练习编辑基本几何体。

3. 练习创建复合几何体。

第4章 UVW 坐标和 UVW 分展

本章将讲解贴图坐标和贴图展开。

贴图坐标和贴图展开。

能够了解贴图坐标和贴图展开的制作理念，并能对其进行简单的应用。

U、V、W坐标分别平行于X、Y、Z坐标，在二维的情况下，U等同于X，代表贴图的水平方向；V等同于Y，代表贴图的垂直方向；W等同于Z，代表贴图与U V平面垂直的方向。W坐标是景深坐标。

4.1 UVW坐标

在下面的贴图位置和变换的描述中，经常会用到UVW坐标。在一些情况下使用它会带来很多方便，比如，相对于几何体旋转贴图图像时，就要用到W坐标。

UVW贴图就像是软件给你提供的一个模板，教你如何裁切纹理贴图，并把它放置到什么位置。你可以把模型想像为一个雕塑，而贴图就像是在雕塑上画上颜色和细节。

4.2 贴图的五种常用映射方式

（1）使用内置贴图坐标系统（Generate Mapping Coordinate System）：在生成任何基本几何体（如立方体、球体、圆柱体等）的过程中，打开Modify命令面板，可以看到在Parameters卷展栏中的Generate Mapping Coordinate System复选开关，如图4-1所示。

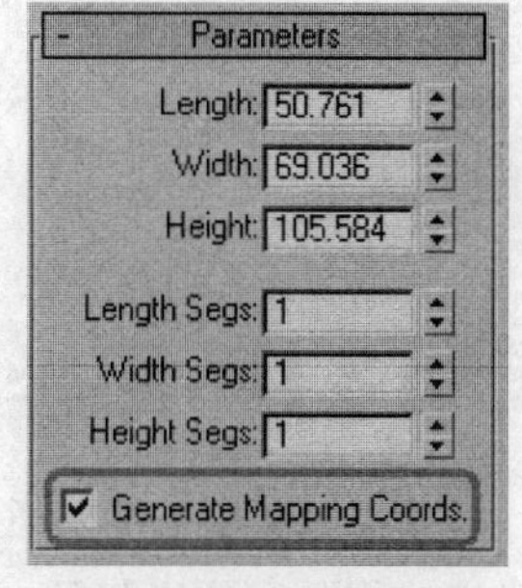

图4-1　内建贴图坐标系统

（2）使用UVW Map（UVW贴图）调整器：可以从七种坐标类型中选择一种映射坐标，还可以把坐标的动态变化记录下来制成动画。

在有些情况下，使用内置贴图坐标和使用UVW Map调整器的效果是一样的。但是，前者比较方便省事，后者则更为灵活、功能强大。

（3）使用Map Scaler（贴图缩放）调整器：在对物体进行缩放操作时，它可以保证贴图在物体上的大小不变。

（4）使用Uwarp Map（贴图变形）调整器：可以任意选择贴图图像区域，使几何体上的贴图变形。

（5）使用UVW XForm（UVW形状）调整器：设置贴图在几何体上的位置变化或者重复次数。

（6）使用特殊的贴图坐标调整器：可以为非标准的物体设置坐标。例如，放样物体（Loft Object）具有内在的贴图选项，可以用来沿物体的长度和圆周方向定义贴图坐标。

4.3 无须指定映射坐标的情况

反射（Reflection）和折射（Refraction）贴图不需要指定映射坐标，它们使用环境贴图系统(Environmental Mapping System)，贴图的定位与渲染的视点有关。贴图位置是根据世界坐标系统得出的。

4.3.1 贴图坐标

如果赋予物体的材质中包含任何一种二维贴图，物体就必须具有贴图坐标，这个坐标就是确定二维的贴图以何种方式映射在物体上。它不同于场景中的XYZ坐标系，而使用的是UV或UVW坐标系。

每个物体自身属性中都有Generate Mapping Coordinates（生成贴图坐标），此选项可使物体在渲染效果中看到贴图。

4.3.2 UVW Map编辑器

除了对象本身的默认贴图坐标之外，还可以通过UVW Map修改器为物体调整二维贴图坐标。不同的对象要选择不同的贴图投影方式。在UVW Map修改器的参数卷展栏中可以选择不同的贴图坐标，如图4-2所示。

（1）Planar（平面）：平面映射方式，贴图从一个平面被投下，这种贴图方式在物体只需要一个面有贴图时使用，如图4-3所示。

（2）Cylindrical（柱面）：柱面坐标，贴图是投射在一个柱面上的，环绕在圆柱的侧面。这种坐标在物体造型近似于柱体时非常有用。在默认状态下柱面坐标系会处理顶面与底面的贴图，如图4-4所示。

只有在选择了Cap（端面）选项后才会在顶面与底面分别以平面式进行投影，如图4-5所示。

（3）Spherical（球面）：贴图坐标以球面方式环绕在物体表面，这种方式用于造型类似球体的物体，如图4-6所示。

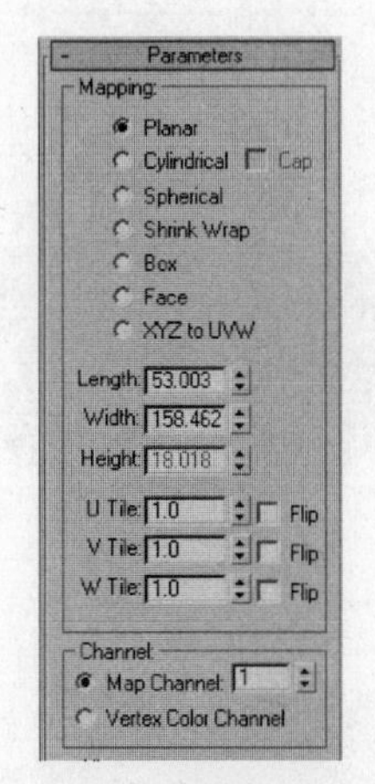

图4-2　UVW Map编辑修改器参数卷展栏

图4-3　平面贴图坐标

图4-4　默认柱面贴图坐标

图4-5　打开Cap设置后的柱面贴图坐标

（4）Shrink Wrap（收紧包裹）：这种坐标方式也是球形的，但收紧了贴图的四角，使贴图的所有边聚集在球的一点。可以使贴图不出现接缝，如图4-7所示。

图4-6　球面贴图坐标

图4-7　收紧包裹贴图坐标

（5）Box（立方体）：立方体坐标是将贴图分别投射在六个面上，每个面是一个平面贴图，如图4-8所示。

（6）Face（面）：以物体自身的面为单位进行投射贴图，两个共边的面会投射为一个完整贴图，单个面会投射为一个三角形，如图4-9所示。

（7）XYZ to UVW：贴图坐标的XYZ轴会自动适配物体造型表面的UVW方向。这种贴图坐标可以自动选择适配物体造型的最佳贴图形式，不规则物体适合选择此种贴图方式，如图4-10

图4-8　立方体坐标

图4-9　面坐标

所示。

在UVW Map修改器中，可以利用Alignment对齐控制器，如图4-11所示，对UVW Map的Gizmo物体进行变形修改。

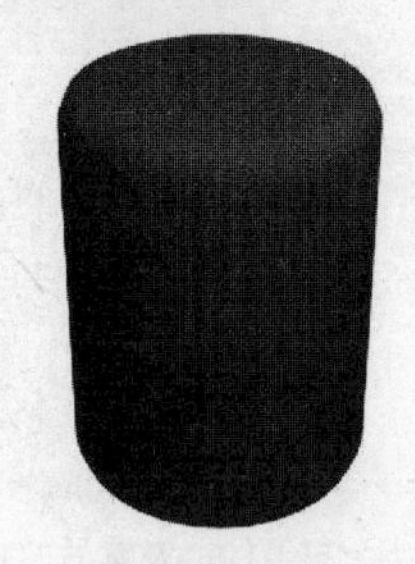

图4-10　XYZ to UVW贴图

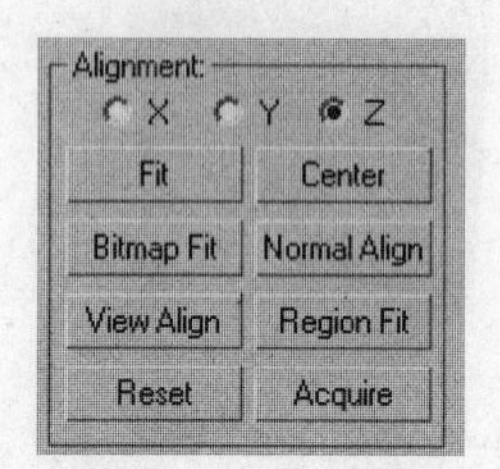

图4-11　对齐控制区

4.4 高级材质

除了标准材质，3ds Max系统中还提供了许多其他的材质，以满足三维场景制作中的不同需求。其中，包括一些具备特殊属性的高级材质，能帮助实现一些其他材质完成不了的特殊效果。如双面材质可以使对象的外表面和内表面同时被渲染，并且可以使内外表面有不同的纹理贴图。使用这些高级材质可以省去建模上不必要的麻烦。

打开材质编辑器，单击工具栏下方的Standard（标准）按钮，打开材质/贴图浏览器，如图4-12所示，对话框中显示了14种不同的材质，其中包括Multi/Sub-Object（多重次级材质）、Blend（混合材质）以及Double Sided（双面材质）等。

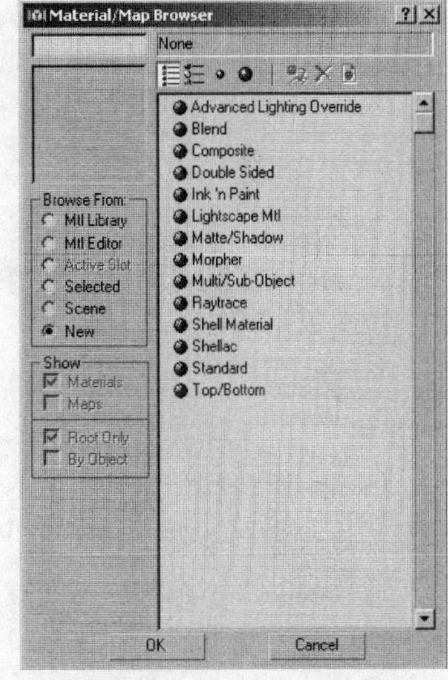

图4-12 材质/贴图浏览器

4.4.1 Blend混合材质

Blend（混合）材质就是将两种材质混合起来赋予对象，使用Mask（遮罩）贴图可以设置两个次级材质的混合方式，如图4-13所示。

图4-13 混合材质效果

打开材质编辑器，单击Standard按钮，出现材质/贴图浏览器，选择Blend（混合）材质，单击OK按钮退出，弹出如图4–14所示的对话框，单击OK按钮继续。

Blend Basic Parameters（混合材质基本参数区）卷展栏出现在材质编辑器的下半区，如图4–15所示。

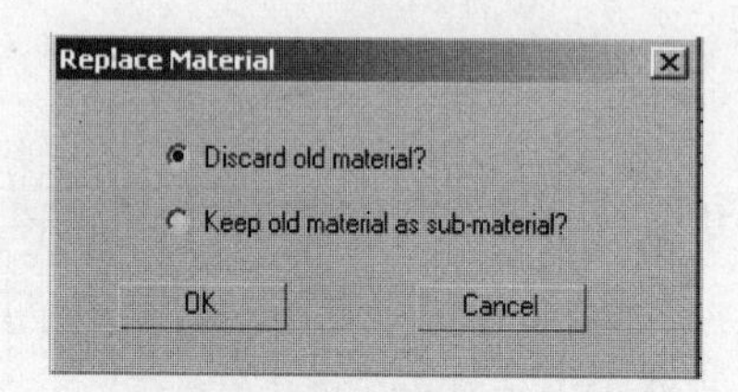

图4–14　询问是否丢弃原有材质

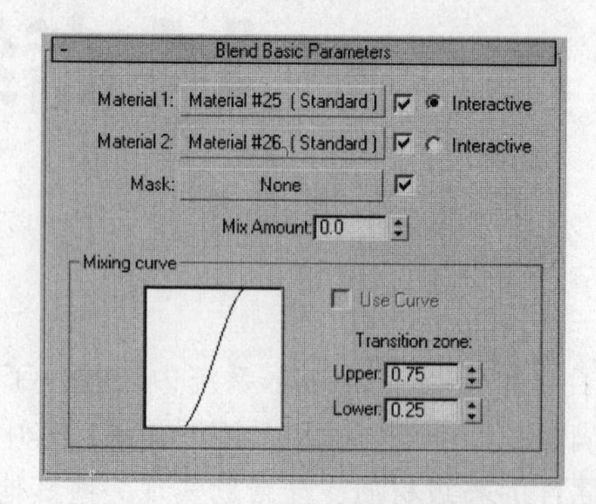

图4–15　混合材质基本参数卷展栏

混合材质基本参数区卷展栏各部分的含义如下。

① Material 1（材质#1）：单击按钮将弹出第一种材质的材质编辑器，可设置该材质的贴图、参数等。

② Material 2（材质#2）：单击按钮会弹出第二种材质的材质编辑器，调整第二种材质的各种选项。

③ Mask（遮罩）：单击按钮将弹出材质/贴图浏览器，选择一张贴图作为遮罩，对上面两种材质进行混合调整。

④ Interactive（交互）：在材质#1和材质#2中选择一种材质展现在物体表面，主要在以实体着色方式进行交互渲染时运用。

⑤ Mix Amount（混合数值）：调整两个材质的混合百分比。当数值为0时只显示第一种材质，为100时只显示第二种材质。当Mask选项被激活时，Mix Amount（混合数值）为灰色不可操作状态。

⑥ Mixing Curve（混合曲线）：此选项以曲线方式来调整两个材质混合的程度。下面的曲线将随时显示调整的状况。

⑦ Use Curve（使用曲线）：以曲线方式设置材质混合的开关。

⑧ Transition Zone（交换区域）：通过更改Upper（上限）和Lower（下限）的数值达到控制混合曲线的目的。

（1）在视图中创建一个倒角圆柱体，打开材质编辑器，单击Standard按钮，出现材质/贴图浏览器，选择Blend材质，单击OK按钮退出。Blend Basic Parameters（混合材质基本参数区）卷展栏出现在材质编辑器的下半区，如图4–16所示。

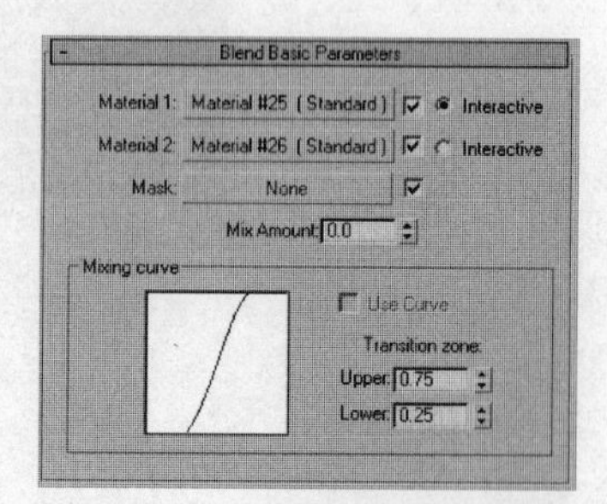

图4–16　混合材质基本参数卷展栏

（2）单击Material 1右边的None按钮，然后在Maps卷展栏中单击Diffuse Color通道的None按钮，选择Bricks（砖块）贴图类型。单击Go to Parent（返回上一级）按钮两次回到Blend参数卷展栏，然后单击Material 2的None按钮，选择Diffuse Color的贴图为Woods（木质）材质类型。

（3）单击Go to Parent（返回上一级）按钮回到Blend参数卷展栏，在Blend Basic Parameters卷展栏中设置Mix Amount（混合数值）的值为50，表示在混合材质中Bricks和Woods贴图各占一半，将材质赋予圆柱体对象，然后按F9键渲染场景，如图4-17所示。

（4）在Blend Basic Parameters卷展栏中单击Mask右边的None按钮，为混合材质设置蒙版贴图，在弹出的材质/贴图浏览器中选择贴图类型为Gradient（渐变贴图），在Gradient Parameters卷展栏中可以设置渐变贴图的参数。按F9键渲染场景，如图4-18所示。球体上半部分主要是Bricks贴图，对应于蒙版贴图中的白色部分；下半部分主要是Woods贴图，对应于蒙版贴图中的黑色贴图。

图4-17　没有蒙版的混合材质

图4-18　使用渐变贴图作为蒙版

此外，还可以选中Blend Basic Parameters卷展栏中的Use Curve选项，用曲线来调节混合度。调整Upper和Lower框中的值观察球体材质变化的结果。

4.4.2 Double Sided双面材质

Double Sided双面材质包括两部分材质：一部分是材质渲染在对象的外表面（单面材质常用面）；另一部分是材质渲染在对象的内表面，如图4-19所示。

它和基本参数设置中的2-Sided选项不同。标准材质的双表面设置只能使正反面使用同一种材质，目的是使背面可见，而真正的双面材质可以使正反两面使用两种完全不同属性的材质。

单击材质编辑器上的Standard按钮。在弹出的材质浏览器中选择Double Sided（双面材质）。现在基本参数卷展栏已被切换为双面材质参数栏，如图4-20所示。

图4-19　双面材质效果图

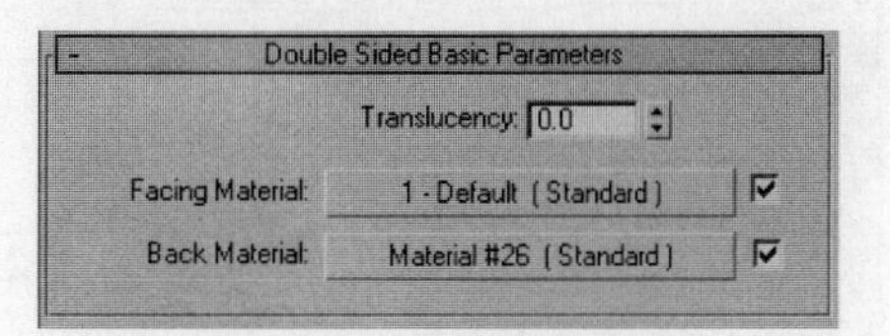

图4-20　双面材质参数栏

• Translucency（半透明）：决定表面、背面材质显现的百分比。当数值为0时，第二种材质不可见；当数值为100时，第一种材质不可见。

• Facing Material（表面材质）：单击旁边的材质类型选择按钮，挑选表面材质的类型。

• Back Material（背面材质）：决定双面材质的背面材质的类型。

（1）在视图中建立一个如图4-21所示的曲线，进入Modify面板，选择Lathe（旋转）修改器，将曲线修改成碗状模型。

（2）然后进入材质编辑器，将样本球中的材质赋予碗状对象。单击材质编辑器上的Standard按钮。在弹出的材质浏览器中选择Double Sided。现在基本参数卷展栏已被切换为双面材质参数栏，如图4-22所示。

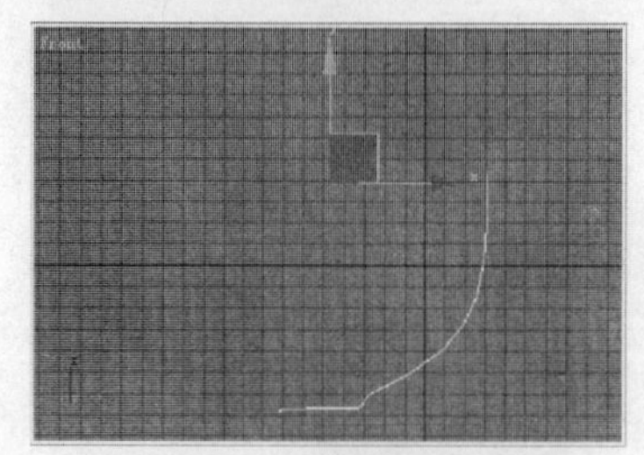

图4-21　创建曲线对象

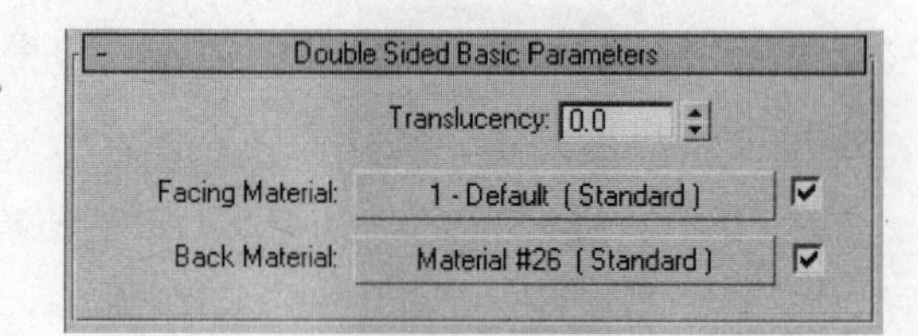

图4-22　双面材质参数栏

（3）单击卷展栏中的Facing Material按钮。这时卷展栏变为外表面参数的卷展栏（在默认状态下，内外表面被设置为标准材质）。并参照如图4-23所示的参数编辑Blinn Basic Parameters卷展栏中的参数。

（4）进入Map卷展栏，单击Reflection Color选项后的None按钮，在弹出的材质/贴图浏览器中选择Bitmap（位图）后，单击OK确定，在随后出现的对话框中选择一张Bitmap作为金属的反射贴图。

（5）现在外表面的金属材质已编辑完成，下面要对内表面材质进行编辑。单击工具栏上的Go Forward to Sibling（同级材质切换）按钮，进入背面材质编辑器，在基本参数栏中选择Blinn为材质着色器类型。

（6）进入Map卷展栏，单击Diffuse Color选项后的None按钮。在材质/贴图浏览器中选择Checker（棋盘），单击OK确定，并在Coordinate卷展栏中设置UV的Tilling（重复）值都为5。渲染场景，被赋予双面材质物体的效果如图4-24所示。

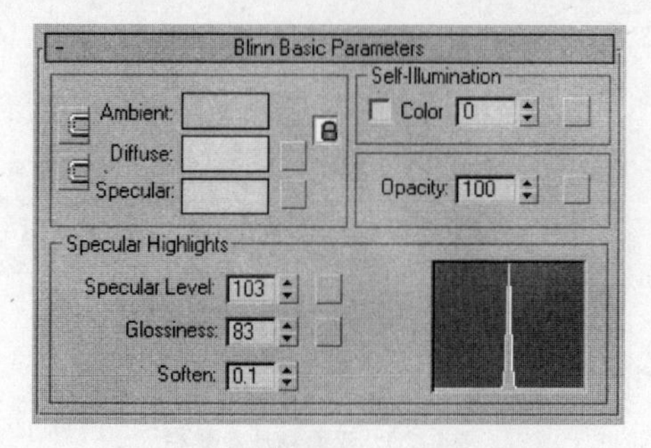

图4-23　表面材质基本参数卷展栏

图4-24　双面材质效果

4.4.3 Raytrace光线追踪材质

Raytrace（光线追踪材质）功能非常强大，参数区卷展栏的命令也比较多，它的特点是不仅包含了标准材质的所有特点，并且能真实反映光线的反射与折射，如图4–25所示。

尽管光线追踪材质效果很好，但需要较长的渲染时间，因此对于一般的反射多使用发射贴图来模拟。如图4–26所示为光线追踪材质的参数区卷展栏。

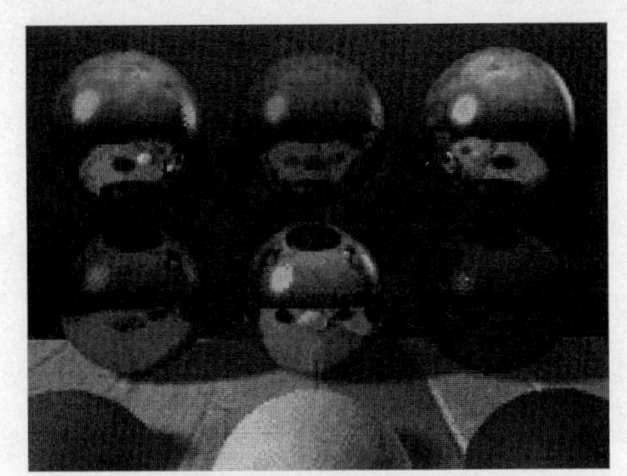

图4–25　光线追踪材质效果图

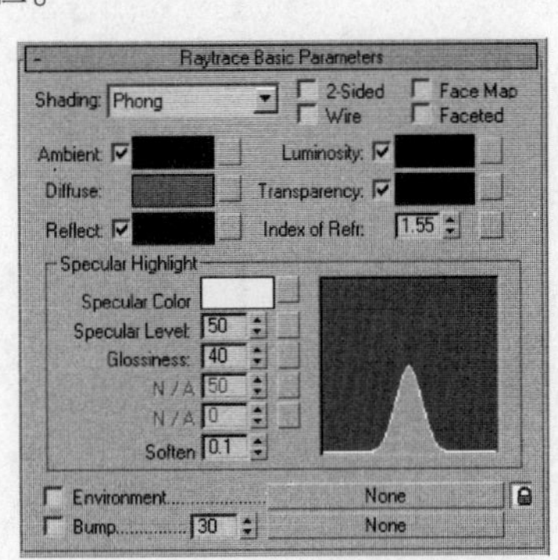

图4–26　光线追踪材质的参数区卷展栏

参数区各部分的含义如下所示。

- Shading（明暗）：光线追踪材质提供了四种渲染方式。
- 2-Sided（双面）：打开此项，光线追踪计算将在内外表面上均进行渲染。
- Face Map（面贴图）：该项决定是否将材质赋予对象的所有表面。
- Wire（线框）：将对象设为线架结构。
- Super Sample（超级样本）：使用强烈凹凸贴图并且需要高分辨率的渲染计算时打开此项，或发现高光处有一些锯齿或毛边时设置此项，影色将决定光线追踪材质吸收环境光的多少。
- Diffuse（漫反射）：决定物体的固有色的颜色，当反射为100%时，固有色将不起作用。
- Reflect（反射）：决定物体高光反射的颜色。
- Luminosity（发光度）：依据自身颜色来规定发光的颜色。同标准材质中的自发光相似。
- Transparency（透明）：光线追踪材质通过颜色过滤表现出的颜色。黑色为完全不透明，白色为完全透明。
- Index Of Refr（折射率）：决定材质折射率的强度。准确调节该数值能真实反映物体对光线折射的不同折射率。数值为1时，表示空气的折射率；数值为1.5时，是玻璃的折射率；数值小于1时，对象沿着它的边界进行折射。
- Specular Highlight（反射高光）：决定对象反射区反射的颜色。
- Specular Color（高光反射颜色）：决定高光反射灯光的颜色。
- Shininess（反射）：决定反射光区域的范围。
- Shiness Strength（反光强度）：决定反光的强度，数值在0~1000之间。

- Soften（柔化）：将反光区进行柔化处理。
- Environment（环境贴图）：不开启此项设置时，将使用场景中的环境贴图。当场景中没有设置环境贴图时，此项设置将为场景中的物体指定一个虚拟的环境贴图。
- Bump（凹凸贴图）：用于设置对象的凹凸贴图。

4.5 UV制作

4.5.1 功能

UVW Map修改编辑器用于对象表面指定贴图坐标，以确定贴图材质如何投射到对象的表面，如图4-27所示。

图4-27　贴图投射

UVW坐标系类似于XYZ坐标系，其中U轴向和V轴向相当于X轴向和Y轴向，W轴向相当于Z轴向，但UVW坐标系只使用于贴图坐标的指定过程中。

几何参数对象（如球棒体或长方体）、放样对象、NURBS对象在创建命令面板中都可以指定自身默认的贴图坐标；三维采集对象、导入对象、手工建造的多边形对象、Patch面片对象都没有默认的贴图坐标。如果在具有自身默认贴图坐标的对象上指定UVW Map修改编辑器，指定的贴图坐标优先于默认贴图坐标。

贴图坐标修改编辑器主要用于：

● 为特定的贴图通道指定一种贴图坐标，如Diffuse（漫反射）贴图在贴图通道1，Bump（凹凸）贴图在贴图通道2，可以为这两个贴图通道分别指定UVW Map修改编辑器，使它们具有不同的贴图坐标，并可以在修改编辑堆栈中分别对这两个贴图坐标进行编辑。

● 通过变换贴图修改编辑器线框的位置，改变对象表面贴图的位置。

● 为不具有默认的贴图坐标的对象指定贴图坐标。

● 为对象的次级结构级指定贴图坐标。

如果一个具有贴图材质指定的对象不具有贴图坐标，在最终渲染输出时会弹出一个警告对话框。

4.5.2 参数设置

Modifier Stack（修改编辑堆栈）如图4-28所示。

Gizmo（线框）：UVW贴图线框代表贴图投射的方向和范围，可以通过对贴图线框进行移动、旋转、放缩变换操作，改变对象表面的贴图坐标，另外还可以为贴图线框的变换过程指定动画。当改变贴图坐标类型后，贴图线框的变换信息被保留。例如：缩小一个球体贴图线框，当将球体贴图坐标转换为平面贴图坐标后，平面贴图线框也被缩小。

贴图线框上的黄色短线指示贴图的顶部位置，绿色边线指示贴图的右侧位置。在球体线框和柱体线框上，绿色边线指示贴图左边与右边的接缝，如图4-29所示。

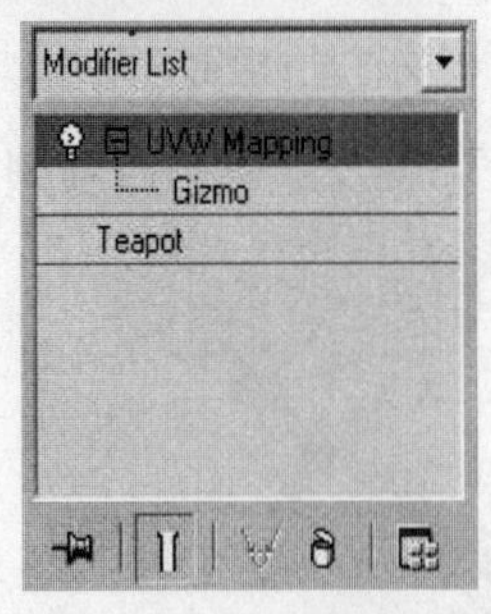

图4-28 UVW贴图方式

图4-29 贴图坐标

注意：如果为多个选定对象指定一个UVW Map修改编辑器，一个大贴图线框会包围全部选定的对象；如果在主工具栏中选择了Use Pivot Points选项，则每一个对象都将包含在自己的贴图线框中。

移动贴图线框可以改变贴图的中心位置，旋转贴图线框可以改变贴图的方向，如果将贴图线框缩小得小于贴图对象，会在贴图对象表面创建重复拼接贴图的效果，重复拼接效果既受贴图线框尺寸的影响，又受在材质编辑器Coordinates选项中重复拼接设置的影响。

4.5.3 Mapping（贴图）选区

Mapping选区的各项解释如下。

(1) Planar（平面）：勾选该选项，从一个平面向对象表面投射贴图，类似于幻灯片投射的效果，如图4-30所示。

(2) Cylindrical（圆柱体）：勾选该选项，从圆柱体侧面向对象表面投射贴图，贴图的两侧边缘汇聚为一条可见的接缝。

(3) Cap（端面）：勾选该选项，为圆柱体端面指定平面贴图。

注意：如果圆柱体的端面与侧面不呈直角，端面贴图与侧面贴图会产生融合。

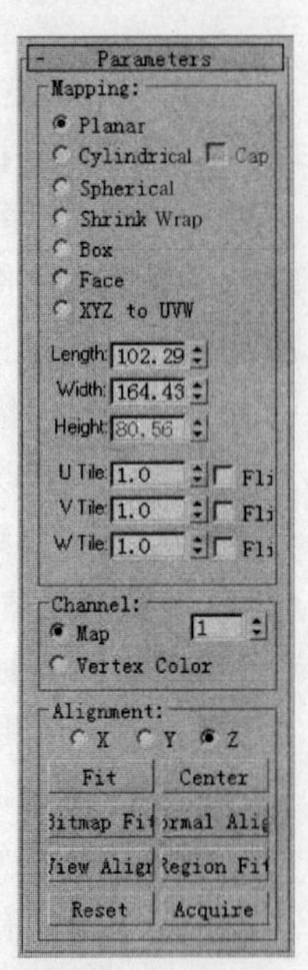

图4-30 贴图选区

(4) Spherical（球体）：勾选该选项，从球面向对象表面投射贴图，贴图的两侧边缘汇聚为一条可见的接缝，从球体顶端延伸到底端，如图4-31所示。

图4-31　材质球

(5) Shrink Wrap（收缩包裹）：勾选该选项，从球面向对象表面投射贴图，贴图的四角汇聚为一点。

(6) Box（长方体）：勾选该选项，从长方体的6个面向对象表面投射贴图，每个面都采用平面贴图。

(7) Face（面）：勾选该选项，为对象表面的每个面复制一个贴图，如图4-32所示。

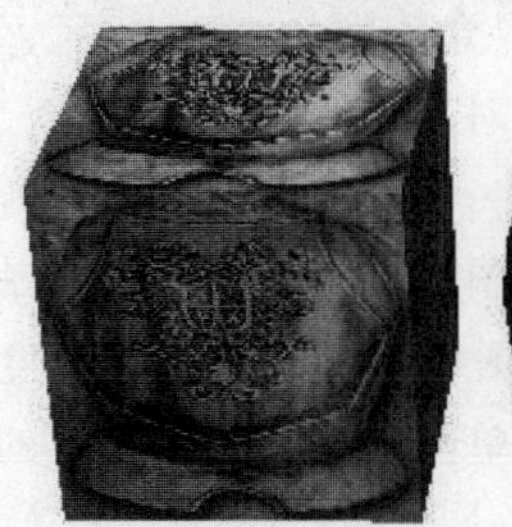

图4-32　贴图方式

(8) XYZ to UVW（UVW坐标匹配到XYZ坐标）：勾选该选项，为UVW贴图轴向指定三维程序坐标系，当对象被放缩时，对象表面的程序贴图纹理随同变换，如图4-33所示。

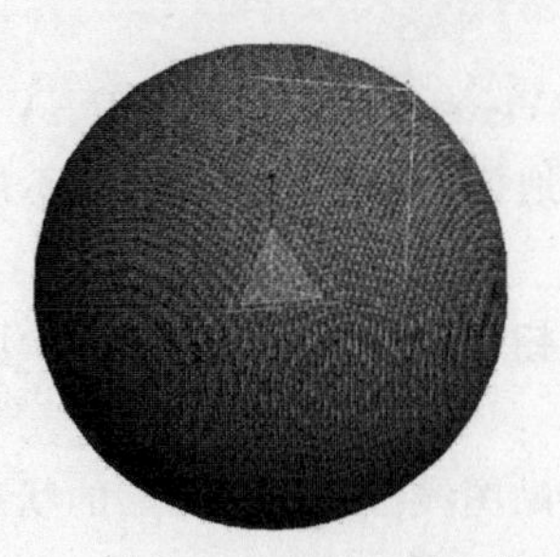

图4-33　XYZ贴图坐标

注意：当选择NURBS曲面对象后，XYZ to UVW选项呈灰色的未激活状态。

(9) Length，Width，Height（长度、宽度、高度）：分别指定贴图线框的长度、宽度和高度。贴图线框的默认尺寸是当前对象的最大边界尺寸，对于面贴图类型，贴图线框的尺度不起

作用。

(10) U Tile, V Tile, W Tile (U拼贴、V拼贴、W拼贴)：用于指定UVW三个轴向上的重复拼贴次数，可以对拼贴次数参数的变化指定动画。

(11) Flip (反转)：在指定的轴向上反转贴图图像。

4.5.4 Channel（通道）选区

(1) Map Channel (贴图通道)：可以为对象指示多达99个贴图坐标通道，利用Generate Mapping Coordinates选项指定的默认贴图坐标总是位于通道1。

(2) Vertex Color Channel (节点色彩通道)：勾选该选项后，可以依据节点色彩指定贴图通道。

4.5.5 Alignment（对齐）选区

X/Y/Z：指定对齐操作的轴向。

(1) Fit (适配)：将贴图线框的尺寸适配到对角的边界盒范围。

(2) Center (中心)：将贴图线框的中心与对象的中心对齐。

(3) Bitmap Fit (位图适配) 按钮：单击该按钮弹出一个标准的位图文件浏览对话框，从中选择一个位图文件，贴图线框的尺寸自动匹配到选定位图的尺寸。对于平面贴图线框，线框的长度/高度自动与位图的长度/宽度适配。对于圆柱体贴图线框，圆柱体的高度自动与位图的高度适配，所以在对圆柱体线框进行位图适配之前，首先单击Fit按钮将圆柱体的半径匹配到对角的边界盒范围。

(4) Normal Align (法线对齐) 按钮：单击该按钮，在场景中对象的表面单击选定一个面，这时贴图线框自动与选定面的法线方向对齐。

(5) View Align (视图对齐) 按钮：单击该按钮，将贴图线框的投射方向与当前激活视图对齐，贴图线框的尺寸不受影响。

(6) UV贴图的概念是将图片以模型的点群 (Vertex) 相对关系 (U、V 轴) 贴覆在模型上。以这种模式来贴覆对象的材质时就可以非常精确地依照模型点面结构在不规则形体的对象上正确地包覆所要处理的材质。

(7) Region Fit (区域适配) 按钮：单击该按钮可以在视图中拖定一个区域，贴图线框的尺寸自适配到该区域，贴图线框的方向不受影响。

(8) Reset (重设定) 按钮：单击该按钮，将贴图线框恢复到初始的状态，贴图线框的变换动画被全部清除。

(9) Acquire (获取) 按钮：单击该按钮在场景中选择一个对象，可以将该对象的贴图坐标复制到当前对象之上。单击该按钮首先弹出一个提示对话框，在该对话框中可以选择如下选项。

① Absolute（绝对）：获取的贴图线框位于当前贴图线框的上方。

② Relative（相对）：获取的贴图线框位于当前对象的上方。

使用贴图坐标修改编辑器操作步骤：

(1) 材质编辑器中，为对象指定一个贴图材质，在材质的透明贴图区与凹凸贴图区分别包含一个贴图。

(2) 在材质编辑器的凹凸贴图层级中指定贴图通道为2，透明贴图处于默认的贴图通道1。

(3) 在修改编辑命令面板的修改编辑器下拉列表中选择UVW的Map。

(4) 在修改编辑命令面板中确定贴图通道为1，并指定贴图坐标类型和对齐方式。

(5) 在修改编辑命令面板的修改编辑器下拉列表中选择UVW Map。

(6) 在修改编辑命令面板中确定贴图通道为2，指定贴图坐标类型和对齐方式。

(7) 在修改编辑堆栈中指定当前为贴图线框编辑层级，利用主工具栏中的移动、旋转、放缩变换工具变换贴图线框。

4.5.6 UVW Xform（贴图坐标变换）

1. 功能

贴图坐标变换个性编辑器用于编辑已经存在贴图坐标的重复拼接数量和偏移位置，特别适用于编辑对象创建时指示的默认贴图坐标。

2. 参数设置

贴图坐标变换修改编辑器的参数设置卷展栏如图4-34所示。

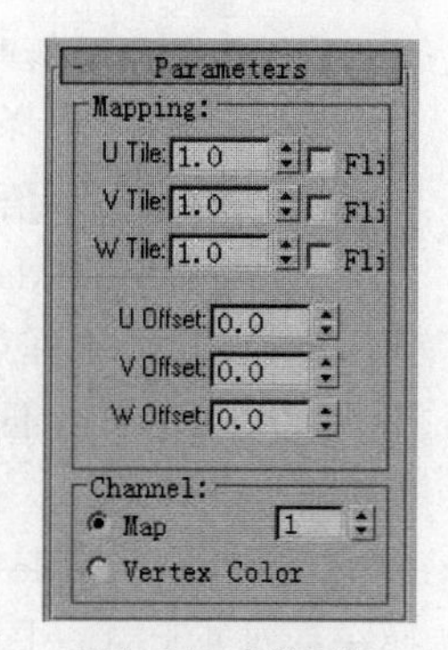

图4-34 参数面板

(1) Mapping（贴图）选区

① U Tile,V Tile,W Tile（U拼贴、V拼贴、W拼贴）：用于指定UVW三个轴向上的重复拼贴次数。

② Flip（反转）：依据指定的轴向反转贴图坐标方向。

③ U Offset,V Offset,W Offset（U偏移、V偏移、W偏移）：在指定的轴向上移动贴图坐标。

(2) Channel（通道）选区

① Map Channel（贴图通道）：勾选该选项后，可以为对象指定多达99个贴图坐标通道。

② Vertex Color Channel（节点色彩通道）：勾选该选项后，可以依据节点色彩指定贴图通道。

4.5.7 Unwrap UVW（展开贴图坐标）

1. 功能

图4-35　不同面的形式

展开贴图坐标修改编辑器用于为次级结构对象指定平面贴图，还可以利用展开选定区域的方式编辑贴图的坐标，将贴图的开头适配于选定的Mesh对象、Patch面片对象、Polygon多边形对象、HSDS对象、NURBS对象或其次级结构对象，如图4-35所示。

例如：一个动画角色的表面要使用三张不同的贴图，可以首先将这些表面分别指定为三个不同的次级结构对象选择集，然后利用展开贴图坐标修改编辑器分别编辑这三个选择集贴图坐标的范围和位置。

展开贴图坐标修改编辑器可以配合UVW Map修改编辑器一同使用，使贴图方式不仅仅局限于平面贴图，还可以使用柱状贴图。另外展开贴图坐标修改编辑器的变换操作还可以被记录为动画。

一般首先使用UVW Map修改编辑器为次级结构对象选择集指定贴图类型，然后再施加Unwrap UVW修改编辑器指定的贴图范围，在编辑过程中还可以通过修改编辑堆栈重新调整UVW Map修改编辑器参数。

2. 参数设置

展开贴图坐标修改编辑器的选择参数设置卷展栏，如图4-36所示。

（1）+按钮：选择当前面邻近的面，扩展当前的面选择集。

（2）-按钮：取消选择当前周边的面，缩小当前的面选择集。

（3）Ignore Backfacing（忽略背面）：勾选该选项后，当使用区域选择功能时，不选择对象背面的面。

（4）Select By Element（选择元素）：勾选该选项后，可以在元素层级进行选择。

（5）Planar Angle（平面角度）：勾选该选项后，可以单击鼠标选择一系列处于同一平面的面，且可以设置被认为共面的面法线角度阈限。

（6）Select MatID（依据材质ID）：勾选该选项后，可以同时选择具有指定材质ID的所有面。

（7）Select SG（依据光滑组）：勾选该选项后，可以同时选择属于同一光滑组的所有面。

（8）Edit（编辑）按钮：单击该按钮，弹出Edit UVWs对话框。

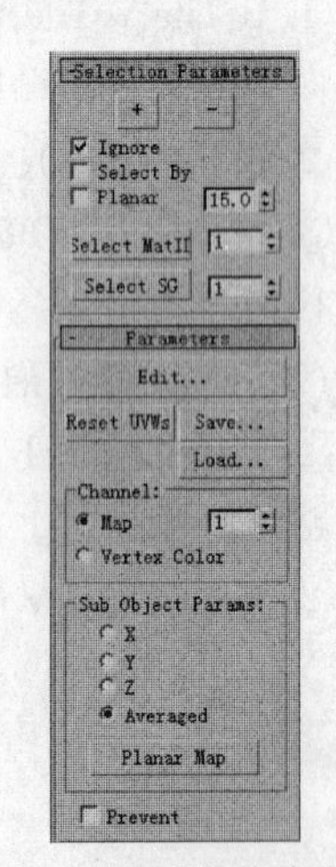

图4-36　贴图坐标修改编辑器

Edit UVWs对话框的详细介绍如下。

(9) Reset UVWs（重设定）按钮：单击该按钮，在Edit UVWs对话框中重新设定贴图坐标，等同于删除并重新指定展开贴图坐标修改编辑器。

(10) Save（保存）按钮：单击该按钮，将UVW贴图坐标保存到UVw文件中。

(11) Load（导入）按钮：单击该按扭，导入贴图坐标设置文件*.UVw。

(12) Channel（通道）选区。

① Map Channel（贴图通道）：勾选该选项后，可以为对象指定多达99个贴图坐标通道。

② Vertex Color Channel（节点色彩通道）：勾选该选项后，可以依据节点色彩指定贴图通道。注意：当改变贴图通道后，要对贴图位置重新编辑。

(13) Sub Object Params（子对象参数）选区。

① X/Y/Z：将子对象的平面贴图坐标对齐到X、Y、Z轴向的负方向。

② Averaged Normals（平均法线）：勾选该选项后，将子对象的平面贴图坐标对齐到所有选定面的平均法线方向。

③ Planar Map（平面贴图）按钮：单击该按钮，为所有选定的次级结构面指定一个平面贴图坐标，在主工具栏的命名选择集项目中创建一个次级结构面的命名选择集。

④ Prevent Reflattening（防止重平化）：该选项主要用于Texture Baking（纹理烘焙）功能，选中该选项后，Unwrap UVW修改编辑器自动由Render To Textures（渲染到纹理）功能指定。默认情况下，自动平化UVWs，不再重新平化面。使用该功能时应注意Render To Textures和Unwrap UVW修改编辑器要使用相同的贴图通道。

Edit UVWs对话框及其参数设置

在Edit UVWs对话框，如图4-37所示，对象表面材质中的贴图显示为该对话框的背景，选定的次级结构面选择集显示为节点和线框。

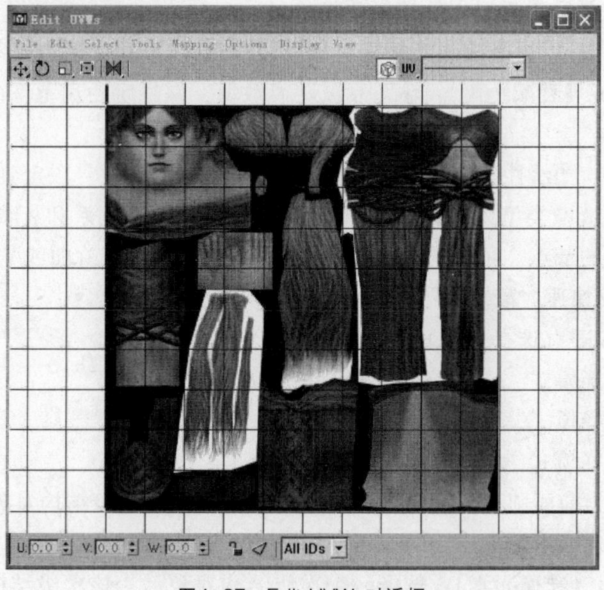

图4-37　Edit UVWs对话框

（1）Move（移动）：移动选定的节点，在下拉的按钮组中可以选择在水平方向或垂直方向移动，按住Shift键可以约束在一个轴向上移动。

（2）Rotate（旋转）：旋转选定的节点。

（3）Scale（放缩）：放缩选定的节点，在下拉的按钮组中可以选择在水平方向或垂直方向放缩。

（4）Freeform Mode（自由模式）：依据当前的拖动方式决定选择、移动、旋转、放缩节点的功能，当选定该功能后，在选定节点的周围出现一个矩形框，这时可以依据光标的形态决定当前的变换操作，光标的形状分别是移动光标、旋转光标、放缩光标和移动轴心点光标。

（5）Mirror（镜像）：镜像选定的节点并反转贴图坐标，在下拉的按钮组中可以选择在水平方向镜像、垂直方向镜像、水平方向反转、垂直轴向反转。

（6）Show Map（显示贴图）：在对话框的背景视图中显示贴图。

（7）UV/VW/UW（贴图坐标）：选择在对话框中显示的贴图坐标系。

（8）Pick Texture（选择纹理下拉列表）：在下拉列表中显示指定给当前对象的所有贴图。

Edit UVWs对话框的Options面板（如图4-38所示）

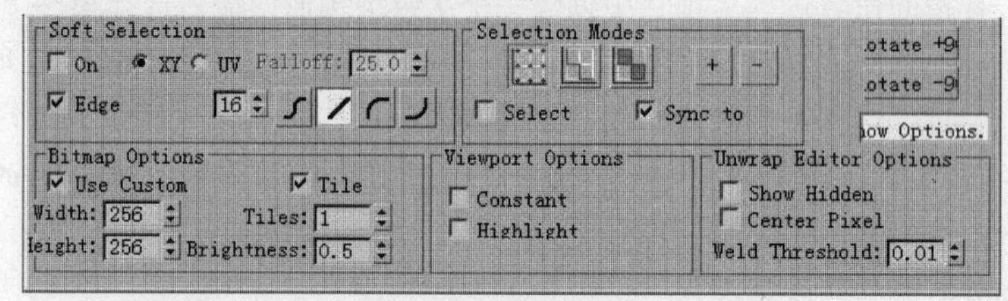

图4-38　Options面板

（1）Soft Selection（软选择）选区

① ON（启用）：指定是否启用软选择功能。

② XY/UV：选择XY后，衰减距离使用对象空间；选择UV后，衰减距离使用纹理空间。

③ Falloff Distance（衰减距离）：输入衰减距离数值，在指定距离范围内的未选定节点受到变换操作的影响。

④ Edge Distance（边缘距离）：勾选该选项后，依据指定的边号限定衰减范围。

⑤ Falloff Type（衰减类型）：依据与当前节点选择集的距离关系和衰减类型，移动、旋转、放缩对象表面未选定的节点。可以选择Linear（线性）衰减、Sinal（曲线）衰减、Slow Out（缓慢）衰减、Fast Out（快速）衰减。

（2）Selection Modes（选择模式）选区

指定为节点选择模式。

指定为边的选择模式。

指定为面的选择模式。

① +按钮：选择当前面邻近的次级结构对象，扩展当前的次级结构对象选择集。

② -按钮：取消选择当前面周边的次级结构对象，缩小当前的次级结构对象选择集。

③ Select Element（选择元素）：选择一个次级结构对象后，该次级结构对象从属的整个元

素质同时被选择。

④ Sync to Viewport（视图同步）：在该对话框选择的次级结构对象，同时在场景视图中一同被选取。

（3）Rotate+90（旋转+90）：将当前选择集依据其中心旋转90°。

（4）Roatate-90（旋转-90）：将当前选择集依据其中心旋转-90°。

（5）Show Options（显示选项）：单击该按钮显示选项对话框。

（6）Bitmap Options（位图选项）选区。

① Use Custom Bitmap Size（使用自定义的位图尺寸）：勾选该选项后，依据指定的Width和Height参数定义位图的定义，该选项不会影响材质中的位图贴图。

② Width（宽度）：指定位图水平方向的放缩数值。

③ Height（高度）：指定位图垂直方向的放缩数值。

④ Tile Bitmap（拼接位图）：勾选该选项，可以在编辑窗口中重复拼接显示位图。

⑤ Tiles（拼接）：指定位图拼接的次数。设置值为1，结果为3×3拼接；设置为2，结果为5×5拼接。

⑥ Brightness（明度）：设置位图显示的明度。设置值为1.0，保持位图原始的明度；设置值为0.5，位图明度变为原来的一半；设置值为0，位图完全变黑。

（7）Viewport Options（视图选项）选区。

① Constant Update（持续更新）：勾选该选项，指定当拖动鼠标移动节点时，在视图中持续更新显示。默认为取消勾选状态，只有释放鼠标后才更新视图的显示。

② Highlight Selected Verts（高亮显示选定节点）：勾选该选项，指定在视图中高亮显示选定的节点。

（8）Unwrap Editor Options（编辑器选项）选区

① Show Hidden Edges（显示隐藏的边）：勾选该选项后，显示面的边；取消勾选该选项后，只显示面。

② Center Pixel Snap（像素中心捕捉）：勾选该选项，将节点位置捕捉到背景图像的像素中心。

③ Weld Threshold（焊接阈限）：指定焊接操作的距离阈限数值，该设置使用UV距离空间，取值范围0到10之间，默认值为0.01。

Edit UVW对话框底部的工具栏

（1）U/V/W：指定节点的贴炉膛坐标位置。

（2）Lock Selection（锁定/取消锁定）：用于锁定/取消锁定当前节点的选择集。

（3）Filter Selected Faces（面选择过滤）：只显示对象表面选定次级结构面上的节点。

（4）All ID’s（所有ID号码）：只显示具有指定材质ID号码的对象面。

（5）Pan（摇移）：在对话框中拖动鼠标移动显示区域。

（6）Zoom（放缩）：在对话框中拖动鼠标放缩显示区域。

（7）Zoom Region（放缩区域）：拖动鼠标框选一个区域，在对话框中最大化显示该区域中的内容。

（8）Zoom Extents（放缩范围）：在对话框中最大化显示对象节点或最大化显示选定的节点。

（9）Grid Snap（网格捕捉）：将节点的位置捕捉到最接近的窗口背景网格。

（10）Pixel Snap（像素捕捉）：将节点的位置捕捉到最接近的背景图像像素。

在Edit UVWs（编辑坐标）对话框中单击鼠标右键，弹出右键快捷菜单，如图4-39所示，其中包含了所有的变换操作命令。

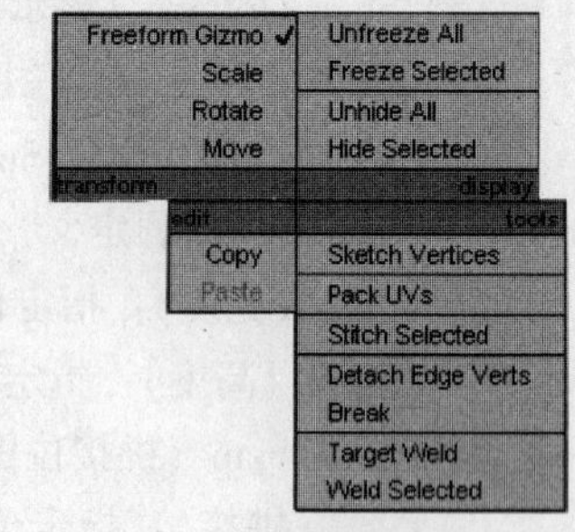

图4-39 Edit UVWs对话框菜单栏

Edit UVWs对话框菜单栏选项

（1）File（文件）菜单。

① Save UV's（保存坐标）：将UVW坐标保存到*.UVw文件。

② Load UV's（导入坐标）：导入在*.UVw文件中保存的坐标。

③ Reset All（重设定所有）：重设定Edit UVWs对话框中的UVW坐标。

（2）Edit（编辑）菜单。

① Move Mode（移动模式）：指定为选择并移动次级结构对象模式。

② Rotate Mode（旋转模式）：指定为选择并旋转次级结构对象模式。

③ Scale Mode（放缩模式）：指定为选择并放缩次级结构对象模式。

④ Freeform Gizmo Mode（自由模式）：依据当前的拖动方式决定选择、移动、旋转、放缩节点的功能，当选定该功能后，在选定节点的周围出现一个矩形框，这时可以依据光标的形态决定当前的变换操作。

⑤ Copy（复制）：复制当前的选择集纹理贴图坐标。

⑥ Paste（粘贴）：将复制的纹理贴图坐标粘贴到当前的选择集，如果对同一选择集进行多次粘贴，则每次粘贴的结果都旋转90°。

注意：为了获得理想的粘贴结果，复制对象应当与粘贴结果一致，如复制一个四边面，则粘贴到的目标也应当是一个四边面。

⑦ Paste Weld（粘贴焊接）：在进行粘贴的同时，焊接当前选择集中一致的节点，可以将复制源与粘贴目融合到一起。

（3）Select（选择）菜单。

① Get Selection From Viewport（依据视图选择）：依据在场景视图中的选择集选择编辑窗口中的次级结构对象。

② Convert Vertex to Edge（转换节点到边）：将当前节点选择集转换为边的选择集，并指定为边的次级结构对象选择层次。要想选择边，必须同时选择该边的所有节点。

③ Convert Vertex to Face（转换节点到面）：将当前节点选择集转换为面的选择集，并指定为面的次级结构对象选择层级。要想选择边，必须同时选择该边的所有节点。

④ Convert Edge to Vertex（转换边到节点）：将当前边选择集转换为节点的选择集，并指定为面的次级结构对象选择层级。

⑤ Convert Edge to Face（转换边到面）：将当前边选择集转换为面的选择集，并指定为面

的次级结构对象选择层级。要想选择面，必须同时选择该面的所有边。

⑥ Convert Face to Vertex（转换节点到边）：将当前面选择集转换为节点的选择集，并指定为节点的次级结构对象选择层级。

⑦ Convert Face to Edge（转换节点到边）：将当前面选择集转换为边的选择集，并指定为边的次级结构对象选择层级。

（4）Tools（工具）菜单。

① File Horizontal/Vertical（水平/垂直翻转）：沿次级结构对象选择集的边缘线分离，并对其进行水平或垂直翻转。

② Mirror Horizontal/Vertical（水平/垂直镜像）：沿指定的轴向次级结构对象选择集进行水平或垂直镜像。

③ Weld Selected（焊接选定点）：依据指定的焊接阈限焊接选定的节点，单击UVW Options按钮，在展开选项对话框中可以设置焊接阈限。

④ Target Weld（目标焊接）：单击该按钮选择一个节点或边，然后拖动鼠标到另一个节点或边上，将这两个节点或边焊接到一起。

⑤ Break（分离）：在节点编辑层级，如果两个面共享同一个节点，单击该按钮可以创建两个节点，分属两个面。在边编辑层级，必须同时选择了两个邻近的边，单击该按钮可以将每条边一分为二。在面编辑层级，单击该按钮可以将选定面分离为一新元素。

⑥ Detach Edge Verts（分离边的节点）：将当前选择集分离为新元素。

⑦ Stitch Selected（缝合选定）：在节点次级结构选择对象集中，将同属于一个对象几何节点的多个纹理节点焊接到一起，如图4-40所示。

A. Align Clusters（对齐簇）：勾选该选项后，将目标簇移动或旋转对齐到源簇；取消勾选该选项后，目标簇保持在其初始法向的位置。

B. Bias（偏移）：设置值为0，次级结构对象保持在源簇的方向和位置；设置值为1，次级结构对象保持在目标簇的方向和位置。

C. OK（确定）：保存设置并关闭该对话框。

D. Cancel（取消）：不保存设置并关闭该对话框。

E. Set As Default（设置为默认）：将对话框恢复为默认设置。

⑧ Pack UVs（包裹UVs）：依据在对话框中指定的方式和间距分布所有的纹理坐标簇，可用于分离叠加的纹理坐标簇，Pack对话框如图4-41所示。

在下拉列表中可以选择以下选项。

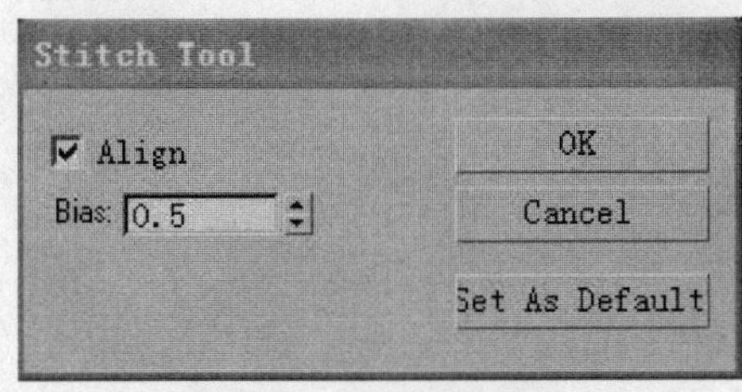

图4-40 缝合选定参数

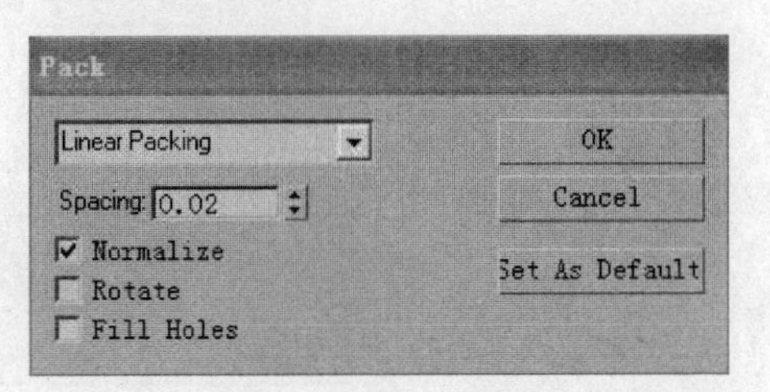

图4-41 Pack对话框

A. Linear Packing（线性包裹）：使用线性的方式放置面，这种方式虽然快，但会留下一些未用的UV空间。

B. Recursive Packing（重复包裹）：比Linear method方式慢，但效果好。

C. Spacing（间距）：指示簇之间的间距，该参数值越大，簇之间的间隙越大。

D. Normalize Clusters（规格化簇）：勾选该选项，依据标准的编辑窗口贴图区域分簇，以便尽可能用最好的方式使用可用的空间。

E. Rotate Clusters（旋转簇）：勾选该选项，依据标准的编辑窗口贴图区域旋转簇，以便尽可能用最好的方式使用可用的空间。UVWs编辑器对话框如图4-42所示。

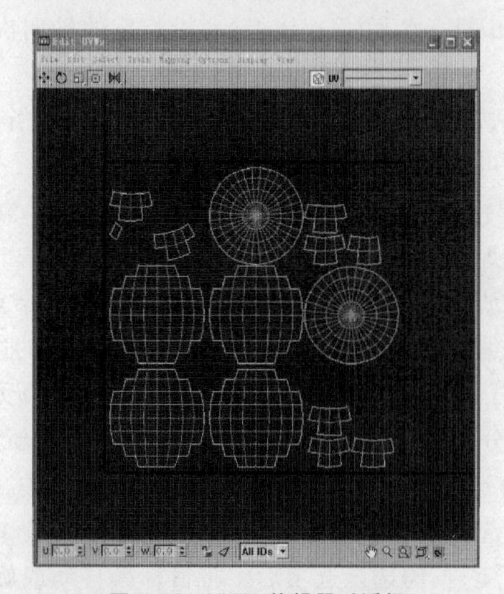

图4-42　UVWs编辑器对话框

F. Fill Holes（补漏洞）：勾选该选项后，小的簇被放置在大簇间隙的空白区域，以便尽可能用最好的方式使用可用的空间。

G. OK（确定）：保存设置并关闭该对话框。

H. Cancel（取消）：不保存设置并关闭该对话框。

I. Set As Default（设置为默认）：将对话框恢复为默认设置。

⑨ Sketch Vertices（勾画节点）：可以沿着鼠标拖动的曲线选择外轮廓的一组节点，并沿描绘的曲线分布这些节点，Sketch Tool对话框如图4-43所示。

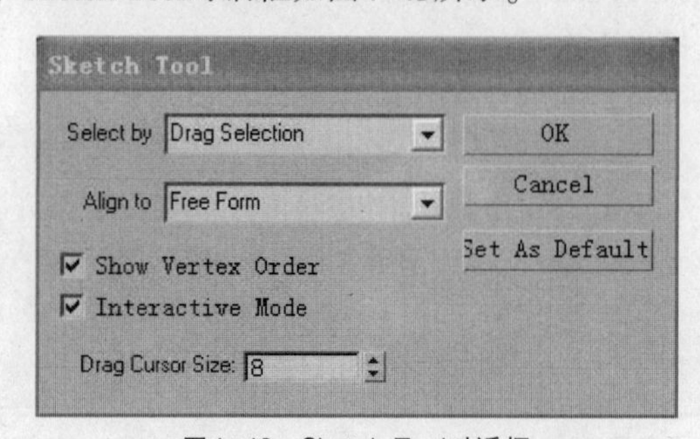

图4-43　Sketch Tool对话框

A. 在Select by（选择依据）下拉列表中可以选择：

a. Pick Selection（拾取选择）：选择该模式后，单击OK按钮，光标变为包含“+”和字母“P”的形态，可以单击鼠标选择，然后单击鼠标结束拾取操作，再拖动鼠标进行描绘，描绘后返回拾取模式，单击鼠标右键可以退出编辑状态。

b. Drag Selection（拖动选择）：选择该模式后，单击OK按钮，光标变圆形，可以拖动鼠标选择节点，然后释放鼠标结束拾取操作，再拖动鼠标进行描绘，描绘后返回到拾取模式，单击鼠标右键可以退出编辑状态。

c. Use Current Selection（使用当前选择集）：选择该模式后，自动对当前的节点选择集进行描绘分布。

拖动鼠标可以创建一个节点选择集，如图4–44所示。

选择节点后，可以将节点分布在指定的图形上，如图4–45所示。

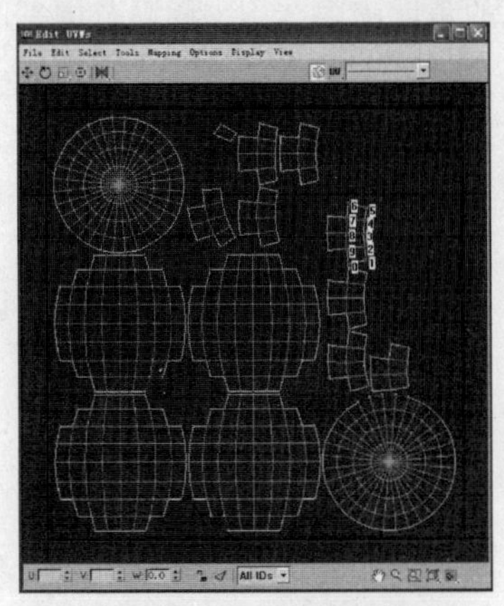

图4–44　移动UV点

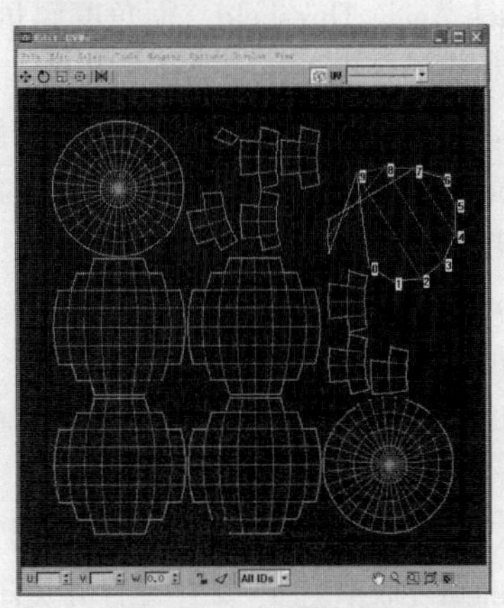

图4–45　分布UV点

B. Align To（对齐到）：在下拉列表中可以选择下面的选项。

a. Free Form（自由形式）：可以拖动鼠标进行自由描绘，也可以按住Alt键单击创建描绘点。

b. Line（直线）：可以拖动鼠标描绘一条直线段。

c. Box（矩形）：可以拖动对角线描绘一条矩形线。

d. Circle（圆形线）：可以拖动鼠标描绘一条圆形，在圆形内部移动鼠标可以旋转圆形。

C. Show Vertex Order（显示节点次序）：在选定的节点上显示节点顺序编号。

D. Interactive Mode（交互模式）：在描绘过程中显示节点位置。

E. Drag Cursor Size（拖动光标尺寸）：指定光标的显示尺寸，取值范围在1~15之间，默认值为8。

F. OK（确定）：保存设置并关闭该对话框。

G. Cancel（取消）：不保存设置并关闭该对话框。

H. Set As Default（设置为默认）：将对话框恢复为默认设置。

（5）Mapping（贴图）菜单。

① Flatten Mapping（展平贴图）：将平面贴图指定到共面的相邻面，Flatten Mapping对话框如图4-46所示。

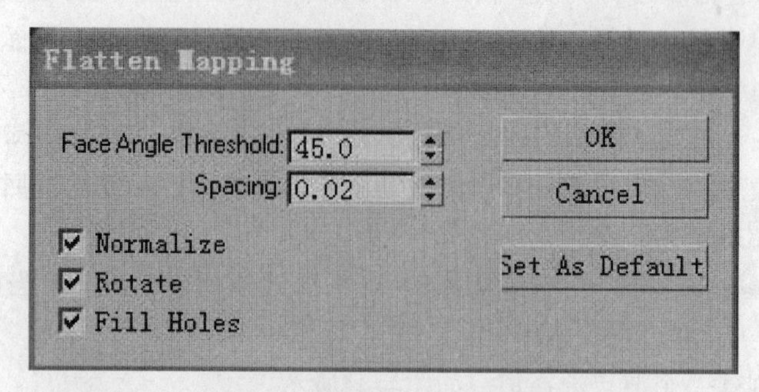

图4-46　Flatten Mapping对话框

A. Face Angle Threshold（面角度阈角）：指定共面的角度阈限范围，阈限范围是两个面面法线之间相交的角度，小于这个值说明两个面共面。

B. Spacing（间距）：指定簇之间的间距，该参数越大，簇之间的间隙越大。

C. Normalize Clusters（规格化簇）：勾选该选项，依据标准的编辑窗口贴图区域分布簇，以便尽可能用最好的方式使用可用的空间。

D. Rotate Clusters（旋转簇）：勾选该选项，依据标准的编辑窗口贴图区域转簇，以便尽可能用最好的方式使用可用的空间。

E. Fill Holes（补漏洞）：勾选该选项后，小的簇被放置在大簇间隙的空白区域，以便尽可能用最好的方式使用可用空间。

F. OK（确定）：保存设置并关闭该对话框。

G. Cancel（取消）：不保存设置并关闭该对话框。

H. Set As Default（设置为默认）：将对话将恢复为默认设置。

② Normal Mapping（法线贴图）：依据不同的矢量放射方式指定平面贴图，Normal Mapping对话框如图4-47所示。

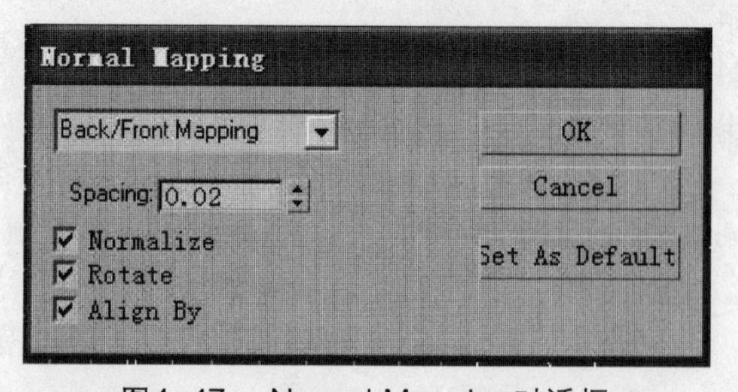

图4-47　Normal Mapping对话框

A. 在下拉列表中可以选择的贴图方式包括：Back/Front Mapping（后/前贴图），Left/Right Mapping（左/右贴图），Top/Bottom Mapping（顶/底贴图），Box No Top Mapping（无顶长方体贴图），Box Mapping（长方体贴图）和Diamond Mapping（菱形贴图）。

B. Normalize Clusters（规格化簇）：勾选该选项，依据标准的编辑窗口贴图区域分布簇，以便尽可能用最好的方式使用可用的空间。

C. Rotate Clusters（旋转簇）：勾选该选项，依据标准的编辑窗口贴图区域旋转簇，以便尽可能用最好的方式使用可用的空间。

D. Align By Width（宽度对齐）：设置簇的宽度和高度是否用于控制簇的布局。

E. OK（确定）：保存设置并关闭该对话框。

F. Cancel（取消）：不保存设置并关闭该对话框。

G. Set As Default（设置为默认）：将对话框恢复为默认设置。

③ Unfold Mapping（展开贴图）：展开对象网格，不出现扭曲变形，但面之间可能发生交叠，Unfold Mapping对话框如图4-48所示。

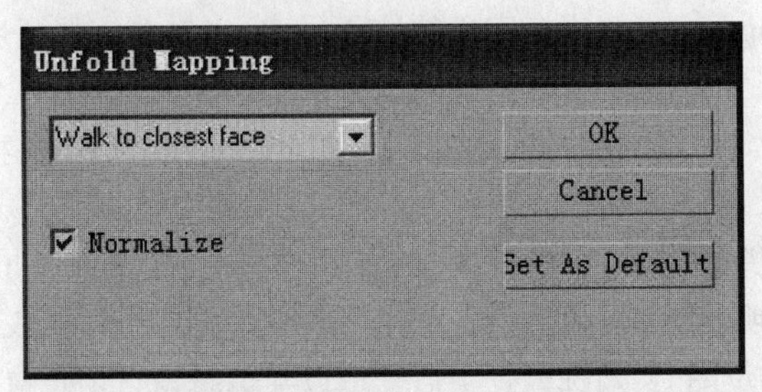

图4-48　Unfold Mapping对话框

A. 在下拉列表中可以选择的展开方式包括：Walk to closest face（到最近的面）和Walk to farthest face（到最远的面）。

B. Normalize Clusters（规格化簇）：勾选该选项，依据标准的编辑窗口贴图区域分布簇，以便尽可能用最好的方式使用可用的空间。

C. OK（确定）：保存设置并关闭该对话框。

D. Cancel（取消）：不保存设置并关闭该对话框。

E. Set As Default（设置为默认）：将对话框恢复为默认设置。

(6) Options（选项）菜单。

① Advanced Options（高级选项）：打开Unwrap Options对话框，如图4-49所示。

在Unwrap Options对话框中，包括如下选项。

A. Colors（色彩）选区。

a. Handle Color（手柄色彩）：指定Patch手柄的色彩，默认为绿色。

b. Line Color（线色彩）：指定UVW框格线的色彩，默认为灰色。

c. Selection Color（选择色彩）：指示选框节点的色彩，默认为红色。

d. Show Shared Subs（显示共享次级结构对象）：指定共

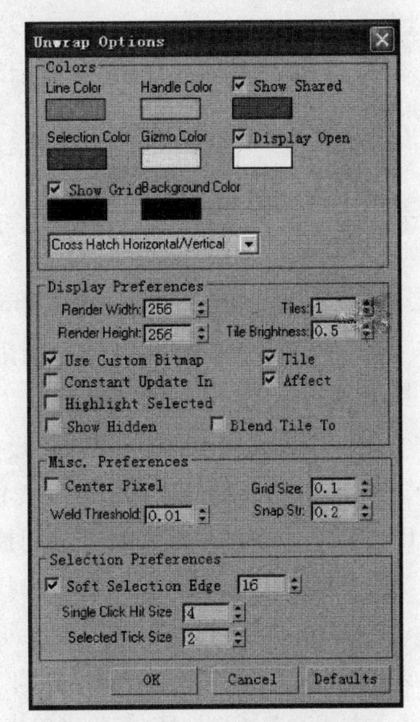

图4-49　Unwrap Options对话框

享次级结构对象的色彩，默认为紫色。

e. Gizmo Color（线框色彩）：指定自由变换线框色彩，默认为黄色。

f. Display Open Edges（显示开放的边）：指示簇外部开放边的色彩，默认为白色。

g. Show Grid（显示网格）：指示网格的色彩，默认为蓝色。

h. Background Color（背景色彩）：指定不显示贴图时的背景色彩，默认为暗灰色。

在列表中可以选择显示在选定面中的纹理图案。

B. Display Preferences（显示参数）选区。

a. Render Width（渲染宽度）：指定在对话框中显示贴图图像的宽度。

b. Render Height（渲染高度）：指示在对话框中显示贴图图像的高度。

c. Use Custom Bitmap Size（使用自定义的位图尺寸）：勾选该选项后，依据指定的Width和Height参数定义位图的尺寸，该选项不会影响材质中的位图贴图。

d. Tiles（拼接）：指定位图拼接的次数。设置值为1，结果为3×3拼接；设置值为2，结果为5×5拼接。

e. Tile Brightness（拼接明度）：设置拼接位图的明度。设置值为1.0，保持位图原始的明度；设置值为0.5，位图明度为原来的一半；设置值为0，位图完全变黑。

f. Tile Bitmap（拼接位图）：勾选该选项后，可以在编辑窗口中重复拼接显示位图。

g. Affect Center Tile（影响拼接中心）：勾选该选项后，Brightness设置同等影响所有拼接位图；取消勾选该选项后，中心的位图保持完全的明度。

h. Constant Update in Viewports（持续更新）：勾选该选项，指定当拖动鼠标移节点时，在视图中持续更新显示。默认为取消勾选状态，只有释放鼠标后才更新视图的显示。

i. Highlight Selected（高亮显示选定节点）：勾选该选项，指定在视图中高亮显示选定的节点。

j. Show Hidden Edges（显示隐藏的边）：勾选该选项后，显示面的边；取消勾选该选项后，只显示面。

k. Blend Tile to Background（混合拼接到背景）：取消勾选该选项，拼接混合到黑色；勾选该选项，拼接混合到背景色。

C. Misc. Preferences（Misc设置）选区。

a. Center Pixel Snap（像素中心捕捉）：勾选该选项，将节点位置捕捉到背景图像的像素中心。

b. Weld Threshold（焊接阈限）：指定焊接操作的距离阈限数值，取值范围在0到10之间，默认值为0.01.

c. Grid Size（网格尺寸）：设置网格线水平和垂直线的间距。

d. Snap Strength（捕捉强度）：设置网格捕捉的强度，取值范围在0到0.5之间，默认值为0.2，当取值为0时，相当于关闭捕捉功能。

D. Selection Preferences（选择设置）选区。

a. Soft Selection Edge Distance（软选择边距离）：指定衰减距离数值，在指定距离范围内的未选定节点受到变换操作的影响。

b. Single Click Hit Size（单击选择距离）：指定在多大的距离内，单击鼠标可以选择次级结构对象，取值范围是1到10之间，默认设置值为4。

c. Selected Tick Size（设置标记尺寸）：设置标记的尺寸，该方块标记用于指示当前选定的节点，取值范围在1到10之间，默认设置值为2。

(7) Display（显示）菜单。

① Filter Selected Faces（过滤选定的面）：勾选该选项，显示对象选定面的UVW，隐藏其他节点。

② Display Hidden Edges（显示隐藏边）：勾选该选项，显示面的边缘线；取消勾选该选项，只显示面。

③ Show Vertex Connections（显示节点关系）：在节点次级结构编辑层级，为当前选定的节点显示数字标记。

④ Show Shared Sub-objects（显示共享次级结构对象）：勾选该选项后，依据当前选择的次级结构对象，显示与其共享节点或边的其他次级结构对象。

⑤ Update Map（更新贴图）：当改变了对象的材质贴图设置后，更新对话框背景视图中显示的贴图。

(8) View（视图）菜单。

① Zoom（放缩）：在对话框中拖动鼠标放缩器显示区域。

② Zoom Extents（放缩范围）：在对话框中最大化显示对象或最大化显示选定的节点。

③ Zoom Region（放缩区域）：拖动鼠标框选一个区域，在当前视图中最大化显示该区域中的内容。

④ Zoom To Gizmo（放缩到线框）：依据当前的选择集放缩当前激活的视图。

⑤ Zoom Extents Selected（放缩选定范围）：依据当前的选择集放缩当前编辑窗口。

⑥ Pan（摇移）：在对话框中拖动鼠标移动显示区域。

4.5.8 操作步骤

1. 使用展开贴图坐标修改编辑器

(1) 在创建命令面板中单击按钮，在标准几何体的对象类型项目中单击Box按钮，在场景中创建一个长方体。

(2) 在主工具栏中单击按钮打开材质编辑器，创建一个多重子物体材质，该材质包含三个不同的贴图，单击材质编辑器工具栏中的按钮，创建一个多重子物体材质，该材质包含三个不同的贴图，单击材质编辑器工具栏中的按钮，将材质赋予场景中的长方体。

(3) 在材质编辑器中单击按钮，在Assian Material to Selectlon场景中的长方体上显示贴图效果，这时一个重复的贴图出现在长方体的每一个面上。

(4) 在修改编辑命令面板的修改编辑器列表中选择Unwrap UVW，在修改编辑堆栈中选择该修改编辑器的Select Face次级结构层级。

（5）在场景中选择长方体的一对侧面，一个平面线框出现。

（6）在修改编辑命令面板的Parameters展卷栏中，单击Planar Map，选择Sub Object Params中xyz中的一个，使得平面线框与所选面平行。

（7）重复上一步操作，为其他两组对侧面指定不同的xyz方向。

2. 编辑贴图位置

（1）在修改编辑命令面板UVW命令下的Parameters展卷栏中单击Edit按钮，弹出Edit UVWs对话框，对象表面材质中的贴图显示为该对话框的背景。

（2）在Edit UVW对话框底部的工具栏中，单击（Selection Modes中的Face-Sub-object Mode）按钮。

（3）在工具栏的Pick Texture命令选择集列表中选择PlanarMap0（也就是第1张贴图）。

（4）在Edit UVW对话框工具栏中单击移动按钮，选择并移动对象表面线框上的节点，对齐到对话框背景贴图的指定区域上。

（5）在工具栏的命名选择集列表中选择PlanarMap1，使用第4步操作对齐这组侧面的贴图位置。

（6）在工具栏的命名选择集列表中选择 PlanarMap2，使用第 4 步操作对齐这组侧面的贴图位置。

4.6 为模型贴图

(1) 做完模型，现在就要开始给模型上贴图了。先选择整个模型，然后在编辑面板的下拉菜单Modifier List中找到UVW Map命令，并把鼠标移到上面使其变成高亮，如图4-50所示。

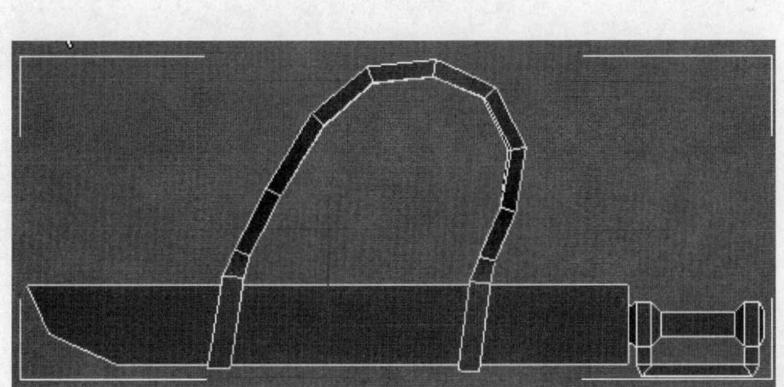

图4-50 选择整个模型

(2) 给予模型一个平面贴图坐标，在UVW Map的属性面板中，选择平面贴图Planar，如图4-51所示。

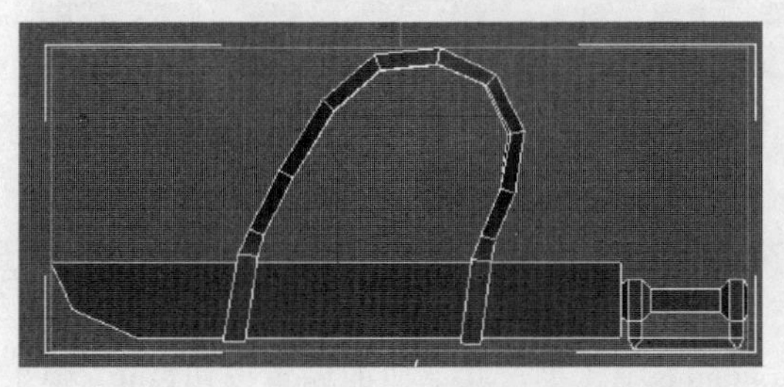
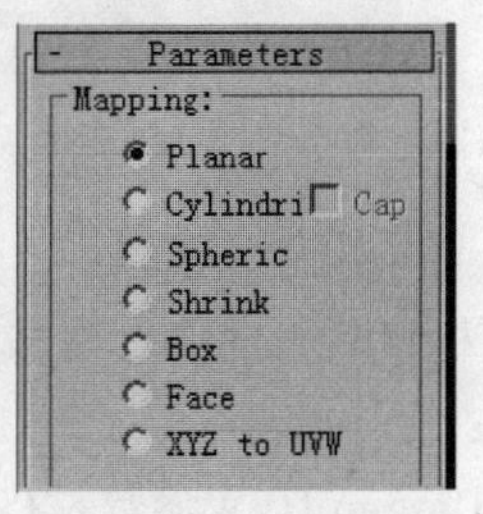

图4-51 面片贴图

(3) 给模型一个棋盘格材质，按快捷键M弹出材质编辑器，选中一个材质球，并按 ，将材质赋予模型，单击Blinn Basic Parameters属性面板下Diffuse 右面的小框，会弹出一个Material/map Browser 材质浏览器，选中棋盘格Checker 命令，使其高亮Checker ，单击OK 按钮，如图4-52所示。

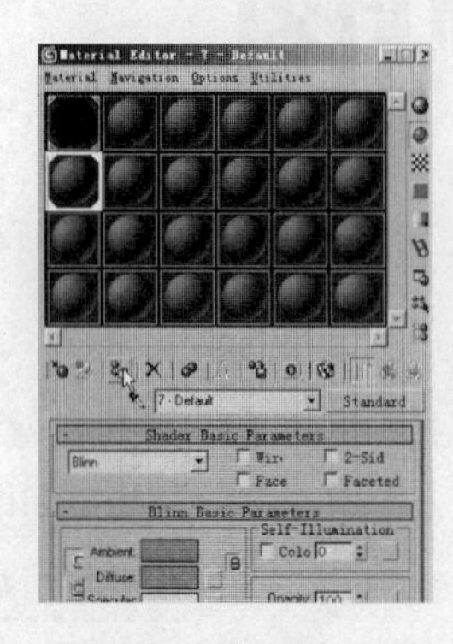

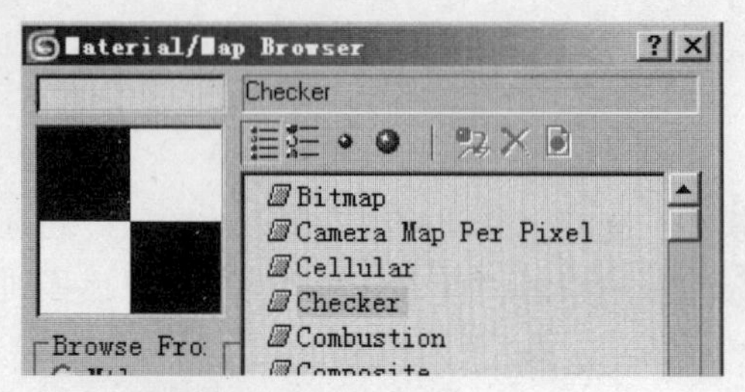

图4-52　棋盘格贴图

(4) 调整棋盘格贴图的大小。按快捷键M弹出材质编辑器，选中棋盘格材质球，在材质编辑器的下方的Coordinates属性框中，把Tiling的U，V参数都调成10，如图4-53所示。

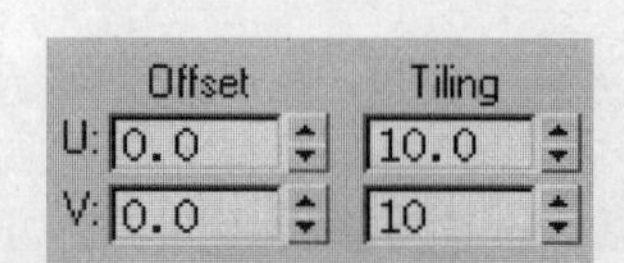

图4-53　参数设置

按材质编辑器上的 显示模式，让材质在模型上显示出来，如图4-54所示。

图4-54　棋盘格材质显示

(5) 给予模型UV贴图坐标，在 编辑面板的下拉菜单Modifier List中找到Unwrap UVW命令，并把鼠标移到上面使其变成高亮。UVW坐标就给予了模型，在编辑面板显示如图4-55所示。

(6) 在Unwrap UVW参数栏Parameters中，单击其下面的编辑按钮Edit，弹出UVW编辑器，如图4–56所示。

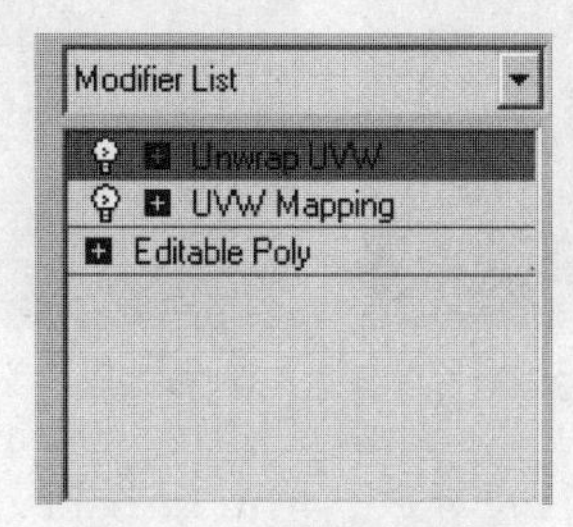

图4–55　编辑面板显示

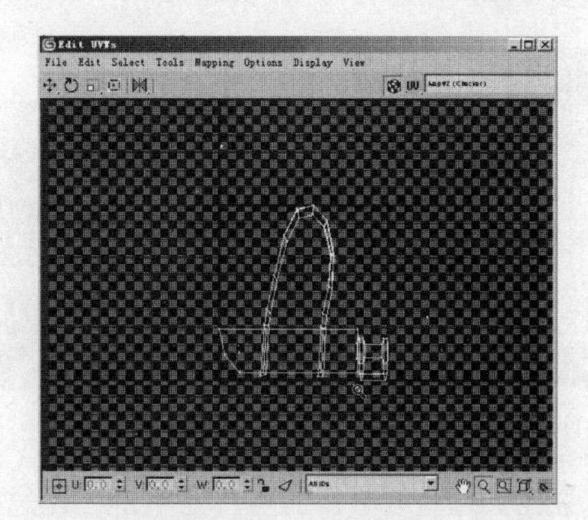

图4–56　UVW编辑器

(7) 编辑UVWs 贴图，单击编辑器菜单下面的图标，隐藏棋盘格背景，如图4–57所示。

(8) 然后用UVW编辑器下面的框选所有的点，如图4–58所示。

(9) 单击，在其下拉菜单中选中，用这个纵向缩放工具对整个UV进行纵向缩放，如图4–59所示。

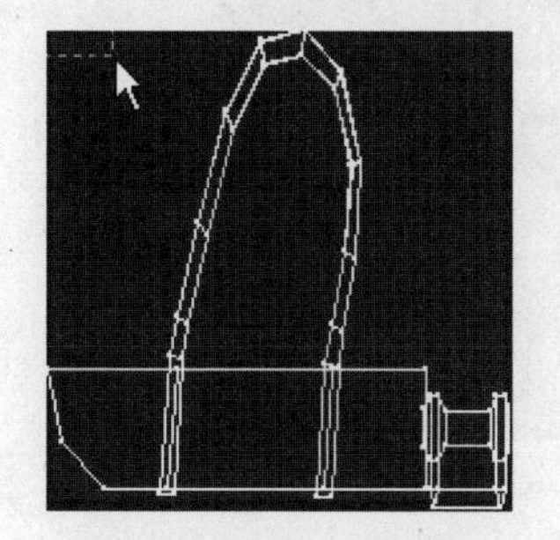

图4–57　隐藏棋盘格背景

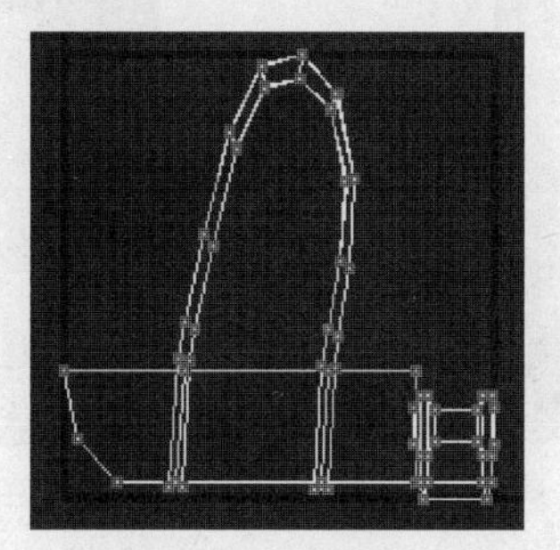

图4–58　选择点

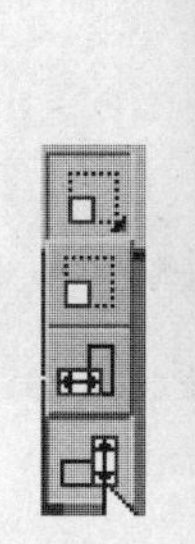

图4–59　缩放UV

(10) 对UVWs的UV进行整理。缩小UVWs编辑器，点选下拉菜单中Unwrap UVW的子层级Select Face，然后框选模型中刀背带的部分，如图4–60所示。

(11) 在选择背带的时候也把其他不需要的部分选中了，按Alt+鼠标，框选不需要的面，把这些面排除，如图4–61所示。

(12) 把刚才缩小的UVWs编辑器还原，如图4–62所示。

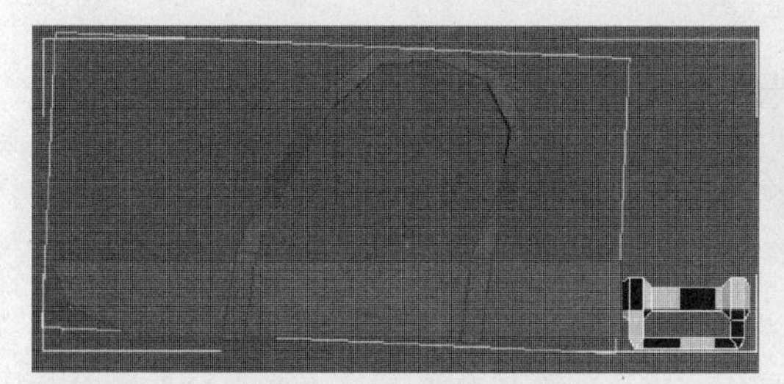

图4–60　Select Face选面

图4–61　排除选择UV

（13）回到UVWs的编辑器，选中 ，对选中的红点进行移动，如图4-63所示。

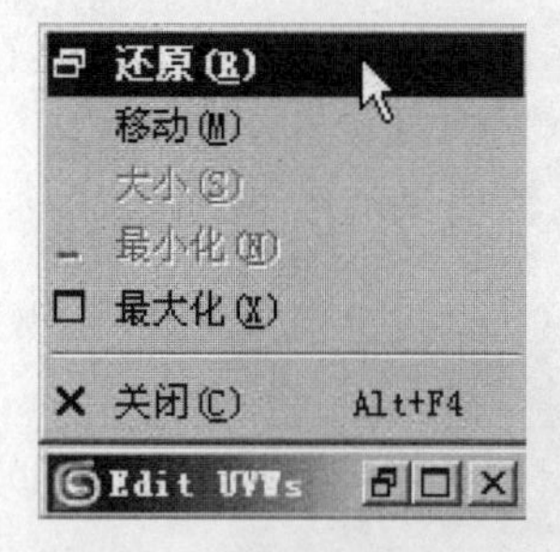

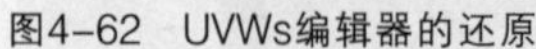

图4-62 UVWs编辑器的还原

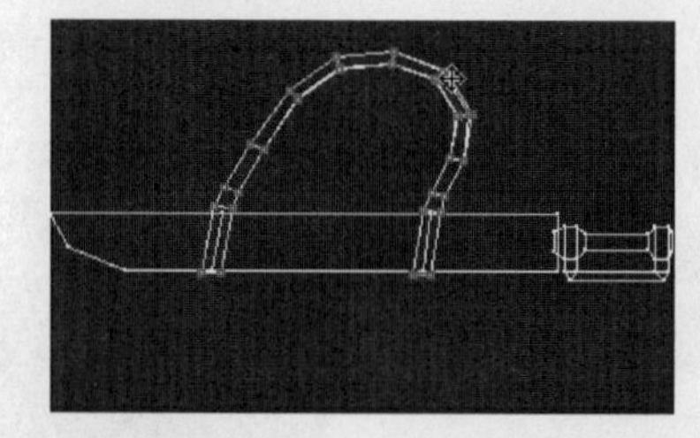

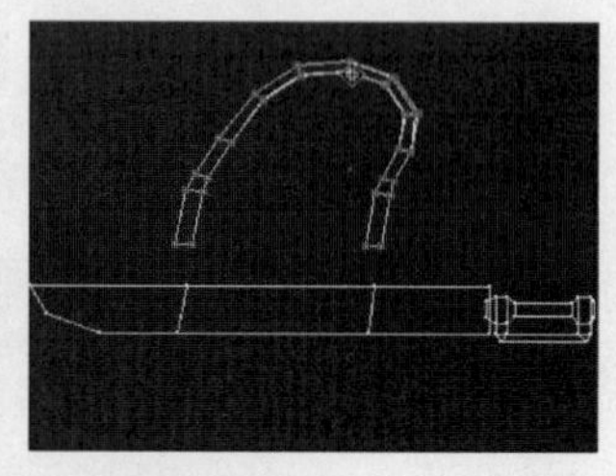

图4-63 对选中的红点进行移动

（14）在UVWs的编辑器的空白处单击，让选中的UV点释放，单击 按钮，然后选中背带的部分UV点，如图4-64所示。

（15）用UVWs的编辑器中的 进行旋转，旋转完后对另一部分也进行旋转，如图4-65所示。

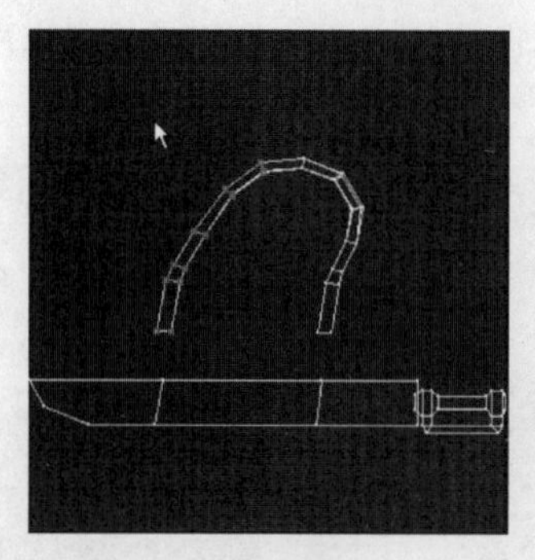

图4-64 编辑UV点

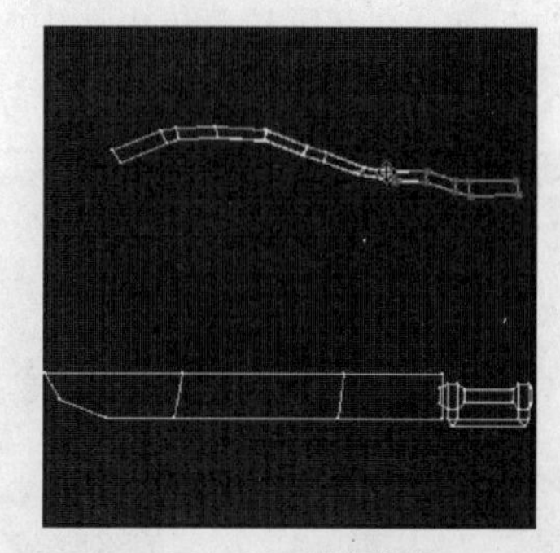

图4-65 进行旋转

（16）单击UVWs编辑器的空白处，释放UV点，然后用 选取背带下部分的UV点，如图4-66所示。

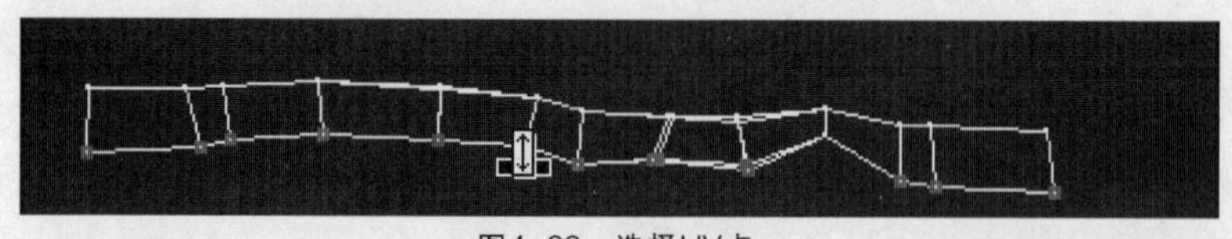

图4-66 选择UV点

（17）用 进行缩放，如图4-67所示。

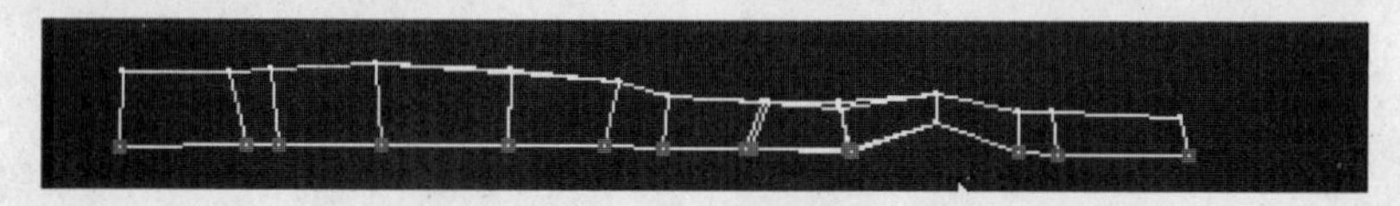

图4-67 缩放UV点

（18）另一点用 进行手动移动，对上半部分的点进行同样的操作，结果如图4-68所示。

（19）把刀所有的UV点移动到UVWs的编辑器的粗线栏框内的最下方，必须保证所有的UV

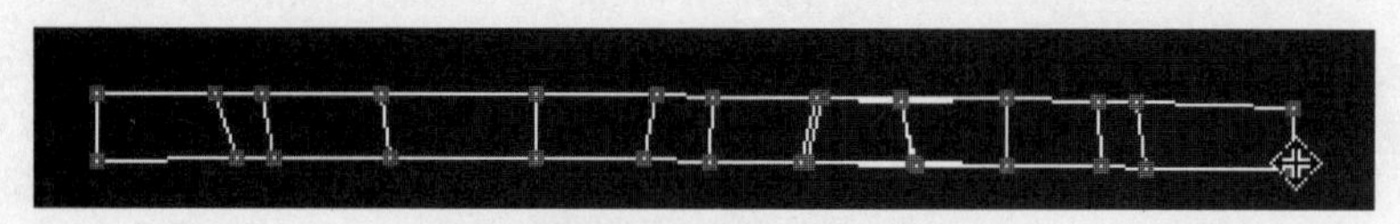

图4-68　移动UV点

点在粗线栏框内，以保证UV点有效。并保证UV图在模型上不出现拉伸现象，如图4-69所示。

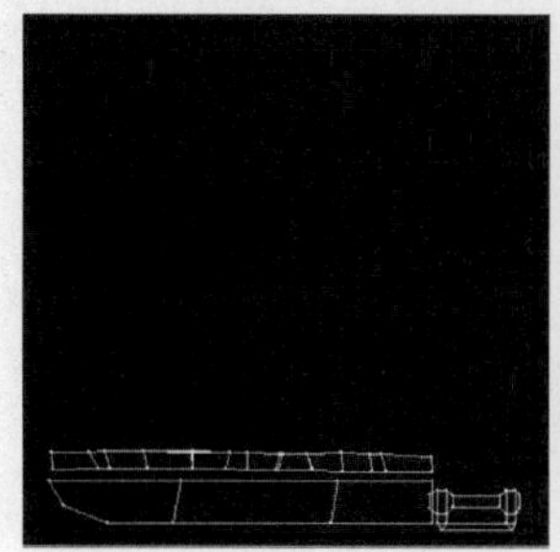

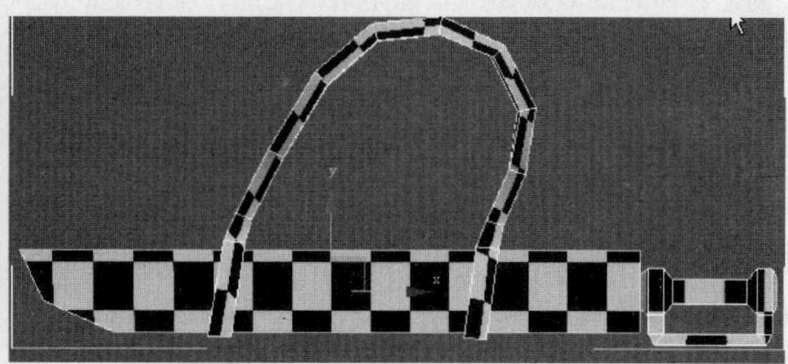

图4-69　编辑UV点

（20）在UVWs编辑器的最下方，单击 按钮，把粗线栏框放大到最大的位置，如图4-70所示。

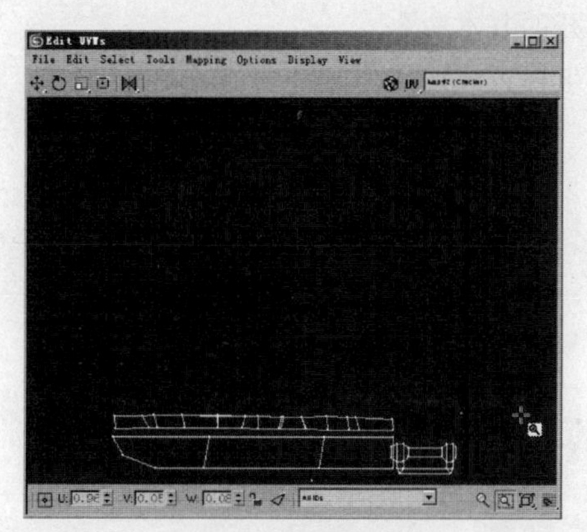

图4-70　编辑UV点

到此，划分和安排铸铁刀UV位置的工作基本完成。

小结

U、V、W坐标分别平行于X、Y、Z坐标，在二维的情况下，U等同于X，代表贴图的水平方向；V等同于Y，代表贴图的垂直方向；W等同于Z，代表贴图与U V平面垂直的方向。W坐标是景深坐标，在贴图位置和变换的描述中，经常会用到UVW坐标。在一些情况下使用它会带来很多方便。

思考与练习

一、判断题

1. 线形贴图方式是最常用的贴图方式。（　　）

2. 创建物体时的默认贴图坐标是最匹配的，不用更改。（　　）

二、填空题

1.（　　）坐标的特点是能把模型按照合理的结构进行拆分，并能对应相应的贴图。

2. 贴图坐标使用的是（　　）坐标系。

三、选择题

贴图坐标使用的是（　　）。

A. 自身坐标系。

B. XYZ坐标系。

C. 世界坐标系。

D. UVW坐标系。

四、操作题

1. 练习贴图坐标展开的基本命令。

2. 练习不同的贴图坐标方式。

第5章 游戏材质

本章将讲解 3ds Max 中游戏材质的编辑方法和基本类型。

游戏材质编辑。

能够对材质编辑器进行简单的操作，并能理解其他类型材质的生成原理以及对其进行操作。

本章介绍3ds Max中的一大功能模块——材质制作。创建好模型后，这个模型就会处在一定的环境之下，且有一定的光学性质。对模型材质的指定，实际上就是对模型表面光学性质的一种描述。在此基础上给模型物体指定正确的纹理贴图，最后通过渲染实现物体本应具有的质地、色彩、纹理等视觉效果。

本章重点是考虑清楚模型所处的环境，理解它的光学特点，再用合适的材质来表现，如图5-1所示。

图5-1 环境效果图

5.1 材质编辑器

在3ds Max中材质与贴图的创建和编辑都是通过材质编辑器（Material Editor）来完成的。并且通过最后的渲染把它们表现出来，使物体表面显示出不同的质地、色彩和纹理。虽然材质的制作可在材质编辑器中完成，但必须指定到特定场景中的物体上才起作用。可以对构成材质的大部分元素指定贴图，例如可将Ambient、Diffuse和Specular用贴图来替换，也可以用贴图来影响物体的透明度，用贴图来影响物体的自体发光品质等。

5.1.1 材质贴图简介

一般贴图都是将一幅已存在的图像文件覆盖于模型的表面，通过这种方式可以表现模型的更多细节。当然，图形文件的来源有很多，包括扫描的图片、通过程序计算得到的图形等，这些将在下面的内容中介绍。在3ds Max 7中，这些贴图的材质可以分为两种不同的类型：标准材质（Standard Material）和贴图材质（Mapping Material）。

标准材质是通过定义对象的透明度、颜色和发光度等来表现对象的材质效果。而贴图材质则是将某些格式的位贴图（如jpg格式或gif格式）覆盖于对象的表面，这种贴图需要定义贴图坐标，以便命令系统如何放置贴图。用户可以将这些技巧混合应用于场景中，以获得最佳的视觉效果。

5.1.2 工具按钮区

材质编辑器（Material Editor）是一个非模块化浮动的以对话框形式出现的程序，利用它来建立、编辑材质和贴图，如图5-2所示。材质编辑器对话框分为上下两部分。上半部分包含了六个材质样本球、一个垂直列工具栏、一个水平行工具栏、材质名称区和参数控制区。倘若场景中物体过多，可能要用到多于六个的样本球，这时，可以将鼠标放在任意一个样本球上，单击右键，选择弹出菜单的“3×5”或“4×6”，样本球就会增加。

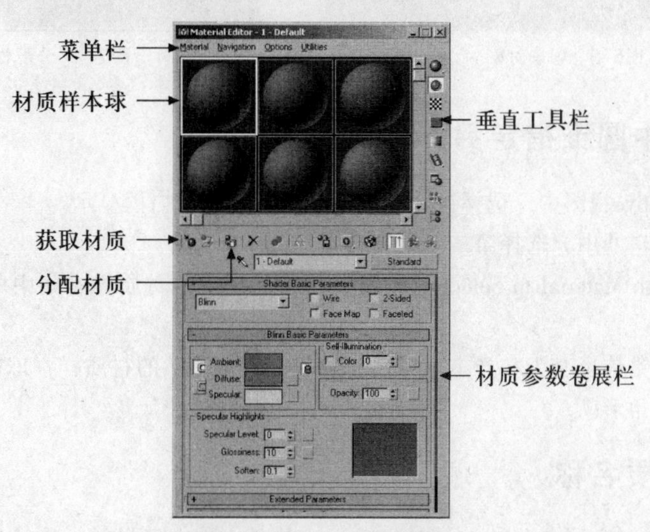

图5-2　材质编辑器对话框

5.1.3 将材质赋予指定对象

首先创建一个包含3个对象的场景文件，如图5-3所示。

1. 为球体指定材质

单击Material Editor按钮，打开材质编辑器对话框（若在菜单下面的工具栏中找不到，可在工具栏小区域内移动鼠标，当其变成手形时，按住左键不放，拖动工具栏直到找出为止）。

（1）在Perspective视图中，选择球体。此时，球体周围有白框显示，表明球体处于被选择状态。

（2）在材质编辑器中，选择第一个材质样本球。这时该视窗的周围将出现白色的外框，表明它是当前激活的材质样本球。

（3）单击Assign Material to Selection（将材质赋予被选择体）按钮，将当前激活的材质样本球中的材质赋予所选取的场景对象。现在场景中的球体和样本球同色，并且在当前激活的材质样本球内的四角处出现四个白色的小三角形，如图5-4所示。

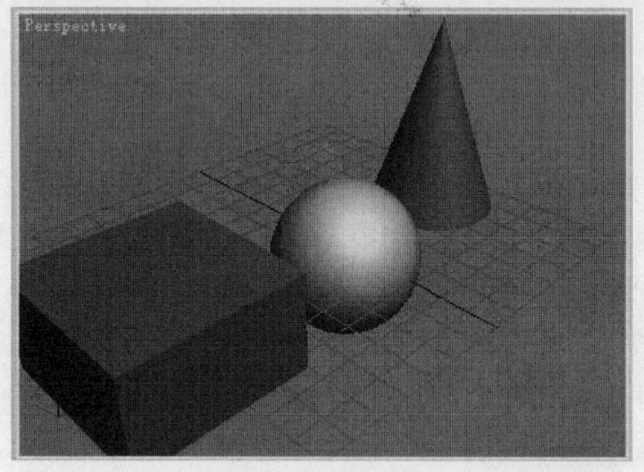

图5-3 场景对象

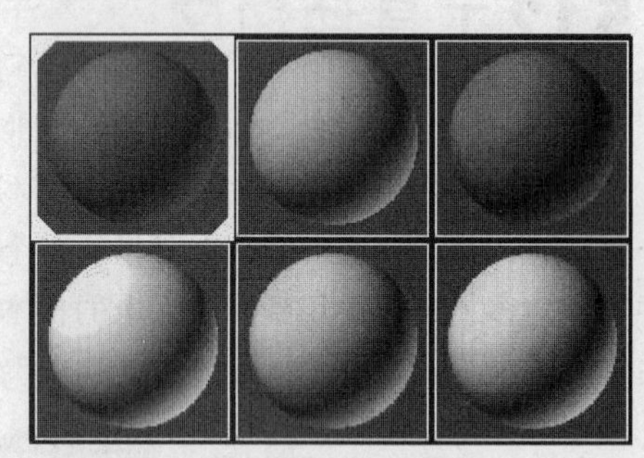

图5-4 分配材质

2. 为场景中圆锥指定另一种材质

（1）在Perspective视图中，选择锥体，此时，锥体周围有白框显示。

（2）在材质编辑器中，选择第二个材质样本球。

（3）单击Assign Material to Selection按钮，将当前激活的材质样本球中的材质赋予所选取的场景对象。

现在场景中的锥体也变为与样本球同色，并且在当前激活的材质样本球内的四角处也出现了四个白色的小三角形。

3. 更改材质名称

3ds Max中讲究对象同名称的一一对应关系。就是在建立场景时，若场景中对象很多、排列较密，则在选择对象时会很不方便。而给每一个对象都起个合适的名称后，在使用Select by name（由名称选择）选择对象及用一些浏览器（Navigator）查看层级时都会比较方便。关键在于给对象起个合适的名称。

（1）选择第一个材质样本球。

（2）单击材质名称域，将其名称设为Sphere1。此时，在材质编辑器的标题栏中出现新名称。

（3）单击第二个材质样本球使其成为激活状态，在名称域中输入Cone1，则第二个材质样本球材质名为Cone1。

5.1.4 热、冷材质

所谓热材质，就是即时可变的材质，这种材质在材质样本球和场景中均存在，而且当改变材质参数时，材质样本球和场景中的对象一起改变。所谓冷材质，是当改变材质参数时，材质样本球中的材质随着变化而场景中的材质不变。

1. 热材质的使用

(1) 选择第一个材质样本球。该视窗周围出现白框，且四角处有四个白色三角形，表明该材质是热材质。

(2) 单击Diffuse（漫反射）左面的锁型按钮。在随后出现的对话框里，单击Yes按钮。

(3) 单击Diffuse右边的颜色块。在随后出现的Color Selector（颜色选择器）对话框里调整Sat（饱和度）的值，将Sat值调整至60。

可以看到，材质样本球中样本圆球的颜色改变了，而场景中的圆球颜色也同时改变了，即使场景中当前所选择的是圆锥。

使用热材质，可以通过改变参数值来直接改变场景中对象的颜色，这样就可以直接在场景中观察到效果，便于即时调节。但有时并不希望这样，而只想在材质样本球中调节好后，再赋予对象，或者说保存原始参数样本以便想再次采用首次的效果，那么可使用冷材质，下面予以介绍。

2. 冷材质的使用

(1) 选择第二个材质样本球，按住鼠标左键不放，拖动该视窗到第三个视窗上，释放左键，将Cone材质拷贝到第三个材质样本球中。

此时，第三个视窗周围有白框，但四角处并没有三角形，表明它是冷材质；而第二个视窗四角有四个三角形，表明它仍是热材质，如图5-5所示。

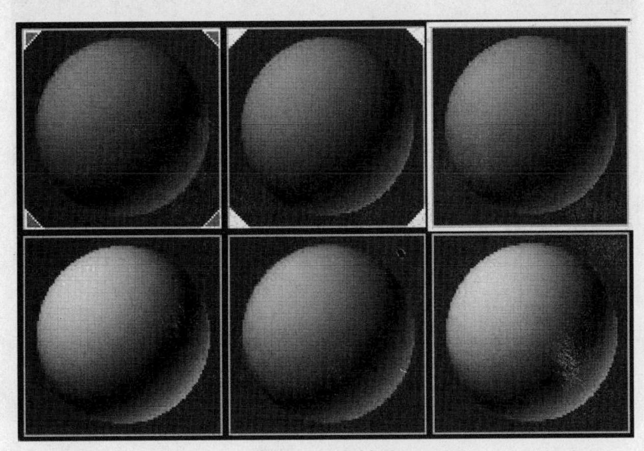

图5-5 冷材质

(2) 现在可以一边调整冷材质，一边将它与热材质进行比较。一旦确认找到了一种更适合的材质，再将它更新到场景中。

(3) 确定当前第三个材质样本球（冷材质）处于选择状态，若不是，选择它。

(4) 单击Diffuse左面的锁型按钮，然后单击Diffuse右边的色块，出现Color Selector（颜色选择器）对话框。

调整Hue、Sat、Value或Red、Green、Blue之值，可以看到材质编辑器的冷材质颜色立即产生变化，但场景内圆锥体的颜色却不变，即使当前场景内是圆锥体处于被选择状态。

(5) 调整到一个比较合适的材质颜色，确认当前场景中是圆锥体处于被选择状态（如果想改变圆锥体颜色），单击Put Material to Scene（将材质赋予场景）按钮。

现在材质编辑器中的第三个材质样本球变为热材质，而第二个材质样本球则变为冷材质了。

3. 拷贝材质

另外一个获得冷材质的办法是使用材质编辑器中水平行工具栏的Make Material Copy（材质拷贝）按钮，下面介绍它的使用。

(1) 在Perspective视图中选择长方体（一直还未使用的对象）。

(2) 在材质编辑器中选择第四个材质样本球，用前面介绍的方法给其起名Box1。

(3) 单击Assign Material to Selection（将材质赋予被选择体）按钮，将第四个材质赋予托盘。此时，第四个材质样本球周围出现四个白色三角形，表明它现在也是热材质。

(4) 单击样本工具栏的Make Material Copy按钮。当前激活材质样本球中的四个三角形消失了，表明它现在变成了冷材质，如图5-6所示。

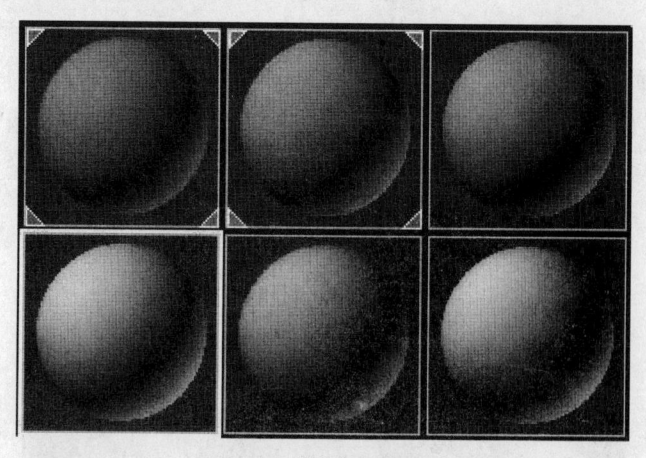

图5-6 制作材质副本

可以按照前面介绍的办法来使用此冷材质，不过这种方法将无法直接和热材质比较来改变材质效果，所以应用得并不广泛。

5.2 标准材质

接下来通过设置材质编辑器中的参数编辑独特的材质效果，首先介绍标准材质的参数。

5.2.1 着色器基本参数

对材质着色器基本参数的设置主要通过Shader Basic Parameters（着色器基本参数）卷展栏来完成，如图5-7所示。

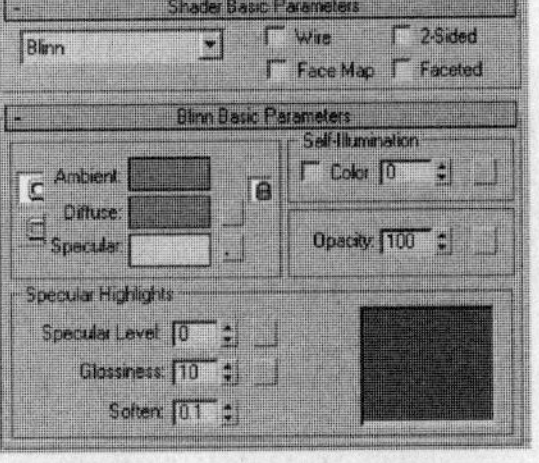

图5-7　基本参数卷展栏

首先根据创建的对象要求在Basic Parameters参数卷展栏Shading着色清单中，选择材质的着色类型。在3ds Max 中有七种着色类型：Anisotropic、Blinn、Metal、Multi-Layer、Oren-Bayar-Blinn、Phong、Strauss。每一种着色器类型确定在渲染一种材质时着色的计算方法。

（1）Anisotropic着色器的高光类似椭圆形。

（2）Blinn着色器是默认的着色方式，利用它可以很容易地调节环境光、反射光和高光，适合大多数普通对象的着色。

（3）Metal着色器可以产生非常逼真的金属质感，在制作各种金属材质时非常有用。在同样的光照条件下，选择Metal着色器要比其他着色器类型更加明亮。

（4）Multi-Layer着色器包含两个Anistropic高光，每个高光具有不同的颜色。

（5）Oren-Bayar-Blinn着色器对于创建具有不光滑表面的对象材质很有用，比如布和织物等。

（6）Phong着色器是最常用也是最费时的一种着色方式，以光滑的方式进行着色，效果柔和细腻，它一般用于塑料、纸张及皮肤等物体表面的着色。

（7）Strauss类型的着色方式主要用于制作类似云的材质效果，比如天空中一层一层的云，以及水面上一层一层的波浪等。

这几种着色方式的选择取决于场景中所构建的角色需求。当你需要创建玻璃或塑料物体时，可选择Phong或Blinn着色方式；如果要使物体具有金属质感，则选择Metal着色方式。在完成着色类型的选择后，着色基本参数卷展栏下的卷展栏会自动切换为与着色方式相对应的卷展栏。在这一卷展栏内可对材质部件颜色、漫反射颜色、反光、不透明度等进行设置。

在Shader Basic Parameters卷展栏中，另外有四个选项：Wire（线框）、2-Sided（双面）、Face Map（面贴图）、Faceted（小平面）。通过对这四种选项的设置，可使同一材质实现不同的渲染效果。

（1）Wire（线框）复选框：选中此选项时，物体将以线框的方式进行渲染，以便更好地观察造型对象内部的结构，如图5-8所示。

（2）2-Sided（双面）复选框：选中此选项时，将渲染对象表面法线两侧的面，这会花费更多的渲染时间。这个选项主要用在以下三种情况：一是观察线框材质的双面；二是透明材质；三是物体的表面被删除露出物体内部时。

（3）Face Map（面贴图）复选框：选中此选项将对物体的每一个面进行贴图，使得贴图均匀分布在物体的每一个面上。

（4）Faced（小平面）复选框：将贴图应用到对象的每一个小平面上。

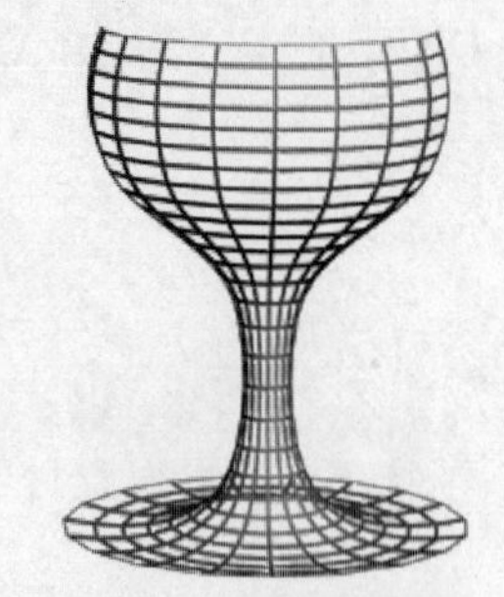

图5-8　线框材质效果

5.2.2 材质基本参数

在3D模型中，颜色绝对不会是平面的，这是由于灯光的影响，因此颜色在材质编辑器中可以由两个或多个颜色框控制，如图5-9下面分别介绍各个颜色框的作用。

（1）Ambient（环境色）：控制远离光源的阴暗区域显示的颜色。

（2）Diffuse（漫反射）：控制整个对象的色调。

（3）Specular（高光色）：控制高光区的颜色。

（4）Self-Illumination（自发光）：控制物体自己发光的颜色。

（5）Opacity（不透明度）：设置物体的透明属性，100时为完全不透明，0为完全透明。

（6）Specular Level（高光参数）+ Glossiness（光泽度）：这两个参数控制了高光曲线的形状，它是控制高光将怎样显示的最好工具。

下面以一个酒杯对象为例来介绍如何设计材质。首先在Front视图中绘制一条不闭合的曲线作为花瓶的旋转截面，进入Modify命令面板，选择Lathe（旋转）修改器将曲线进行旋转，生成酒杯的面片物体，如图5-10所示。

（1）单击工具栏中的 按钮，在弹出的材质编辑器中激活一个样本球。单击Assign

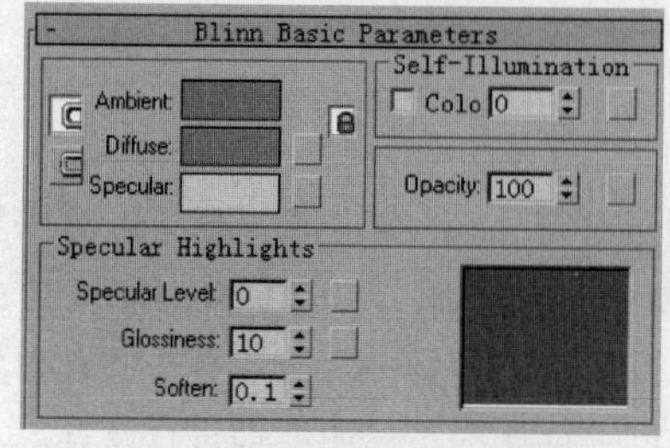

图5-9　着色器基本参数

图5-10　创建酒杯对象

Material to Selection（将材质赋予选定对象）按钮 将这一材质赋予酒杯对象。在Shader Basic Parameters卷展栏中选择着色方式为Blinn。并且在Blinn Basic Parameters卷展栏中对Blinn材质的部件颜色及剖光度、反光强度等参数进行调整，参数如图5-11所示。

（2）单击Ambient（环境色）右边的颜色块，在弹出的颜色拾取对话框中设置环境色为RGB（17，0，90），如图5-12所示。

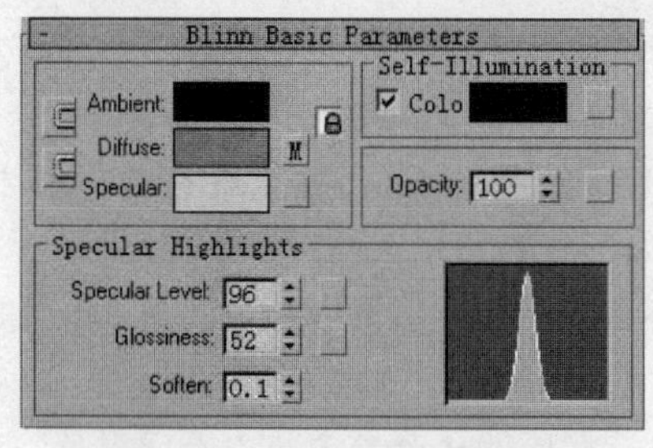

图5-11　Blinn基本参数卷展栏

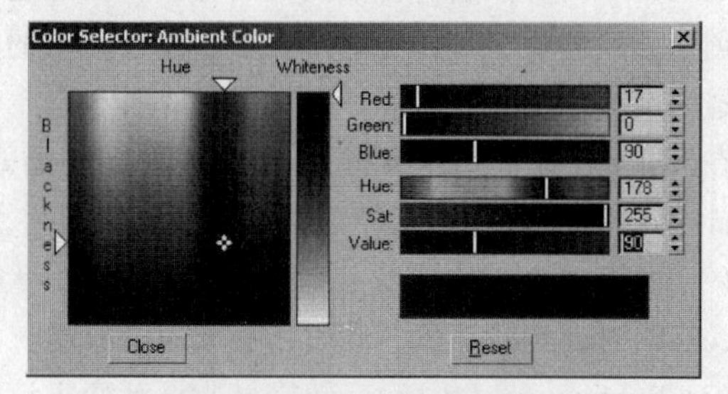

图5-12　设置环境色的颜色

（3）单击Diffuse右边的锁定按钮解除锁定，然后单击Diffuse（漫反射）右边的颜色块，设置漫反射颜色为RGB（50，60，150），如图5-13所示。

（4）单击Specular（高光色）右侧的颜色块，设置高光区颜色为RGB（218，255，255），如图5-14所示。

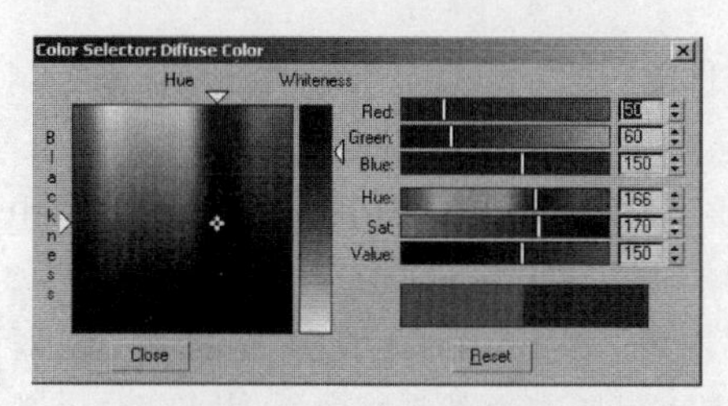

图5-13　设置漫反射颜色

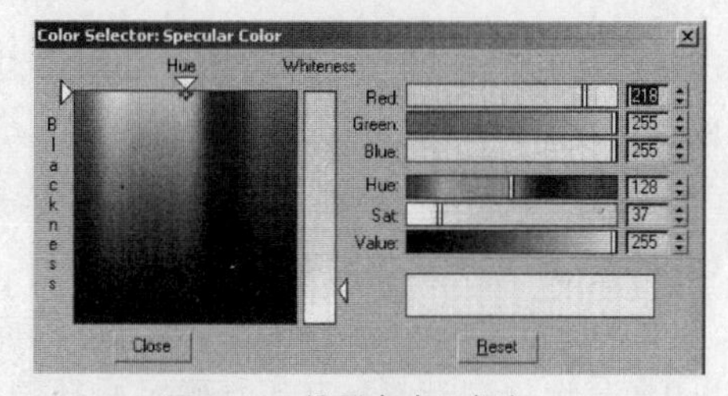

图5-14　设置高光区颜色

（5）执行Rendering（渲染）菜单下的Render（渲染）命令可以观察花瓶的效果，着色效果如图5-15所示。

（6）这时材质并没有设置双面选项。瓶子物体的表面没有被完全显示出来。回到材质编辑器，在Shader Basic Parameters卷展栏中勾选2-Sided（双面）选项，场景效果如图5-16所示。

图5-15　着色后的酒杯场景

图5-16　进行双面设置后的酒杯效果

5.2.3 创建透明材质

透明材质在三维制作中是一种普遍使用的材质，利用它可以制作如玻璃、水等多种透明对象。透明材质具有反射和传输光线的特性，通过它的光线也会被染上材质的过滤色。

创建透明材质，首先要对基本参数卷展栏中的Opacity（不透明值）进行调整，通过增加材质的透明度来创建透明材质。

在3ds Max 6中，透明材质的类型主要是通过Extended Parameters扩展参数卷展栏中的Advanced Transparency（高级透明）选项来控制的，如图5-17所示为高级透明控制器。

（1）Filter（过滤器）：过滤器的颜色即是表面透明区的颜色，默认值是RGB（128，128，128）的灰色，此时它不影响透明度。

（2）Subtractive（相减）：随着材质逐渐变得透明，材质就从背景中减去漫反射色，就像亮度被除去了一些，材质看起来暗淡了一些。

（3）Additive（相加）：相加透明类型是把漫反射色增加到表面上，材质增亮了看起来有自发光的效果。这种效果通常用于灯泡、光栅、幻影等类型的物体。

（4）Index of Refraction（折射系数）：折射系数控制透明物体的折射效果，在自然界中，不同的物体有不同的折射率，通过该参数可以更好地创建真实的折射效果，比如空气的折射率是最小的。

继续使用酒杯场景，并将瓶子的材质设置为透明材质，然后通过高级透明控制器来控制瓶子的透明度。

（1）进入材质编辑器，在示例框中选择酒杯材质，并在Blinn Basic Parameters卷展栏中设置Opacity（不透明度）= 40。

（2）打开Extended Parameters（扩展参数）卷展栏，在Advanced Transparency控制器的Falloff衰减选项中选择In方式（确定酒杯是内部透明度高而逐渐向外衰减的），并设置Amt数值为90（这个值为透明值，0为不透明），渲染着色场景效果如图5-18所示。

（3）透明值不变，在Extended Parameters卷展栏中设置衰减方式为Out，渲染着色后效果如图5-19所示。

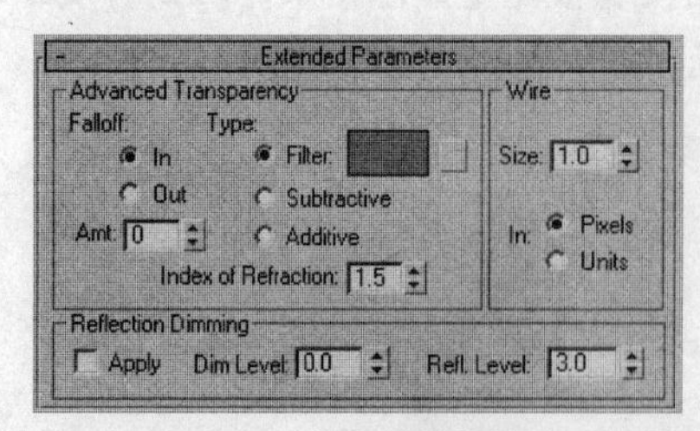

图5-17　高级透明控制器

图5-18　衰减方式为In

图5-19　衰减方式为Out

（4）在Extended Parameters卷展栏中设置衰减方式为In，然后选定透明方式为Filter（过滤器），将后面对象的颜色加入过滤色，设置其颜色为RGB（223，128，215），如图5-20所示。

(5) 设置透明方式为Subtractive（相减），用后面对象的颜色减去过滤色，如图5-21所示。

(6) 再设置透明方式为Additive（相加），忽略过滤色，用漫反射加上后面对象的颜色。相加透明可使对象有自发光的效果，如图5-22所示。

图5-20 使用过滤色透明

图5-21 相减透明方式

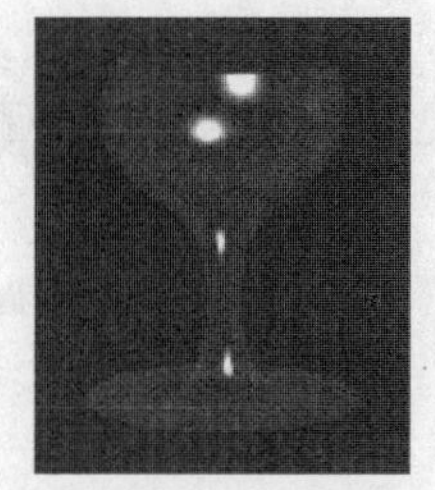
图5-22 相加透明方式

5.2.4 创建线框材质

使用线框材质，可以将对象作为一个网格物体进行渲染。这种材质只显示顶的边界而不完全显示面。

选择上面练习中创建的酒杯物体，按下快捷键M进入Material Editor（材质编辑器）对话框，在样本球中选择酒杯材质，在Shader Basic Parameters卷展栏中选择Wire（线框）选项，酒杯渲染的着色显示效果如图5-23所示。

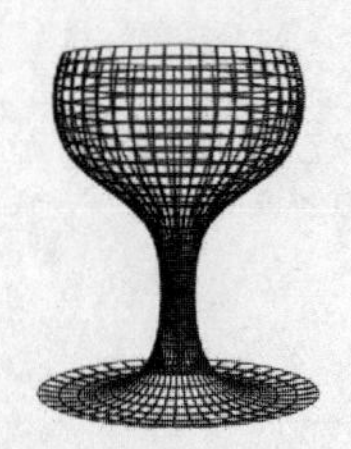
图5-23 线框材质

在设计材质时，可在Extended Parameters扩展参数栏中调整线框的宽度，如图5-24所示为扩展参数卷展栏，在右侧的Wire区域设置参数可以控制线框的形状。

如果选择Pixels（像素）选项，无论几何体是否变化或物体的位置有多远，线框的厚度都是相同的。也就是说，像素网格在图像的任意位置显示的尺寸都是恒定的，效果如图5-25

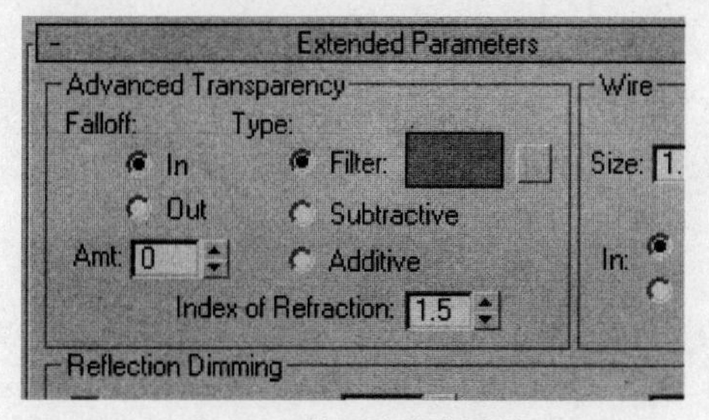

图5-24 扩展参数卷展栏

所示。

如果选择Units（单位）选项，线框就像是模型，在场景中会有近大远小的透视关系。变化线框对象同时变化线框宽度，效果如图5-26所示。

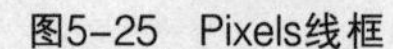

图5-25　Pixels线框

图5-26　Units线框

使用像素，Size（尺寸）调节按钮是用于控制线在视窗中的恒定显示宽度的，无透视变化；如果选择Units（单位）选项，尺寸则是按当前的单位来计算，线条有透视变化，并且采用单位选项的尺寸相对于像素的尺寸会大一些。

5.3 贴图通道

组成物体材质的成分很多。实际上，可以把一幅贴图赋予其成分，比方说你可以用贴图来替换Ambient，Diffuse或Specular等颜色成分。也可以用贴图来影响材质的自发光度，改变材质的不透明度等。

同时，3ds Max 6也为用户提供了种类繁多的贴图效果控制，有12种之多。展开材质编辑器下方的Maps卷展栏，会弹出如图5-27所示的选择面板，里面排列了所有的贴图效果控制类型。用户可以很方便地选择所需要的贴图效果类型来设置贴图材质。

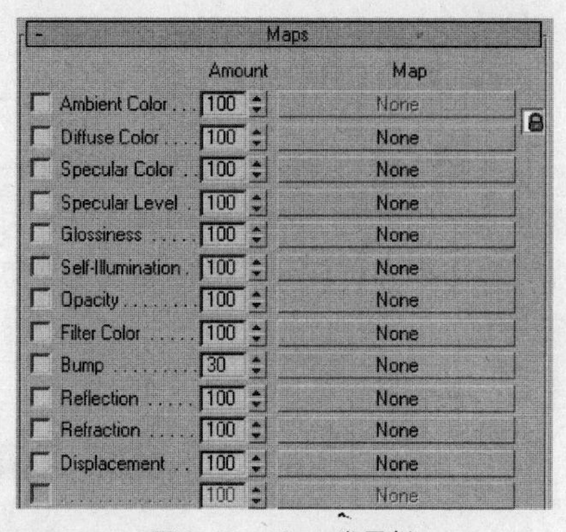

图5-27 Maps卷展栏

（1）Ambient Color（阴影色效果）：该选项的功能是将贴图应用于材质的阴影区。

（2）Diffuse Color（过渡色效果）：该选项的功能是将贴图应用于材质的过渡区。

（3）Specular Color（高光色效果）：该选项的功能是将贴图应用于材质的高光区，从而产生高亮的镜面效果。

（4）Specular Level（高光区强度）：该选项的功能是将贴图应用于材质的高光区域，根据高光区的强度来调整贴图的效果。

（5）Glossiness（光泽效果）：该类型的功能是将贴图应用于材质的光泽区域。

（6）Self-Illumination（自发光效果）：该类型可以将贴图应用于控制对象的自发光效果。

（7）Opacity（透明效果）：通过该选项可以设置对象的透明效果。

（8）Filter Color（过滤色效果）：该类型可以将位图用于改变透明材质背后的对象颜色。

（9）Bump（凸凹效果）：该类型可以将位图用于使对象的表面产生三维效果。

（10）Reflection（反射效果）：该类型可以将位图用作对象的反射。

（11）Refraction（折射效果）：该类型可以将位图用作对象的折射。

下面介绍几种常用的贴图通道。

5.3.1 透明贴图

透明效果贴图是根据图像中颜色的强度级别来改变物体表面的透明。图像中的黑色成分表示完全透明，白色成分表示不透明，介于二者之间的值为半透明，如图5-28所示。

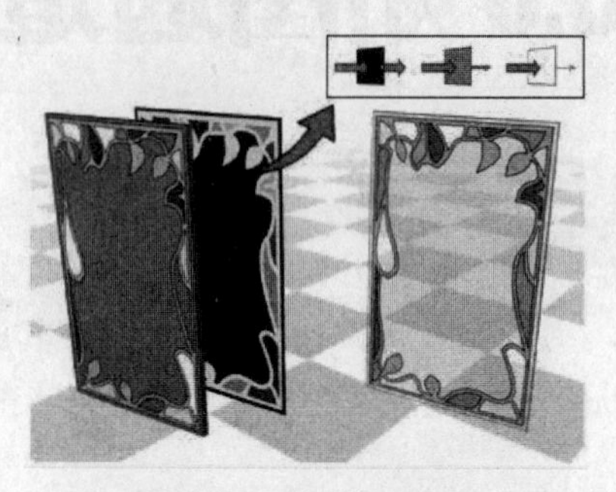

图5-28 透明效果贴图

5.3.2 凸凹贴图

就像不透明度贴图和光亮度贴图一样，凸凹（Bump）贴图就是用贴图来取代材质中的光滑度成分。根据图像的颜色强度值，凸凹贴图可以影响到物体表面视觉上的光滑程度。对应于图像上的白色区域，凸凹贴图上就凸出一些，对于黑色区域，贴图上就凹进一些，如图5-29所示。

图5-29 凹凸贴图效果

一般情况下，如果你想消除物体表面的光滑效果，或者想构造一种类似于浮雕的效果时，凸凹贴图可以让你达到这一目的。但是，一定要记住，凸凹贴图所能产生的深度效果是有限度的。如果希望在物体表面上构造一种真正的深度效果，那么只能借助相关的造型技术对表面进行修改。

5.3.3 镜面反射贴图

镜面反射（Specular）贴图就是用贴图来取代材质中镜面反射颜色成分，如图5-30所示。在自然界中，镜面反射贴图不会出现，使用它是为了产生特殊效果。有一点要注意，那就是镜面反射贴图不同于光亮度贴图，它不改变高光区的光的强度，只改变镜面反射高光区的颜色。

在透明贴图及凸凹贴图没有使用时，镜面反射贴图更容易观察，因此可先将它们关闭。

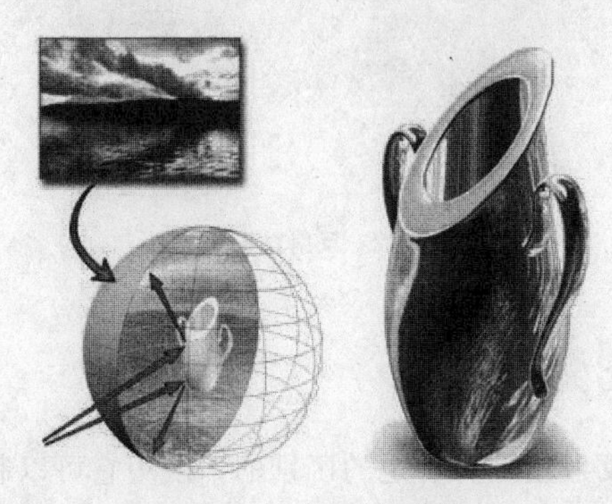

图5-30　镜面反射贴图

5.3.4 自发光贴图

使用自发光（Self-Illumination）贴图，可以影响自发光效果的强度，如图5-31所示。同其他类型的贴图不一样，自发光贴图中的颜色强度值会影响到自发光效果。图像中的白色会产生较强的自发光效果，黑色则不会产生自发光效果。

图5-31　自发光贴图效果

5.3.5 基本反射贴图

在3ds Max 6中，可以生成三种反射贴图：基本反射贴图（Basic Reflection Map）、自动反射贴图（Automatic Reflection Map）和平面镜反射贴图（Flat-mirror Reflection Map）。通过把基本反射贴图赋予几何体，可以使贴图图像看上去就像从物体表面上反射出来的，从而构造出类似于玻璃或者金属的感觉，如图5-32所示。

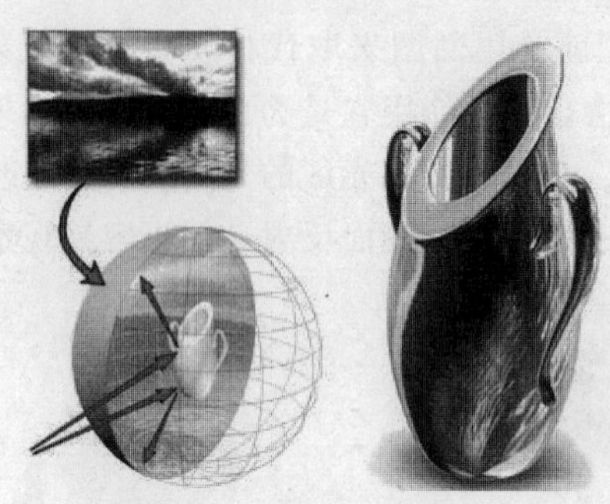

图5-32　反射贴图效果

5.3.6 折射贴图效果

折射贴图形成的效果和反射还是有一定的区别的。使用它可以制作出类似于插入水中的筷子的折射效果，如图5-33所示。

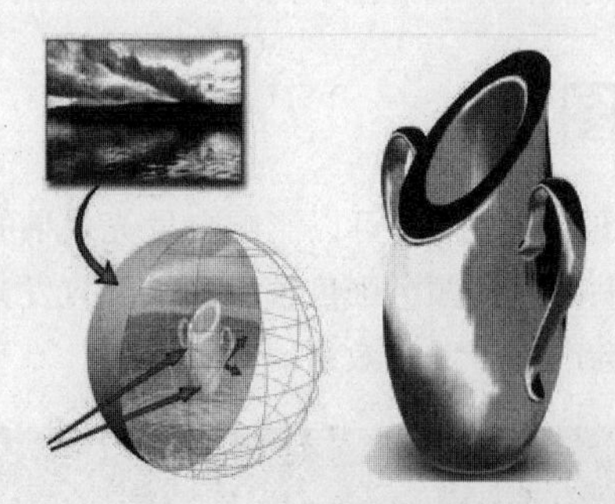

图5-33　折射贴图效果

5.3.7 自动反射贴图

自动反射（Automatic Reflection）贴图根本不需要贴图坐标。从物体的中心往外看，将所看到的景物记录下来作为贴图放置在物体表面上，就成为了自动反射贴图。一方面，它是自动的，无须为了与环境相匹配而调整贴图，另一方面，在渲染过程中，必须花费更多的时间来进行计算。

5.3.8 自动折射贴图

正如上文所说过的，折射贴图能给人一种透明的错觉。这是因为它把周围环境的图像

"贴"在了物体表面上，所以就好像是透过物体表面观察一样。

5.3.9 环境贴图类型

在Coordinate卷展栏中列有四种环境贴图类型，单击Mapping右侧的下拉箭头即可下拉出一个列表，如图5-34所示。

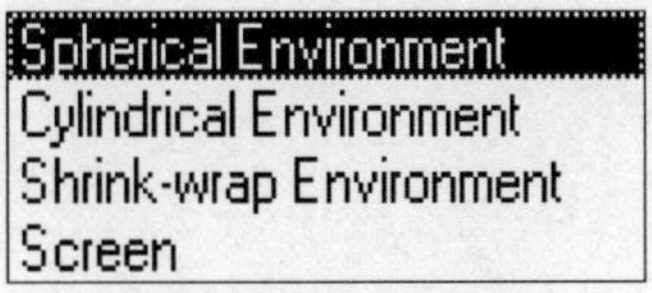

Spherical Environment
Cylindrical Environment
Shrink-wrap Environment
Screen

图5-34　环境贴图类型列表

列表中是四种环境贴图类型：Spherical Environment（球形环境贴图）、Cylindrical Environment（圆柱体环境贴图）、Shrink-wrap Environment（收缩包裹环境贴图）、Screen（屏幕环境贴图）。

环境贴图（Environment Map）不是用来赋予物体（或子物体），而是用来赋予场景本身的，所以这种贴图无法用材质编辑器来指定。

（1）Spherical Environment类型的贴图是使贴图材质整个呈球形包裹造型体的贴图方法。

（2）Cylindrical Environment则是将贴图整个呈圆柱体的外形来包裹造型体。

（3）Shrink wrap Environment方法也是一种呈球形的收缩包裹贴图方法，只是包裹得比球形环境贴图更紧密。

（4）Screen屏幕环境贴图是直接把图像映射到了视图区中，所以完全不会产生变形。与其他环境贴图方式不同，屏幕方式是与视图锁定在一起的。当摄像机移动时，贴图也会随之移动，因此只能在静止场景或者摄像机不移动的动画中使用这种环境贴图方式。

5.4 常用贴图

在5.3节中介绍了各个贴图通道的用途和效果，但是贴图通道要结合具体的贴图才能表现，而且有些贴图只能应用于特定的贴图通道。在这一节中将结合具体的贴图来介绍一些常见材质的制作。

5.4.1 Bitmap（位图）贴图

在每一个贴图通道的右侧都有一个None按钮，表示还未设置贴图。单击None按钮，会弹出材质/贴图浏览器，在浏览器中可以选择不同的贴图，如图5-35所示。在所有的贴图选项中，Bitmap（位图）贴图是最常用的贴图之一。

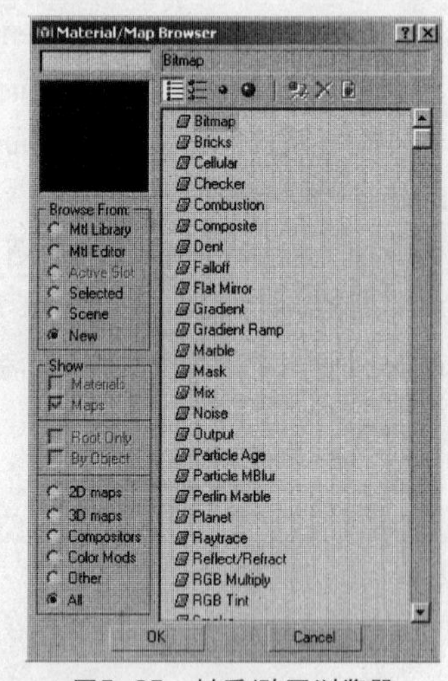

图5-35　材质/贴图浏览器

在材质/贴图浏览器中双击Bitmap选项，这样便会打开其参数设置。Bitmap材质类型中有Coordinates栏、Noise栏、Time栏、Output栏，比较特殊的是Bitmap Parameters栏，而其他几栏在所有的贴图参数中都会出现，在此先一并介绍。

1. Coordinates（坐标）栏

Coordinates栏中的选项主要是在贴图操作时对必要的信息先进行设置，如图5-36所示。如果设置未完成，就强迫进行着色操作的话，在操作过程中会有一个警告信息出现，以提醒用户。

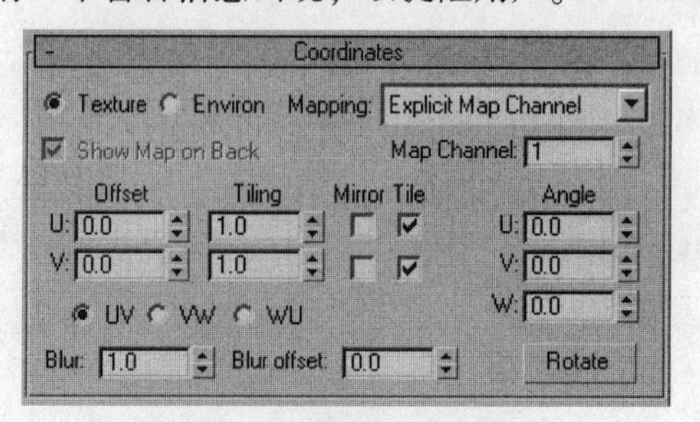

图5-36　Coordinates栏

（1）Texture（材质）：设置进行贴图的材质。

（2）Environ Mapping（环境贴图）：此选项的设置在此先不讨论，等到后面讲解环境设置时再作说明。

（3）Offset（平移）：定义贴图时贴图的位置，在贴图时将以UVW轴来替代一般平常所使用的XYZ轴。轴向名称之所以变换是为了避免用户在定义轴向时产生混乱。

（4）Mirror（镜像）：选取此复选框时，系统将以对轴镜像映射的方式来进行剩余空间的填补。

（5）Tile（瓷砖）：选取此复选框时，系统将会以瓷砖重复排列的方式来进行剩余空间的填补。

（6）UV（UV面）：设置操作平面为UV面。

（7）VW （VW面）：设置操作平面为VW面。

（8）WU（WU面）：设置操作平面为WU面。

（9）Angle（角度）：更改贴图时的角度。

（10）Blur（朦胧）：在贴图时，将贴图图像进行朦胧效果处理。

（11）Blur offset（平移朦胧）：将贴图图像进行平移朦胧效果处理。

图5-37、图5-38和图5-39为正常贴图、镜像及重复排列3种不同方式的渲染结果。

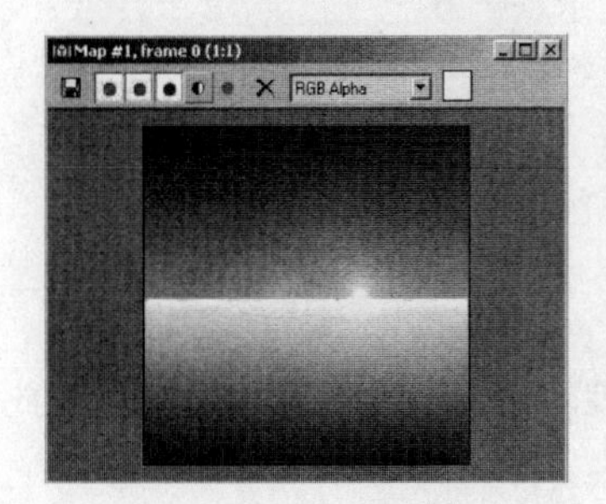

图5-37　正常贴图

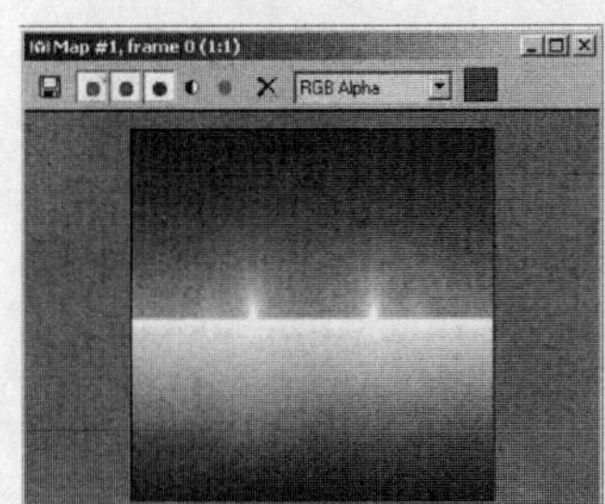

图5-38　镜像贴图

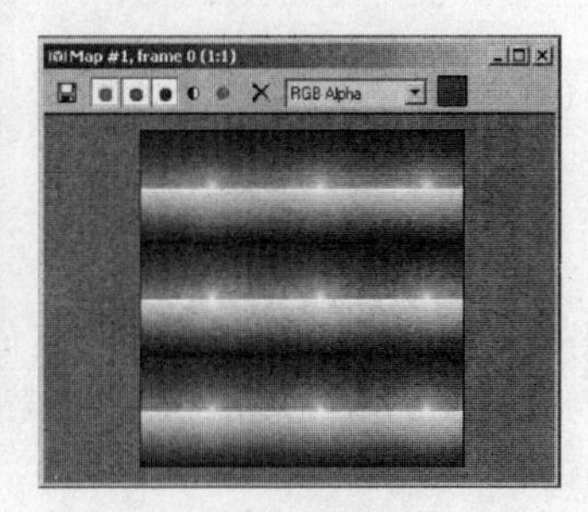

图5-39　重复贴图

2. Noise（噪声）栏

Noise（噪声）栏中的参数用于设置贴图的噪声化，以免贴图过于完美而不真实，如图5-40所示，这是在一个立方体上赋上Noise.jpg贴图。

展开Noise参数栏，如图5-41所示，其各项参数的意义如下。

（1）On（启动）：用于确定是否启动噪声效果。

（2）Amount（程度）：设置噪声化的程度。

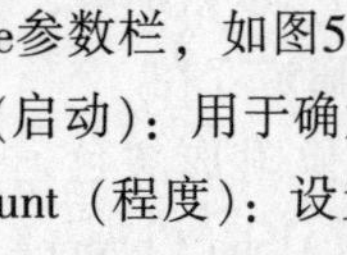

NOISE

图5-40　规则贴图

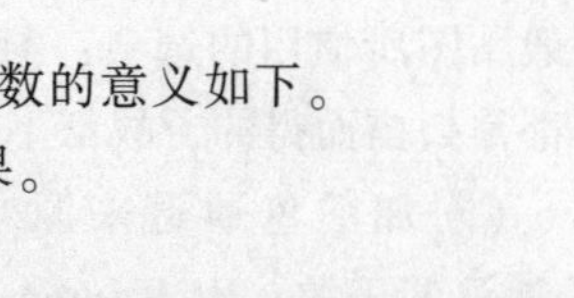

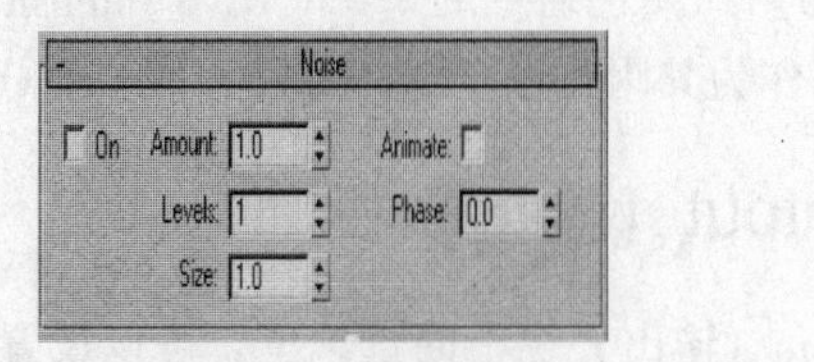

图5-41　Noise栏

(3) Levels（级别）：设置噪声化的次数，次数越多得到的噪声化效果越明显。

(4) Size（尺寸）：设置噪声化效果的大小。

(5) Animate（动画）：确定是否启动噪声化的动态效果。

(6) Phase（相位）：设置噪声动态效果的相位。

在Noise栏中选中On选项，然后设置Amount的值为5.0，Size的值为0.4，此时渲染场景得到如图5-42所示的贴图效果。

3. Bitmap Parameters（位图参数）栏

如图5-43所示的就是Bitmap Parameters栏，其中的主要选项有：

(1) Bitmap（位贴图）：按下空白按钮时，会自动打开位贴图路径设置对话框，如图5-44所示。其最先显现的为Configure Paths（设置的路径），其默认值为3ds Max 6下的Maps子目录。用户可以由此自由决定想要选取的贴图。

图5-42　不规则贴图效果

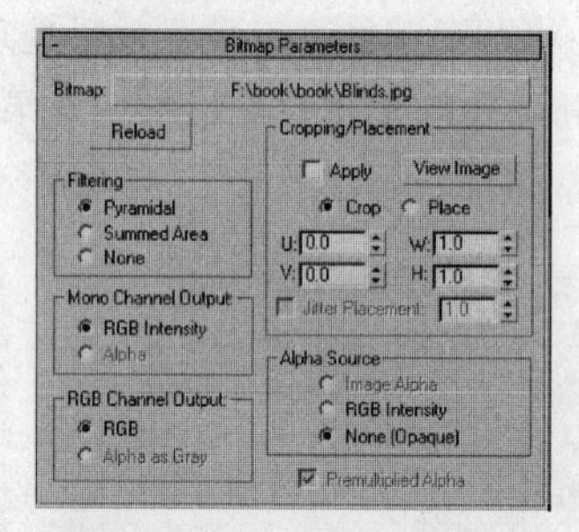

图5-43　Bitmap Parameters栏

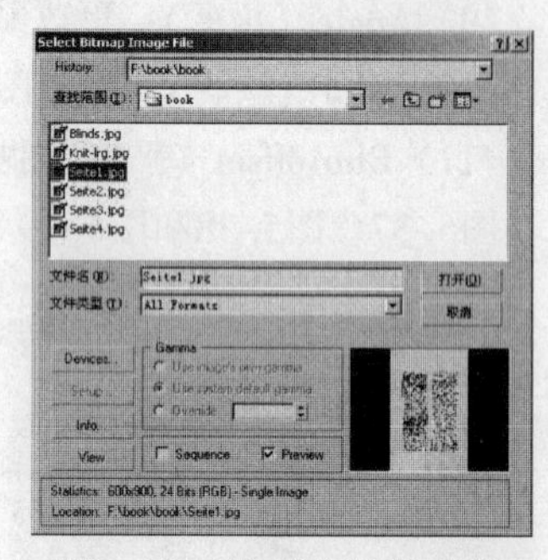

图5-44　贴图路径设置对话框

(2) Reload（重新装入）：若贴图在使用过程中，被重新编辑过而与原贴图不同，单击此按钮可以重新再装入一次贴图。

(3) Filtering（过滤）：Pyramidal（金字塔区域）为以Pyramidal方式进行贴图过滤，以达到自动边缘柔和化的效果，这个选项是系统默认值；Summed Area（综合区域）为以Summed Area方式进行贴图过滤，达到自动边缘柔和化的效果，此方式能得到最佳效果，但是其所花费的时间较Pyramidal要高出数倍；None（无）为不进行过滤。

(4) Mono Channel Output（单颜色通道输出）：RGB Intensity（RGB强度），以RGB作为颜色通道输出，此为一般贴图所惯用的选项；Alpha（附加颜色通道），以附加颜色通道作为输出来源，但是一般贴图都是扫描而得的，故都不会有8bit的附加颜色通道存在。

(5) Alpha Source（附加颜色通道来源）：Image Alpha（图像附加颜色通道）以Alpha Channel作为附加颜色通道的来源；RGB Intensity（RGB来源）若无Alpha Channel，系统会自动以单色贴图作为其附加颜色通道标准；None（Opaque）（无）为无附加颜色通道来源。

4. Output（输出）栏

在Output（输出）栏中的选项里，可以设置贴图出现在屏幕上的各项参数，其选项面板中各参数的意义及功能如图5-45所示。

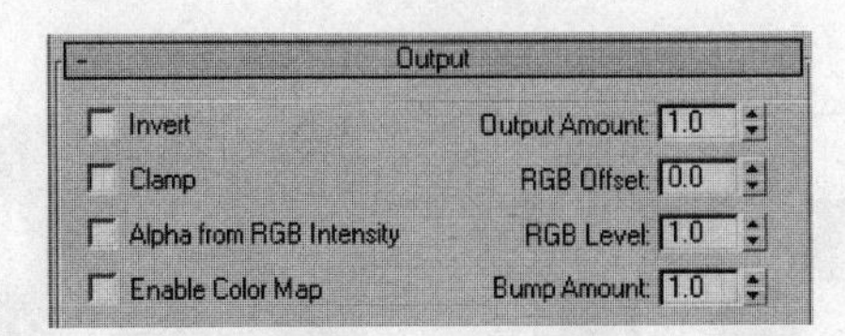

图5-45　Output栏

(1) Invert（反转）：将像素的颜色反转，出现负片的效果。

(2) Output Amount（输出级别）：设置在合成材质的操作中，图像输出的程度。

(3) RGB Level（RGB级别）：设置在合成材质操作中，图像色调输出的饱和度。

(4) RGB Offset（RGB平移）：设置在合成材质操作中，图像颜色输出的程度。

5. Time（时间）栏

当进行贴图的材质是动态图像文件时，可以利用Time（时间）栏中的选项来设置有关于图像播放时间及方式的参数，如图5-46所示。

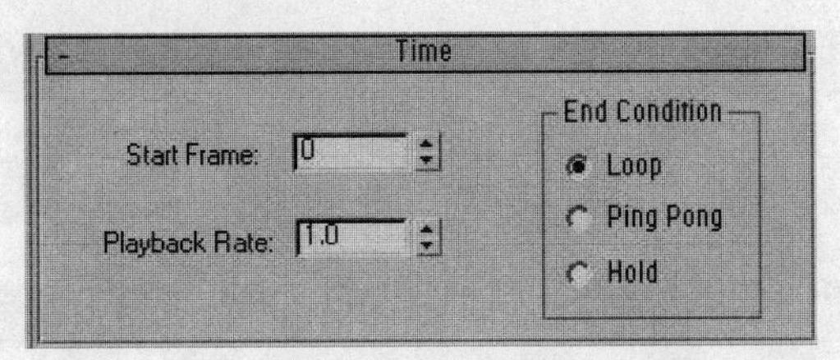

图5-46　Time栏

(1) Start Frame（起始画框）：设置有关于图像播放的起始位置。

(2) Playback Rate（放映速度）：设置有关于图像播放的速度比例。

(3) End Condition（结束方式）：Loop（循环）表示图像会不断重复播放；Ping Pong（回复）表示图像会正向播放与反向播放不断交替使用着；Hold（停止）表示播放结束后，图像会停止不动。

5.4.2 Checker（棋盘格）贴图

其中，Coordinates栏和Noise栏请参考5.4.1节，这里只介绍Checker Parameters参数部分，如图5-47所示。

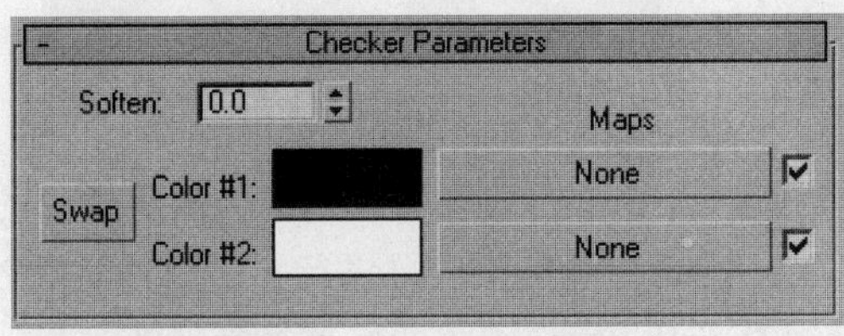

图5-47　Checker参数设置

（1）Soften（柔化）：将贴图与贴图的边沿进行柔和效果，如图5-48所示，右侧贴图使用了柔化效果。

图5-48　柔化效果

（2）Swap（转换）：将Color#1与Color#2相互对调。

（3）Color#1（颜色一）：设置第一种间隔颜色，如图5-49所示。

（4）Color#2（颜色二）：设置第二种间隔颜色。

（5）Maps（贴图）：将间隔颜色以指定贴图来替代，如图5-50所示。

图5-49　改变棋盘颜色

图5-50　使用贴图

图5-51中的地面和桌面贴图都是使用Checker贴图制作的。

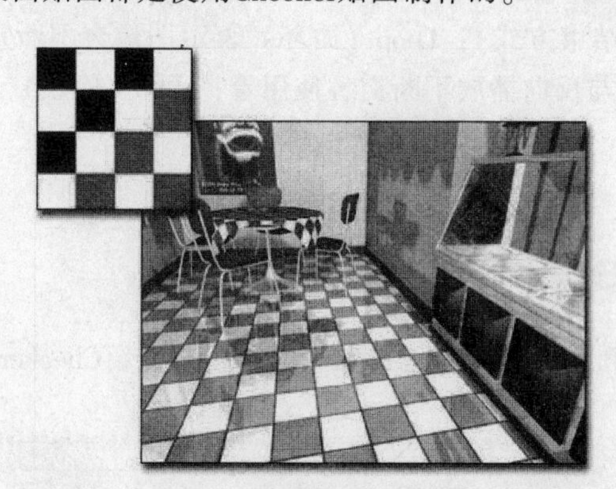

图5-51　棋盘贴图效果

再次回到制作好的模型刀。通过对UV的学习，尝试分解铸铁刀的贴图坐标。

（1）按键盘的PrintScreen SysRq键对整个屏幕进行抓屏。然后在Photoshop 里面新开一个文件。按快捷键Ctrl+N，然后按Ctrl+V，就把刚才的屏幕复制到Photoshop里了，如图5-52所示。

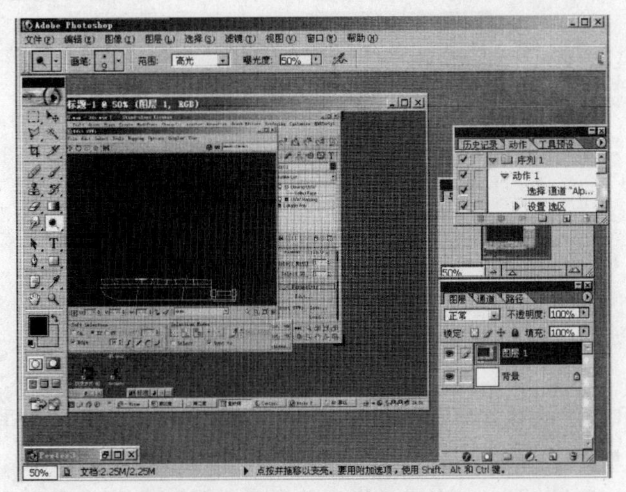

图5-52　按键盘上Print Screen SysRq键对整个屏幕进行抓屏

（2）单击Photoshop里面的主工具栏里的 放大镜工具，对整个文件进行放大。然后单击 ，按住Shift+鼠标框选栏框粗线，按Ctrl+C快捷键，然后新开一个文件，再按Ctrl+V，这样就新开了一个文件，并只保留了要做贴图的部分，如图5-53所示。

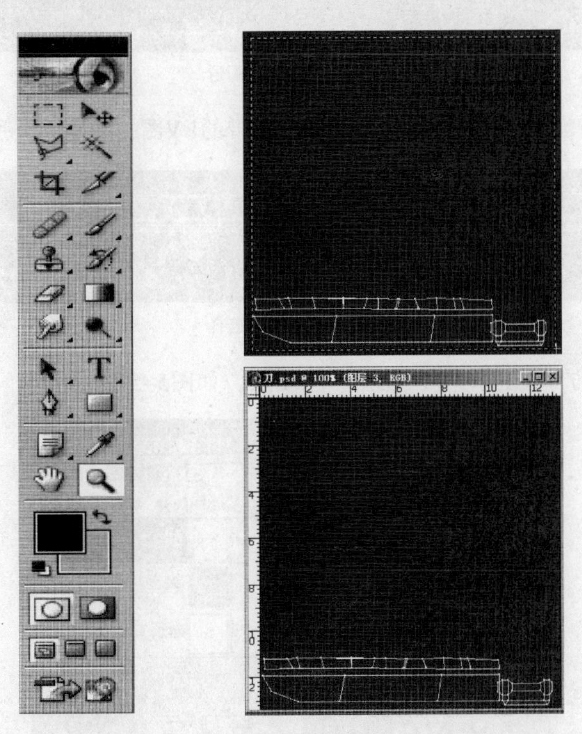

图5-53　裁减图片

（3）选择Photoshop菜单栏里【图像】下拉菜单下的【图像大小】命令，弹出“图像大小”对话框，如图5-54所示。

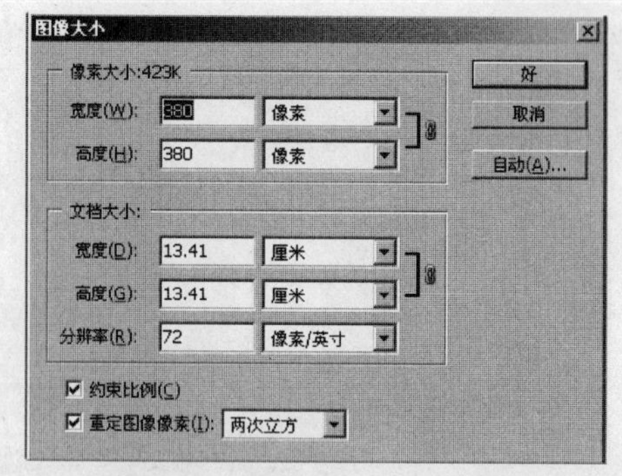

图5-54 “图像大小”设置对话框

把图像的宽度和高度的参数都设置成512。因为游戏贴图的大小一般采用的都是256×256，或者512×512像素的尺寸。

（4）现在开始画刀的贴图。点击工具栏里的套索工具，用套索工具框选刀的部分，如图5-55所示。

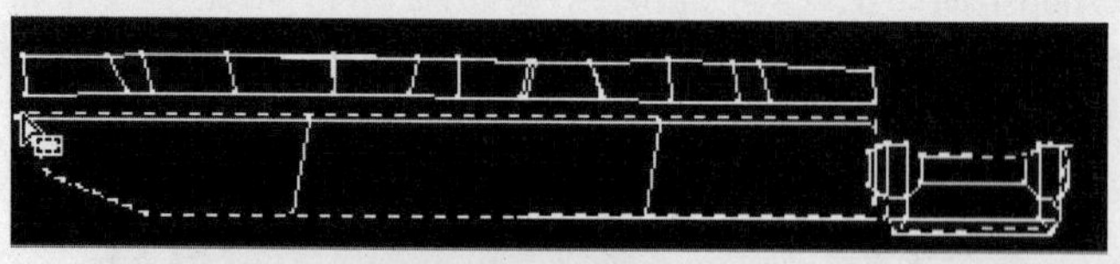

图5-55 选择图形

（5）按住Shift键，继续用套索工具添加刀背带的UV图，如图5-56所示。

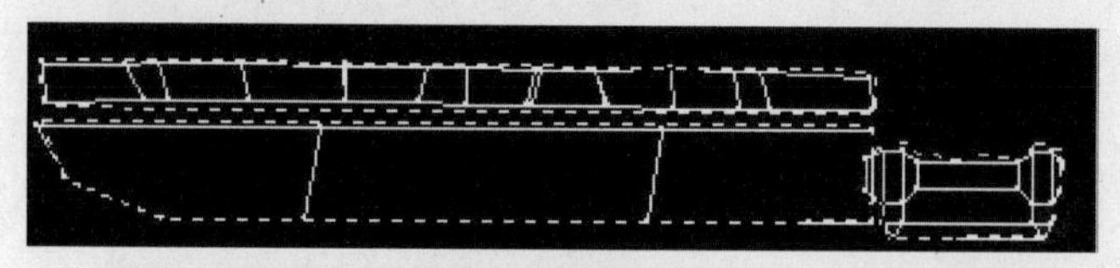

图5-56 增加选择

（6）在图层栏下方单击选择，复制一个图层，如图5-57所示。

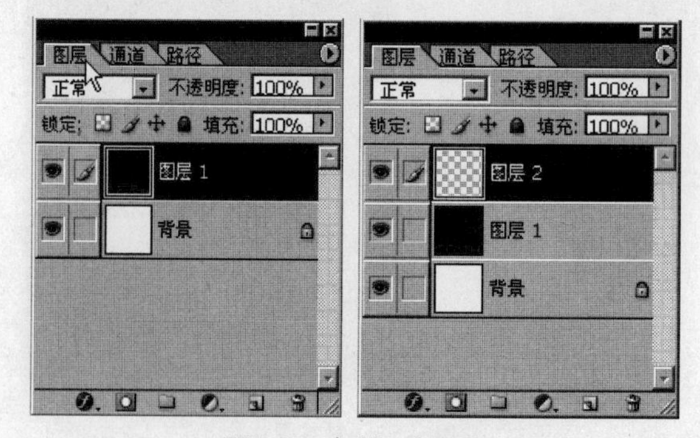

图5-57 复制一个图层

（7）在工具栏下方的设置颜色中，选择下方的框，在框内点击鼠标，出现一个拾色器

对话框，如图5-58所示。

(8) 选择一个灰色的颜色，然后单击【好】按钮。接着按Ctrl+Delete快捷键，对刚才选定的部分进行背景填充，如图5-59所示。

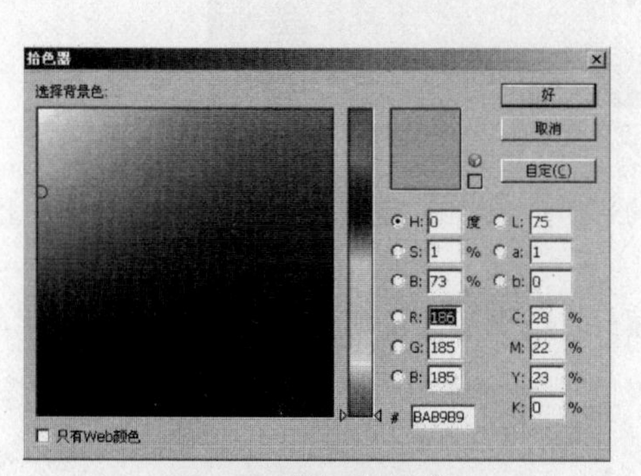

图5-58　拾色器对话框

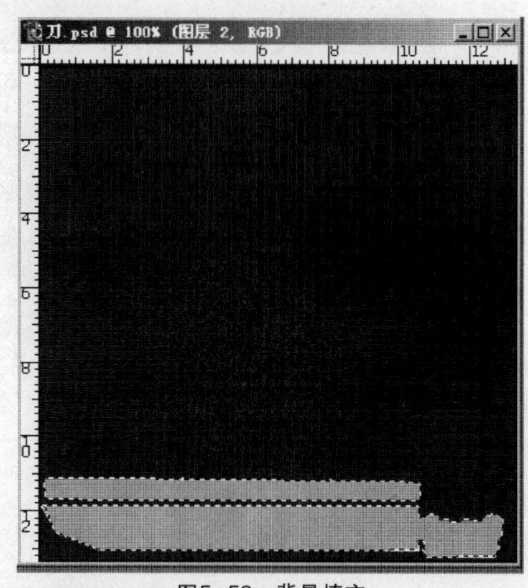

图5-59　背景填充

(9) 在图层栏下方的 不透明度: 60% 处，把不透明度设置成60%，如图5-60所示。

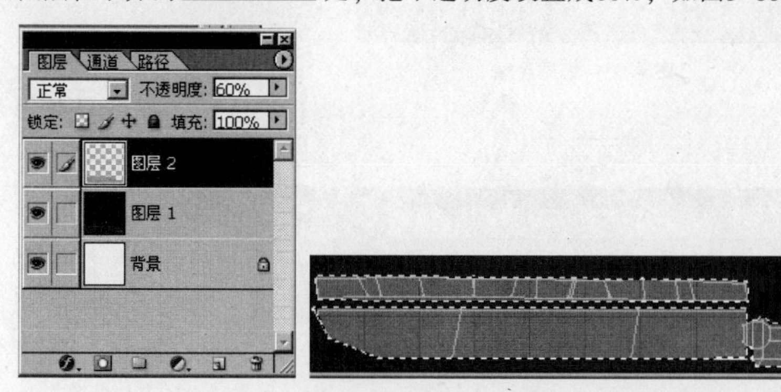

图5-60　透明度设置成60%

(10) 选择 工具，根据下一图层刀的细节部分，加深刀的边缘部分，并小部分地刻画刀柄和带子，这样做的目的是做一个灰度图，作用是使得在叠加材质的时候不会让材质的色彩失真，另外有一个作用是让材质叠加完以后能有一个很好的深浅变化。制作出来的灰度图如图5-61所示。

(11) 在图层栏下方的 不透明度: 60% 处，把不透明度设置成100%，这样得到的刀的灰度图如图5-62所示。

(12) 灰度图做到一定阶段，就要为刀鞘选一种材质，在选材质的时候必须很清楚要给刀鞘做成什么样的质感，是金属的还是木头的，甚至是其他质感的。因为做的是重铁铸刀，所以把刀鞘也做成金属的，并带有花纹的雕刻。选了一个有花纹的金属，如图5-63所示。

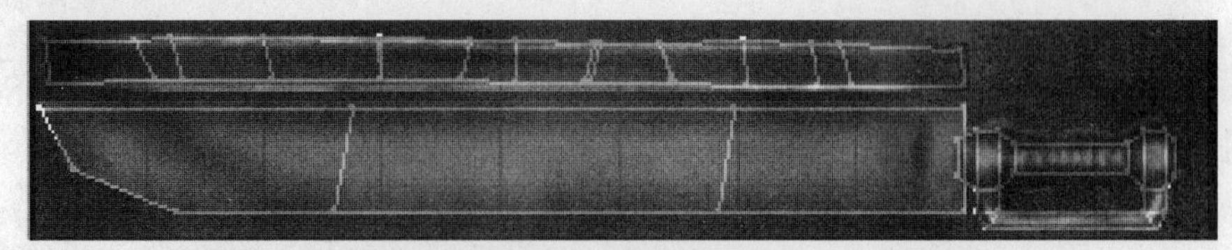

图5-61　制作灰度图

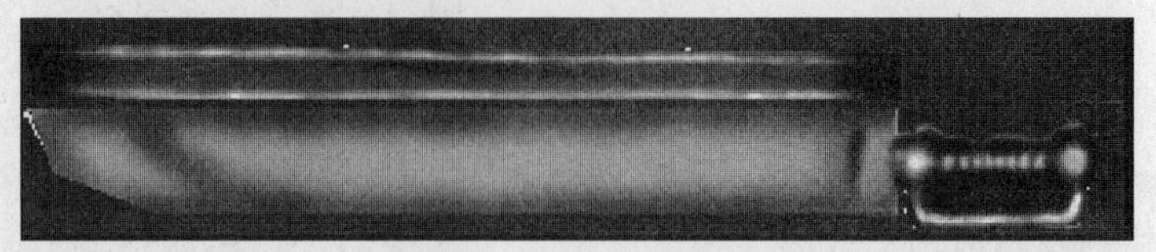

图5-62　不透明度设置成100%

把这个金属复制到文件里，并把它放在刀鞘的部分。按Ctrl+T快捷键调整它的大小，让它和刀鞘大小相同，如图5-64所示。

(13) 在图层栏的正下方有一个 正常 框，点击下三角按钮，出现一个下拉菜单，如图5-65所示。

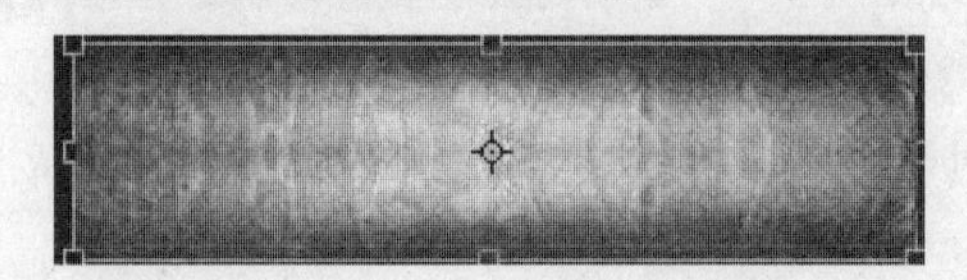

图5-63　选择素材

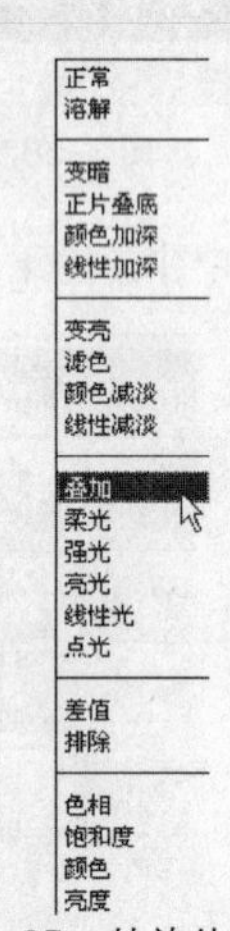

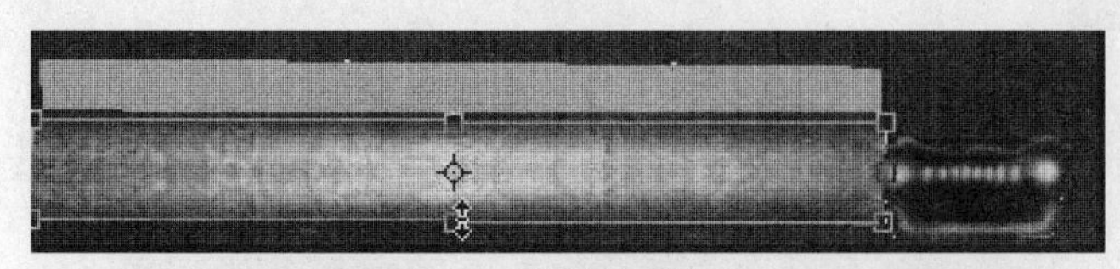

图5-64　调整素材大小

图5-65　特效处理菜单

(14) 选择“叠加”效果，如图5-66所示。

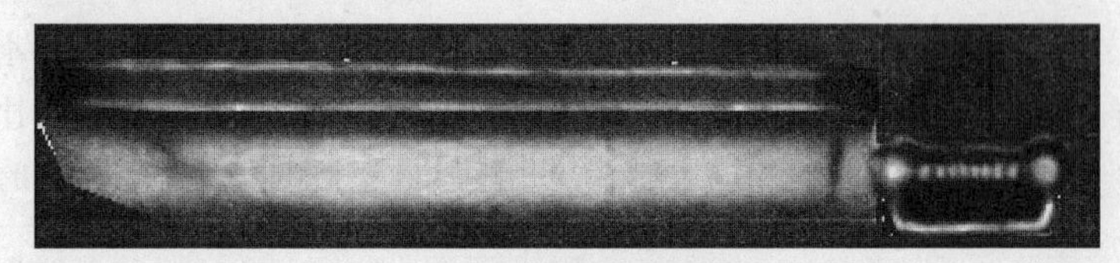

图5-66　叠加效果

(15) 在【图像】下拉菜单的【调整】处，把鼠标停留在这里，让【调整】显示高亮，此时会弹出一个子菜单。在子菜单中选中【亮度/对比度】。调整金属材质的亮度和对比度，并调整它的色彩，效果如图5-67所示。

(16) 选中，调亮金属材质部分的花纹，让花纹更加明显，然后按“Alt+鼠标”可以擦

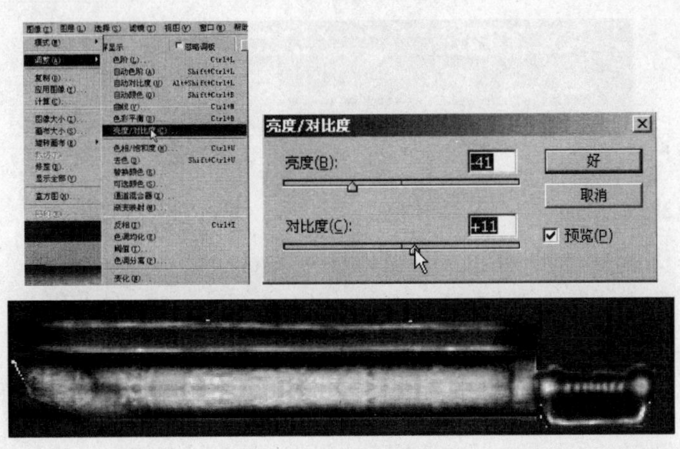

图5-67 亮度/对比度调整

黑花纹的边缘部分，让纹理更加清晰，效果如图5-68所示。

图5-68 刻画花纹

(17) 复制一层金属材质，按“Ctrl+U”快捷键弹出【色相/饱和度】对话框，把饱和度参数设置为-100，如图5-69所示。

(18) 把这一层材质直接用鼠标拖放到彩色材质的下一层，在图层栏的正下方有一个 正常 框，点击下三角按钮，出现一个下拉菜单，在下拉菜单中选择“强光”，如图5-70所示。

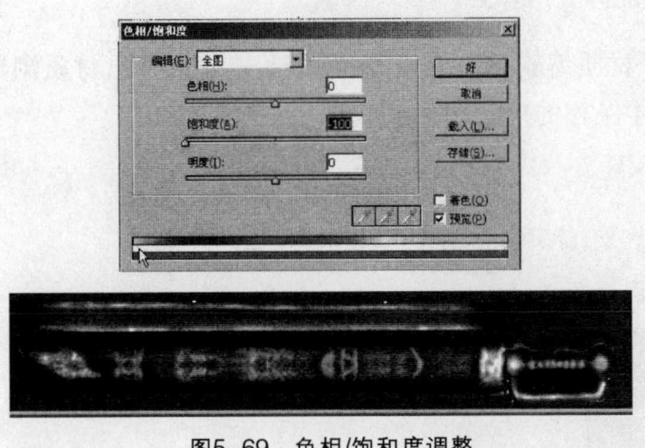

图5-69 色相/饱和度调整

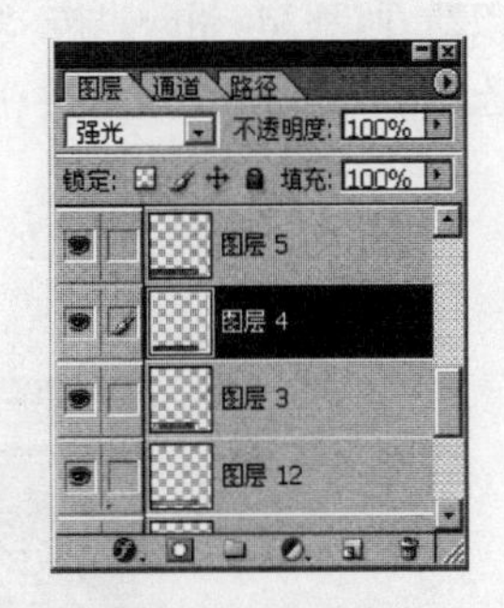

图5-70 图层次序

(19) 继续用减淡和加深工具 (加深工具在减淡工具的下拉菜单中)。材质刻画灰度图、彩色金属材质，以及黑白金属材质图层纹理的部分，让纹理更加清晰，如图5-71所示。

(20) 同上面一样的操作，给刀柄和刀的带子加上材质。给刀柄用重金属，带子用皮革，

图5-71　深画灰度图

最后效果如图5-72所示。

图5-72　最后效果图

(21) 把材质保存，在主菜单【文件】下拉菜单中选择【存储为（A）】，保存一个PSD文件和一个JPG文件。PSD文件在要修改的时候可以用到。JPG文件是用在3ds Max里面的材质文件，如图5-73所示。

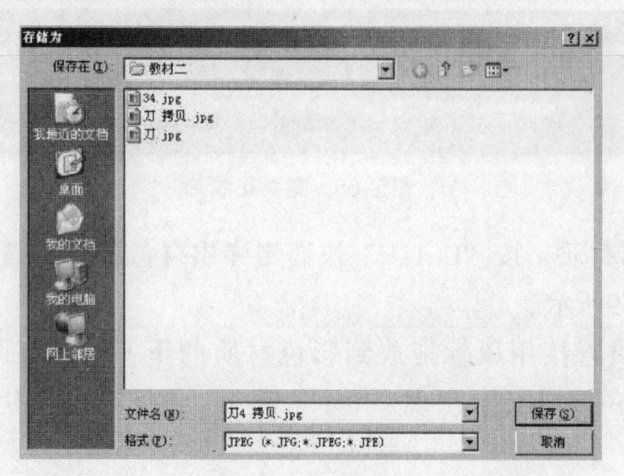

图5-73　保存文件

(22) 回到3ds Max。按“M”键打开材质编辑器。点击下面的Checker，弹出材质浏览对话框。选择Bitmap，单击OK按钮，找到刚才保存的JPG文件并打开，如图5-74所示。

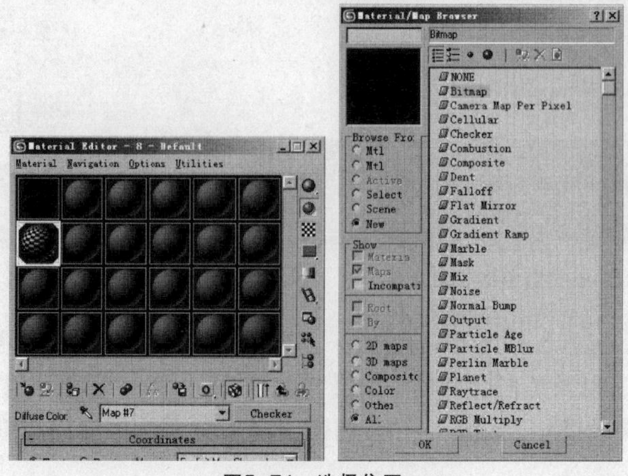

图5-74　选择位图

(23) 刚才已经用做好的新材质替换了棋盘格材质。单击材质编辑器下方的 ，让材质显示在模型上，关闭材质编辑器。模型显示效果如图5-75所示。

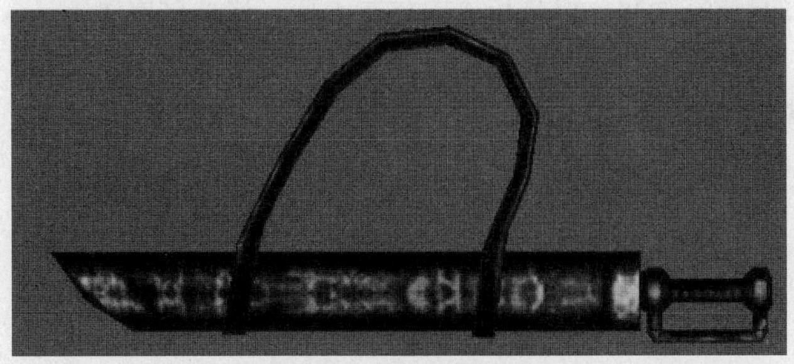

图5-75　模型显示效果

(24) 按“Shift+Q”快捷键快速渲染。渲染图效果如图5-76所示。这样就完成了道具重铁铸刀的全部制作。

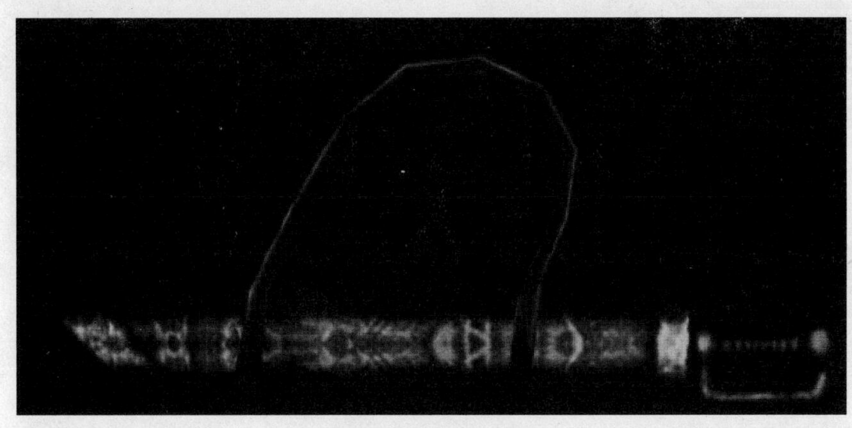

图5-76　渲染完成图

小结

通过这一章的学习，我们完成了游戏道具模型——刀的制作。从创建模型到分展UV，到指定贴图完成作品的一系列过程，我们都已经完整的学习和实践了。因为物品的创建和修改以及贴图和UV分展的全部内容基本都类似，所以从现在起，同学们可以放手制作丰富多彩的各种游戏物品，绚丽的游戏创作正在等待我们去实践。

思考与练习

一、判断题

1. 贴图的来源必须是一张带有纹理的图片。（　　）
2. 物体的材质编辑修改一般都使用材质编辑器。（　　）

二、填空题

1. 材质明暗器的类型包括（　　）（　　）（　　）（　　）（　　）（　　）和（　　）。

2. 如果样本球的材质有变化，但是场景中材质不变，这种材质属于（　　）。

三、选择题

材质编辑器的快捷键是（　　）。

A. “L”键。

B. “F”键。

C. “Y”键。

D. “M”键。

四、操作题

1. 制作一个房间，使用双面材质给房间的里面和外面分配不同的材质。

2. 制作一个高脚杯，并指定透明材质。

第6章

实例制作——制作魔法权杖

本章将运用前面章节讲授的内容，介绍制作游戏道具实例的方法、技巧。

游戏道具实例制作方法、技巧。

能够掌握游戏道具制作方法、技巧。

任何游戏物品在制作之前都要首先仔细研究策划档案——魔法权杖是邪恶法师的武器。魔法权杖如图6-1所示，其性能见表6-1。

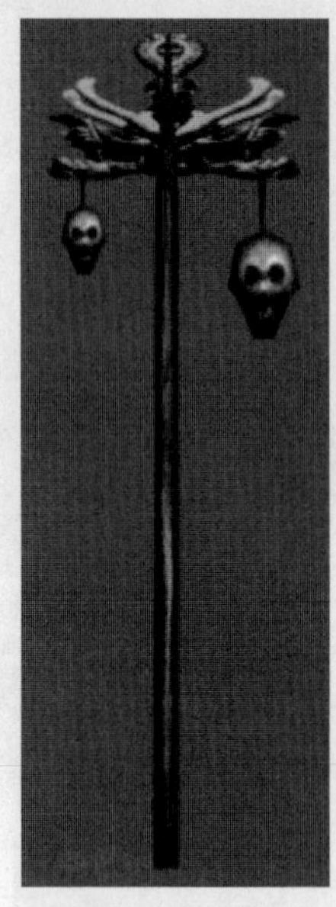

图6-1　魔法权杖

表6-1　魔法权杖性能

装备名称	道德	攻击	魔法	魅力	智力	敏捷	声望	防御	魔法防御	特色
魔法权杖	-1	2-9	7-5		6	-1			3	金色魔法笔

下面开始制作道具魔法权杖。

(1) 首先建模，创建魔杖主体。单击创建命令面板中的Cylinder按钮，在顶视图中单击鼠标左键，执行：拖、推。创建Cylinder圆柱，如图6-2所示。

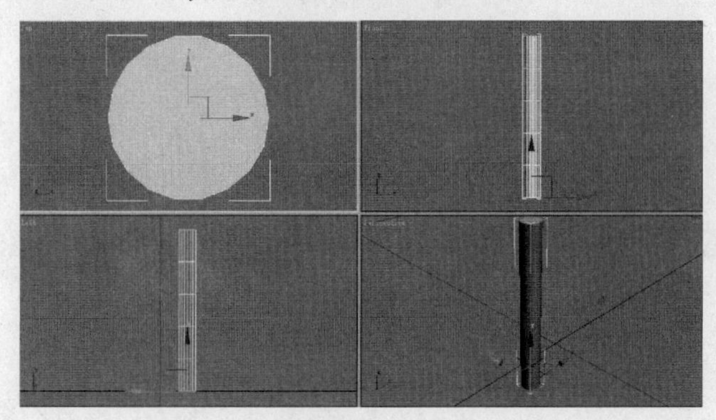

图6-2　创建圆柱

(2) 在选中Cylinder的前提下，单击按钮，设置参数如图6-3所示，其中，Height Segments 为2，Sides设置为3。

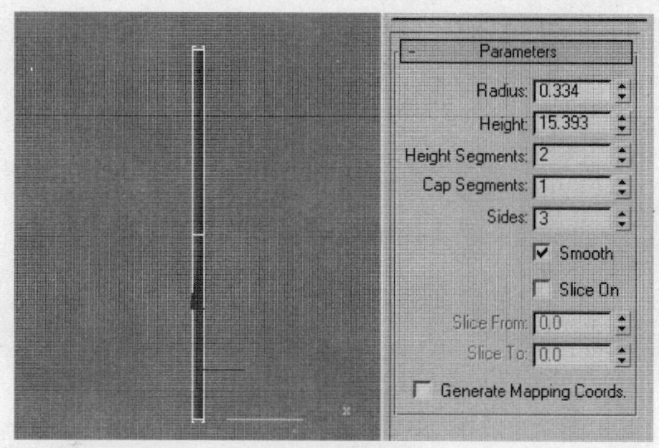

图6-3　段设置

(3) 在视图中的Cylinder物体上单击鼠标右键，从弹出的菜单中选择Convert to Editable Poly命令，转换成多边形网格物体。这样就可以在修改命令面板中单击 按钮，并转换到点次物体。在视图中，调节节点，如图6-4所示。

(4) 单击按钮，选择顶部的顶点，缩放、移动、调节节点如图6-5所示，主体制作完成。

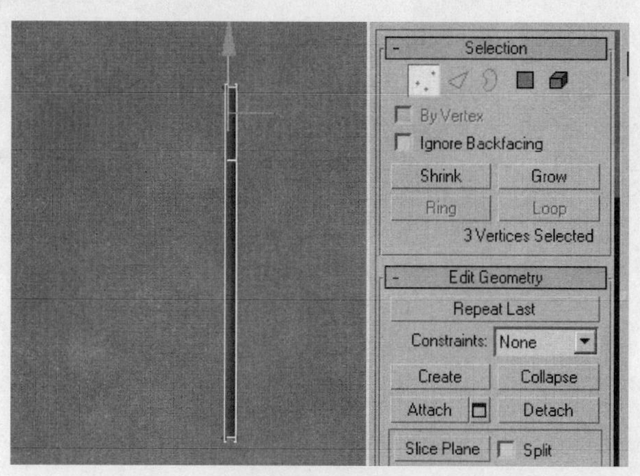

图6-4　点编辑

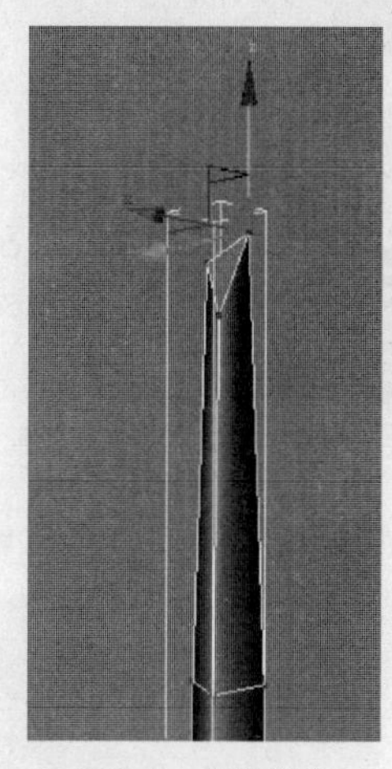

图6-5　主体制作

(5) 下面制作悬挑，悬挑的结构在这里用贴图来实现，因此只要创建一个需要贴图的表面就行了。单击 创建命令面板中 按钮下的Plane按钮，在前视图中单击鼠标左键，拖曳出一个平面，如图6-6所示，设置参数Length Segs为1，Width Segs为1。

(6) 在它的上面单击鼠标右键，弹出右键菜单，在弹出的菜单中选择Convert to Editable Poly命令，转换成多边形网格物体。这样就可以在修改命令面板中单击 按钮，转换到点次物体，在视图中调节节点，如图6-7所示。

(7) 下面创建悬挂的骷髅头，单击 创建命令面板中的Box按钮，在前视图中单击鼠标左键，创建Box，如图6-8所示。注意，段数设置为1。

(8) 在选中Box的前提下，单击 按钮，单击 Modifier List ，选择命令Mesh Smooth，设

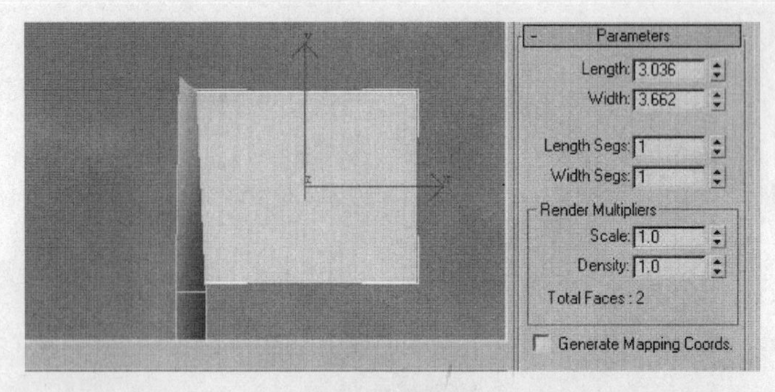

图6-6　设置参数

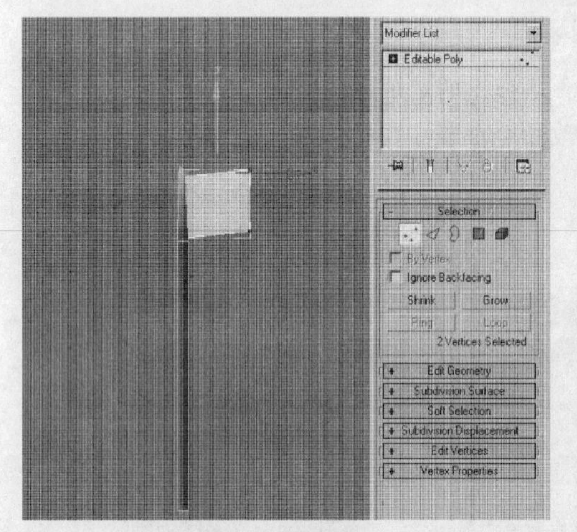

图6-7　调节节点

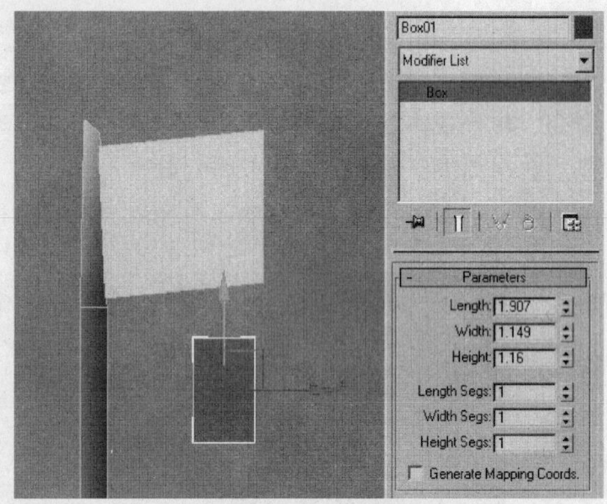

图6-8　段数设置

置参数如图6-9所示，Iterations设置为1。

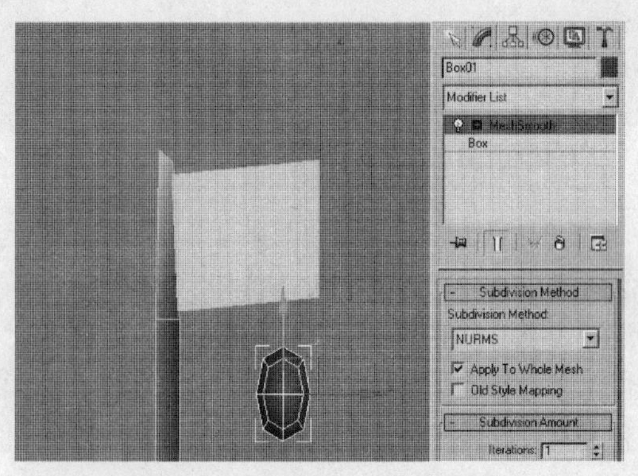

图6-9　Mesh Smooth参数设置

（9）在视图中，在Box物体上单击鼠标右键，在弹出的菜单中选择Convert to Editable Poly命令，转换成多边形网格物体。这样就可以在修改命令面板中单击 按钮，并转换到点次物体。在视图中调节节点，如图6-10所示。

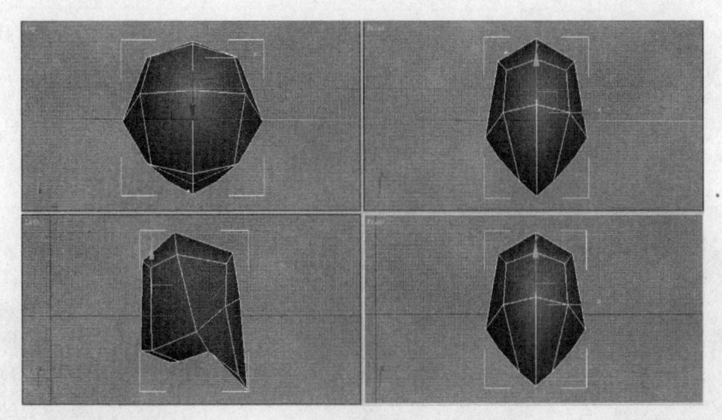

图6-10　调节节点

(10) 单击按钮，单击Edit Geometry卷展栏下的Cut按钮，在前视图中要切线的节点处按下鼠标切线，如图6-11所示。

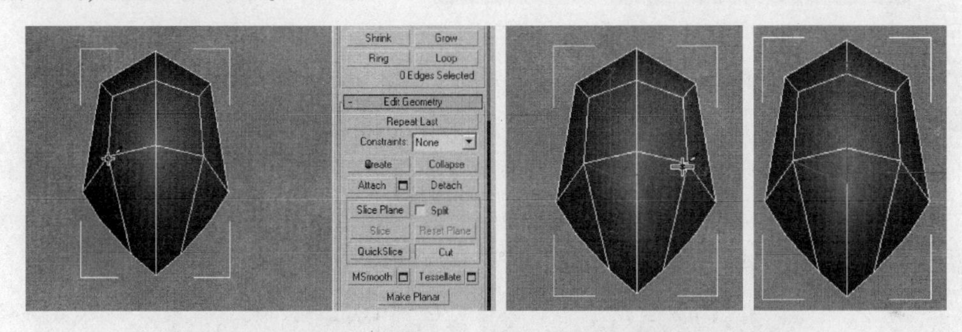

图6-11　编辑多边形

(11) 按“L”键切换到左视图，单击按钮，选择鼻骨节点，拖动节点创建鼻骨，如图6-12所示。

(12) 按“F”键切换到前视图，单击修改命令面板中的按钮，单击Edit Edges下的Chamfer按钮，选中嘴部分的边，当鼠标变换为时，按下鼠标推一段距离观察，只要分开一段即可，如图6-13所示。

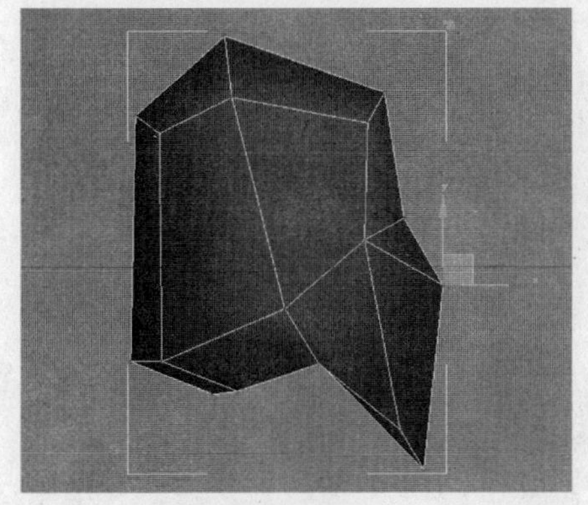

图6-12　编辑点

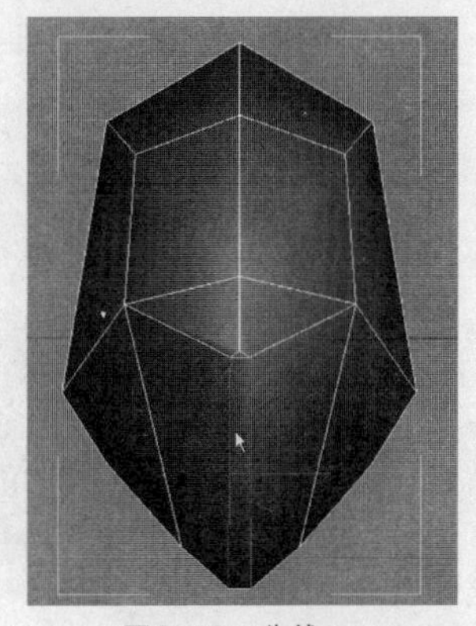

图6-13　分线

（13）单击 按钮，调节顶点，选中三点，单击Edit Geometry卷展栏下的Collapse按钮，塌陷成一点，编辑成刀鞘形状，如图6-14所示。

（14）选择下巴地方的两个点，单击 按钮缩放一下，调节宽度。然后缩放编辑其他的点，结果如图6-15所示。

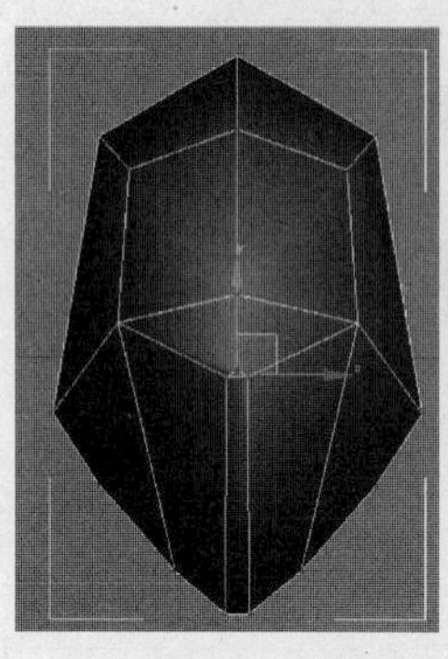
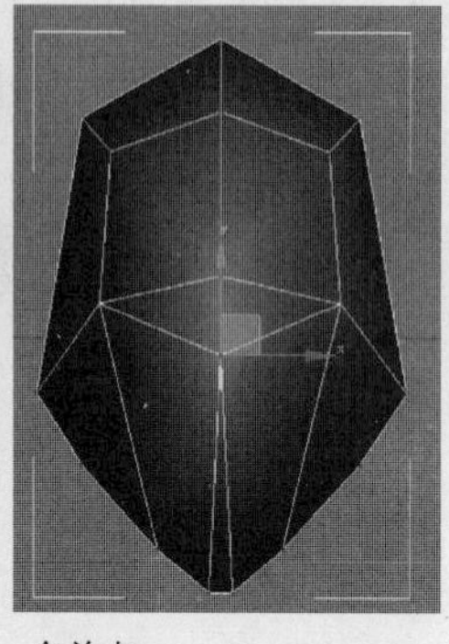

图6-14 合并点

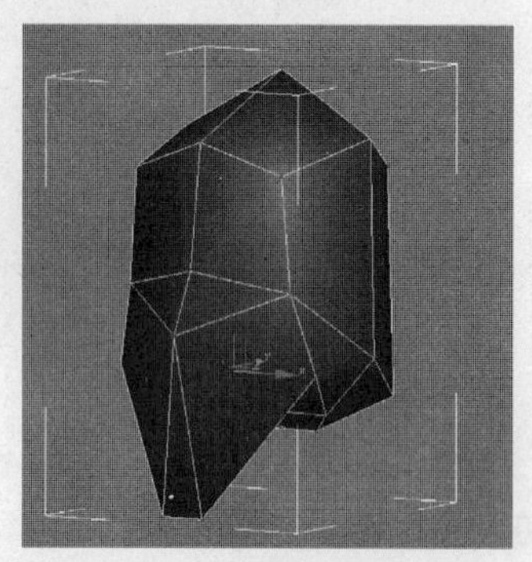

图6-15 调节宽度

（15）按下“Alt”键，配合鼠标中键旋转视图，旋转到底面的方向。在修改命令面板中单击 按钮，单击Edit Vertices卷展栏下的Target Weld按钮，合并节点。合并节点的方法是在要焊接的两个节点中，选中一个节点，当鼠标变成小十字形时，按下鼠标拖动到另一个节点上，焊接完成。同理合并每一个点，如图6-16所示。

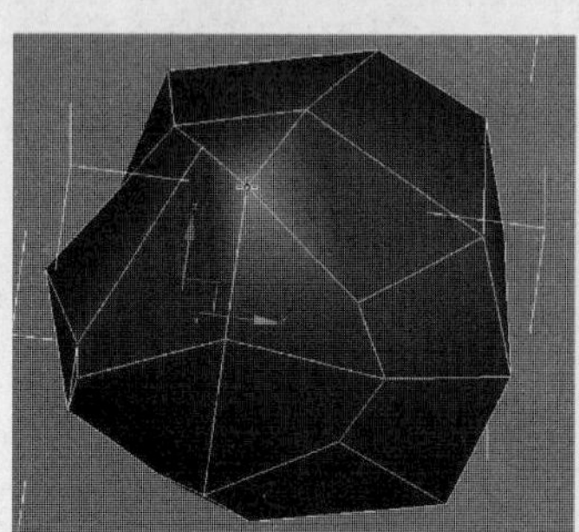
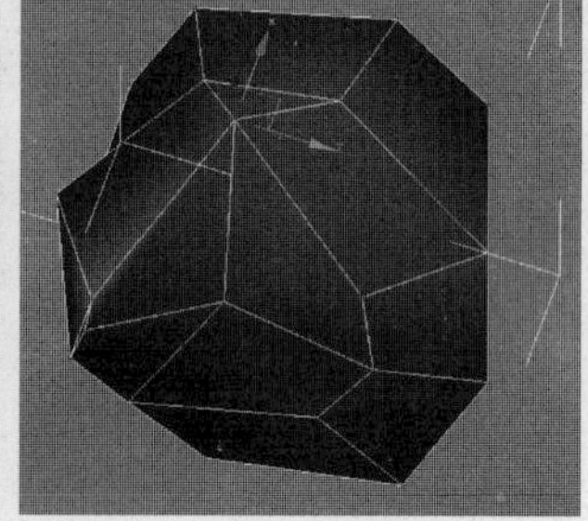

图6-16 焊接点

（16）然后焊接其他的点，结果如图6-17所示，骷髅的模型建完了。

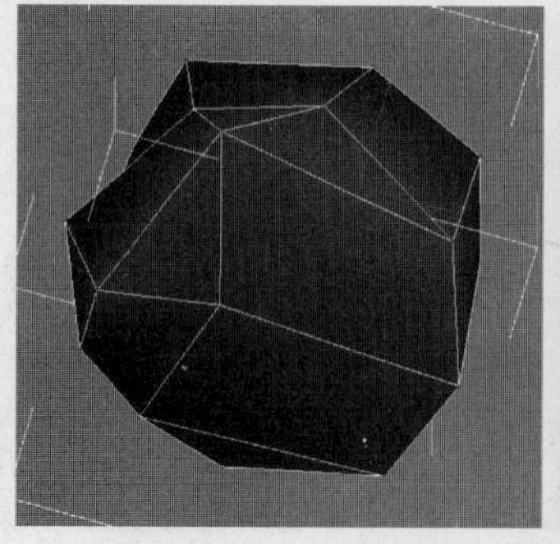
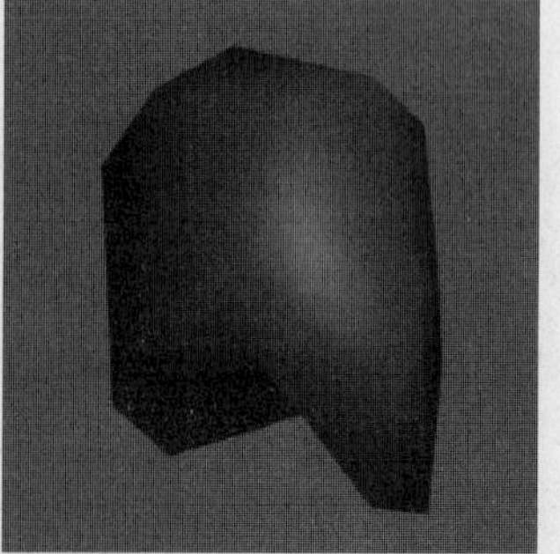

图6-17 骷髅的模型建完

(17) 创建绳子，单击 创建命令面板中 按钮下的Plane按钮，在前视图中单击鼠标左键进行拖曳以创建平面圆柱，如图6–18所示。设置参数Length Segs为1，Width Segs为1。

(18) 在它的上面单击鼠标右键，弹出右键菜单，在弹出的菜单中选择Convert to Editable Poly命令，转换成多边形网格物体。这样就可以在修改命令面板中单击 按钮，并转换到点次物体。在视图中调节节点，如图6–19所示。

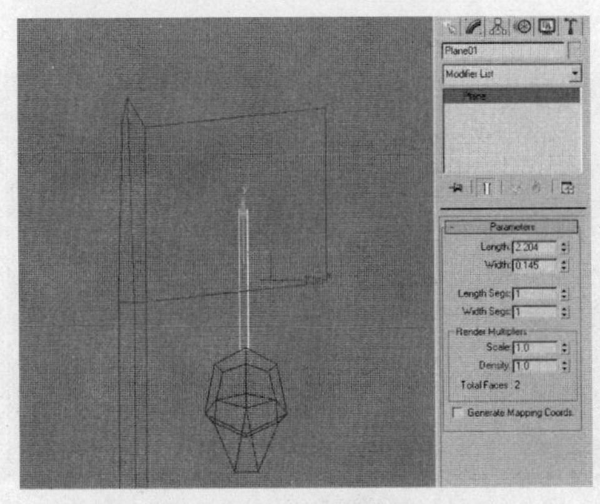
图6–18　设置段数

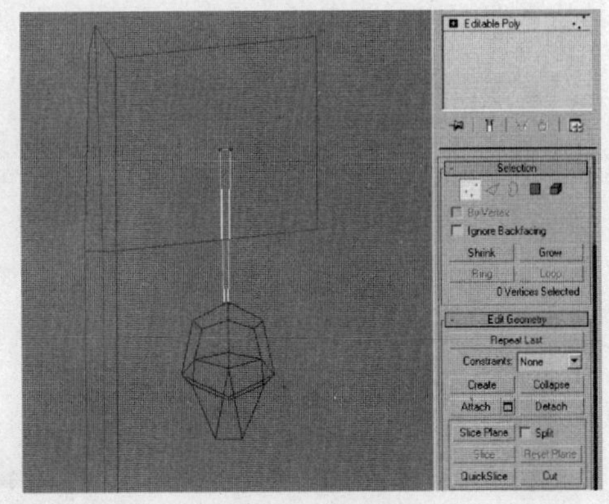
图6–19　调节节点

(19) 镜像挑檐、绳子、骷髅，单击Attach按钮，连接它们，结果如图6–20所示。

(20) 做完模型后，开始给模型做材质。在做UV前，先分析一下模型。两个相同的骷髅，大小不同。上面的两个面片要做的纹理也是同样的。所以做一个骷髅和一个面片的纹理就可以了，做完以后复制一个，然后把它们移到相同的位置即可。与做上面的道具一样，先给整个模型一个棋盘格材质，如图6–21所示。

(21) 将棋盘格在材质编辑器下方Tiling的两个参数设置成20，如图6–22所示。

图6–20　合并模型

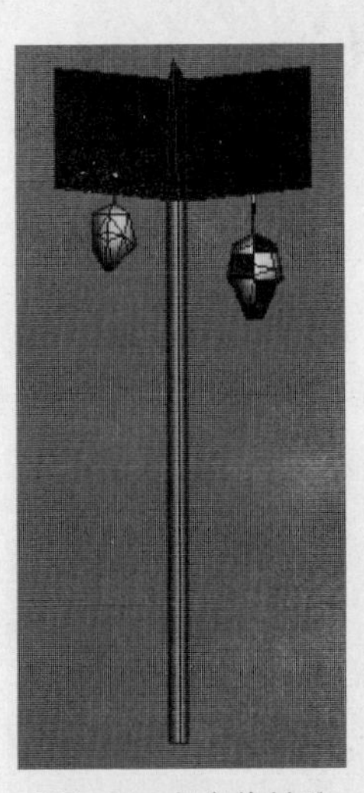
图6–21　棋盘格材质

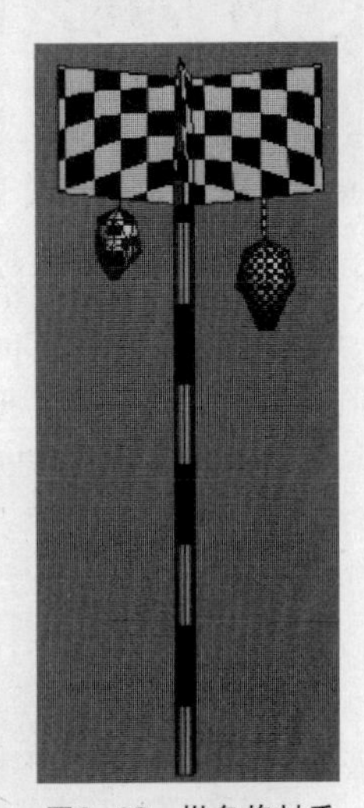
图6–22　棋盘格材质

(22) 观察一下模型，发现棋盘格的大小分布不同，有些地方有拉伸，如图6–23所示。

（23）把棋盘格材质关闭。在做人脸贴图的时候，经常把一个人的脸分成几个UV部分，分别给予坐标贴图。然后把几部分的UV点边缘接在一起，最后形成一整张的人脸图。这样做的目的是：第一可以防止贴图拉伸；第二可以防止在很明显的地方出现接缝，并可以把接缝放置在比较隐蔽、不容易察觉的地方。所以在做UV编辑的时候要分析一下骷髅头要怎么编辑UV才显得合理，纹理清晰。接缝的地方尽量放在不大注意的地方，把要仔细刻画的地方分在一起。选中前面的面，使用框选工具，如图6-24所示。

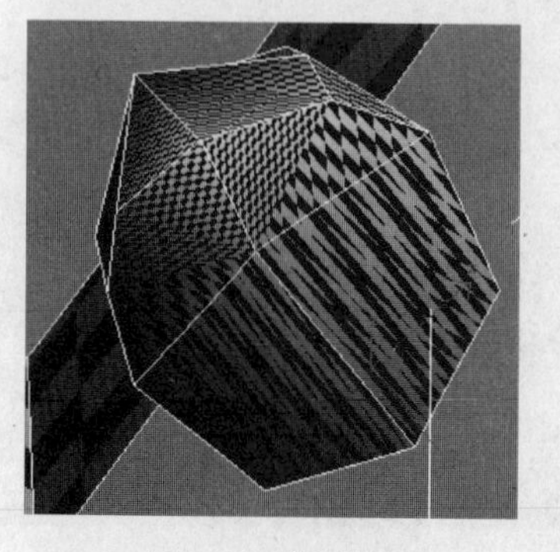

图6-23　拉伸现象

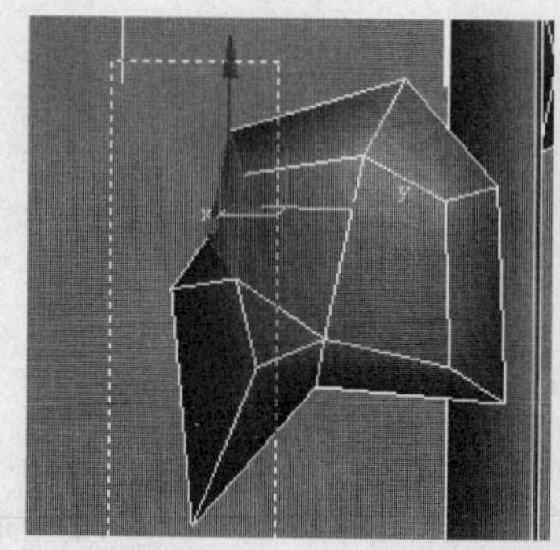

图6-24　框选面

（24）切换到Front视图，给它一个平面贴图坐标，如图6-25所示。

（25）给一个UVWs命令，展开UV坐标，并把UV点移到粗蓝线框外，如图6-26所示。

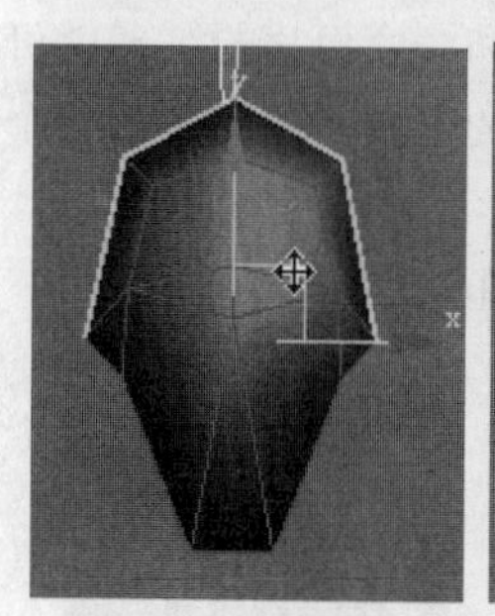
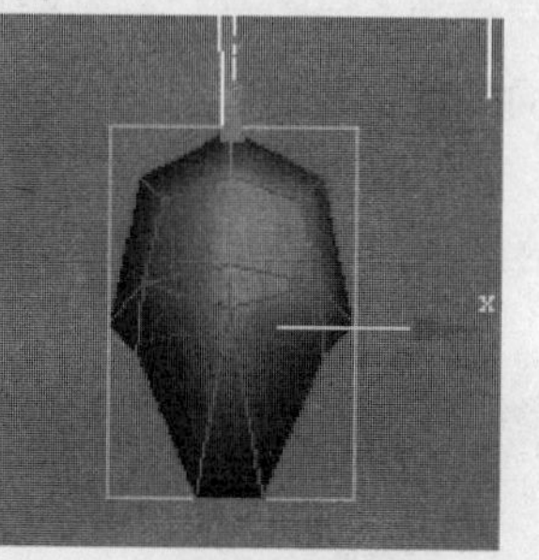

图6-25　平面贴图坐标

图6-26　展开UV坐标

（26）用塌陷命令Convert to Editable Poly塌陷模型，然后选择边上的面。给一个平面贴图坐标，然后展开UV图，把UV点移到粗蓝线框外，如图6-27所示。

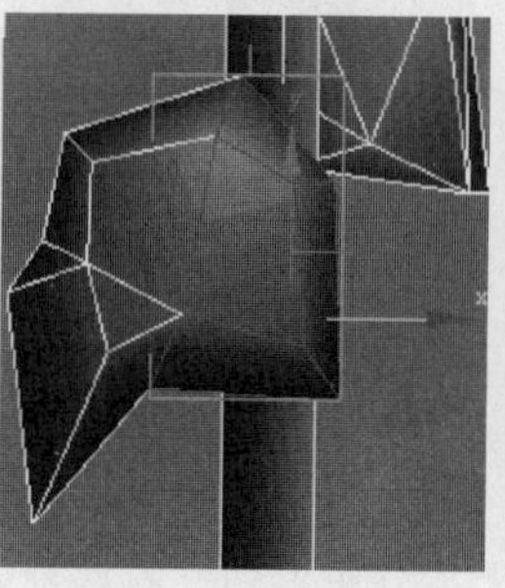
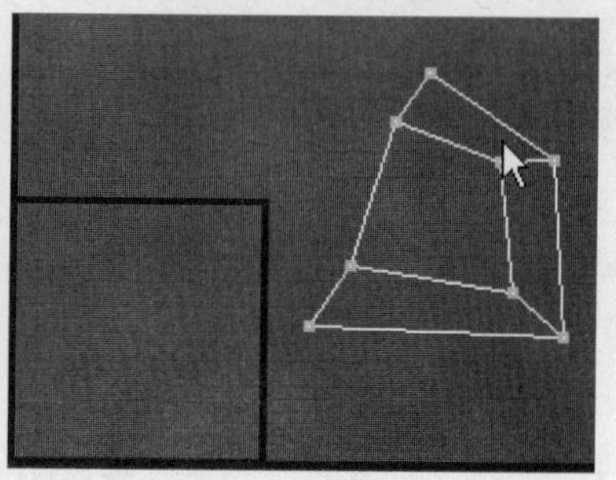

图6-27　展开UV图

(27) 同理，另一边也得到一个UV图，如图6-28所示。

(28) 塌陷模型，选择整个骷髅头的面，给一个UVWs命令，缩小UV图，经过整理得到如图6-29所示的效果。

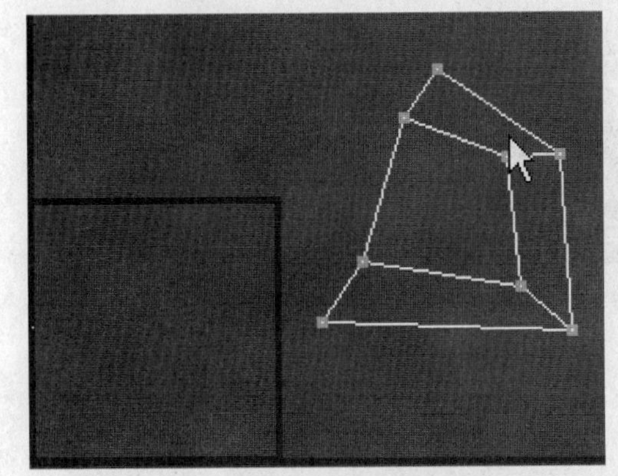
图6-28　展开UV图

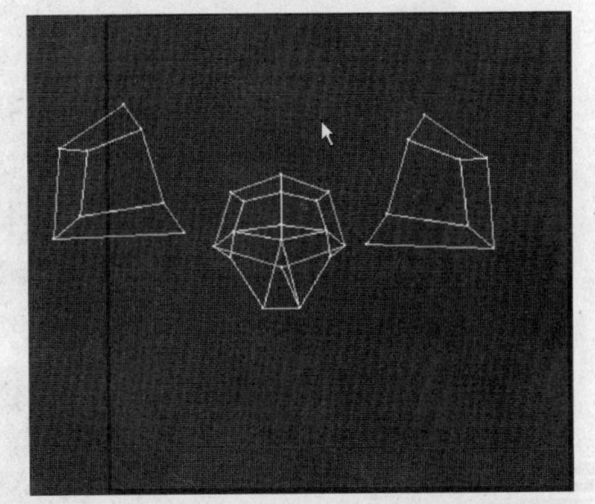
图6-29　整理UV图后的效果

(29) 在图6-17中骷髅头由三部分的UV坐标组成，现在要做的是把它们的边缘接在一起。在UV编辑器中选择一个UV点，发现在另一地方出现一个蓝色的UV点，如图6-30所示。

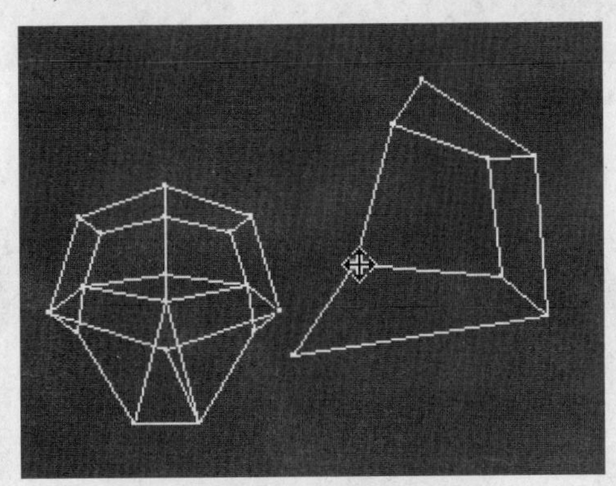
图6-30　UV编辑

(30) 选中的红点和出现的蓝点，在模型上面其实就是一个点，也就是说这两个点是相连的。点击Edit UVWs材质编辑器菜单中的Tools，在Tools的下拉菜单中点击Target Weld，快捷键是"Ctrl+T"。在UV编辑器里会出现一个焊接的图标，把这个点拖到蓝色的点的地方进行焊接，逐个UV点进行焊接完以后得到如图6-31所示的效果。

(31) 对骷髅其他的UV点进行整理得到如图6-32所示的效果。

(32) 复制一个骷髅模型替换原来的模型，并对好位置，缩放大小。对模型的其余部分进行UV贴图、UV整理，并复制好对称的模型部分。UV图、模型截图如图6-33所示。

(33) 和上面做的重铁铸刀的步骤相同，先转到Photoshop对材质进行灰度图绘制，如图6-34所示。

(34) 对材质进行色彩变换，调成偏黄色，如图6-35所示。

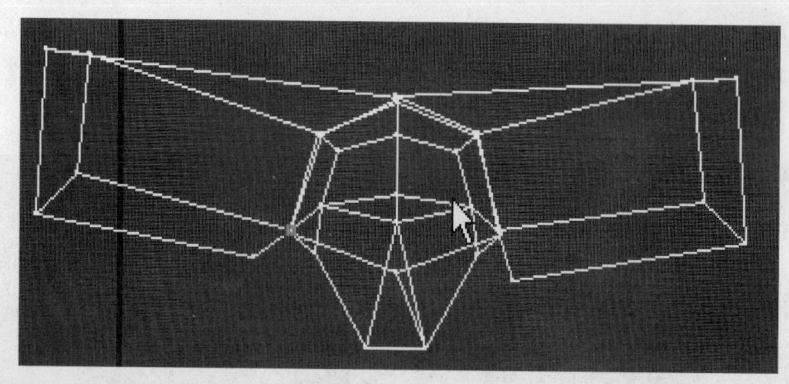

图6-31　焊接UV点

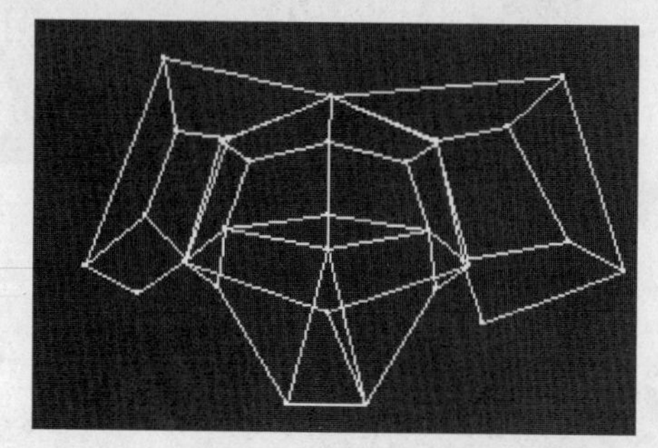

图6-32　整理UV点

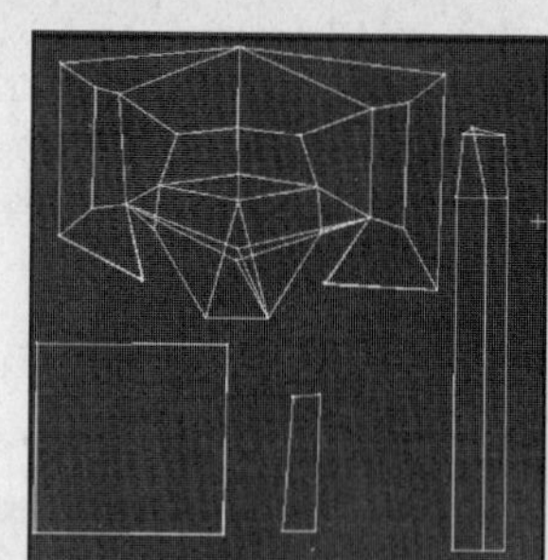

图6-33　UV编辑完成图

(35）对其余的部分，找素材并放到相应的位置，如图6-36所示。

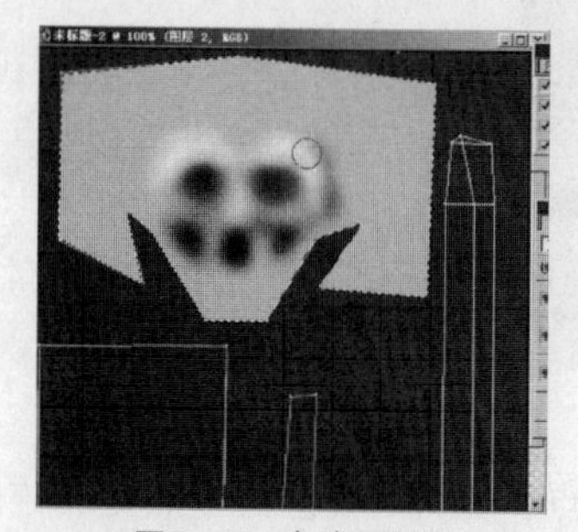

图6-34　灰度图制作

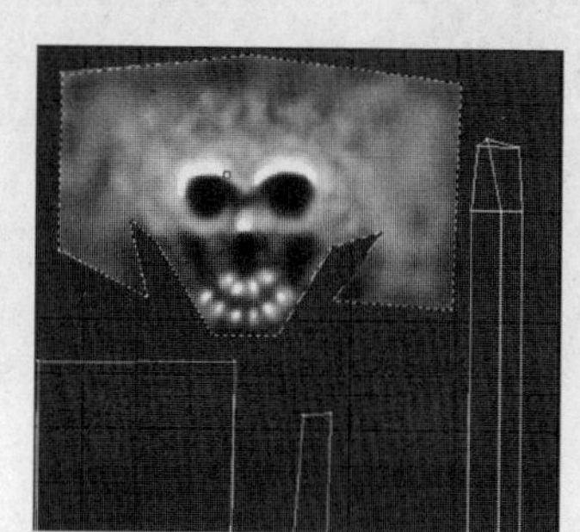

图6-35　调整色彩

图6-36　素材对位

(36）对图片进行加工及对颜色调整处理，如图6-37所示。

(37）把这些图层合并，按住“Ctrl+鼠标”点击这一层，然后点击通道，在其下面的处点击，复制一个图层。并按“Ctrl+Delete”快捷键进行白色填充。切换到图层，保存一个png文件，如图6-38所示。

(38）切换到3ds Max，用刚才存成的材质文件替换原来的棋盘格材质，用鼠标左键点住Diffuse右侧的长条按钮，并直接移动鼠标把这个材质复制给Opacity通道，如图6-39所示。

(39）在位图参数Bitmap Parameters卷展栏下面的Mono Channel Out中，勾选Alpha，如图6-40所示。

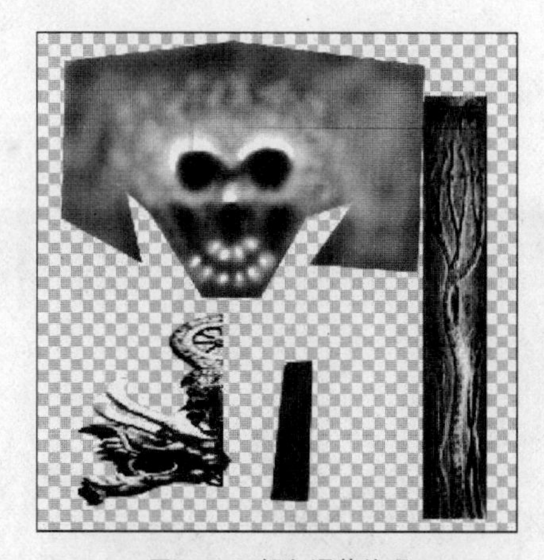

图6-37 颜色调整处理

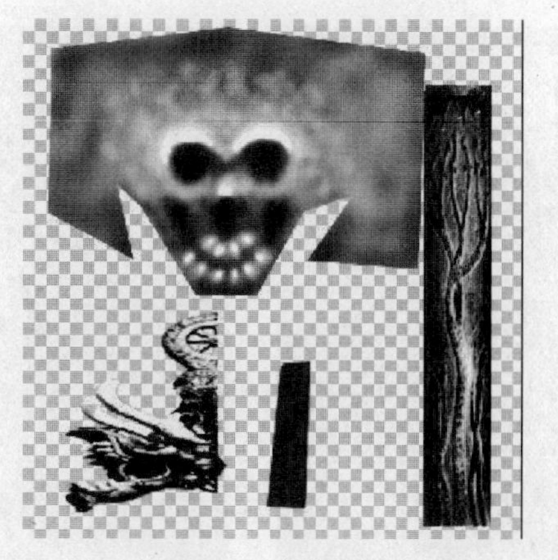

图6-38 保存文件

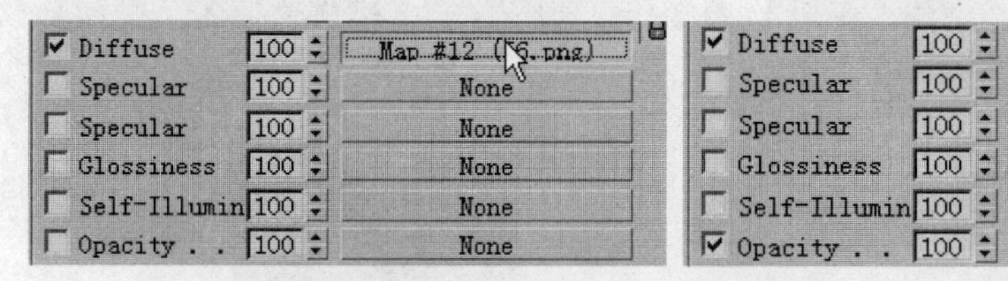

图6-39 做成透明贴图

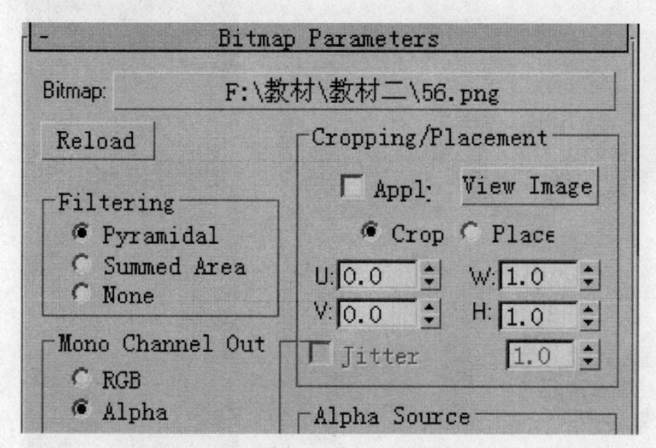

图6-40 设置Alpha通道

（40）3ds Max截图如图6-41所示。

（41）按“Shift+Q”快捷键快速渲染，如图6-42所示。

（42）塌陷模型，并选中上方的点进行缩小，如图6-43所示。

（43）在Photoshop中将把柄的颜色改成和权杖上面的装饰物相同的颜色，并存成一个png文件。同上面的操作一样替换上面的材质文件。材质文件和渲染出来的文件效果如图6-44所示。

（44）权杖的制作到此完成。

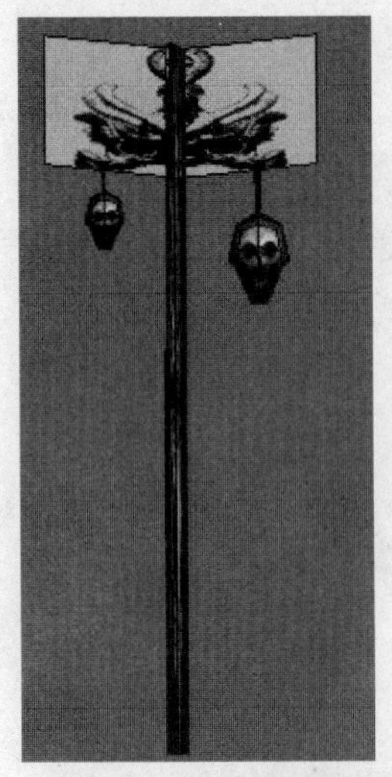

图6-41　3ds Max截图

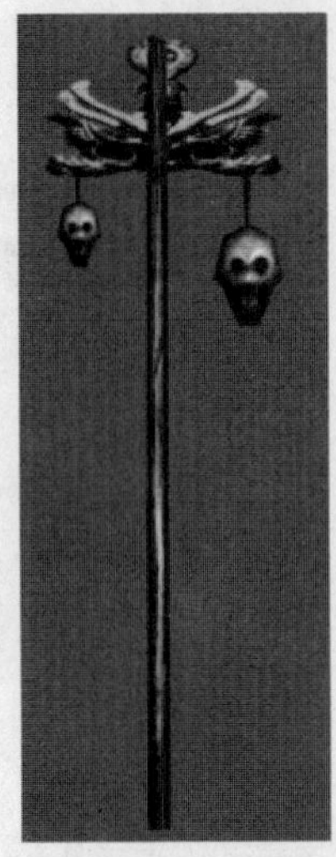
图6-42　渲染图

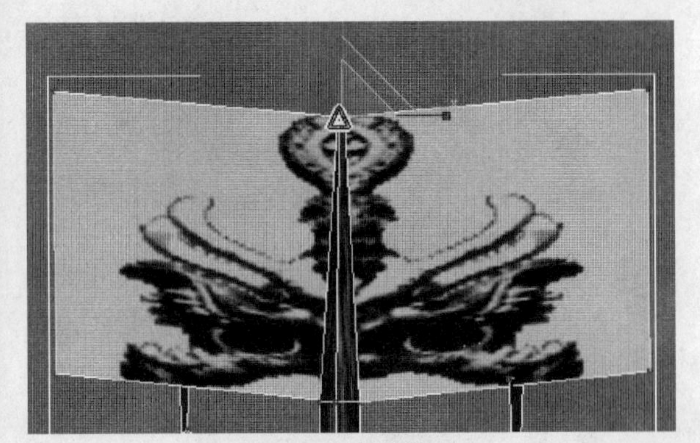
图6-43　调整模型

图6-44　完成图

小结

在这一章中重点介绍了道具的制作方法，系统地了解了游戏制作过程中的模型制作、材质贴图，以及灯光使用等知识，并进一步熟悉了3ds Max的使用方法和游戏制作的一些基本步骤，这些都将为后续的制作奠定基础。

思考与练习

一、判断题

1. 左视窗的默认快捷键是“L”。（　　）

2. File菜单的主要作用是管理文件。（　　）

二、填空题

1.（　　）是具有透视效果的视窗。

2. 立体转换的方法分为（　　）、（　　）和（　　）。

三、选择题

下列叙述错误的是（　　）。

A. 命令面板由6个功能面板组成。

B. 可以在视窗左上角的视窗名称上单击鼠标右键设置视窗。

C. 默认情况下被激活的窗口边框为黄色。

D. 坐标轴约束工具栏是最主要的工具栏。

四、操作题

1. 独立完成一件3D游戏道具的模型制作。

2. 完成贴图和灯光设置。

第7章 灯光和摄像机

本章将讲解 3ds Max 的灯光和摄像机设置。

3ds Max 的灯光和摄像机设置。

能够了解 3ds Max 的灯光、摄像机设置的制作理念，并能对其进行简单的应用。

本章对灯光、摄像机和地图编辑器的基本知识进行讲解。虽然游戏中的地图编辑器也有灯光和摄像机，但是和影视艺术中的打光技巧、镜头语言的含义大相径庭。了解一些灯光和摄像机的基本常识，无疑会对加深理解游戏编辑器有一定的帮助。

7.1 灯光

当创建了大量的模型、制作了精美的动画后，如果没有设置好照明和环境，则这些模型和动画或者看不到，或者看到的效果不精彩，前面的努力便显得有些徒劳了。另外，适宜的照明与环境设置将给平凡的创作增添光彩，如图7–1所示。

图7–1　灯光效果

3ds Max提供了6种基本的灯光系统，用户可以通过创建面板下方的灯光系统命令按钮进入创建灯光命令面板，如图7–2所示。

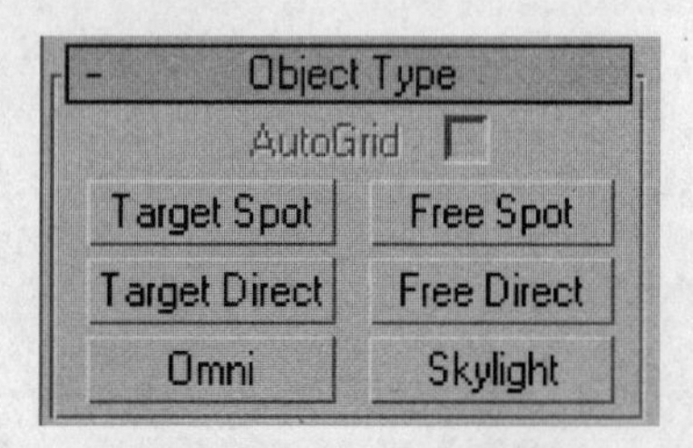

图7–2　灯光创建命令面板

标准的灯光系统为6种，如果用户需要其他的某些特殊的灯光效果，可以使用由第三方所开发的插件来实现。这里只介绍系统所提供的6种灯光系统，它们分别是：泛光灯、目标方向光灯、自由方向光灯、目标聚光灯、自由聚光灯、天光灯。

7.1.1 泛光灯

泛光灯类似于灯泡，光线从一个固定的点向四面八方发射。它是一种很常用又容易设置的光源。由于泛光灯的光线是向各个方向发散的，因此不需要设置灯光的发散方向，但是可以设置场景中哪些对象会被泛光灯影响，这项设置虽然不太合理，但是有时为了某些照明效果的需要，还是有其必要的。在以前的版本中，泛光灯是不能产生投影的，但在R5.0中，泛光灯也和其他光源一样拥有投影功能。泛光灯的主要作用就是为场景提供一个均匀的灯光效果，3ds Max默认的灯光就是两个泛光灯，图7-3揭示了泛光灯的作用原理。

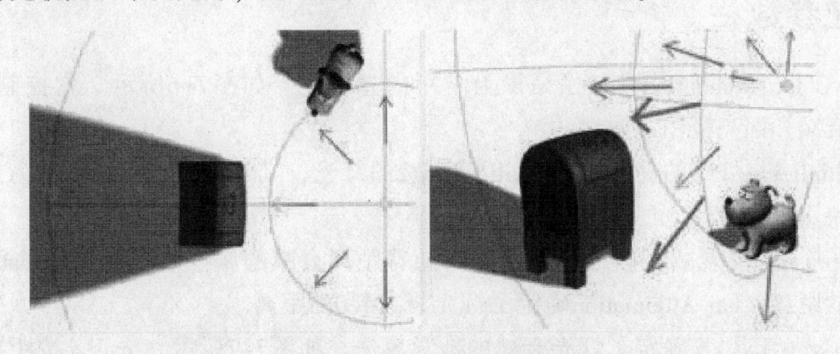

图7-3　泛光灯的作用原理

泛光灯还有许多辅助用途：将泛光灯放在靠近网格的地方将产生高光；将泛光灯以一定角度放在网格后面或下面将创建微弱的闪光，并产生颜色跳动的效果；具有负的倍数的泛光灯经常被放置在场景中的某个区域以产生阴影区域。

1. General Parameters卷展栏

图7-4为Omni（泛光灯）的General Parameters栏，面板上各项参数所表示的意义为：

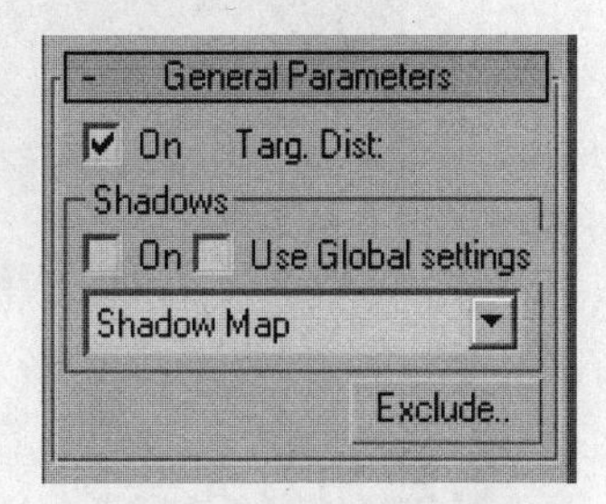

图7-4　泛光灯参数卷展栏

（1）Light Type区域的On复选框可以控制灯光的开关，默认条件灯光处于打开状态。而在Type下拉列表中可以迅速改变灯光类型而不用做很多烦琐的工作，它提供了一种查看不同类型灯光效果的简单方法。

（2）Shadows区域的On复选框用于指定灯光是否产生投射阴影，在下拉列表中可以选择阴影的类型。

（3）单击Exclude按钮可打开Exclude/Include对话框，如图7-5所示。在对话框中可以选定被包括或被排除在照明区或阴影区内的对象。左边的面板包含了当前场景中的所有对象，若要使物体不被照亮，选择左边的对象，单击向右指的双箭头按钮把对象移动到右边的面板上。

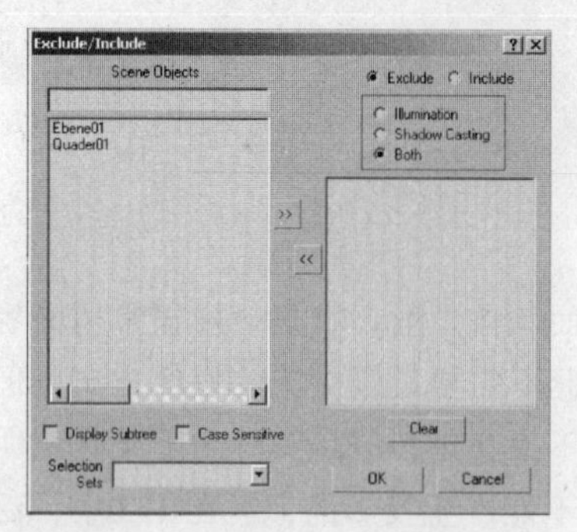

图7-5　Exclude/Include对话框

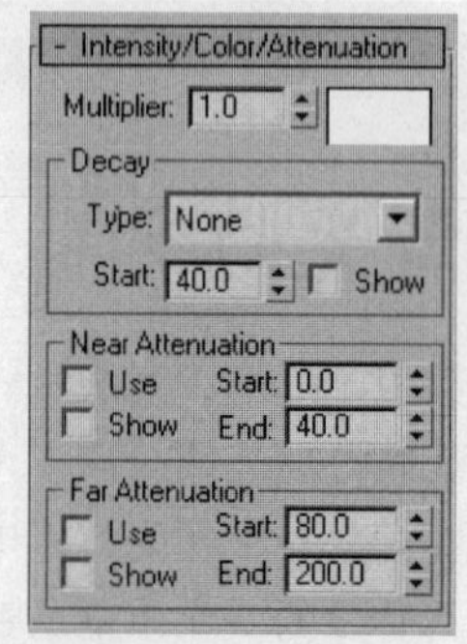

图7-6　灯光衰减参数

2. 衰减参数栏

Intensity/Color/Attenuation卷展栏是最为常用的卷展栏，如图7-6所示。它控制了灯光的亮度、颜色、衰减和照亮范围等属性。

(1) Multiplier是灯光的亮度，Multiplier值是2的灯光，其亮度是Multiplier值为1的两倍，它右边的颜色块用来设置灯光的颜色。

(2) Attenuation（衰减）确定了灯光如何随着距离衰减的属性。Near Attenuation确定了灯光开始衰减的距离；Far Attenuation确定了灯光衰减到0的距离。

(3) Decay（衰退）：确定了灯光衰减的数学算法，如图7-7所示。Inverse按距离线性衰减；Inverse Square按距离的指数衰减。勾选Show复选框可以在视图中看见衰减示意图。

图7-7　灯光衰减效果

3. 应用灯光实例

(1) 首先打开一个简单的半封闭场景，如图7-8所示，然后在这个场景中建立三盏Omni泛光灯照亮场景。

(2) 在Create命令面板的Light（灯光）选项中，点取Omni（泛光灯）按钮，在Top视图中央位置单击左键，在顶端缺口的地方建立一个泛光灯对象。

(3) 创建了泛光灯，场景反倒会变暗，因为两盏默认的泛光灯被一个新的光源取代，如图

7-9所示。只要场景中有光源存在，默认的光源将一直被关闭。当场景中所有的灯光都被删除时，默认的光源将自动恢复。

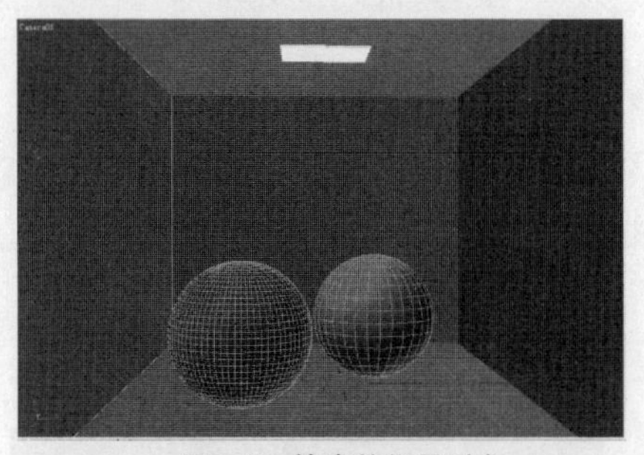

图7-8　缺省的场景对象

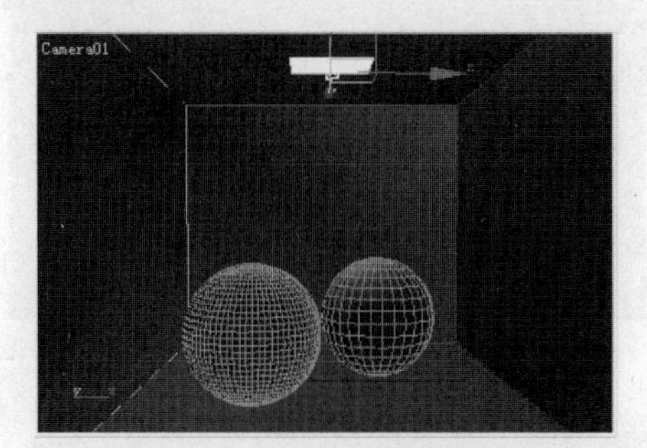

图7-9　添加灯光后的场景

（4）在工具栏中点取移动按钮，在Front视窗中将Omni01移动到顶部的缺口处，将这盏泛光灯作为光源把场景照亮。

（5）选择Omni01进入Modify命令面板，打开General Parameters卷展栏设置灯光的常规参数，勾选Shadows（阴影）的On选项启动灯光阴影，如图7-10所示。

（6）打开Intensity/Color/Attenuation参数卷展栏，由于场景太暗，设置Multiplier（灯光亮度）的值为2以增加灯光的亮度，其他参数设置如图7-11所示。

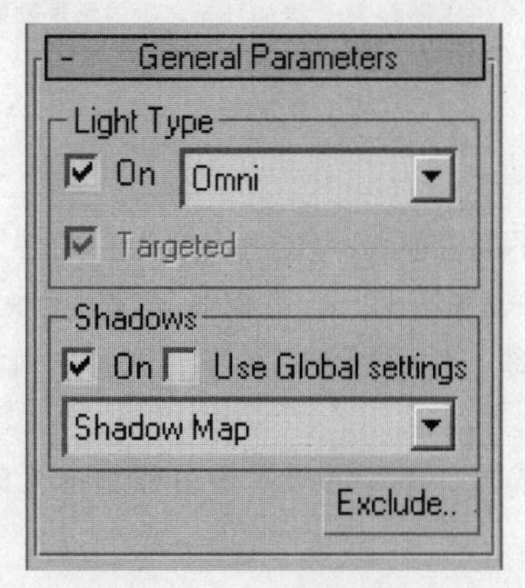

图7-10　Omni常规参数面板

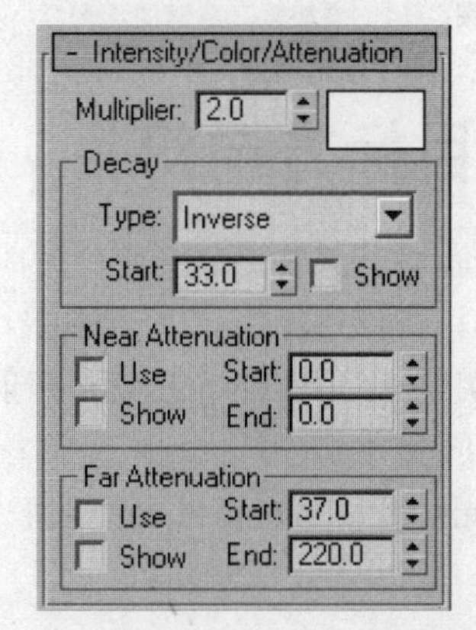

图7-11　设置灯光颜色和衰减参数

（7）在Top视图中，在房间左边的墙壁上建立另一个泛光灯Omni02，以增加场景的照明度，如图7-12所示。

（8）选定第二盏泛光灯，在Modify命令面板中，打开Intensity/Color/Attenuation参数卷展栏，设置灯光的亮度为0.5，灯光的颜色为红色，如图7-13所示。

（9）使用同样的方法在右边的墙壁上设置另外一盏辅助泛光灯，设置灯光的颜色为蓝色，最后场景如图7-14所示。

（10）选择Camera 01视图，按F10键渲染场景，场景效果如图7-15所示。

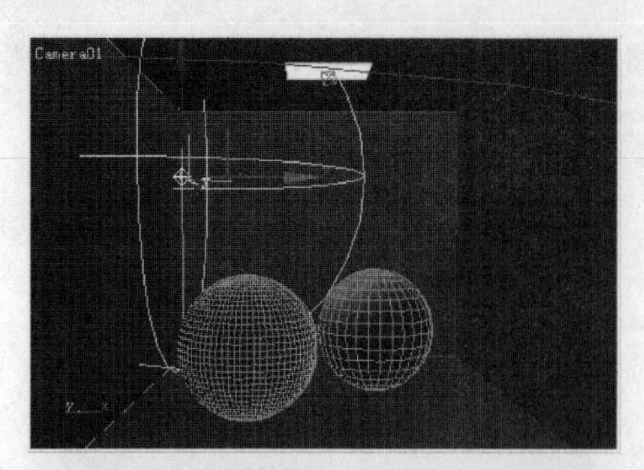

图7-12 在两盏泛光灯照射下的房间效果

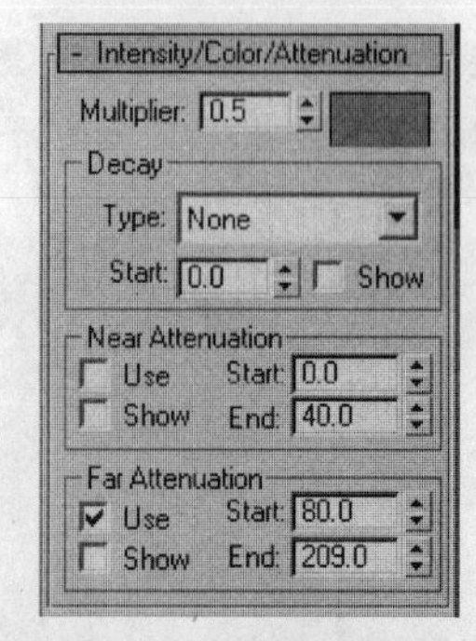

图7-13 设置辅助灯光的参数

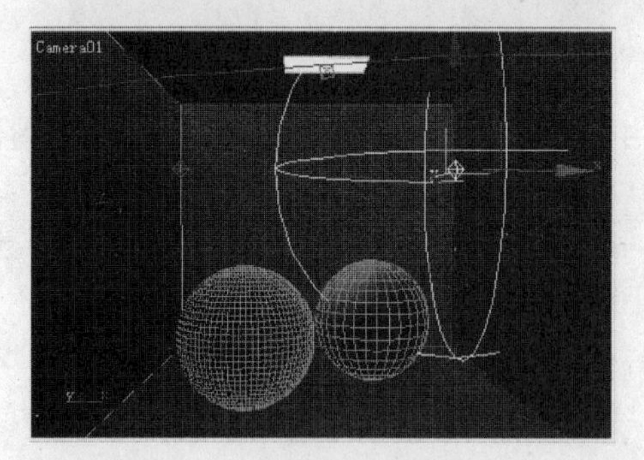

图7-14 添加第二盏辅助泛光灯

图7-15 添加灯光之后的场景效果

7.1.2 目标方向灯

在3ds Max 中，系统提供了两种方向光，分别为目标方向光和自由方向光。两种方向光在功能上有各自的使用范围，并且在场景中产生的效果也各有所长。方向光就像一个太阳一样，当光线投射阴影时，阴影的角度就是照射到对象的光线与地面所成的角度。下面分别详细介绍两种灯光的使用。

目标聚光灯是用来在场景中产生平行的照射区域的，图7-16揭示了目标直射光的作用原

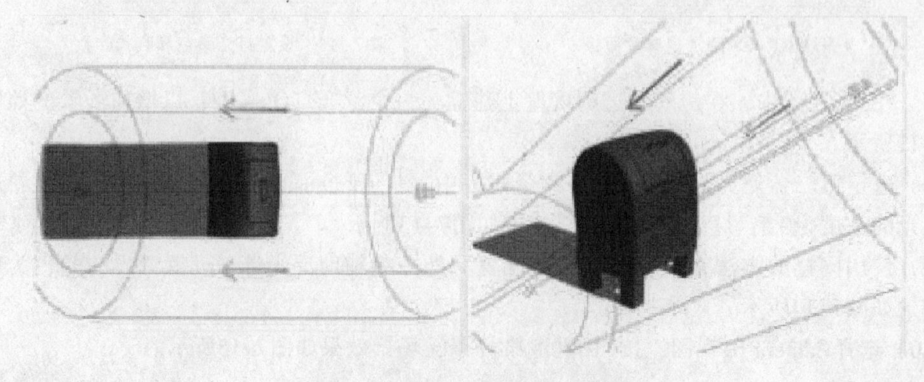

图7-16 目标直射光的作用原理

理，它的照射区域是圆柱形的平行照射区域。它通常用来模拟自然界太阳光的照射效果。如果将目标方向光作为质量光来使用时，它将产生一个圆柱形的光柱，可以用来模拟激光束或者探照灯等。

目标方向光与目标聚光灯的差别只在于产生的光照区域不同而已，它同样包括两个标识投射点和目标点的图标，方向性非常好，用户可以根据实际需要来任意调节两个图标的位置，从而改变灯光照射的目标和范围。

7.1.3 自由方向灯

自由方向光是用来在场景中产生平行的照射区域，它的照射区域也是圆柱形的平行照射区域，如图7-17所示。它不像目标聚光灯有投射点和目标点用来调节照射的方位，在视图中它的投射点和目标点是不可分别调节的，只能通过整体的移动和旋转来实现，但这正可以保持照射范围不发生改变，这比较适合于在动画灯光时使用。

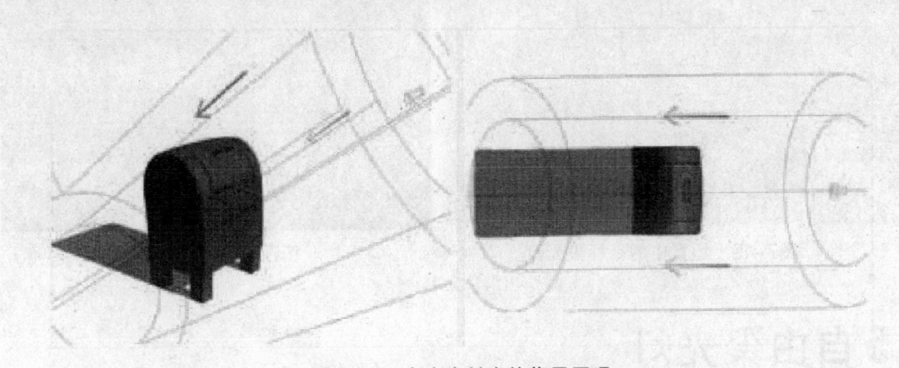

图7-17　自由直射光的作用原理

自由方向光的创建方法与其他类型的灯光相似，只需要在命令面板中单击Free Direct按钮，然后在视图中拖动鼠标即可。

7.1.4 目标聚光灯

目标聚光灯是将光线投射到目标上的方向光，它产生锥形的照射区域，在照射区以外的物体不受影响，如图7-18所示。在场景中创建的目标聚光灯包括两个图标，用户可以通过调节两个图标的位置来调节照射光源的发光位置和照射目标的位置。由于目标聚光灯包含投射点和目标点，所以它的方向性非常好，可以任意进行调节，尤其加入投影设置时可以产生很好的动态仿真效果。

目标聚光灯也有它的缺点，例如在进行动画照射时，反而不易控制方向。当两个图标进行调节时，常常使发射的范围发生改变，同时它也不易进行跟踪照射。

在场景中创建目标聚光灯，只需在灯光命令面板上单击Target Spot命令按钮，然后在视图

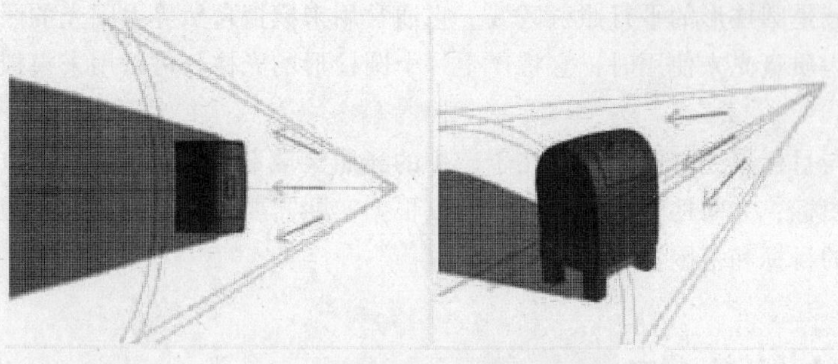

图7-18 目标聚光灯的作用原理

中拖动鼠标即可，场景如图7-19所示，渲染结果如图7-20所示。

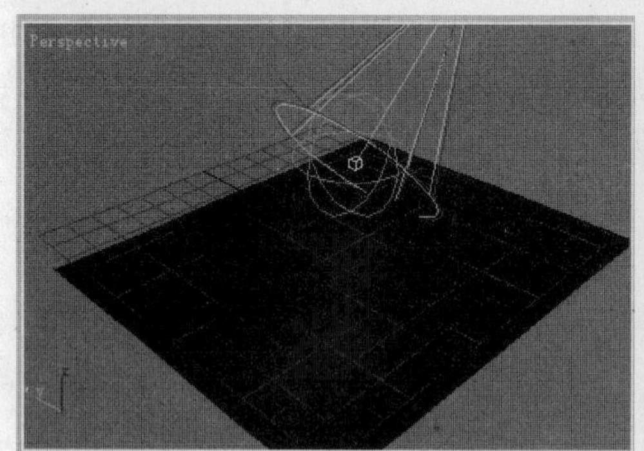

图7-19 场景中的目标聚光灯

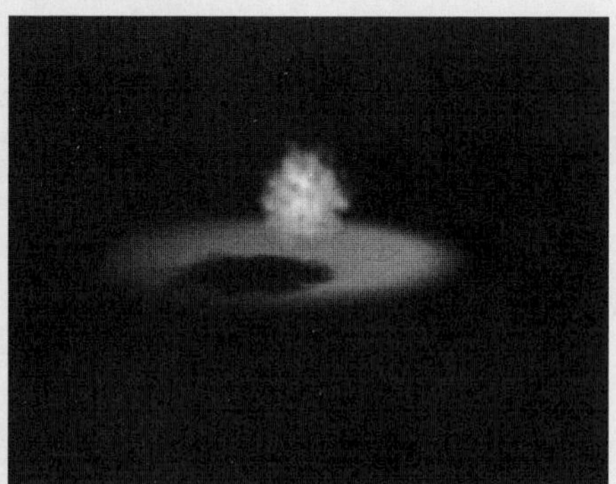

图7-20 渲染结果

7.1.5 自由聚光灯

自由聚光灯与目标聚光灯在功能上相似，只是没有目标对象而已，如图7-21所示。它不是通过放置一个目标对象来确定聚光灯光锥的位置，而是通过旋转聚光灯来对准它的目标对象。但实际上，它是一种受限制的目标聚光灯，是因为它只能控制整个图标，无法在视图中直接对发射点和目标点进行分别调节。在一般的场景中，如果不是特殊的需要，选择使用目标聚光灯还是自由聚光灯完全可由创作者自身的兴趣决定，此时它们在场景中的效果没有太大的差别。

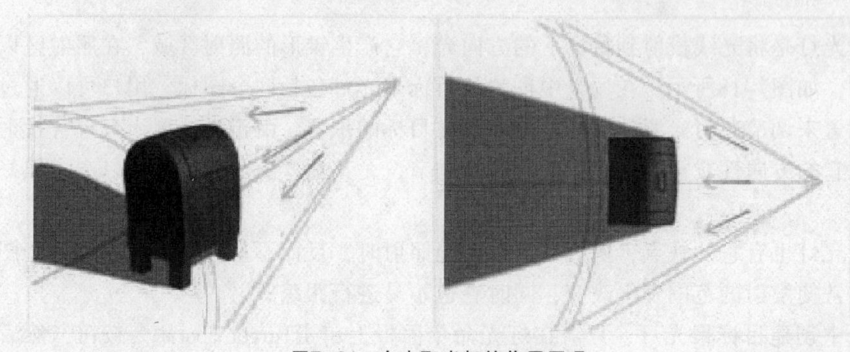

图7-21 自由聚光灯的作用原理

自由聚光灯的最大优点是，它特别适合作为动画的光源，它不会在视图中改变投射范围。当进行动画时，有时需要保持灯光相对于另一个对象的位置不变，这些情况都需要使用自由聚光灯。因为它们可以简单地链接到对象上，并且当对象在场景中移动时，它们可以继续瞄准它们的光线，当聚光灯是长方形或投影图像时，这一点格外重要。在这些情况下，灯光需要与光源对象一起倾斜和旋转以产生正确的效果。

在场景中创建自由聚光灯，只需在灯光命令面板上单击Free Spot命令按钮，然后在视图中拖动鼠标即可，如图7-22所示。

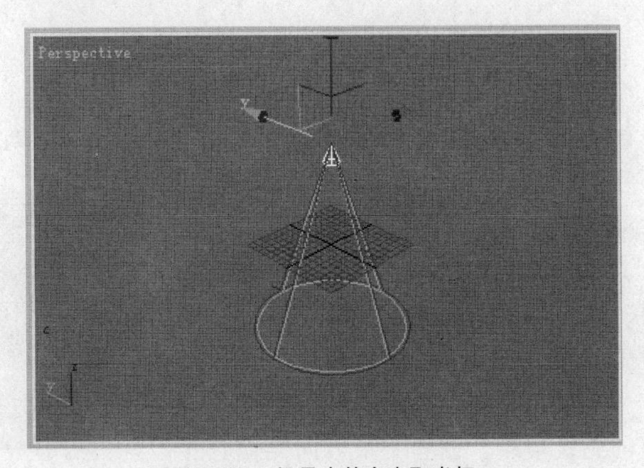

图7-22　场景中的自由聚光灯

7.1.6 天光

天光类型是3ds Max的新增灯光，它可以作为场景中的唯一光源用于产生柔和的阴影，也可以和其他灯光配合使用以产生特殊的高光和尖锐的阴影效果，如图7-23所示。

和其他灯光类型比起来，天光具有更为简单的参数设置，如图7-24所示。

图7-23　使用天光效果

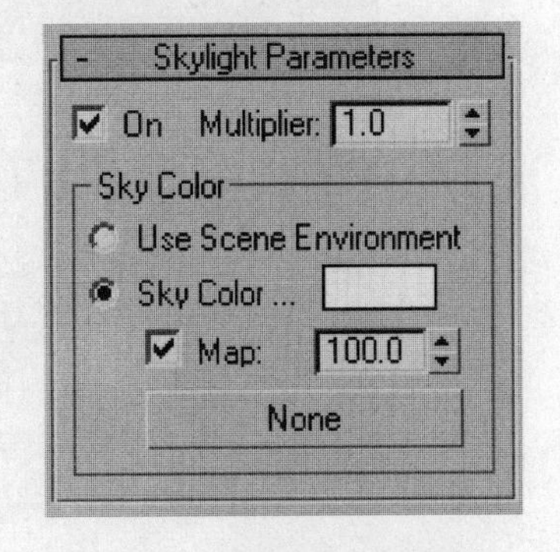

图7-24　天光参数设置卷展栏

(1) Multiplier的值设置了天光的亮度，如果是天光和其他灯光配合使用，适当降低天光的亮度是个不错的选择。

(2) Sky Color区域的参数用于设置灯光的颜色，可以使用环境的颜色，也可以自定义颜色或贴图。

7.1.7 阴影的使用

3ds Max中的泛光灯、聚光灯和方向光都有投射阴影的功能。阴影的设置和使用很简单，首先在灯光的General Parameters卷展栏中启动阴影选项，然后在Shadow Parameters卷展栏中控制阴影的形状。

1. 阴影类型

(1) 创建一个带有窗户的房间，如图7-25所示。然后在场景中建立两盏灯：一盏Omni（泛光灯）作为辅助光，另一盏是模拟阳光的Direct（方向光）。

(2) 在Create命令面板的Light（灯光）子面板中，点取Omni按钮建立泛光灯，作为场景中的辅助光源将场景照亮，满足基本的照明需要。将Omni灯的强度设置为1.1，并将它放置在房间的中间位置，因为这个Omni灯不是主光源，所以不需要打开投影。

图7-25 有窗户的房间

(3) 现在房间里的光线很暗，创建一束方向光使它穿过窗子射进房间。在Create命令面板的Light子面板中，点取Target Direct（目标方向光）按钮建立一个方向光光源，并在如图7-26所示位置放置方向光。

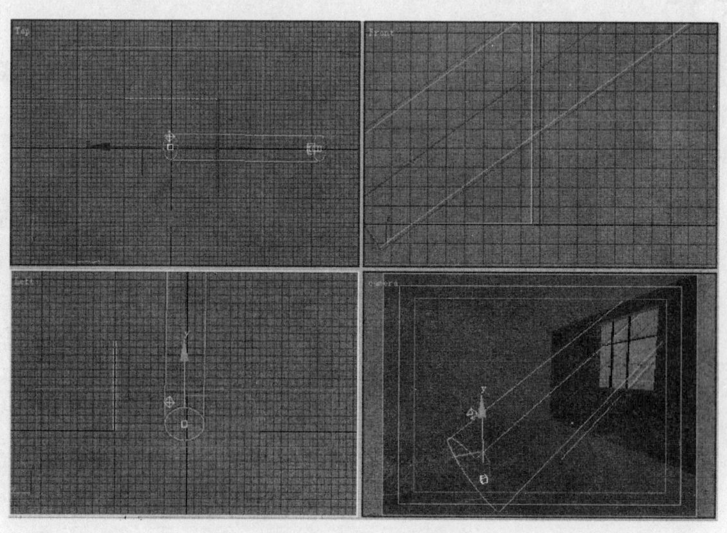

图7-26 方向光位置

(4) 选择Direct01对象，进入Modify命令面板，在Directional Parameters参数卷展栏中设置Hotspot（照亮区域）= 180、Falloff（衰减区域）= 400，增加灯光的照射范围。确定了方向光热点与衰减范围后，着色Perspective视窗效果如图7-27所示。

图7-27　在方向光照射下的房间效果

(5) 因为没有打开方向光的投影，所以光源穿过墙体将地面全部照亮。而在现实世界中，光源不会穿过墙射进室内，只能从窗子射进来。因此必须将Direct投射阴影，这样场景的效果才更接近现实。

(6) 进入Modify命令面板，在General Parameters卷展栏中勾选Shadows（阴影）区域的On选项，现在方向光可以投射阴影了。

(7) 在General Parameters卷展栏中的Shadow区域可以选择不同的阴影类型，因为使用方向光模拟的是阳光，所以选择Ray Traced Shadows（光线追踪阴影），光线追踪阴影是精确的，有明显边界，并且几乎完全与投射阴影的对象吻合。光线追踪最重要的特性是可计算投射阴影对象的透明度值，可将透明对象表面不完全透明的纹理在阴影中真实地表现，这种功能是普通阴影所不具有的，如图7-28和图7-29分别是Shadow Map（阴影贴图）与Ray Traced Shadows（光线追踪阴影）两种不同阴影在场景中的不同效果。

图7-28　使用Shadow Map场景效果

图7-29　使用Ray Traced Shadows场景效果

(8) 通过以上两张图可以清楚地看到，使用了光线跟踪阴影的场景中出现了清晰的窗框的投影。而使用Shadow Map阴影的场景并没有被方向光照亮，更没有任何投影，这是因为方向光线被玻璃挡住，而正如上面所说的，Shadow Map没法计算透明对象。

(9) 阳光射入房间后，事实上，由于玻璃的阻挡光线是有所衰减的，并且由于距离光源远近不同，所以光线的强度也应有所不同。方向光的Attenuation（衰减）设置在这个时候是非常必要的。它能有助更真实地表现场景。

（10）在Intensity/Color/Attenuation卷展栏中，设置Near Attenuation（近端衰减），选项中的Start（起始）= 0；End（结束）= 115；设置Far Attenuation（远端衰减）选项中的Start（起始）= 130；End（结束）=182，现在已设置出逐渐衰减的光线效果，如图7-30所示。

图7-30 经过衰减处理的光线效果

（11）控制光线跟踪阴影的卷展栏是Ray Traced Shadow Parameters，其中Bias的值为1.0时，阴影没有偏移；大于1.0时阴影远离投影对象；小于1.0时，阴影靠近投影的对象。当对象投影的阴影包含自交的元素时就需要调整该值。

2. 投影效果

聚光灯和方向光可以在场景中投影图像，这样会出现奇妙的效果。首先将聚光灯（或方向光）的Projector选项激活，单击Assign按钮出现Material Editor中的Material/Map Browser。在材质/贴图浏览器中选择一幅图像，然后用聚光灯（或方向光）照亮场景，场景中便会出现这幅图像的投影。

用聚光灯投影一幅图像，如图7-31所示；使用阴影贴图，如图7-32所示。请注意投影图像和阴影贴图的区别。

图7-31 投影效果

图7-32 阴影效果

7.1.8 三点光的理论

这个世界真影像都需要光的作用才能够被人们看见，没有光就没有画面。光是被用来照亮对象，而只有影子才能体现深度，观察者所看到的画面才有三维空间的立体效果。那么在三维制作中为了使对象有适当程度的旧影子，应该怎样去设置灯光系统呢？在此，引用了传统影视拍摄中常用的灯光照明方法——三点光。三点光系统包括了：主光源（Key Light）、辅光源(Fill Light)、背光（Back Light）。

1. 主光源

一切都是从主光源开始的。它被叫做主光源是因为在场景里，它是照亮拍摄对象的主要来源。而其他的光（辅光、背光等）都是基于主光源的强度和位置起调节作用的，主光源的位置能够制造足够需要的阴影。

通常情况下，主光源被放置在角色左边或右边30°角的位置，而且与拍摄对象成30°角。但把主光源放在任何看起来合适的地方，只要能获得理想中的视觉效果就是正确的。如果增加了水平的角度（相对角色而言），它会加重皮肤表面的特征，产生老化成熟（年龄）的效果；当垂直的角度增加时，灯光照射在角色面部，阴影会在鼻子、下巴和嘴唇下面形成。

当放置主光源时，以钟表指针的排列会更直观。将一名角色模型置于三维场景中，把他看做是一个假设的钟表的中央。在场景中设置的摄像机的位置与其保持一定距离。摄像机放在6点钟的位置。主光源可以被放在指针盘上任何时间的位置上，这样你就会发现不同的主光源的位置能够很大程度的改变画面效果，影响观察者如何感知环境，拍摄对象和镜头。

下面观察一下主光源的位置，认真体会光是怎样影响场景的。这里使用一盏射光灯作为主光源对角色进行照射。

(1) 在7点的位置上，拍摄对象的左脸上出现阴影。这是一个很适合展开的位置，为辅光的讨论建立了基础。这个角度的主光也是在制作中常使用的一种灯光照射角度，如图7-33所示。

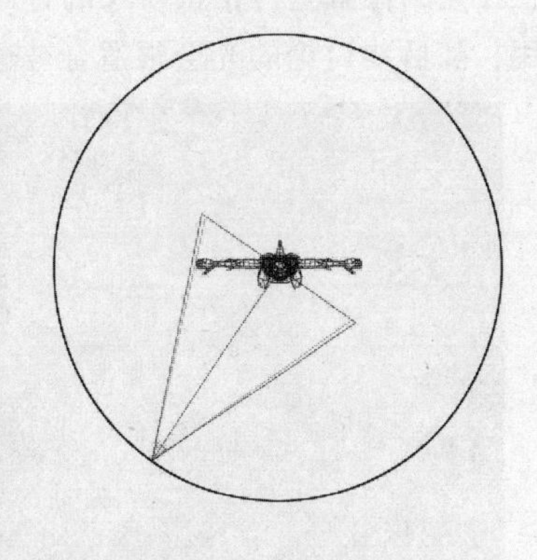

图7-33　灯在7点位置

（2）当灯光在9点的位置上时，只有角色的半边脸被照亮。产生了极度戏剧化的照射，使拍摄对象的大部分变得不清楚。在表现角色性格对立或者斗争的时候常用，如图7-34所示。

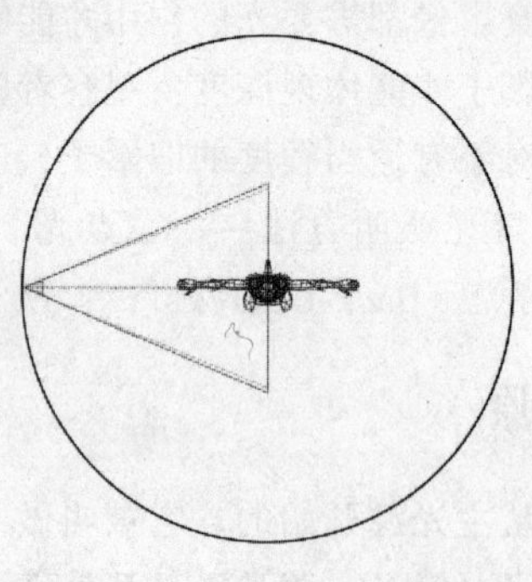

图7-34　灯在9点位置

（3）11点——在这个位置上，光开始照亮拍摄对象的背面而不是前面，更多地表现出角色的轮廓，角色的面部大多被隐藏在阴影里面，无法关注到角色的面部表情和心理动态，这种光照暗示当前的角色有诸多不为人知的秘密，如图7-35所示。

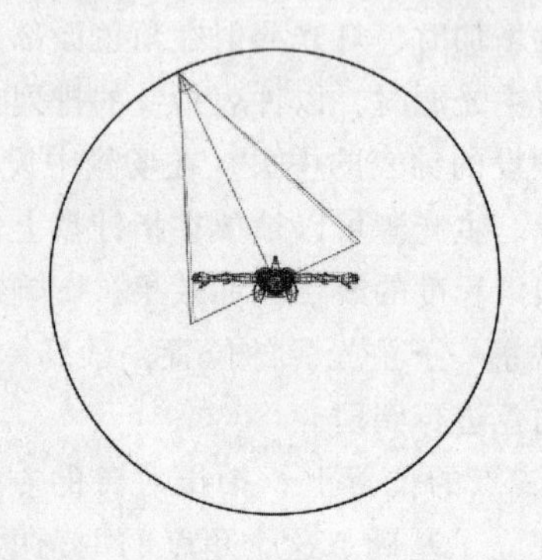

图7-35　灯在11点位置

（4）在12点的位置上，拍摄对象的背面彻底被照亮，头发开始发光。这个角度作为主光源不是很有用，随后要讨论的光会很适合被这样使用，如图7-36所示。

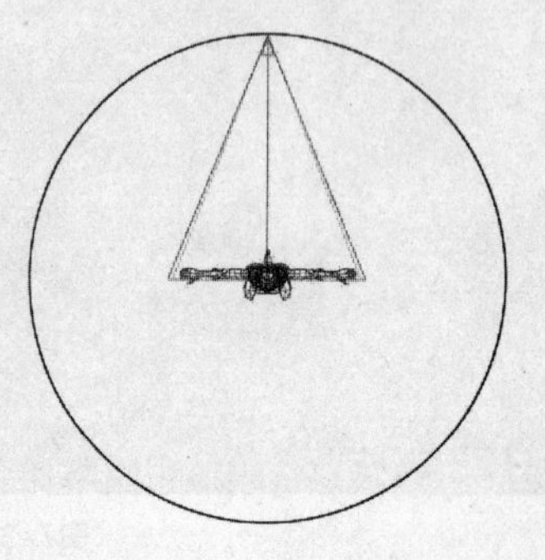

图7-36　灯在12点位置

(5) 当灯光位置经过12点以后，光和前面一样，只是作了一个循环，但只是在银幕的右面。1点的位置灯光只照射出角色侧面的轮廓，如图7-37所示。

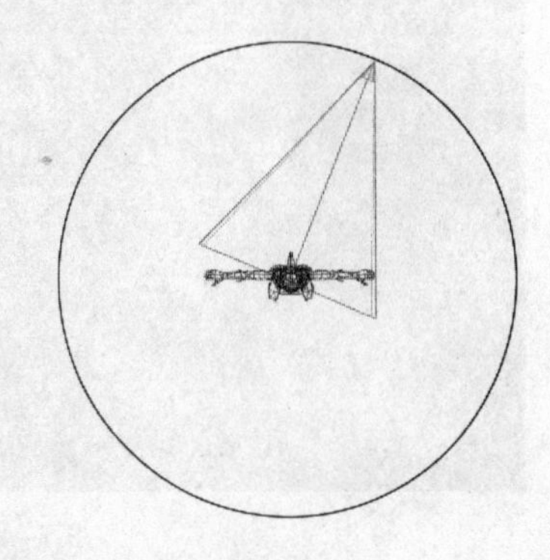

图7-37　灯在1点位置

(6) 灯光在3点的位置上对角色的侧面照明，但依旧是一半脸隐藏在阴影中，如图7-38所示。

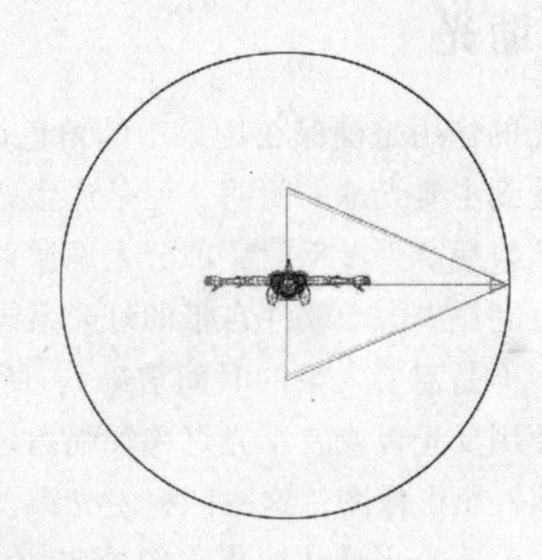

图7-38　灯在3点位置

(7) 灯光在5点的位置对面部的照明再次达到一个比较理想的状态，能够看清楚角色面部的大部分细节，而且有阴影能够表现出来，如图7-39所示。

(8) 在6点的位置上，灯光几乎就不能在角色身体上留下阴影了，消弱了拍摄对象的空间

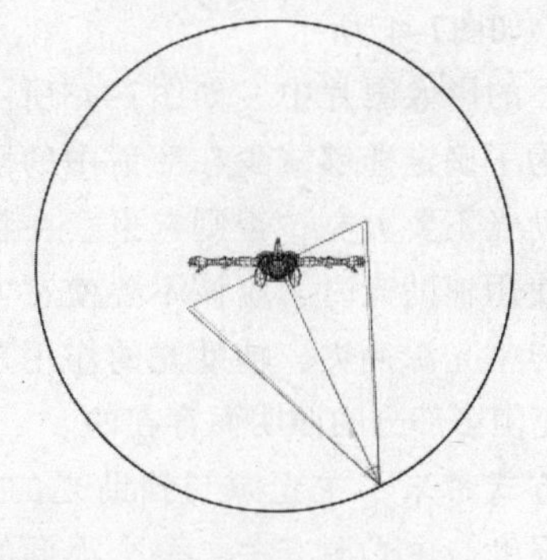

图7-39　灯在5点位置

感，使其看起来很平。只要可能，就要避免这种光照的产生，如图7-40所示。

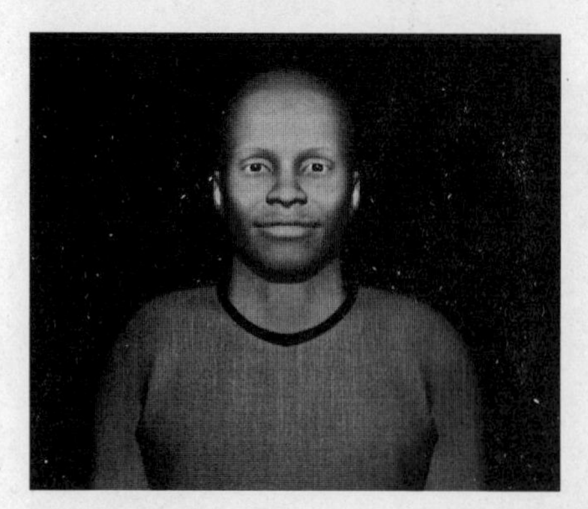
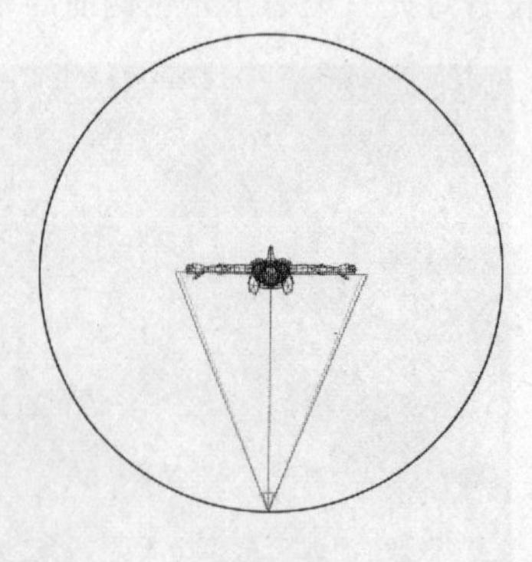

图7-40　灯在6点位置

这是一个快速观察主光源和一些可能照亮角色的位置的方法。接下来将会探讨辅助光以及怎样利用它去减少主光源所造成的粗涩的阴影。

2. 辅助光

辅助光的作用是确保在场景中的角色没有消失在主光源造成的阴影里。在真实的世界中，虽然物体受到主要光源的照明，但是产生的投影却从来不是完全地漆黑一片，因为物体在受到主光源的照射后产生漫反射，部分光源照射到了物体的阴影上，所以阴影部分也就不是完全漆黑。在三维制作中由于软件自带的灯光系统没有这种漫反射功能（光能传递等功能可以实现物体漫反射，但是需要大量的时间渲染），所以一般使用添加辅光来模拟这种漫反射（在影视拍摄中经常使用反光板或者反光灯来加强角色身上的光感）。

观察第一个影像图，这一照射主光源没有用其他的光，沉闷的阴影使人们对场景产生了一种感觉，它没能恰当地传输出人们希望的画面所表达的信息。主光源被设置在7点的位置上时最大限度地扩大了光的覆盖面，但是阴影中并没有体现出层次感来，这对于画面的视觉效果表现是很不利的，如图7-41所示。

辅助光的传统的位置是直接面对主光源的位置。不是在同样垂直的角度，辅助光被放置在稍微浅些的角度上，如图7-42所示。

在下面的影像图片中，如图7-43所示。辅助光被加入是为了确定能够减少在照射中的阴影。要注意这个辅助光不要太亮，否则它也会在物体上造成阴影。当使用辅助光时，应该不要使它太明亮，使其不至于与主光源冲突，辅助光的作用是为场景或者角色补充阴影部分的照明而存在的。

这种方式带来了主光源与辅助光的比率问题，辅助光的强度与主光源有关。一个很低的主光源对

图7-41　没有辅助光源

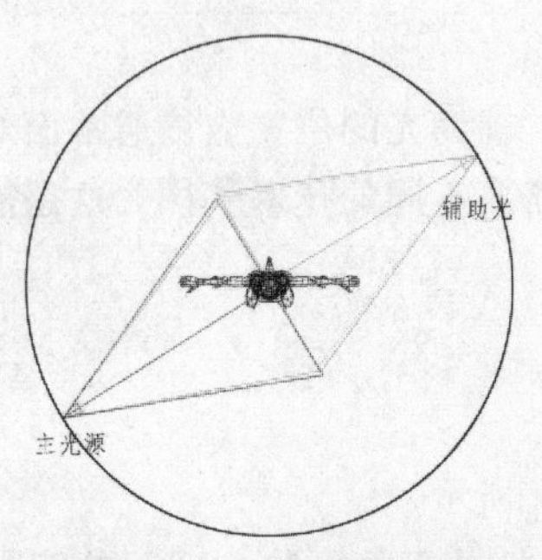

图7-42　加一个辅助光源

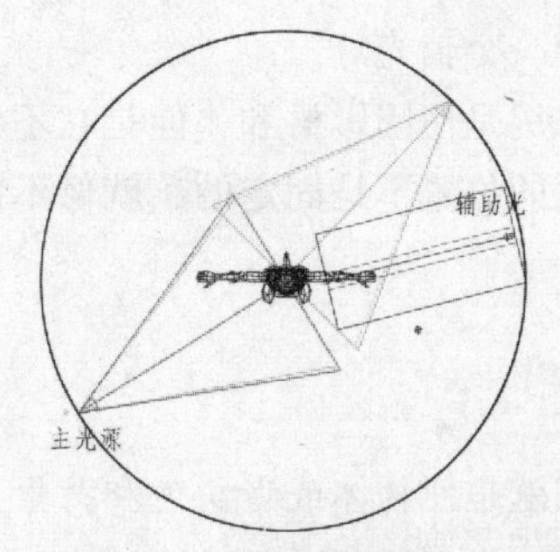

图7-43　两个辅助灯光

辅助光的比率会产生很小的阴影；高比率会产生很多的阴影而导致物体会有更多的结构和深度。辅助光使用方法在三维制作中常用泛光灯作为补光灯使用，但并不是绝对的，也经常会混合着射灯和平行灯一起模拟辅助光。并且灯光组的使用是比较灵活的，其水平位置和垂直位置可以根据需要作一定的调整。

用多个辅光灯组成辅光灯组来对角色进行照射会使角色阴影部分的过渡比较柔和，在影视拍摄中常使用雨伞形散光器扩散辅助光的效果，如图7-44所示。

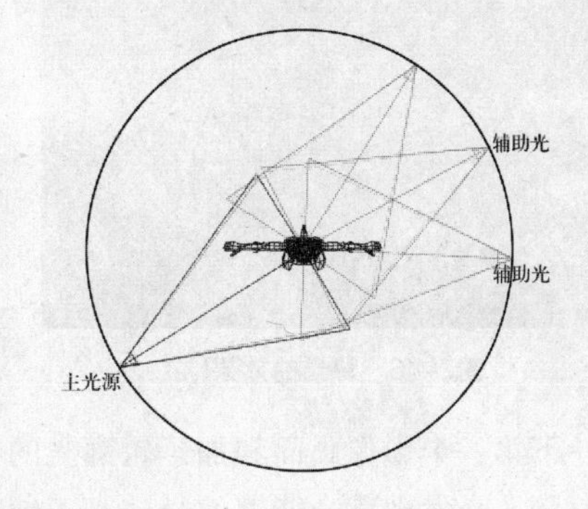

图7-44　三个辅助灯光及位置

第二个影像图片，如图7-45所示，显示了用单一辅光灯对角色的阴影进行补光照明，其效果比较明显，调整也比较简单，但是缺点是补光不够柔和，过渡得比较僵硬。摄影的时候一块

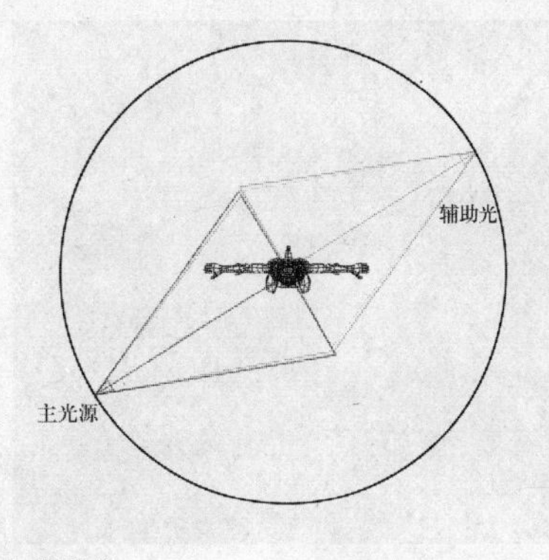

图7-45　增加一个辅助光

反光板就相当于一个辅光灯。

辅助光的作用是使阴影柔和，但是它不创造新的阴影。辅助光的位置应该通常面对着主光源，但是最合适的位置不是固定的，就像不同的光的形式需要不同的技术一样。这还需要不断地实践、掌握。

3. 背光

背光的作用就是使物体或者角色和背景分开，如图7-46所示。

背光能围绕人物的头部和肩膀产生一个光的边缘，来把前面的人物与后面的背景分离开来。从而能够增强角色在场景中深度的体现。

在第一个影像画面中，如图7-47所示，角色身体没有背光，看起来它和背景混合在了一起。这使角色看起来非常平，没有生气和空间感。

图7-46　背光的效果

图7-47　没有背光

对比一下第一个影像画面和加了轮廓光的第二个影像画面，如图7-48所示。注意观察角色的头部和肩膀，会发现背光能够使身体真正地能够从背景中脱颖而出。

为了达到效果，背光可以被放置在两个地方。背光的位置一般是直接在物体或者角色的后面，把灯光垂直地放置在30°~45°角之间。事实上，在三维场景中基本上都是用背光灯组来为角色打出均匀的背光，如图7-49所示。

图7-48　合适的背光

图7-49　一个背光

把背光直接放在物体背面也许不能使物体头部显现出来，这样的效果会打折扣。为了能够得到比较满意的背光，灯光不一定非要放在角色的背后。

背光也和辅光一样有不同的强度，比较典型的主光源与背光的比率是2:1。可以以这个比率为基础，然后去调节，直到调节出满意的效果为止，如图7-50所示。

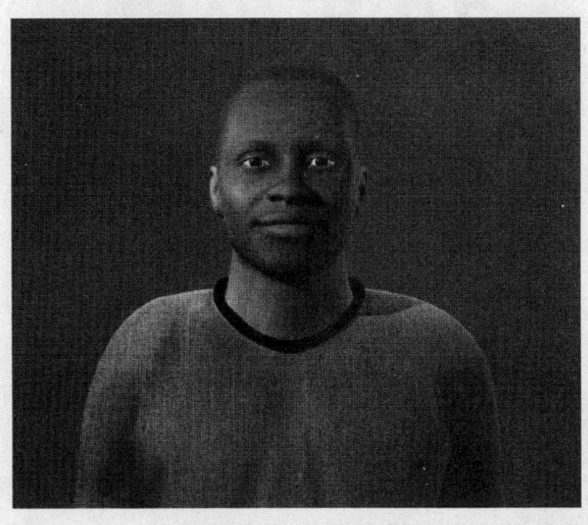

图7-50　背光灯组

三点光可以说是一套在实际拍摄和虚拟制作中都广泛流行使用的光照体系理论，其组成部分相对比较简单，只有主光、辅光、背光三部分，但是其在实际中的应用却是非常的复杂，还要考虑色彩的选择，冷暖的对比等因素。在三维动画制作中会使用到上百盏灯来对一个场景进行模拟照明。在游戏制作中由于引擎限制，不可能使用灯光照明的方式来制作3D实时渲染的场景，但是在制作游戏场景贴图的时候，合适的灯光照明能够为制作高品质的材质提供很大的帮助。

7.2 摄像机

7.2.1 摄像机视图

大家都知道摄像在电影制作中的重要作用，因为动画制作类似于电影制作，所以很容易了解摄像机在动画制作中的重要性。

在3ds Max 中，摄像机分两种：目标式和自由式。Target（目标摄像机）由摄像机点和目标点两部分组成，而Free（自由摄像机）只有摄像机点。

也许会有疑问，通过调节Perspective视图就可以得到不同的取景效果，为何还要使用摄像机视图呢？可以从两方面来回答这个问题：首先利用摄像机参数的调节更加精确，而Perspective视图调节之后通常是很难恢复的；其次利用对摄像机参数的调整和工具栏中控制器的运用，可产生漫游和特技效果。

1. 目标摄像机

Target是三维场景中常用的一种摄像机。因为这种摄像机有摄像机点和目标点。因此可在场景中有选择地确定目标点，通过摄像机点的移动来选择任意的观看角度。如图7-51所示的是目标摄像机的参数，在其参数面板中主要有如下几个参数。

（1）Lens（焦距）：焦距的大小会影响视图中场景的大小和物体数量的多少，焦距小，取得较大的场景数据；焦距大，取得较小的场景数据，但会得到更多的场景细节。焦距的单位是mm，50 mm焦距的镜头所产生的视图类似于眼睛所看到的视图；焦距小于50 mm的镜头称为广角镜头，因为它显示出场景的广角视图；焦距大于50mm的镜头称为远焦镜头，它产生像望远镜一样的视图效果。

（2）Field of View（FOV）（视野）：FOV控制摄像机可见视角的大小，决定多少景物是可见的，它与焦距的大小有相当密切的关系。在它的左侧，有一个按钮：↔，它是一个复选按钮，按下它，会弹出所有的三个按钮：↔、↕、⤢。它们分别表示水平、垂直

图7-51 目标镜头参数命令面板

和斜向三个方向。选择其中的一个按钮，调整FOV值，表示调整的是该方向上的视角。例如，选中按钮，将FOV值调大，表示将垂直方向上的摄像机视角增大。

（3）Stock Lenses（备用镜头）：在备用镜头选项中提供了一些标准的镜头库，分别是15 mm、20 mm、24 mm、28 mm、35 mm、50 mm、85 mm、135 mm、200 mm。单击相应的按钮，Lens和FOV值自动更新。

（4）Orthographic Project（正视投影视图）：选中该命令，将把摄像机视图转换为正视投影视图。在正视投影视图中，以正向投影的形式显示出造型体。

（5）Type（类型）：该列表中有两个选项，Target Cameras和Free Cameras。当在视图区中选择了一个镜头后，该列表就会显示出它的类型。也可以在修改面板中选择另一个类型的镜头，强行将镜头修改为另一个类型的镜头。

（6）Environment Ranges（环境范围）：该子面板下有两个命令：Near和Far，它们分别表示环境的起始范围和终止范围。这两个参数用于设置制作的云、雾等环境效果的起始和终止范围。

（7）Clipping Planes（剪切平板）：选中该命令，可以将视图剪切到离镜头一定的距离上。只有在选中了Clip Manually命令以后，其面板下的设置才处于可用状态。Near和Far这两个选项分别用于设置剪切平板的起始位置和终止位置。

摄像点（Camera）。如果视图中有多个镜头，在Camera的后面还有0X的字样，X是1到9的数字，表示不同的镜头。在视图区中创建了目标镜头后，造型体列表中就有了Camera Target（摄像机目标）和Camera（摄像点）两个部分，可以分别选择这两个部分中的任意一个部分。

2. 自由摄像机

Free Camera（自由摄像机）只有摄像机点，没有特定的目标点。在调整时对摄像机点直接操作。在制作摄像机漫游时常使用这种摄像机。

该命令面板与目标镜头的参数命令面板几乎完全相同，唯一不同的是自由镜头的参数面板中多出了一项命令：Target Distance（目标距离），该命令用于设置目标与镜头之间的距离，如图7-52所示。

图7-52　自由镜头参数命令面板

7.2.2 创建目标摄像机

下面建立一个棋盘场景，在如图7-53所示的场景中进行摄像机设置练习。

（1）在Create命令面板的Cameras（摄像机）子面板中点取Target（目标摄像机）按钮，建立目标摄像机。

（2）将鼠标移至Top视窗。选择适当位置按下鼠标左键建立摄像机点，拖动鼠标选择观看角度放置目标点，在视图中建立了一个摄像机，如图7-54所示。

图7-53 棋盘场景

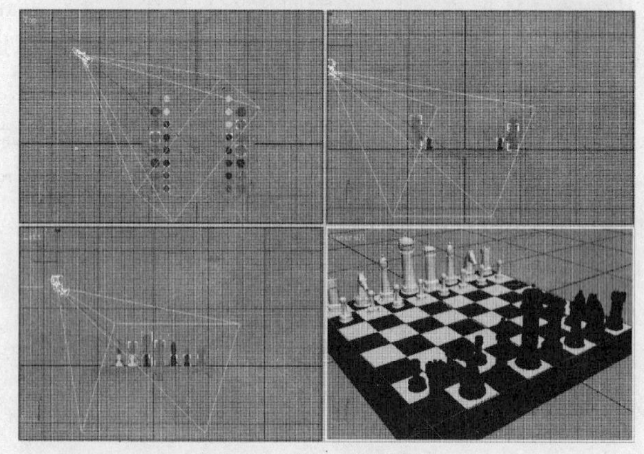
图7-54 创建目标摄像机

(3) 选择主工具栏上的移动工具，可以分别移动摄像点和目标点。同样，也可以使用缩放、旋转等变换工具来调节目标摄像机。

7.2.3 设置摄像机视图

在视图区中设置了镜头后，就可以将任意一个视图区设置为镜头视图形式。镜头视图区的设置有三种方法：

(1) 最为简单的方法就是选择并激活一个视图，然后按“C”键将当前激活视图切换至摄像机视图，这个视图就是透过摄像机所看到的场景。如果在场景中有多个镜头，会弹出如图7-55所示的对话框。在该对话框中选择一个摄像机对象，然后单击OK按钮，就可以将当前视图激活为摄像机视图。

(2) 单击菜单栏里的Customize（定制）命令，在其下拉菜单中选择Viewport Configuration（视图设置）命令，弹出如图7-56所示的视图区配置对话框。在需要转换的视图区上单击鼠标（左键或右键均可），弹出如图7-57所示的对话框。在对话框上部列着场景中所有的镜头，选中其中的镜头，视图区将转换为所选镜头的镜头视图。

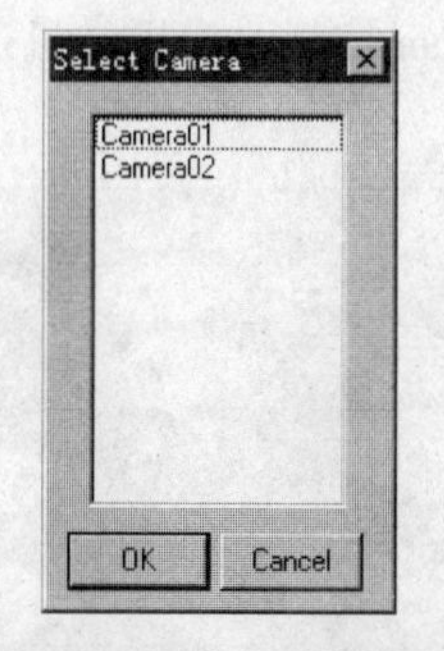

图7-55　选择摄像机视图

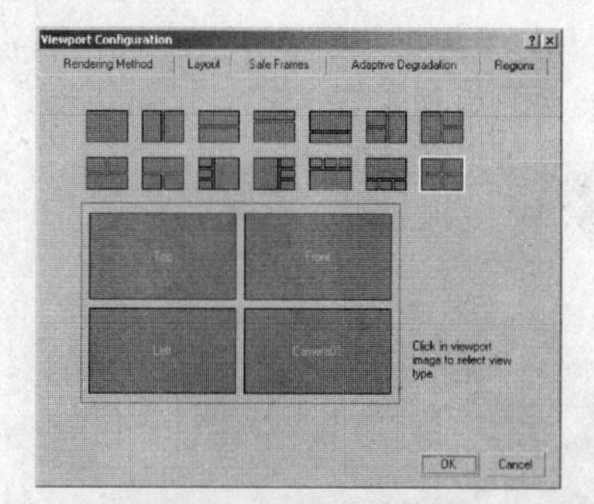

图7-56　视图区配置对话框

(3) 另一种方法是在需要转换的视图区左上角的英文字样上右击鼠标，弹出视图设置快捷菜单，如图7-58所示。在菜单里的View一栏下的菜单和前面的对话框一样，选中其中一个镜头，就可以将视图区转换为该镜头的镜头视图。

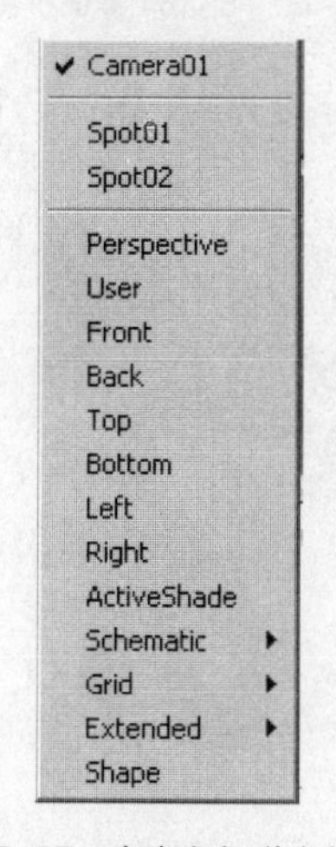

图7-57　右击鼠标弹出的菜单

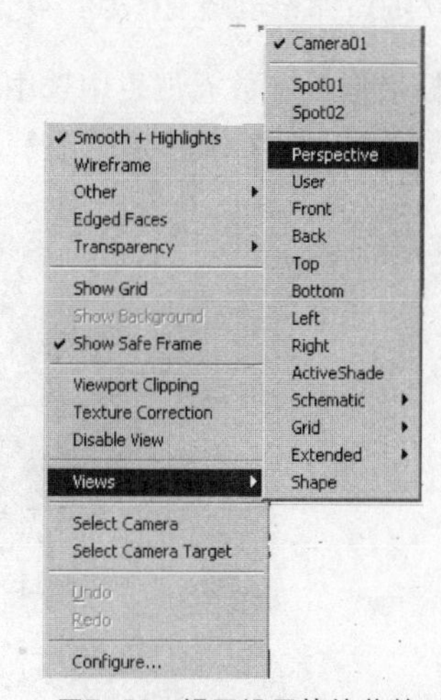

图7-58　视图设置快捷菜单

7.2.4 调节摄像机视图

在设置了镜头视图后，就可以对其进行调整和修改了。对镜头视图的调整也有两种方法。

一是通过视图区控制按钮来调整镜头视图；二是选择需要修改的镜头视图，进入到修改命令面板，通过修改相应的参数来调整镜头视图。

(1) 选择摄像机点，进入Modify命令面板，打开目标摄像机参数卷展栏，在这个参数卷展栏中提供了9种标准的摄像机镜头，并且可以通过参数设置选择在三维动画或效果图制作过程中所需要的镜头，选择是多样的，3ds Max更能大大满足这一点。下面在同一场景中选择不同的镜头，使场景产生不同的效果。

(2) 在目标摄像机参数卷展栏Stock Lenses选项中单击35 mm按钮，为摄像机选用的是35 mm的普通镜头，场景效果如图7-59所示。

（3）在目标摄像机参数卷展栏的Stock Lenses选项中单击85 mm按钮，为摄像机选择一个85 mm的鱼眼镜头，场景效果如图7-60所示。

图7-59　35 mm摄像机镜头

图7-60　85 mm摄像机镜头

（4）在目标摄像机参数卷展栏中选中Stock Lenses选项，单击28 mm按钮，选择一个28 mm广角镜头，场景效果如图7-61所示。

图7-61　28 mm摄像机镜头

通过选择不同的目标摄像机镜头，就是同一场景的同一视角，都会出现不同的画面效果。

7.2.5 创建自由摄像机

再次打开棋盘场景文件，Free Camera（自由摄像机）同样可以使用上面的操作来调节摄像机的视图和参数。

（1）在Create命令面板的Camera（摄像机）子面板中点取Free（自由摄像机）按钮建立自由摄像机。

（2）将鼠标移至Front视图，单击左键，一个自由摄像机建立完成了，如图7-62所示放置自由摄像机，然后激活Perspective视图，按“C”键切换到摄像机视图。

（3）对自由摄像机进行调整。由于自由摄像机没有目标点，读者可以通过变换摄像点来改变摄像机视图，也可以通过摄像机视图控制工具栏调节摄像机的观察角度。

（4）选择自由摄像机，进入Modify命令面板，可以看到自由摄像机与目标摄像机的卷展栏

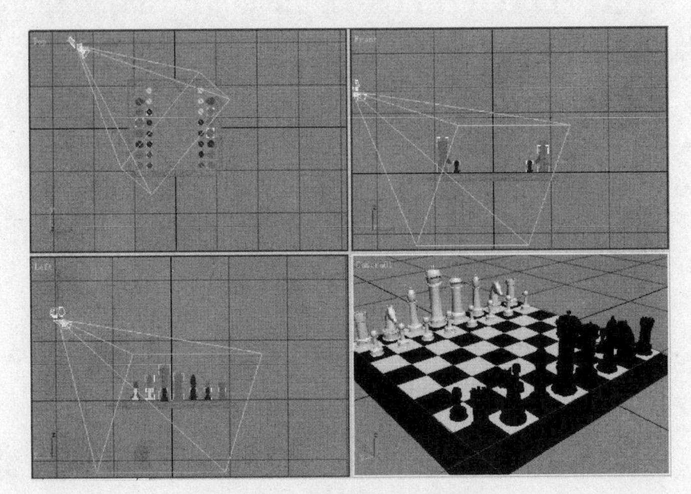

图7-62　自由摄像机放置位置

中内容相同，对自由摄像机可以进行同样的镜头设置。

小结

本章介绍了灯光的不同类型和使用方法。灯光是渲染场景效果的关键因素，从灯光的技术基础入手，并结合若干实例深入浅出地讲解了3ds Max灯光功能的应用。灯光的基本照明类型包括三角形照明和区域照明两种，熟练掌握和应用灯光的照明类型是合理设计灯光布置方案的关键。

灵活地运用摄像机往往能选一个最好的角度达到最好的效果。材质、灯光、摄像机是组成画面的最基本元素。在以后的学习中要不断地去观察生活，从生活中吸取营养，以便能更好地运用到游戏创作中去。

思考与练习

一、判断题

1. 3ds Max中，视窗角度的设置方法有一种。（　　）

2. 3ds Max中，Create面板提供用于创建对象的控件。（　　）

二、填空题

1. 对于视窗区域显示特性的设置主要是通过（　　）菜单所提供的工具来完成的。

2.（　　）面板用于存取和改变被选定对象的参数，并且可以给对象应用不同的编辑修改器。

3.（　　）坐标系统是一种非常特殊的坐标系统，它是建立在其他物体的坐标上的。当前选择的物体以什么坐标系统进行变换，是依赖于另外一个物体的坐标。

三、操作题

1. 练习灯光、摄像机设置的基本命令。

2. 练习不同的灯光、摄像机设置方式。

第8章

动画界面和动作面板

本章将结合 3ds Max 中动画界面介绍有关动画制作的方法和技巧。

3ds Max 动画的制作与控制。

能够独立完成简单的动画制作。

在前面的章节里曾经简单地介绍过3ds Max的动画操作面板，如图8-1所示。

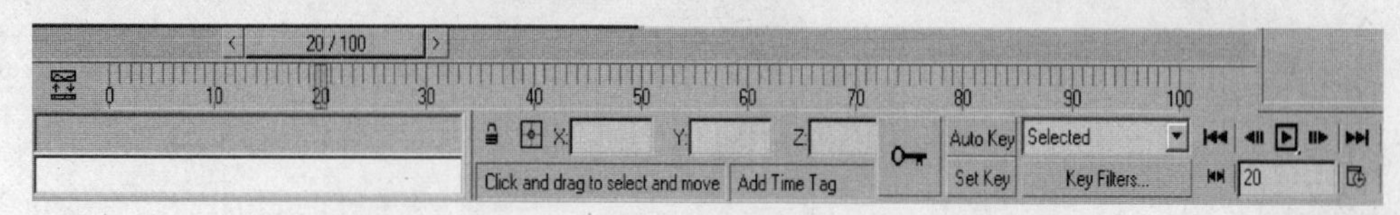

图8-1 动画操作面板

8.1 动画界面

接下来将详细介绍有关动画操作面板中各工具按钮的功能。以功能属性来分的话，可以将按钮分成动画播放面板和时间滑块两种。

8.1.1 动画播放面板

3ds Max的动画播放面板和普通的播放器一样，相当容易使用，如图8-2所示。

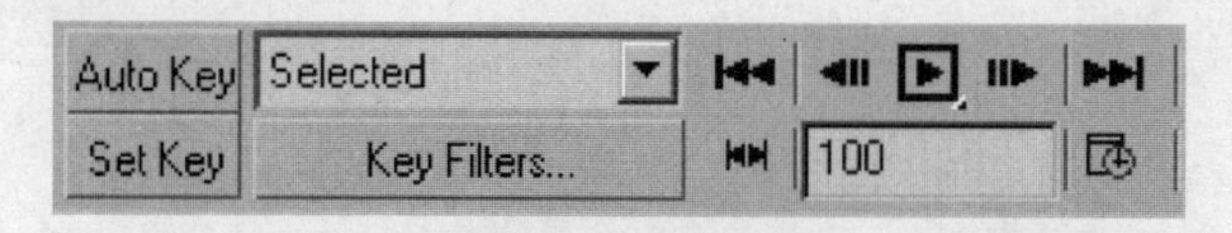

图8-2 动画播放面板

（1）Auto Key（自动记录关键帧）：操作方式会切换到动画模式，以后的一切操作都会记录到动画操作中。在动画模式下，Auto Key按钮的颜色会转化为红色，以提醒用户当前的操作状态，另外处于动画编辑下的场景视图也会用红色线框住。

（2）Key Filters（关键帧过滤）：单击该按钮会弹出一个对话框，可以在其中选择关键帧类型，不被选中的类型，即使在动画模式下也不能产生动画效果。

（3）100（当前帧）：显示当前帧的帧数，也可以直接输入数值跳到指定的帧。

（4）Key Mode Toggle（关键帧方式）：当按下此按钮时，单击前一帧或下一帧可以在关键帧中切换。

（5）Time Configuration（时间设置）：用于设置动画长度、帧速率等，此选项将在后面的章节中详细介绍。

8.1.2 时间滑块

时间滑块如图8-3所示。

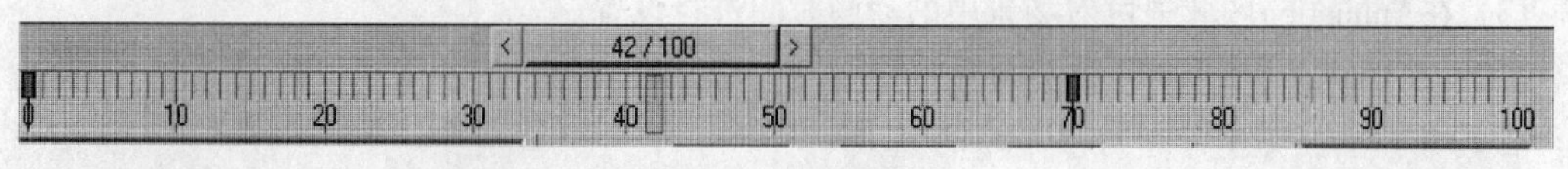

图8-3　时间滑块

时间滑块在制作动画的过程中是一个相当重要的工具，它是判断时间的重要依据，用户可以用鼠标拖放的方式来更改时间滑块的位置，随着滑块位置的改变，其上面的数值也会随之改变。

此外，时间滑块上也会显示关键帧，图8-3中的暗调色块就是关键帧的时间。

8.1.3 设置动画时间

3ds Max默认的时间是100帧，通常所制作的动画比100帧要长很多，那么如何设置动画的长度呢？动画是通过随时间改变场景而创建的，在3ds Max中可以使用大量的时间控制器，这些时间控制器的操作可以在时间配置对话框中完成。单击状态栏上的按钮，出现时间配置对话框，如图8-4所示。

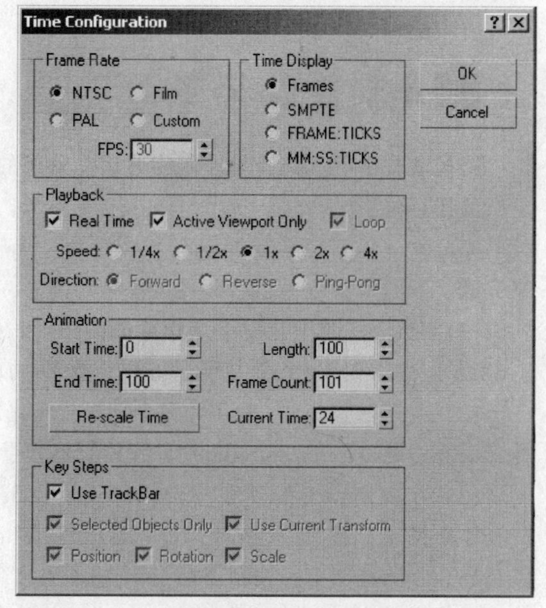

图8-4　设置动画时间面板

在时间配置对话框中可以选择动画的Frame Rate（帧率），设置Playback（回放动画的速度），以及设置动画的关键帧范围。

（1）Frame Rate帧率区域的几种帧率间可任意来回切换，可根据自己的不同需要进行设置。

① NTSC：美国和日本视频使用制式，每秒30帧。

② PAL：欧洲和中国视频使用制式，每秒25帧。

③ Film：电影使用的帧率，每秒24帧。

④ Custom（自定义）：自定义使用下面的FPS（每秒帧数）定义帧率。

（2）在Playback回放区域中可设置播放速度，以及播放动画的视窗数。

① Real Time（实时）：这一项是默认选项。动画按选定速度播放，在需要时会跳过一些帧

以维持正常速度。

② Active Viewport Only：动画仅在激活视窗中播放。

③ Speed（速度）：在下面选项中选择一种比率，即当前帧率的倍数作为动画播放的速度，默认值为1X。

(3) 在Animation区域中可对场景中的动画时间进行设置。

① Start Time（开始时间）：动画开始时间。

② End Time（结束时间）：动画结束时间。

③ Length（长度）：动画长度。

④ Frame Count（帧数）：动画帧数计算。

⑤ Current Time（当前时间）：当前时间。

⑥ Re-Scale Time（缩放时间）：在这一区域中单击Re-Scale Time按钮，会弹出如图8-5所示的对话框。

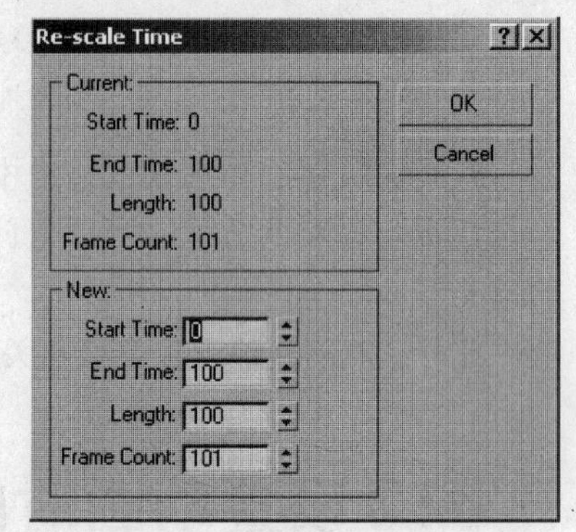

图8-5　缩放时间对话框

当对已设置了动画的场景时间进行修改，但又想不影响动画节奏，此时可以使用这一对话框来设置新时间。场景中的对象动画记录会整体随这一时间进行缩放，而在时间配制框Animation区域中设置时，不会影响对象动画关键点的位置。

8.1.4 制作路径动画

路径动画是通过路径来控制物体运动轨迹的。使用路径来控制物体，可以使物体完成较为复杂的任意位移运动。

完成物体沿路径运动的动画，可以通过Motion（运动）命令面板中的Path Restraint控制器来完成。下面来创建一个沿路径运动的动画。

(1) 在Top视图中建立一个螺旋曲线图形，并在Parameters卷展栏中设置螺旋线参数，如图8-6所示，然后在Top视窗中建立一个半径为9的球体。

(2) 选择球体，进入Motion命令面板，单击Parameters属性按钮，弹出如图8-7所示对话框，在对话框中的Assign Controller（分配控制器）卷展栏中所显示的是各种运动控制器类型列表。

(3) 在控制器类型列表中选择Position：Bezier Position，单击列表上方的Assign Controller（分配控制器）按钮，弹出如图8-8所示的Bezier Position控制器清单。在清单中选择Path Constraint（路径约束）控制器后，单击OK退出。

(4) 这时控制面板出现Path Parameters（路径参数）属性卷展栏，如图8-9所示。

在Path Parameters卷展栏中包含以下选项，通过对下面几个选项的设置可以实现物体沿路径运动的不同效果。

① Along Path（沿路径）：当场景中时间滑块处于第0帧位置时，这一选项中的数值表示从路径的百分之多少开始运动，当滑块处于最后一帧时，这个选项中的参数则表示到路径的百分之多少运动停止。

② Follow（跟随）：当这一选项被激活时，物体将做跟随路径变化的动作。物体的一个轴

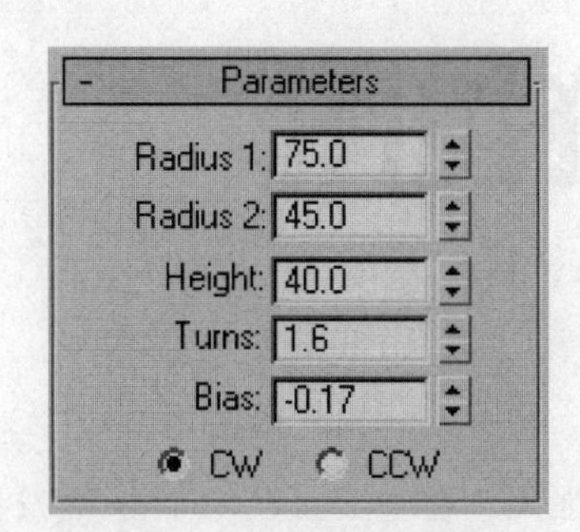

图8-6　设置螺旋线参数

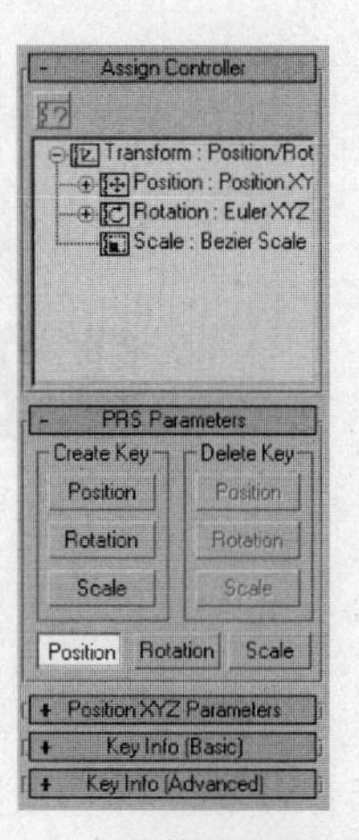

图8-7　运动控制器类型列表

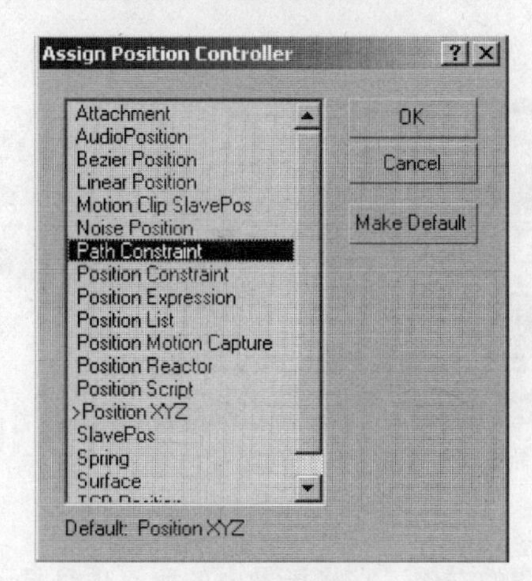

图8-8　控制器清单

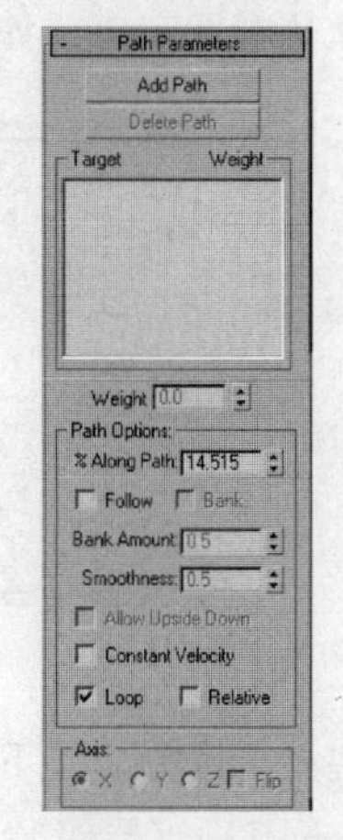

图8-9　路径参数属性卷展栏

做垂直路径的切线运动，轴位可以进行自由设置。

③ Bank（倾斜）：当Follow选项被选择时Bank才被激活，对象随着路径的曲率变化自动倾斜。

（5）单击Add Path（添加路径）按钮，在视窗中点取螺旋路径。球体自动附着在路径上，回放动画将看到球体沿路径进行运动。

8.2 轨迹视图

轨迹视图对于管理场景和动画制作功能非常强大，在主工具栏中单击按钮可以打开轨迹视图。此外，还可以执行Graph Editors（图像编辑）→Track View-Curve Editor（轨迹视图）菜单命令打开轨迹视图窗口，如图8-10所示。

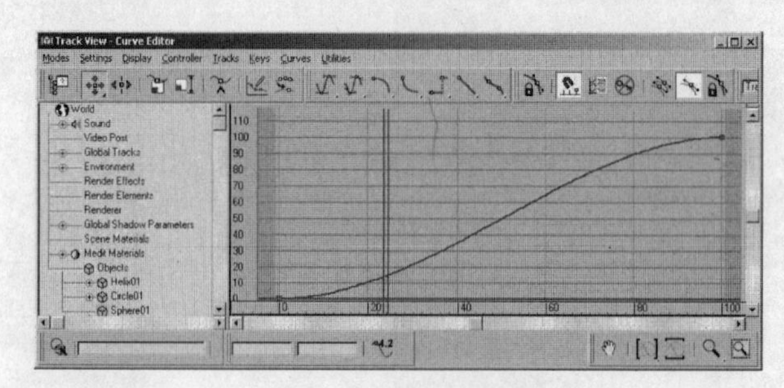

图8-10　轨迹视图窗口

轨迹视图主要可以分为以下几个功能板块。

（1）Hierarchy List（层级清单）：位于视图的左侧，它将场景中的所有项目显示在一个层级中，在层级中对物体名称进行选择即可选取场景中的对象。

（2）Edit Window（编辑窗口）：位于视图的右侧，显示轨迹和功能曲线表示时间和参数值的变化。编辑窗口使用浅灰色背景表示激活的时间段。

（3）Menu（菜单栏）：整合了轨迹视图的大部分功能。

（4）Toolbar（工具栏）：包括控制项目、轨迹和功能曲线的工具。

（5）Status（状态栏）：包含指示、关键时间、数值栏和导航控制的区域。

（6）Time Ruler（时间标尺）：测量在编辑窗口中的时间，在时间标尺上的标志反映时间配置对话框的设置。上下拖曳时间标尺可使它和任何轨迹对齐。

（7）在场景层级清单中，一种类型的项目用一种图标表示，可以使用这些图标快速识别项目代表的意义。

① World（世界）项目：将所有场景中的轨迹收为一个轨迹，以便更快速地进行全局操作。

② Sound（声音轨迹）：可在动画中加入声音。

③ Video Post（后期合成）：用于设置后期合成时的动画轨迹。

④ Global Tracks（全局轨迹）：分支包含存储控制器的清单，其中还可存储全局变量。

⑤ Environment（环境）：分支包括控制背景、场景环境效果等控制。包含环境光、背景定义、雾和容积光、Video Post等项目。

⑥ Object（对象）：立方体表示场景中的对象与对象的分支，包括链接的子对象和对象的层级参数。

⑦ Container（容器）：蓝色的圆柱体表示包含其他项目的容器。

⑧ Modify（修改器）：修改器下面的分支包括修改器的次对象和参数。

⑨ Controller（控制器）：是轨迹视窗的动画来源，包含动画的参数值，并且是层级清单唯一能有轨迹并包含关键点的项目。

8.2.1 编辑关键点

在轨迹视窗的工具栏中编辑模式钮可选择一种编辑方式。

Edit Key（编辑关键点）将动画显示为一些关键点和范围条，编辑关键点动画进行全局观察是非常有用的。因为它能显示所有轨迹动画的时间，在观察整个动画的各项目变化时，使用这种模式进行关键点和范围的编辑。下面以小球动画实例来学习如何编辑关键点。

（1）启动3ds Max，在Front视图中间创建一个半径为25的球体对象。

（2）按下Auto Key按钮创建球体的运动动画，拖动时间滑块到第50帧，在Front视图中向上移动球体5个单位；然后拖动时间滑块到第100帧，在Front视图中向上移动球体10个单位，然后单击Auto Key按钮退出动画制作模式。

（3）执行Graph Editor→Track Vire-Curve Editor（轨迹视图）菜单命令，打开轨迹视图，在左侧的项目列表中找到球体的Position（位置）轨迹，如图8-11所示。

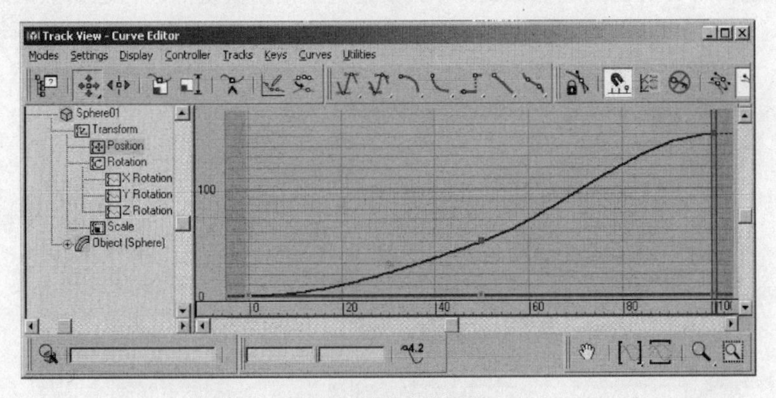

图8-11　球体的位置轨迹

（4）添加关键点：在轨迹视图工具栏中，单击Add Keys（添加关键点）按钮加入关键点，然后在轨迹上单击鼠标左键添加关键点，如图8-12所示。

（5）移动关键点：在轨迹视窗工具栏中Move Keys（移动关键点）和Slide Keys（滑动关键

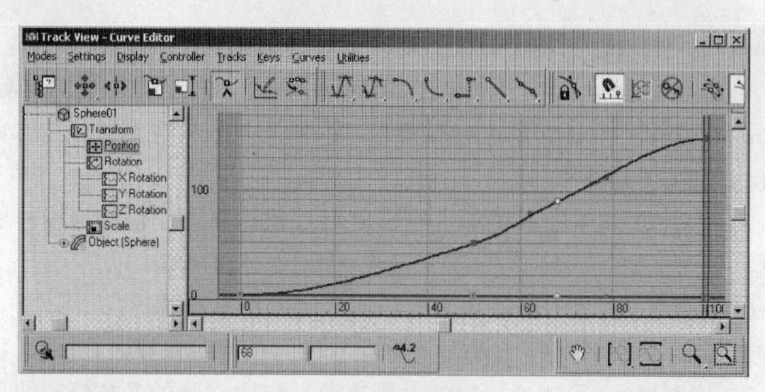

图8-12　添加关键点

点）按钮都可对关键点的位置进行调整，移动关键点所处的时间位置，来控制对象动作变换的突变时间段，如图8-13所示。

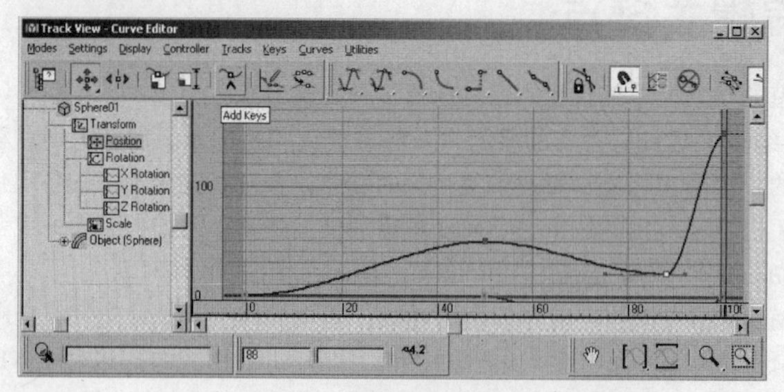

图8-13　移动关键点

（6）缩放关键点：选定轨迹中间的两个关键点，然后选择Scale Keys（缩放关键点）按钮，该操作是对选定的部分关键点进行缩放，来控制这些选定的关键点间与起始点的距离，如图8-14所示。

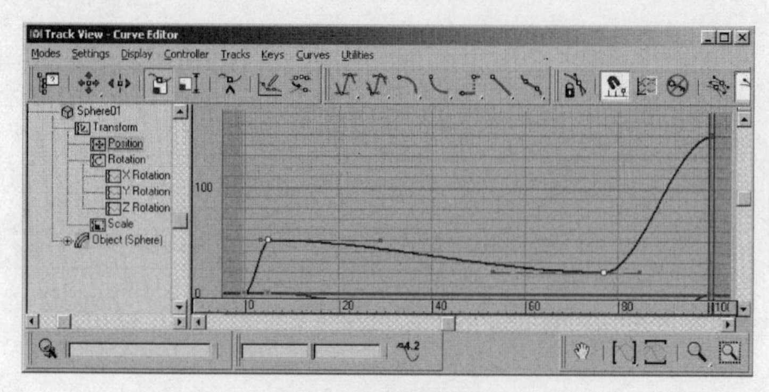

图8-14　缩放关键点

（7）锁定关键点：在工具栏中按下Lock Selection（锁定选项）按钮后，当前所选择的两个关键点被锁定，当在视窗中使用任何工具，则调整时都是在对锁定的关键点进行调整；再次单击Lock Selection（锁定选项）按钮释放锁定，这样可以重新选定其他关键点。

（8）删除关键点：在轨迹视窗中选定第二个关键点，然后按下Delete键删除关键点，最后的轨迹如图8-15所示。

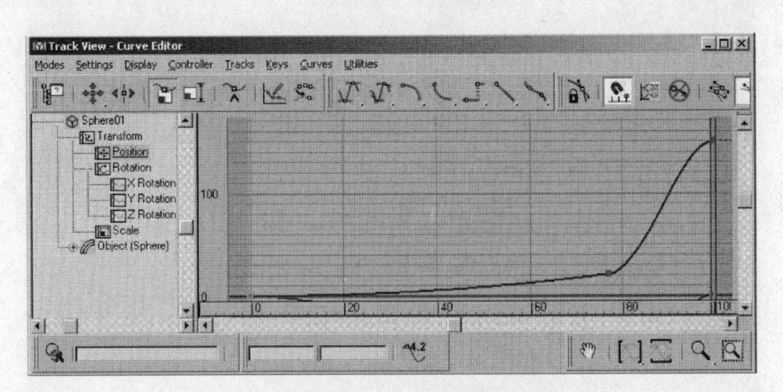

图8-15　删除关键点

8.2.2 调整功能运动曲线

在 中可对物体的运动轨迹曲线直接进行编辑，视图中的动画关键点都以曲线的形式显示在视窗中，如图8-16所示。

选择曲线上的关键点后，单击鼠标右键或在视图中单击Properties（属性）按钮弹出一个关键点信息对话框，如图8-17所示。在关键点对话框中，改变动画的数值时间及一个或多个选定关键点两边曲线的插入方式。

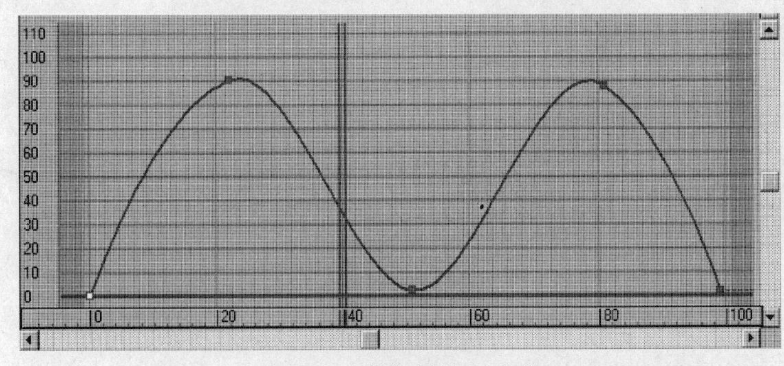

图8-16　调整功能运动曲线

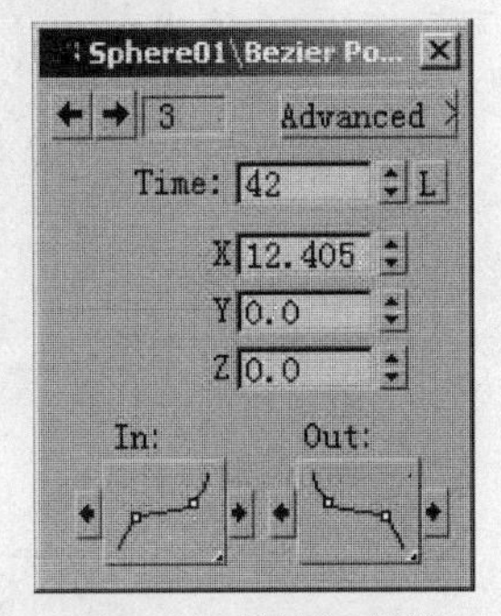

图8-17　关键点对话框

在这一对话框中选择点两边曲线的插入方式，可直接影响场景中对象在两个关键点突变间的运动方式。按住In下面的曲线按钮，在弹出的按钮中可选择6种不同类型的入射角曲线。

（1） 默认曲线方式，此种方式在设置了关键点后，根据关键点的位置来随机确定点两边的入射角曲线，如图8-18所示，对象在两关键点之间的运动轨迹为曲线形式。

（2） 直线插入方式，此种方式将关键点两边曲线变为直线的入射形式，如图8-19所示。物体在两关键点之间的运动轨迹为直线，且做均速运动。

（3） 直角插入方式，此种方式将关键点两边的轨迹曲线以直角折线方式插入，通常用于

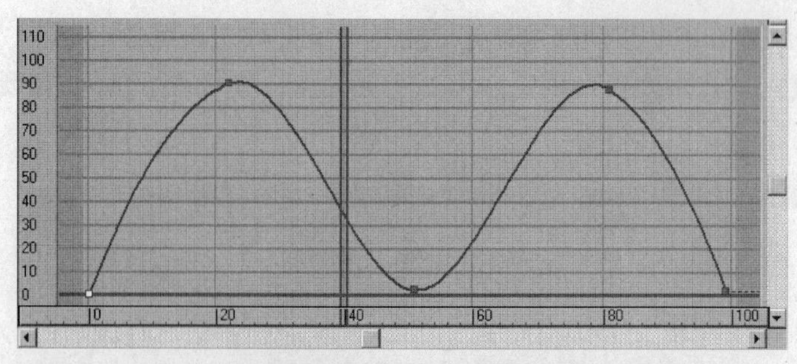

图8-18 默认曲线方式

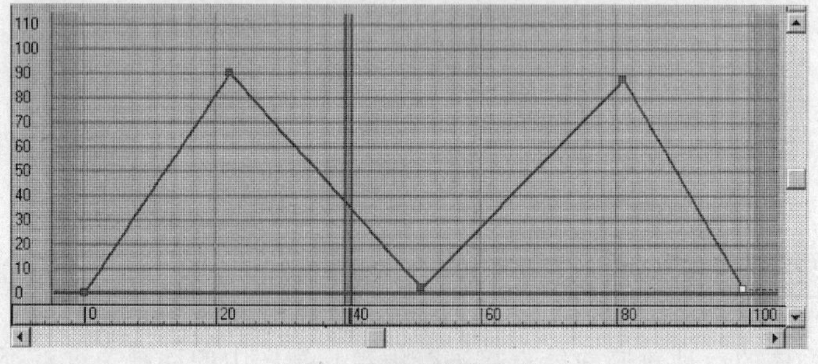

图8-19 直线插入方式

突变过程。选择这种插入方式后，物体在运动时只出现关键点设置的位置，而没有关键点之间的运动过程，如图8-20所示。

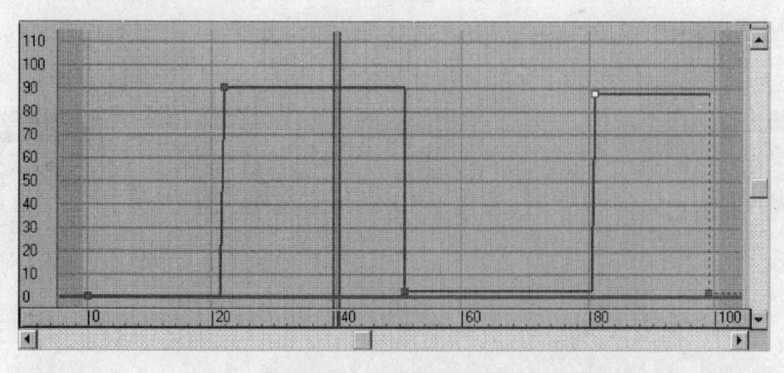

图8-20 直角插入方式

（4）减量插入方式，选择此种插入方式后，点两边的曲线如图8-21所示，对象在两个

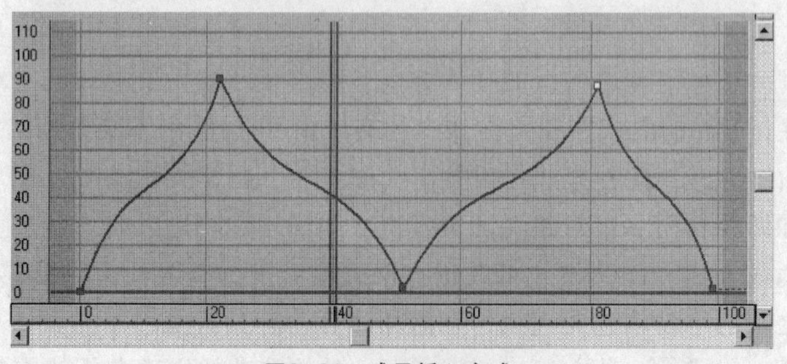

图8-21 减量插入方式

关键点之间做减量运动，比如上抛物体的运动。

(5) 增量插入方式，选择这种插入方式，关键点两端的曲线如图8-22所示，对象在两个关键点之间做增量运动，比如下落物体的运动。

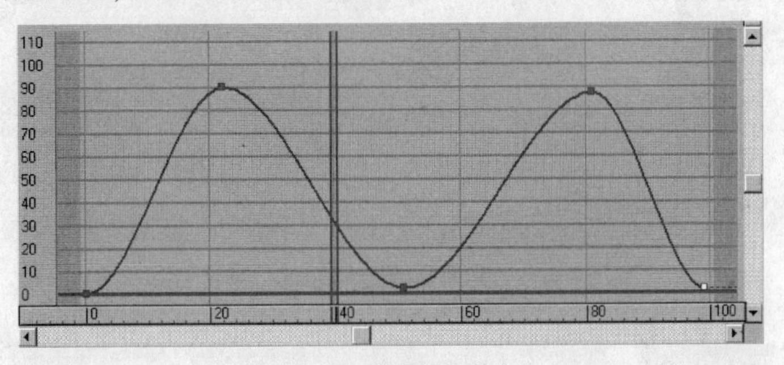

图8-22　增量插入方式

(6) 贝兹曲线插入方式，关键点两端的曲线以贝兹曲线的形式插入，可以使用贝兹控制柄随意调整曲线造型，这样能够更好地控制轨迹的形状，如图8-23所示。

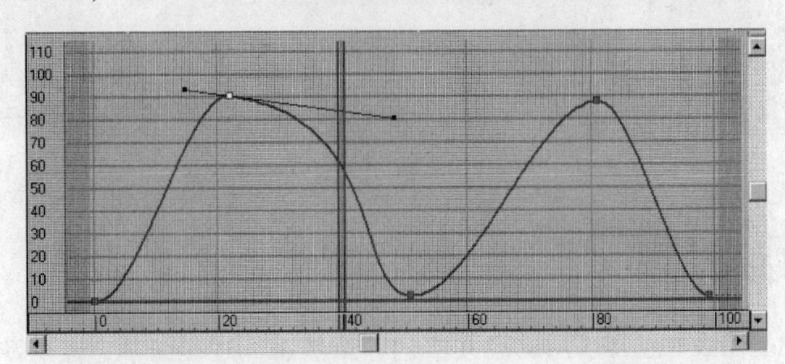

图8-23　贝兹曲线插入方式

在调整运动曲线时，可以根据场景中对象的动画需要对这些插入方式进行组合。例如，为一个物体创建加速或减速运动的动画时，需要两种不同的插入方式来共同控制两个关键点之间的运动轨迹。

(1) 创建一个球体，单击Auto Key按钮，打开动画制作模式，将时间滑块拖至50帧。

(2) 在Top视窗中将物体沿Y轴移动30个单位，回放动画，可观察到场景中的球体，从0帧到50帧之间做均速直线运动。要使球体做加速直线运动就必须对关键点之间的插入曲线方式进行调整。

(3) 在主工具栏中单击Curve Editor（曲线编辑）按钮打开轨迹视图，在层级清单中选择球体的Position（位置）控制选项，在视图右侧显示对象关键点之间的曲线，如图8-24所示。现在在视窗中看到两个关键点间的线是直线，这就决定了物体的运动方式为两点间的匀速运动。要使物体做加速运动就要改变关键点之间的运动曲线插入方式。

(4) 选择第一个关键点，单击鼠标右键，在关键点信息对话框中，选择插入方式，视窗中关键点之间的曲线如图8-25所示。

(5) 回到视窗中，播放动画观看球体运动，球体是不是在做加速直线运动。

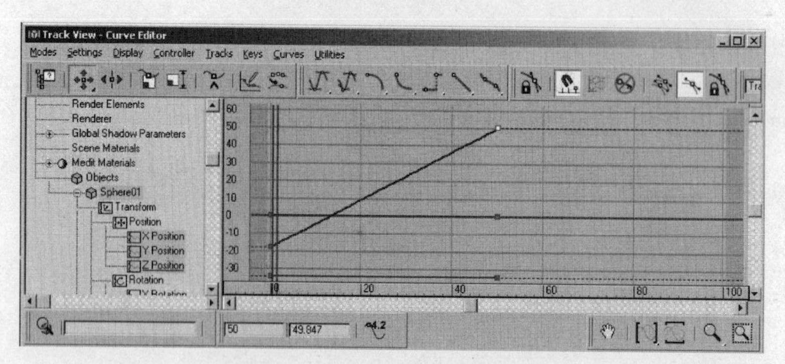

图8-24　关键点之间的运动曲线编辑

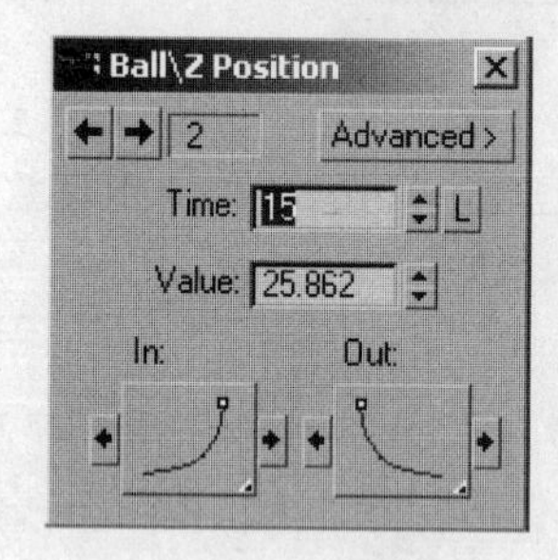

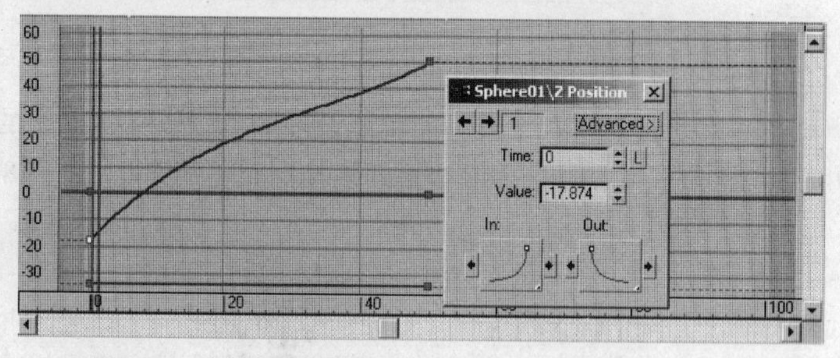

图8-25　选择曲线插入方式

8.2.3 弹跳动画

弹跳动画是3ds Max中经常引用的经典实例，虽然制作过程简单，但是涉及的功能很多，主要通过它的制作流程来了解动画制作的一般过程和轨迹视图的使用方法。由于本章主要讲述动画的制作方法，因此场景相对简单，对于复杂场景的操作过程也是一样的，只是需要创建的动画关键点更多。场景中包括一个球体、一个盒子、灯光及摄像机。

1. 创建场景

(1) 先创建球体，进入Create面板中，单击Geometry子面板，单击Sphere按钮，在顶视图中央建立一个球体，并赋予合适的材质。在物体名称栏中将名称Sphere01改为Ball。

(2) 单击Box（盒子）按钮，在顶视图球体的下面创建一个扁平的长方形盒子，同样打开材质编辑器，赋予一个木质材质。

(3) 配合主工具栏的移动按钮，在左视图和前视图中将球体与盒子移动到合适的位置，如图8-26所示。

2. 小球的弹跳轨迹

下面通过Track View对话框设置小球的弹跳轨迹。

(1) 执行Graph Editors（图像编辑）→Track View-Curve Editor（轨迹视图）菜单命令，打

开轨迹视图窗口，单击左侧层级区最下面Objects旁边的加号，单击次层级Ball旁边的加号，再次单击Transform旁边的加号展开Ball对象的所有变换轨迹，如图8-27所示。

图8-26　球体与盒子的位置

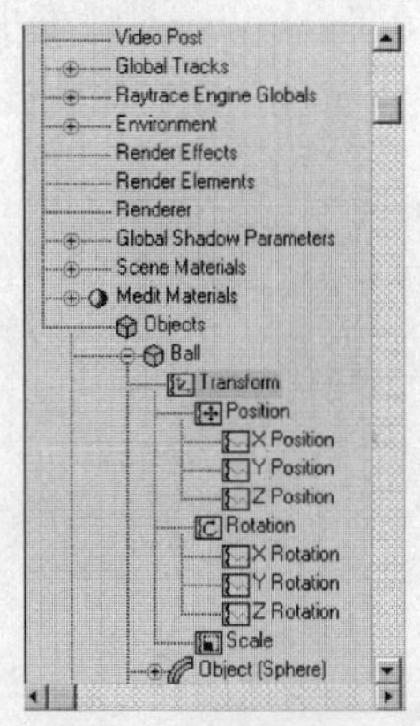

图8-27　变换轨迹

（2）移动时间滑块到第15帧，这时候在Track View对话框右侧的轨迹编辑视窗中出现一条细小的垂直线，它代表当前画面的帧数。

（3）单击主界面状态栏上的Auto Key按钮以记录动画，并选定主工具栏上的移动工具按钮。

（4）在Left视图中，将球体向下移动到盒子表面上。在Track View中，一个灰色的动画关键点出现在Position（位移）轨迹的第0帧和第15帧画面上，同时一条黑色的范围线出现在Transform和Ball的轨迹中，如图8-28所示。

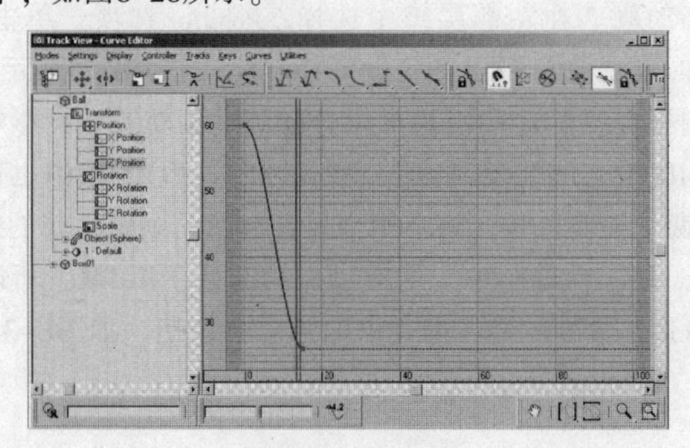

图8-28　变换轨迹

（5）再次单击Auto Key按钮关闭动画模式，利用鼠标左键拨动时间滑块，可看到球体在第15帧降至地平面，然后保持不动。

（6）在轨迹视图的Position项目中出现两个动画关键点，第0帧位置为球体的原始位置，第15帧位置为球体的新位置。

（7）下面通过Track View对话框将Position0帧的动画关键点复制到第30帧处，使球体在30帧时回到原始位置。在Track View对话框中，确认Move Keys（移动关键帧）按钮按下。

（8）按住键盘上的Shift键不放，单击第0帧的动画关键点，观察Track View对话框底部中央

的空白信息框中显示的数字，向右拖到第30帧处，如图8-29所示。

(9) 拨动时间滑块，看到球体在第0~30帧之间进行了上下移动。

(10) 在Track View对话框中，循环动作的制作功能非常强大。单击左侧层级中的Position选项中的Z Position，在右侧轨迹编辑视窗中显示出一条蓝色的曲线，如图8-30所示。

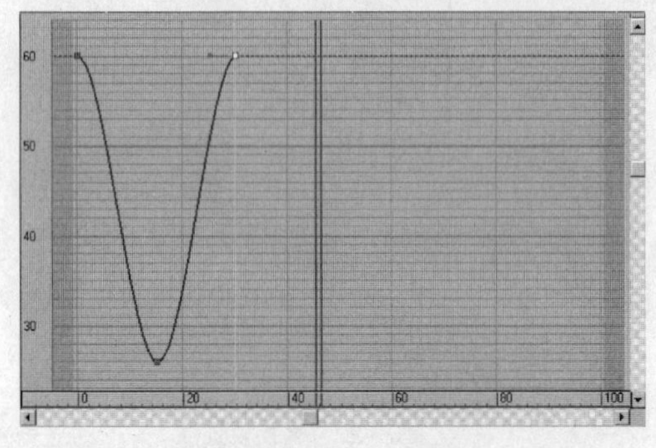

图8-29 拖到第30帧处

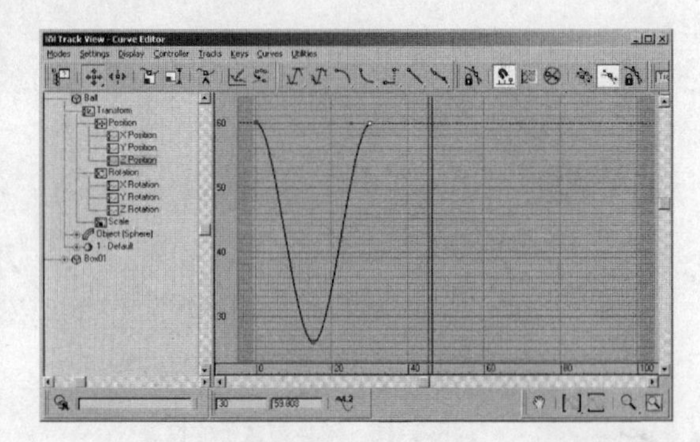

图8-30 蓝色的曲线

(11) 在轨迹编辑视窗中，浅灰色背景代表时间滑块中可作用的画面范围，深灰色背景则代表可作用的时间区段以外的范围。单击蓝色的功能曲线，显示出黑色的动画关键点。

(12) 实际上，在Position轨迹中包含了三条功能曲线，分别以红、绿、蓝色显示，代表在X、Y、Z轴向上的位置；因为球体只在Z轴上作了上下移动，所以只有蓝色的Z轴曲线显示出来，其余两条重叠在第0帧上。

(13) 下面利用Out-of-Range（循环动画控制）对话框，选择Cycle循环模式分配给球体，完成球体上下跳动的循环动画。在左侧层级中选择Z Position选项，单击轨迹视图工具栏中的Parameter Out-of-Range Types按钮，弹出循环动画控制框，如图8-31所示。

(14) 循环动画控制框提供的这些模式可以分配到动画轨迹上，影响全部的动画范围。即当前动画有效范围为0~100帧，当将动画延长到200帧时，后100帧中也包括在分配的循环动画轨迹中。每个模式下有两个箭头符号，一个用来设置起始动画帧之前的对象形态，另一个设置动画帧之后的画面模式。在当前动画中，所有动作均起始于第0帧，所以只需分配后一个动画关键长帧即可。单击Cycle（循环）循环模式下的第二个按钮，如图8-32所示，最后单击OK按钮退出。

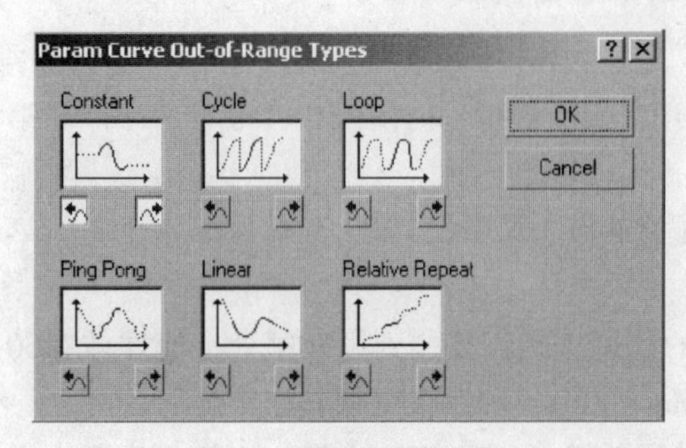

图8-31 循环动画控制框

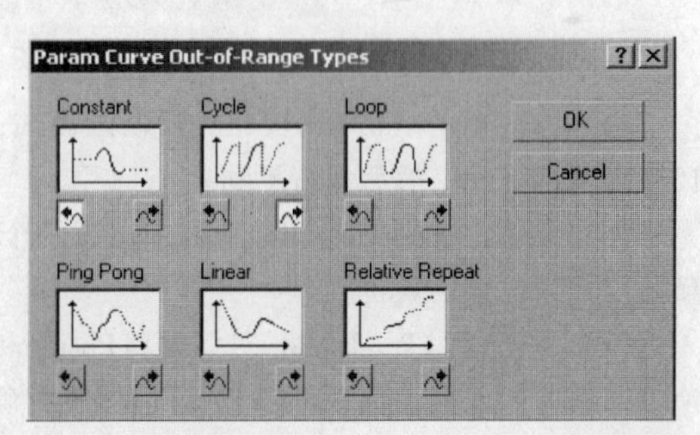

图8-32 循环动画控制框

(15) 单击动画播放按钮，可以看到小球在100帧中上下循环跳动。显然，球体的动作看起来不太自然，在现实世界中，球体应缓慢爬升至顶点后加速下落，落地后迅速反弹。

(16) 打开Track View对话框，点选左侧层级中的Position，观察右侧的轨迹曲线，代表球体上升至最高点的曲线很尖锐，导致球体突然下落，在落到底部时，却以弧形缓慢回升，这和现实世界的实际情况正好相反，如图8-33所示。

(17) 下面对轨迹曲线进行调节。用鼠标右键单击蓝色曲线最底端的第15帧动画关键点，弹出Key Info控制窗，如图8-34所示。在Key Info控制窗中，左上角箭头可选择各个动画关键点；Time用以改变动画关键点发生的帧数；X、Y、Z分别设置三个坐标值；最下方的两个标图为附加选项，提供现成的几种曲线形态，左边为入射角，右边为出射角。这其中还包括自定义型，可以通过参数自由编辑轨迹曲线。

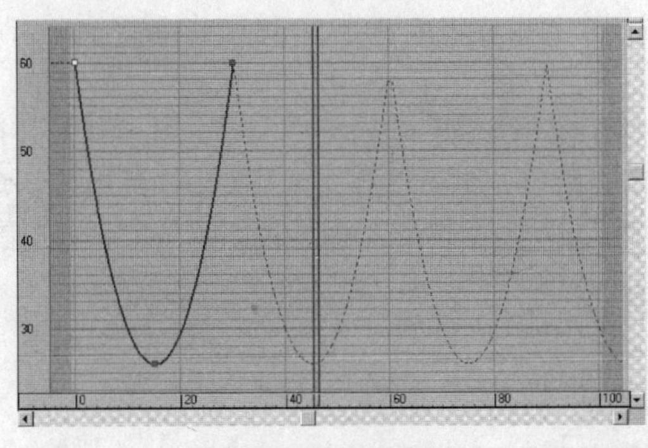

图8-33 轨迹曲线

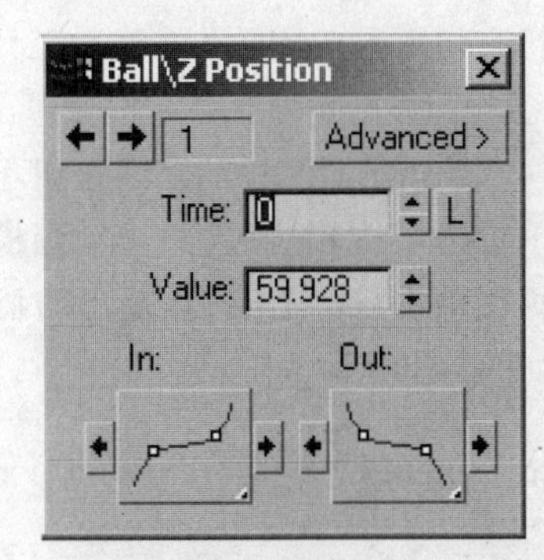

图8-34 编辑轨迹曲线

(18) 更改Key Info中轨迹曲线的形状，可以使小球具备正常的弹跳轨迹。按住Key Info中In下的大按钮不放，在其弹出的一系列按钮中选择第4个。按住Key Info中Out下的大按钮不放，在其弹出的一系列按钮中选择第4个，如图8-35所示。

(19) 单击Key Info控制窗左上方的左向箭头到第0帧的动画关键点。单击其下的Out按钮，从中选择第5选项，如图8-36所示。单击Key Info控制窗左上方的右向箭头两次，选取第三个动画键，即30帧位置的动画关键点，在其下的In按钮中选择第5选项，然后关闭Key Info控制窗。

(20) 最终Track View对话框中的蓝色曲线变为如图8-37所示的状态，与最初的形态刚好相反，这时小球的弹跳动作已经正常了。

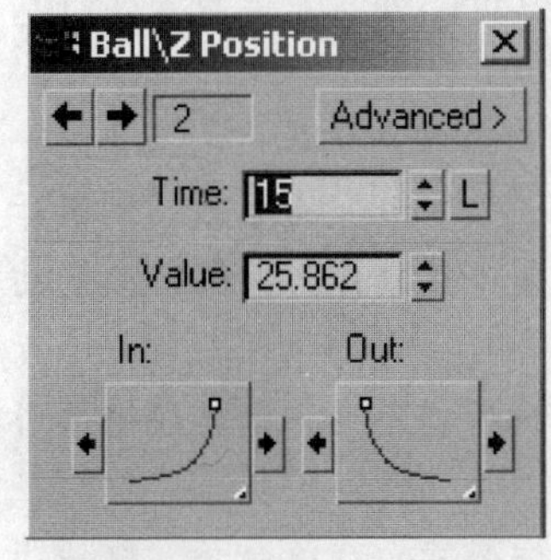

图8-35 编辑轨迹曲线

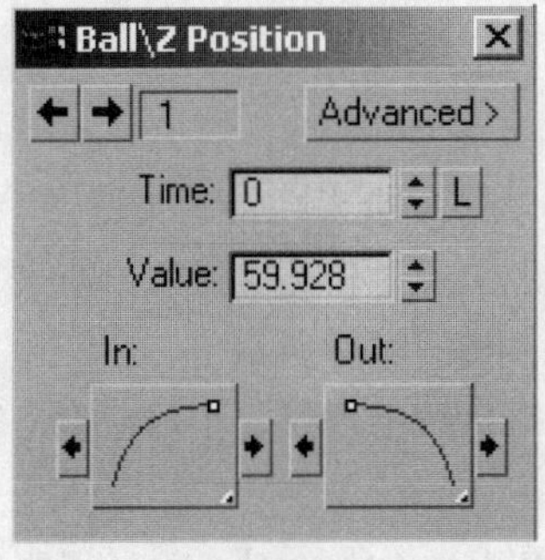

图8-36 编辑轨迹曲线

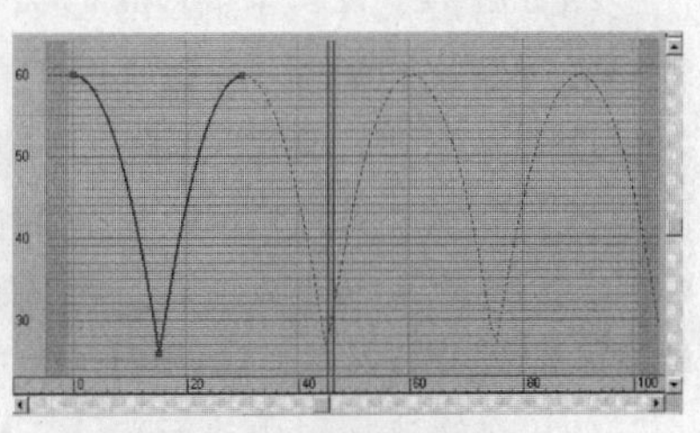

图8-37 最终蓝色曲线

(21）单击播放动画按钮，观看动画并存储动画文件。

3. 调整挤压效果

想象一下生活中皮球的弹跳原理，实际上是接触地面时弹性变形的反作用力使之产生跳动。因此，如果为小球加入一个弹性变形，效果将更真实。物体比例改变是相对于轴心点发生的，将小球的轴心点移动到它的底端表面，然后使用非均匀缩放模拟碰撞盒子时的挤压效果。

(1）执行Graph Editor→Track View Curve Editor（轨迹视图）菜单命令，打开轨迹视图窗口，单击左侧层级中的Position，然后拖动时间滑块到第15帧。

(2）单击主界面右边的Hierarchy（层级）命令面板，单击Pivot（轴心）按钮，单击Affect Pivot Only（只影响轴心）按钮，如图8-38所示。

(3）利用主工具栏上的移动工具在Left视图中将轴心点放到球体底部，然后再次单击Affect Pivot Only（仅影响轴心点）按钮退出轴心变换模式。

(4）单击工具栏中的缩放按钮不动，在弹出的选项中选择Select And Squash（选择并挤压）按钮。单击Auto Key按钮进入动画模式，确定当前帧处于第15帧，在左视图中适当挤压球体，然后再次单击Auto Key按钮退出动画模式。播放动画，发现球体在15帧以后一直保持压扁的状态，如图8-39所示。

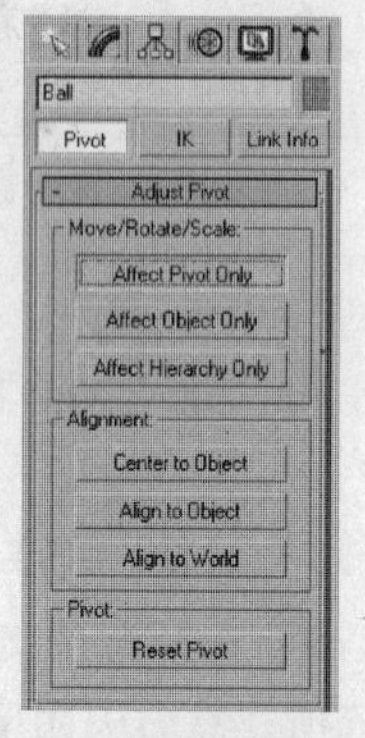

图8-38　层级命令面板

图8-39　球体保持压扁的状态

(5）为了取得更加真实的效果，通过Track View对话框编辑动画关键点，让球体的挤压过程只发生在落地时前后两帧之内。执行Graph Editors→Track View-Dope Sheet菜单命令，打开Track View轨迹视图的另外一种模式，如图8-40所示。

(6）单击工具栏中的Edit Keys（编辑关键点），打开动画关键点编辑对话框。Squash是一种Scale（缩放）变形，所以在Scale的轨迹中会发现动画关键点。按住“Shift”键不放，用鼠标左键单击并拖动第0帧位置的Scale关键点，向右复制到第13帧。重复上述动作，将第13帧的动画关键点分别复制到第17帧和第28帧，如图8-41所示。

(7）再次观看动画效果，发现效果仍然不理想，小球应在下落时保持不变，因此还得再对轨迹曲线进行修改编辑。

(8）在轨迹视图中执行Modes（模式）→Curve Editor（功能曲线模式）菜单命令，打开功

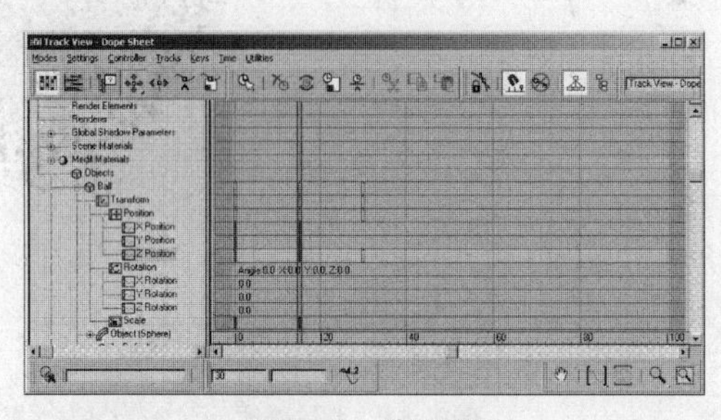

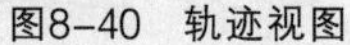
图8-40　轨迹视图

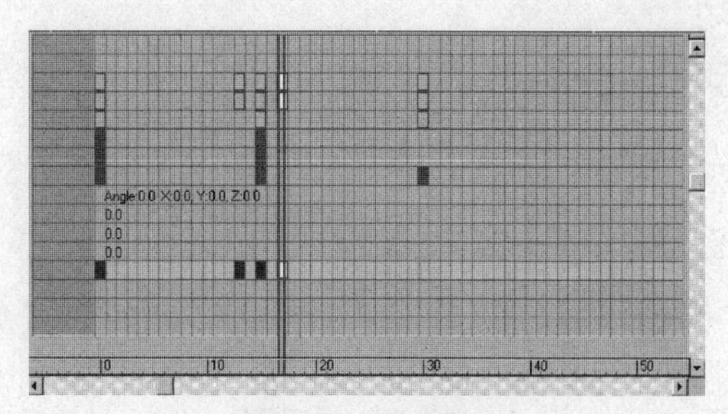

图8-41　编辑关键点

能曲线编辑器，观察轨迹曲线。单击左侧层级中的Scale，显示它的轨迹曲线及动画关键点。显然，第0~13帧和第17~28帧之间因为反弹作用而呈曲线，应该将它们改为直线，球体在第0~13帧和第17~28帧之间才不会变形，如图8-42（a）所示。

（9）用鼠标右键单击Track View视窗中0位置的动画关键点，弹出Key Info控制窗。左上角显示为1，按住Out按钮并在弹出的选项中选择Linear（线性）；单击左上角的右向箭头，左上角显示为2，按住In按钮并在弹出的选项中选择Linear；单击左上角的右向箭头，左上角显示为4，按住Out按钮并在弹出的选项中选择Linear；单击左上角的右向箭头，左上角显示为5，按住In按钮并在弹出的选项中选择Linear，最后效果如图8-42（b）所示。

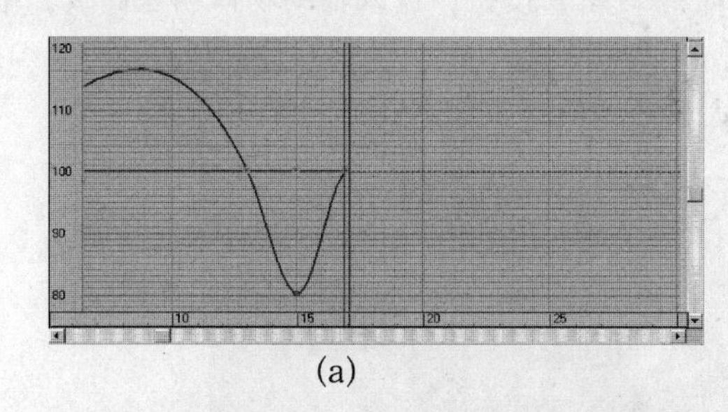

(a)　　　　(b)

图8-42　编辑曲线

（10）下面使用循环复制功能，将被控制在第13~17帧的挤压效果复制到所有的动画帧中。关闭Key Info对话框。单击Track View工具栏中的Parameter Out-of-Range Types按钮，弹出循环复制对话框。单击Cycle（循环）下的右向箭头按钮，单击OK按钮退出。结果Scale功能曲线的挤压变形配合Position轨迹的模式，在整个动画中产生循环效果，如图8-43所示。

（11）播放动画，这回小球弹跳的效果不错，只是球体在接触地面之前已经开始发生挤压，下面进行修改。打开轨迹视图窗口，在Ball对象的Position对应项目中，将第15帧的动画关键点向左移动到第13帧；按住“Shift”键不放，将第13帧的Position动画关键点复制到第17帧；按住“Shift”键不放，将第0帧的Position动画关键点复制到第30帧。将Rotation（旋转）对应项目中第15帧的动画关键点移动到第0帧，修改结果如图8-44所示。

（12）再次播放动画，小球以现实中真实的弹跳动作做循环运动。单击状态栏上的Time Configuration按钮，打开时间设置窗口，将动画长度设为225帧，由于使用了循环复制动画关键点，所以在拉长的动画帧中小球体会以同样的弹跳动作进行运动。

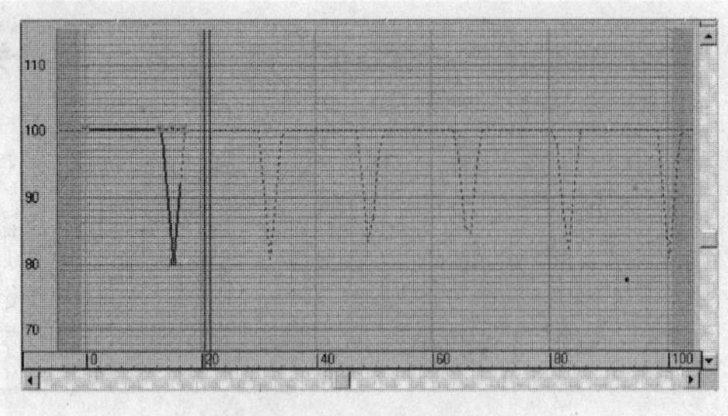

图8-43　循环复制

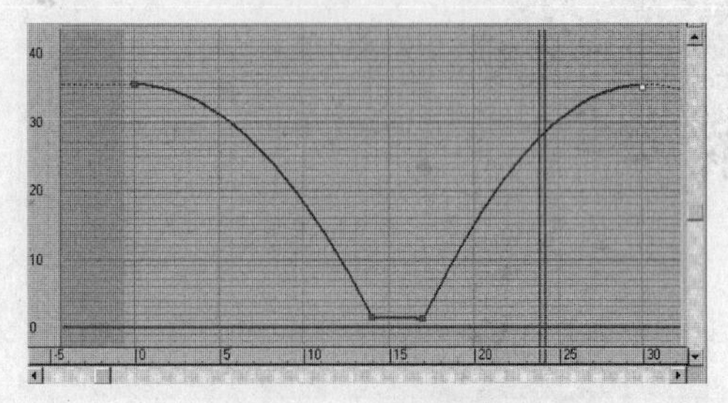

图8-44　曲线修改

4. 运动的小球

上面得到的动画是小球在原地弹跳，如果希望球体沿着一条路径边跑边跳，需要下列步骤才能实现：创建一个曲线造型作为路径，建立一个虚拟物体；将虚拟物体分配到一个Path动画控制器上，然后将它指向曲线造型；连接小球到虚拟物体上，这样小球就会跟着虚拟物体运动。

(1) 首先创建圆形路径，单击创建命令面板上的Shapes子面板，单击其下的Circle按钮，在Top视图中以球体为中心向外画一个圆形。

(2) 单击Create创建命令面板上的Helpers（辅助对象）按钮，进入辅助物体创建面板，单击Dummy（虚拟体）按钮，如图8-45所示。

(3) 在Top视图中任意位置创建一个尺寸略大于球体的虚拟物体，如图8-46所示。

图8-45　虚拟体按钮

图8-46　创建虚拟物体

(4) 选中虚拟对象，然后进入Motion（运动）命令面板，在Assign Controller卷展栏中选择Position选项，单击其下的Assign Controller（分配控制器）按钮，如图8-47所示。

(5) 在弹出的Assign Position Controller对话框中陈列着可供选择的所有Position轨迹控制模块，如图8-48所示。

(6) 在Assign Position Controller对话框中选择Path Constraint控制器，单击OK按钮退出。现在虚拟物体的位移已受Path Constraint控制器支配，在视图中无法使用移动工具来移动它。

(7) 打开Motion运动命令面板的Path Parameters卷展栏，单击Add Path按钮。在视图中选择圆形路径，结果虚拟物体被放置到圆形路径的起始点上。播放动画，当前虚拟物体在圆形路径上运动，如图8-49所示。

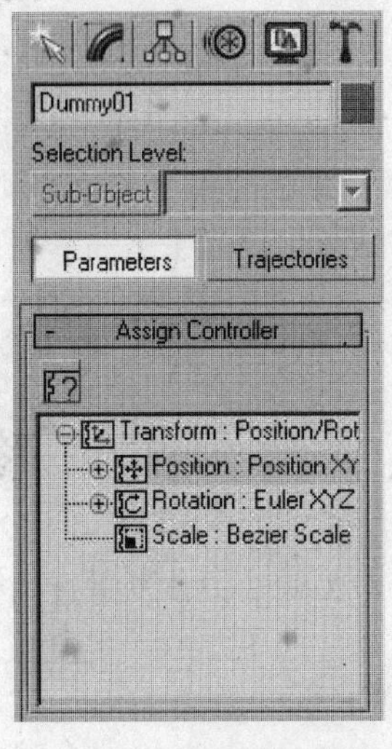

图8-47　分配控制器按钮

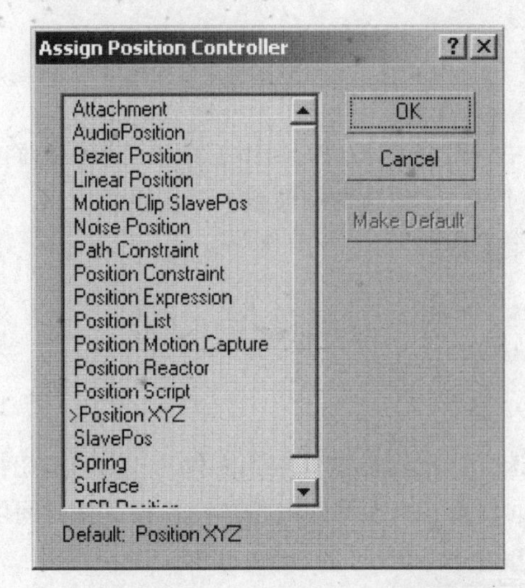

图8-48　轨迹控制模块

(8) 下面将小球连接到虚拟物体上，完成动画最后的设置工作。拨动时间滑块到第0帧。单击主工具栏的移动工具按钮，在Top视图和Front视图中将小球移动到虚拟体的中心位置，如图8-50所示。

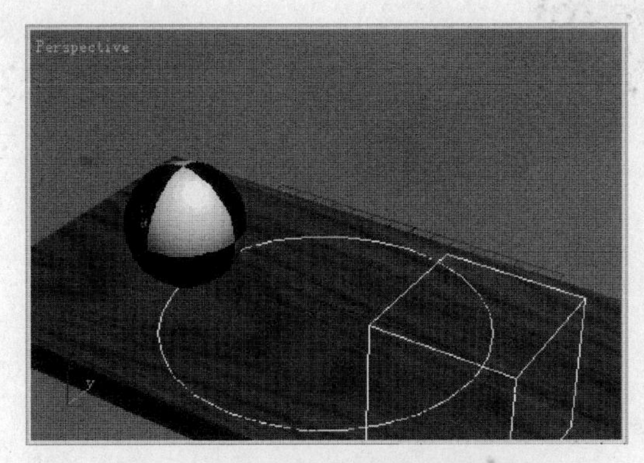

图8-49　虚拟物体在圆形路径上运动

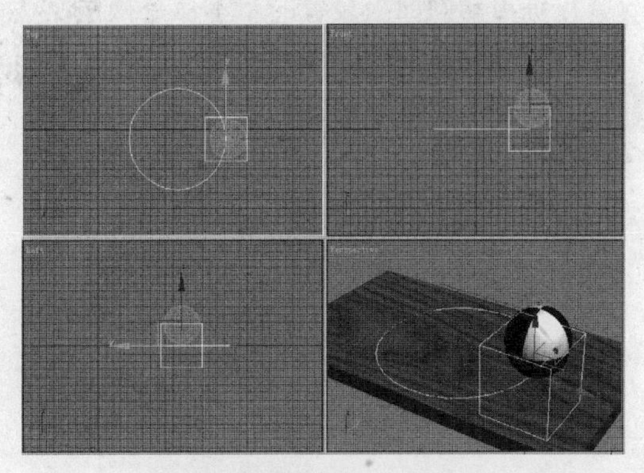

图8-50　小球移动到虚拟体的中心

(9) 单击主工具栏上的Select and Link（选择并连接）按钮，在Front视图中按住球体对象，向下拖动鼠标，将虚线牵引至虚拟体上时松开鼠标左键确定，此时虚拟体闪动一下表示连接成功。这样一来，小球将随虚拟物体一起做圆周运动，同时进行自身的跳跃运动。

(10) 适当放大并调整下面盒子的大小及位置。执行Animation（动画）→Make Preview（制作预览动画）菜单命令，将弹出预览动画设置对话框，直接单击Create按钮制作预视动画。预着色完成后会弹出播放器，单击左下角的播放按钮可预览动画，如图8-51所示。

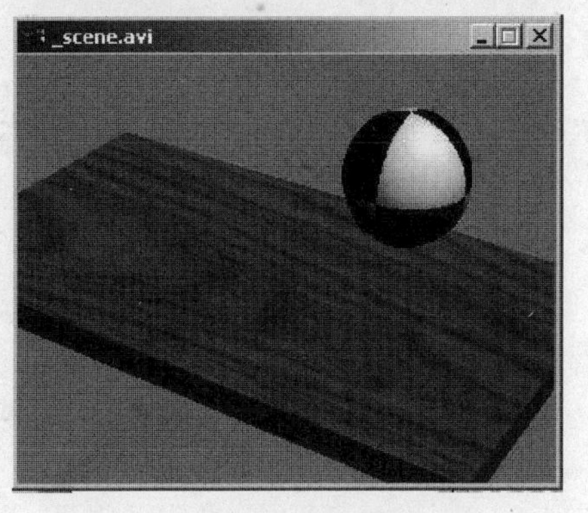

图8-51　预览动画

小结

这一章中详细介绍了动画制作工具和面板，我们了解和熟悉了基于物体和动画制作命令。在游戏制作过程中，动画的制作是十分重要的一环，本章知识为以后了解和掌握更高级的骨骼蒙皮动画奠定了基础。

思考与练习

一、填空题

1. 在轨迹视窗工具栏中（　　）和（　　）按钮都可对关键点的位置进行调整，移动关键点所处的时间位置，来控制对象动作变换的突变时间段。

2. 3ds Max默认的时间是（　　）帧。

3. 路径动画是通过（　　）来控制物体的运动轨迹的。

4. 在轨迹视窗的工具栏中（　　）按钮可选择一种编辑方式。

5. 更改Key Info中（　　）的形状，可以使小球具备正常的弹跳轨迹。

二、操作题

1. 练习动画面板设置的基本命令操作。

2. 独立完成一个小球跳动的动画。

3. 控制小球跳动的运动轨迹。